国内首部探秘典当行业与古玩市场的小说

网络原名《黄金瞳》

典 当 ◎ 著

典当行业：质押借贷，不乏尔虞我诈
古玩市场：珍宝赝品，不乏鱼目混珠

中国戏剧出版社

图书在版编目（CIP）数据

典当.9／打眼著. —北京：中国戏剧出版社，2013.3
ISBN 978 - 7 - 104 - 03929 - 7

Ⅰ. ①典… Ⅱ. ①打… Ⅲ. ①长篇小说—中国—当代

Ⅳ. ①I247.5

中国版本图书馆 CIP 数据核字（2013）第 034980 号

典当 . 9

责任编辑：吴淑苓
美术编辑：彭路军
责任印制：冯志强

出版发行：中国戏剧出版社
出 版 人：樊国宾
社　　址：北京市海淀区紫竹院 116 号嘉豪国际中心 A 座 10 层
网　　址：www. theatrebook. cn
电　　话：010 - 58930221　58930237　58930238
　　　　　58930239　58930240　58930241　（发行部）
传　　真：010 - 58930242（发行部）

读者服务：010 - 58930221
邮购地址：北京市海淀区紫竹院路 116 号嘉豪国际中心 A 座 10 层
　　　　　（100097）

印　　刷：北京高岭印刷有限公司
开　　本：787mm×1092mm　1/16
印　　张：24
字　　数：400 千
版　　次：2013 年 3 月　北京第 1 版第 1 次印刷
书　　号：ISBN 978 - 7 - 104 - 03929 - 7
定　　价：39. 80 元

目 录
CONTENTS

第一章 | 轩然大波

庄睿把仿制的磁州官窑高价卖给了山木等人，本来心里还挺美，却没想到引来了各方关注。

"喂，是外公吗？"

车子快到博物馆时，庄睿接到个电话，一看号码是玉泉山的。

"小庄，我是你吴阿姨，首长让您马上来一趟……"

电话里传出的声音是老爷子的特护，她照顾欧阳罡两口子已经十多年了，所以庄睿平时见了她都喊阿姨的。

"吴阿姨，怎么了，外公身体出什么事了吗？"庄睿吃了一惊，连忙问道。

"没事，首长身体很好，就是让我通知你过来……"

吴阿姨的话让庄睿放下心来，虽然有灵气调理，但是生老病死是不可抗拒的，毕竟老爷子已经到了这个年龄，有些突发的事情也说不准。

"好，我马上过去……"

庄睿挂断电话对彭飞说道："走，去玉泉山……"

在欧阳家族的三代里面，包括欧阳磊在内，没人能比庄睿更受老爷子待见，就是在外地任职的欧阳龙等人来到北京也未必能见到爷爷。

车子驶进玉泉山，拐上小楼那条路上之后，庄睿一眼就看到老爷子居然坐在院子门口，吴阿姨站在旁边似乎在劝说着什么。

庄睿远远的就让彭飞把车子停了下来，快步走了过去，笑着说道："外公，您老怎么了？和外婆吵架啦？"

老爷子到了晚年，也有点老小孩的性格，平时都要哄着才行，不过今儿老爷子的脸色却和平时不一样，庄睿感觉他好像是冲着自己来的。

1

老爷子绷紧了脸，用拐杖敲了下庄睿的肩头，说道："谁让你坐下的？站起来，小吴，你离远点……"

"首长，这……"

吴阿姨知道老爷子接了个电话突然就生起气来，她猜想可能是庄睿在外面惹祸了，临走时给庄睿使了个眼色。

"外公，啥事啊？"

庄睿还真有些莫名其妙，老爷子这一摆威风，让他心里也有点打鼓。

老爷子顿着拐杖，一脸怒气地说道："我听说，你把国宝给卖啦？那些东西虽然擦屁股都硌得慌，但那也是咱们国家的，怎么能给小日本呢!"

"外公，您听谁说的？不是这么回事啊……"

庄睿一听是这事，顿时有些哭笑不得，这谁那么多嘴，把事情捅给老爷子了啊？不过老爷子既然不知道这是个局，那就一定不是苗菲菲说的了。

"别管我听谁说的，我就问有没有这事？告诉你，一会儿你宋爷爷就拿拐杖过来打你……"

老爷子的话让庄睿想起，宋家老爷子也是爱好古玩的主儿，没准就是别人捅到他耳朵里，然后才传到外公这儿的。

庄睿现在算是知道了，敢情自己以为干得很隐秘的事情，压根儿就逃不了相关部门的耳目，这拍卖会结束才几个小时居然就传到老爷子这里了。

其实庄睿不知道，从他上次出了那事之后，欧阳罡和宋家老爷子就对他多了一分关注，这么大一件事情，自然有人汇报给老人。

"外公，不是这么回事，我是卖东西给小日本了，但那物件是假的啊，别说一个多亿，连十万块都不到，哪儿是什么国宝啊……"

庄睿连忙给老爷子解释了一番，这些老家伙都是从战场上退下来的，一个比一个脾气火爆，没准那位宋老爷子正在家里找手枪呢，这事一定得说清楚了。

"你说的是真的？"老爷子将信将疑地问道。

庄睿拍着胸口道："外公，我哪儿敢骗您啊，我说的千真万确，只不过东西做得像真的而已……"

庄睿又把要建基金的事情跟老爷子说了一遍，老人原本严肃的神色这才慢慢缓和下来。

"嗯，那就好。小睿，外公年龄大了，不知道什么时候就去见马克思和主席他老人家了，在的时候还能护着你们，不在了有些事情可就难说喽……

所以你们做事一定要行得正，只要行得正，就不怕别人说……"

老人说话的语速很慢，最后颤颤巍巍地拄着拐杖站起身，说道："你去忙吧，我和宋老头说这件事……"

"外公……"

看着被护士扶着慢慢走进院子的老人，庄睿突然感觉嗓子眼儿有点发堵，他现在才明白过来，原来老人一直都在默默地关心着他。

离开玉泉山后，庄睿又赶到博物馆，把筹办基金会的事情跟皇甫云交代了一下，另外又询问了和故宫博物院交流藏品的事情，直到晚上才回到家里。

接下来的日子庄睿愈发清闲了，每天除了去京大听课之外，就是在家里陪陪儿女，看着孩子一天天成长，庄睿心里充满了为人父的幸福感。

周末，庄睿会去博物馆或者"宣睿斋"转转。两个月后，定光基金会成立，并且首批资助了三百名贫困山区的孩子，建了十二座希望小学，得到社会的一致赞扬。

这些事情都是皇甫云出面操作的，庄睿一直隐身幕后，除了一些圈内人之外，很少有人知道这个基金会是庄睿发起的。

"爸……爸爸抱……"

小方方一摇三摆地向庄睿走了过来，一双小手不住地拍着巴掌，身后还紧跟着他的妹妹，两个小家伙刚刚过了周岁生日，已经能喊出爸爸、妈妈、奶奶、叔叔等诸多词汇了。

不知道是不是因为庄睿经常用灵气梳理他们身体的缘故，小家伙们的个头儿要比同龄的孩子高出不少，尤其是皮肤特别好，看起来就像两个瓷娃娃一般。

在两个小家伙身后还有两只雪白的小藏獒跟着，另外还有欧阳婉一脸紧张地看着孙子孙女，生怕他们两个摔倒。

"来，儿子，香一口……"

庄睿一把抱起了方方，将脸凑了过去，另外一只手把女儿也抱了起来，看着身后紧追孙子孙女的欧阳婉说道："妈，您年龄大了，别跟着他们跑，不是有金刚看着吗？"

欧阳婉看了一眼儿子，没好气地说道："你小时候不也是这样啊，妈跑得还少了？嗯，不过金刚是懂事，正帮着彭飞贴对联呢……"

今年的新年有点晚，要到二月中旬，庄睿把四合院布置好之后，将全家都带到了庄园里，他今年准备在庄园里过新年。

"嗷！嚯嚯！"

正说着金刚，那大家伙就跑了过来，看着他的穿着，庄睿不禁"扑哧"一声笑了出来。

也不知道是谁给金刚裁剪的衣服，居然给他整了一套大红色的唐装棉袄棉裤，头上还戴了个地主帽，这要是背过身去看，还真以为是个彪形大汉呢。

"要……金金，要金金……"

金刚一来，两个小家伙顿时在庄睿怀里不安分起来，都拧着身子张着小手让金刚抱。

"我说，这到底谁是你们的爹啊……"

庄睿苦笑着把方方、圆圆交给了金刚，两个小家伙扯着金刚脖子处的毛发玩得不亦乐乎，看得庄睿心里那叫一炉忌啊。

两只小藏獒围着金刚打着转，用爪子抓住金刚的衣服就想往上爬，不过事实证明，狗的确没有爬树的天分，都是爬到一半就摔了下来，看得庄睿直乐。

"嘎……嘎嘎！"

天上盘旋着的金羽也飞了下来，用尖喙在两个小家伙的脸上蹭着，这要是被外人看到，一准会吓得不轻，不过在庄睿家里都已经习以为常了。

欧阳婉眼睛盯着孙子孙女，向庄睿问道："小睿，萱冰也该回来了吧？"

"明天就回来。妈，你都问了十几遍了……"

秦萱冰从上个月开始工作了，负责秦瑞麟的珠宝设计，一般都是在家里做，不过前几天去了趟香港，今年秦氏一族准备到北京来过年。

"行了，这里我看着，你去帮帮李嫂她们，看看房间收拾好了没有……"

亲家要来，欧阳婉自然要给予足够的重视，把庄园里能住人的房间都整理了出来，这几天就在忙活这些事情。

庄睿笑着说道："知道了，妈，您放心吧，这里的客房可是比五星级酒店还好呢……"

"对了，彭飞呢？他出去有大半个月了吧？怎么还没见回来？小倩都问了好几次了……"庄睿正要转身离开，欧阳婉在身后喊道。

"妈，彭飞也就是这几天……"

庄睿正说话，裤兜里的手机响了起来，拿出来一看，庄睿笑着说道："喏，您干儿子的电话，每天都有电话打回来，担什么心啊？"

"臭小子，我是怕你们再出什么危险，让妈担心……"欧阳婉瞪了儿子一眼。

"得，我先接电话……"庄睿走到一边按下了接听键。

"庄哥，事情都办好了，我后天的飞机回北京……"

彭飞的声音从话筒里传了出来，他旁边似乎人不少，有点嘈杂，说的还都不是中国话。

"没人注意到你吧？一定要注意安全，张倩这几天老是念叨你，给她打个电话……"

张倩也怀孕两个多月了，要不是彭飞懂日文，做事又机灵，庄睿这次还真不想让他出去。

论起彭飞去日本这件事，要从一个多月前说起。

2007年年初，日本考古界突然传出一个消息，那就是他们发现了一座有千年历史的古窑址，并且从里面出土了两件完整的瓷器。

经过日本多位陶瓷专家和历史学家的研究考证，这两件瓷器的确为一千年前的物品，并且向全世界宣称，日本一千年前的陶瓷烧制技术上已经赶超了中国。

与此同时，他们又抛出了一个理论，那就是在中国流传已久的磁州窑瓷器，最早是从日本流传到中国的。

这个颠倒黑白的消息传入国内之后，顿时引起了轩然大波，国内多名陶瓷专家前往日本，考证这两件所谓在技术上"赶超"中国的瓷器。

只是让人沮丧的是，那些专家也没办法鉴定这两件瓷器的真伪。

而瓷器底座上刮下来的瓷粉做的碳十四表明，这两件瓷器的确是一千多年前的物件，各种证据对中方都很不利。

就在这个时候，人们突然想起去年的那场拍卖，不过那不是正规拍卖，又没有录像证明，即使有人跳出来说话也没什么意义。

李大力这段时间急得像热锅上的蚂蚁，每天来自全国各地的电话骂声不断，要不是顾忌他本人以前就是混黑道的，恐怕早就有人打上门来了。

庄睿也被老爷子叫去训斥了一顿，让他拿主意解决这件事情，所以庄睿这才让彭飞秘密前往日本，他早就预料到小鬼子会玩猫腻，已经准备好了后手。

"爸，您休息会儿，把方方给我吧，这孩子太淘了……"

中午，庄睿和郝龙开了两辆车，把秦老爷子一家都接了来，当然，仅限庄睿的岳父岳母和老爷子，至于两个叔叔则都留在香港了。

秦浩然很喜欢两个外孙，到了家里就没放过手，一直抱着小家伙，这会儿方方正伸手扯外公的眼镜呢。

"不累，不累，你没看到，老爷子都不累，我能累吗？"

秦浩然说的是他老子，秦老爷子坐在沙发上，身上也缠着个小人儿，正乐得哈哈大笑呢。

"各位观众朋友，现在现场直播的是中国陶瓷专家举办的东京发布会。大家都知道，近来由于日本方面宣布出土了一千年前的古瓷器，引起了各方关注。

而中方宣称，他们手里有足够的证据证明日本人手上的瓷器是假的，我们可以看到，日本山木株式会社的社长带着两件瓷器进入了新闻发布会……"

正在播放的凤凰卫视突然插播进一个节目，吸引了客厅几个男人的注意力。

"这些日本人，不懂什么历史，非要搞风搞雨，也怪咱们国家有些人不争气，把国宝卖给了他们，这才让日本人有了机会，真是不肖子孙啊！"

看着电视上的画面，秦老爷子是痛心疾首，而坐在他对面的庄睿则是面红耳赤，东西就是他卖出去的，这不是当着和尚骂秃驴吗？

"爸，那东西未必就是真的，咱们国家的陶瓷专家不是说了，他们手上有证据！"

秦浩然看待问题倒是比较客观，说完这番话后看向庄睿，说道："小睿，你是玩古董的，你怎么看这两件瓷器的问题？"

"我？"

庄睿愣了一下，没想到岳丈大人问到了自己，正准备答话的时候，突然在电视里看到一个熟悉的身影，连忙说道："爸，看电视就知道了，结果马上就出来了……"

电视里出现的那个人是博物院的田凡研究员，他此次是作为陶瓷器专家前往日本的，也是田凡要求召开此次新闻发布会的。

"各位媒体的朋友们，很高兴大家能参加此次新闻发布会……"

一向给庄睿感觉有些木讷的田研究员居然表现得很有范儿，在短暂的致辞之后，接着说道："对此次日本方面所谓的古窑址出土瓷器，我想说明的是，那就是两件赝品，是现代工艺品！"

田凡这话如同一颗炸弹丢到人群里，无论是电视机前的观众还是新闻发布会现场的记者，全都站了起来。

"我们有足够的证据证明，这两件瓷器均是我国一位陶瓷器制作大师的作品，他根据一千多年前的中国磁州古窑出土的碎瓷，成功地仿制出了当时进贡给皇家的瓷器……

也就是说，日本陶瓷界拥有的两件瓷器不过是这位大师的作品而已，所谓的中国瓷器传承于日本，那更是一个天大的笑话！"

田教授没在意台下的鼓噪，有条不紊地将发言稿上的话说完了，在现场的翻译将这番话用英语和日语翻译出来之后，会场变得更加混乱了。

所有的现场记者都举高了胳膊，希望能得到提问的机会，在资讯发达的今天，这简直就是一个爆炸性的新闻，也可以说是日本陶瓷界的一大丑闻。

用别国的现代工艺品充作自己国家出土的古董，这不仅仅是丑闻更是一个笑谈，如果这件事是真的，恐怕日本学术界要遭受全世界学者的鄙视。

"野合君，您能肯定，这两件瓷器一定是一千年前的东西吗？"

坐在新闻发布会最后一排的山木，此刻心里也是七上八下。

如果这东西真是假的，那对山木而言将是一场灾难，他会被全世界的人耻笑，而山木株式会社恐怕也会分崩离析。

"山木君，你要相信科学，咱们是用碳十四验证过的，这两件瓷器绝对是一千年前的产物，那些中国人不过是为了挽回面子，才那样说的……"

野合不满地看了山木一眼，不相信自己的眼力，难道连仪器都会是假的吗？至今为止，野合用碳十四检测的陶瓷器皿，还没出过任何纰漏。

山木猛地顿了一下首，向野合说道："对不起，野合君，是我不对，我不应该怀疑您的话……"

要知道，此次日本宣布找到一千年前古窑址的消息，就是由山木株式会社发布的，自从发布这个消息至今，山木家族的株式会社得到了前所未有的发展，很多日本人在选购瓷器的时候，第一选择就是山木株式会社的产品。

加上野合在一些公开场合推波助澜，只不过是一个多月的时间，山木家族原本有些萎缩的陶瓷市场现在涨势凶猛，不但收复失地而且占据了整个日本陶瓷市场的半壁江山。

所以山木是不敢得罪野合的，别说他心里也认定这两件瓷器是真的，就算是假的，山木现在也是骑虎难下，只能一条道走到黑了。

"田先生，作为知名学者，您说出这样的话来，是不是太不负责任了？"

看到现场群情激奋，山木再也忍不住了，如果引起公众怀疑，那对他的企业将会产生不良的影响。

"你就是宣布找到古窑遗址的山木先生？"

田教授虽然五十多岁了，不过眼力倒是很好，隔着七八排椅子一眼就认出这人正是那位"古瓷"的持有者。

"没错，这两件瓷器，是我们大日本民族文化文明的传承，不容你如此诋毁！"

山木的话引起现场日本记者高声叫好，这里是他们的主场，一时间倒显得气势磅礴，正义凛然。

"山木先生，你真的能确定这两件瓷器是从土里发掘出来的？！"

田教授站起身，看着山木大声地质问道，在气势上一点都没弱，那略显瘦小的身材此刻显得那么高大。

"老田，好样的！"

远在北京自己的庄园，听了田凡的问话，庄睿忍不住拍了下大腿。

从济南那次鉴宝活动之后，庄睿和田教授也有过几次接触，彼此算是挺熟悉的，他没想到一向话都不怎么多说的田教授，骨子里居然如此硬气。

"小睿，你认识这位田老师？"

坐在庄睿旁边的秦浩然也看得热血沸腾，听了庄睿的话后，猛地转过头来。

"呃……认识，都是古玩圈子里的人，平时接触不少，没想到这次是他去日本……"

庄睿打了个哈哈，何止是认识啊，田教授之所以开这个新闻发布会，就是自个儿授意的，而秦老爷子刚才所说的不肖子孙，貌似和自己也脱不了关系。

"这位田教授很不错，有中国文人的正气。小睿，以后有机会带我认识一下……"

秦浩然本身也是个文人，中国文化造诣颇深，只是家族生意繁忙，没有工夫做研究罢了。

"好，好。爸，先看电视吧……"

庄睿点头答应下来，而此时的新闻发布会上，双方的火药味也变得更加浓郁了。

山木在田教授的质问下略显急躁，野合轻轻地拉了他一下，在他耳边小声说了几句话。

"如果田教授你拿不出证据，我将向法院起诉你诬蔑我们的学术研究，这对我个人的人格是一个极大的侮辱……"

得到野合的授意后，山木的言辞变得锋利起来，而现场则变成了中方和日方的唇枪舌剑，搞得夹在中间的记者们反而有些不知所措。

但是两方对峙本来就是一个很好的新闻题材，山木质疑的话也是这些记者想要提问的。

所以没有哪个记者会不识趣地打断他，反而都在尽职地把这些整理成文字，用随身的通讯工具发回新闻单位去。

至于那些摄像记者更是把摄像头对准了二人，将两人的脸部表情拍得纤毫毕现，任何一个小小的动作都不肯放过。

很多刚打开电视机的中日甚至更多国家的观众，都被这场来自日本东京的"新闻发布会"吸引住了，凤凰卫视的收视率也是直线上升。

身在北京的庄睿和正在台上的田教授都没想到，这场风波所引起的震动已经远超学术界本身的影响力。

第二章 现场砸宝

"山木先生，你手上拎着的箱子里面，就是你所谓的出土'古瓷'吧？"

在山木问到证据时，田教授忽然话锋一转，提到了他的瓷器。

"没错，田教授您说这件瓷器是假的，不知道证据何在？考古是一件相当严谨的事情，是不能空口说白话的……"

山木大步走到新闻发布会的桌子前面，在几个保镖的护卫下把瓷器从特制的皮箱里拿出来摆在桌子上。

山木的这个举动也是野合授意的，他要当着全世界电视观众的面狠狠地给中国学术界一个巴掌。

因为野合相信，这两件瓷器就是真的，没有人能找到任何瑕疵，并且山木手中还有碳十四的鉴定报告。

"我这里也有两件瓷器，想请山木先生鉴定一下，是否也是从你们日本古窑址出土的呢？"田教授笑了一下，从桌子下面拿出一个纸箱，掏出两件瓷器。

"哇，一样的？！"

"是啊，完全一样的……"

"天哪，这怎么可能啊，这四件瓷器居然这么相似？"

见到田教授拿出的瓷器后，全场都沸腾了，因为田教授拿出来的瓷器和山木的那两件完全一样，至少这些记者无法区分出不同来。

"这……"

山木也被田教授这个举动给震惊了，他距离瓷器最近，另外两件瓷器对他的冲击力也最大，山木感觉自个儿的脑子里"嗡嗡"直响。

"呵呵……"

电视机前的庄睿看到这一幕，不禁笑了起来，他布局敲了山木一笔钱之后，马上告知徐国清，让他再烧制出和上两个瓷器相同的作品。

庄睿这么做的目的就是为了防止小日本干出什么无耻的事情来，现在果然派上了用场。

"田教授，你能拿出这两件瓷器，并不能说明什么问题，我们国家这两件瓷器出土已经一个多月了，你们完全有时间仿制出来，我也听说过，贵国盗版的能力是很强的……"

坐在最后一排的野合会长见到事情脱离了他的控制，马上站起身来说出上面一番话，还别说，这话听在各国记者耳朵里，倒是合情合理。

"无耻！"

这一刻，无数电视机前的观众骂出了这么一句话，就是一向温文尔雅的秦浩然也是如此。

"妈的，不见棺材不掉泪……"庄睿在心里暗骂了一句，幸好自己还准备了后手。

田教授没有被野合的话问住，笑了笑说道："我既然能拿出这两件瓷器，自然有证据证明你那两件瓷器和我的是一个人的作品，不过要毁坏这几件精美的瓷器，你们……愿意吗？"

"这是我们日本的国宝，当然不容损坏了……"野合马上拒绝了田教授。

"国宝？那也有个价吧？你们可以随便开价，如果损坏后证实是真品，我将按照你们所说的价格给予赔偿……

如果是赝品，呵呵，那说明这是一起人为的造假，碎了也是活该……"

田教授的话再次引起了场内的轰动，原本一场普通的新闻发布会，居然一波三折，现在竟然赌上了。

其实新瓷的断面和旧瓷有很大不同，不过通过一些手法也能弥补，即使砸烂瓷器看断面也很难区分。

只是处理瓷器内部胎质的方法代价十分大，一般的仿制瓷器是不会做那种旧的，所以砸碎瓷器很有可能从瓷器的断口处看出真假。

不过有一点要注意，每一件传承千年的艺术品，都是不可再生和独一无二的珍贵物件，如果砸碎后证明是真的，那将是不可挽回的损失。

而鉴定本身就是一件十分考究专业知识的事情，如果每一件古董都要打破了去鉴定，那这世上恐怕没有多少古玩了。

所以田教授提出这个要求的时候，全场一片哗然，有些懂艺术品的记者，已经在质疑田教授的专业水平了。

"如果是真的，那可不是赔钱就行的……"

"是啊，瓷器碎了虽然能修复，但是其历史和收藏价值就远远不如完整的了……"

"万一要是假的呢？没见到那位田教授也拿出了相同的两件瓷器？"

一时间场内分成了两派：一派是赞同砸碎瓷器鉴定的，而另外一派则认为这样不妥，这是对古老文明传承的一种侮辱。

山木此刻心里也非常矛盾，不答应田凡的条件吧，未免给人一种心虚的感觉。

但是如果答应的话，山木心里还真是没有底，毕竟这两件瓷器并不是从什么所谓的"古窑址"中挖出来的，而是从中国买来的。

说白了，山木还是心虚，如果瓷器内真有什么玄机的话，那估计自己就算是剖腹自尽，都无法洗清日本学术界这个巨大的耻辱了。

"山木先生，你认为如何？你可以给你的瓷器开一个价，当着这么多记者朋友的面，我也不可能赖账，如果是真的古瓷，我可以按照你的价格赔偿给你……"

田教授现在也是箭在弦上不得不发，如果不能揭开瓷器内部的奥秘，那这件事始终是个疑案，始终会有人相信。

和山木现在的患得患失不同，田凡对庄睿十分信任，并且在他口袋里还放着庄睿送来的一张八千万美金的支票，这也是庄睿筹集了所有资金拿出来的一笔钱。

想起自己接到庄睿的电话和见到那个年轻人的事情，田教授心里还是感觉像做梦一样，本来无法考证这两件瓷器是假的，就连专家组的成员都准备放弃的时候，庄睿突然给了他一个惊喜。

田凡做梦都没有想到，原本八个月前传得沸沸扬扬的磁州官窑拍卖事件，居然是庄睿一手策划的，并且还留有后手，似乎当时就想到了今天的情形。

山木思考再三都没拿定主意，说道："田教授，砸碎古董鉴定，这在艺术品市场从来都没有发生过，我需要慎重地考虑一下……"

"请便，如果您不敢的话，那就不要再宣扬所谓的出土古瓷了……"

田凡的话让山木的脸黑了一下，不过他没有说话，而是让几个保镖看护好自己的瓷器，快步走回野合身边。

"野合君，您说该怎么办？"

在此次事件里，野合一直都是山木的智囊，现在六神无主的山木自然要找野合会长问计了。

"我要先看看对方的瓷器……"

对于突然出现的两件相同瓷器，野合心里也是有疑虑的，毕竟此次事件已经闹大了，如果最后证实他们的瓷器是赝品的话，不单是山木，就连他也要用鲜血去洗刷耻辱。

在征得田凡的同意后，野合拿着放大镜对桌子上田凡带来的两件瓷器，仔细查看起来。

大概过了五分钟，野合脸上露出一丝笑意，把放大镜收回口袋里，给山木使了个眼色，两人走到一边。

"野合君，怎么样？"山木着急地问道。

"哈哈，中国人还嫌丢脸不够，这次又送上门给我们打。山木君，答应他的条件，随便你开出多少钱，我想，胜利一定是属于我们的，他们拿来的那两件瓷器……"

野合上手就感觉到了，中国人带来的瓷器虽然烧制工艺极其精湛，在器型和绘画上几乎没有任何瑕疵。

但是有一点，那件瓷器上的贼光说明，这绝对是一件新出炉的瓷器，完全没有古瓷本身所带有的那种沉厚的历史沧桑感，野合敢拿性命担保自己不会看错的。

是的，野合并没有看错，虽然庄睿有足够的时间去做旧，但是他没有那样做，因为如果两件瓷器完全一样的话，恐怕日本方面就不会同意田教授的意见了。

庄睿布的是一个大局，从放出风声到拍出瓷器，再到现在的针锋相对，这个局已然到了尾声，也到了高潮部分。

当然，庄睿想得没有这么细致，但是事态的发展恰恰走到了这一步，此时坐在电视机前的庄睿，心情远比现场的任何一个人都激动百倍。

"野合君，您的意思是……可以用破坏瓷器的办法和对方赌一把？"

山木看到野合满脸自信的样子，不由也信心倍增，他也是懂得陶瓷器的，刚才也看出来了，对方拿出的两件器皿，在细微处和自己的瓷器还是有些差异的。

"当然，山木君，你要知道，只要砸碎瓷器他们没找出证据，那就是我们赢了，在全世界人的面前，狠狠地扇了中国人一个耳光，这比瓷器本身更加重要，相信你会成为我们大和民族的英雄……

还有就是，你可以开出一个非常高的价格，这样的话，也能弥补瓷器破碎给你带来的损失了……"

野合说着说着兴奋起来，他似乎看到中国科考学术界的人在哭泣，看到一直以本国文化久远而自豪的中国人，在他面前低下高昂的头颅。

山木也被野合说得热血沸腾，这哥俩唯一没想到的是，如果瓷器真是假的，那将带给二人什么样的后果？

"田教授，为了证实这两件瓷器的确是我们大和民族的文明传承，我愿意接受您的条件……"

山木和野合一起走到新闻发布会的桌子前面，在表示同意田教授的条件后，山木紧接着说道："艺术是无价的，如果田教授您非要我给这两件瓷器标上一个价格的话，我想，它们的价值最少有五十亿日元！

如果田教授能拿出这笔钱的话，我愿意现在……就和您进行这场别开生面的鉴定！"

山木说出这番话后，他感觉头皮发麻，浑身的鲜血都在燃烧，似乎此刻全日本人都在为他欢呼，好像已经看到了中国人沮丧失望的表情。

"天哪，五十亿日元？"

"这也太贵了吧？"

"快点算算，五十亿日元等于多少美金？"

"是……是五千万美金，这绝对超出了前年拍卖的那件元青花的价格……"

在山木喊出这两件瓷器的价格后，整个新闻发布会的现场沸腾了，所有记者都在把五十亿日元这个数字，转换成他们所能理解的钱币金额。

最后记者先生们发现，这是一笔高达五千万美金的赌注。

山木花了不到两亿人民币买下的这两个瓷器，现在他开出的价格大概是四亿人民币左右，即使只敲碎一件瓷器他也将成本收了回来。

这简直就是一件名利双收的事情，山木的眼睛紧盯着田教授，到了此刻，他反而希望田教授答应下来。

那样的话，他就是大和民族的英雄，是他……粉碎了日本文化传承自中国的谣言。

当然，从中国拍得这两件瓷器的事实，此刻已经被英雄山木先生自动从脑子里过滤掉了，从学术上讲，这就叫做自我催眠，把虚幻的东西当做了现实。

所有人的目光都看向了田教授，就连摄像机，此时也对准了田教授的脸。

山木已经下了战书，而事前步步紧逼的田教授会迎战吗？这让包括电视机前的观众们的心都提了起来。

"呵呵，中国有句古话，叫做假的真不了，真的假不了。山木先生，这里是一张瑞士银行出具的本票，上面的金额是八千万美金……

在场的所有记者朋友们和电视机前的亿万观众都可以作证，如果砸碎瓷器无法证实它是假的话，你马上就可以拿到五千万美金！"

田教授掏出那张支票的时候，手也微微有些颤抖了，他只是个学者，平时都不和人红脸的，但是此刻，为了祖国的荣誉，田教授掷地有声地说出了上面一番话。

"快点开电视，那个啥凤凰频道！"

"看什么球啊，换台，快点，耽误了事老子揍你……"

"今天的会议就开到这里，下面我们一起来观看，咱们大和民族与中国文化的一次碰撞。我相信，日本必胜！"

在中国和日本的无数地方，都在上演着以上的一幕，无数人守在电视机前，等待着答案的揭晓。

"小睿，你……你说这瓷器到底是真的还是假的啊？"

远在北京庄睿的家里，虽然还是寒冬二月，秦浩然都看得额头直冒冷汗，虽然五千万美元他还没看在眼里，但这可是一场事关国家尊严的赌注。

如果山木赢了，那中国方面不光是输钱，更是连人都丢光了，没有金刚钻别揽瓷器活，砸碎器皿后如果再鉴定为真品，那简直就是一个笑柄。

反之，如果山木输了，那么整个日本学术界，甚至包括日本这个国家，都将会成为下流、无耻的代名词。

　　所以这次瓷器鉴定，已经上升了好几个层次，不单单是学术上的交流，更是两个国家文明之间的对撞，这让许多本来对收藏漠不关心的人也都坐在了电视机旁。

　　"一定是假的。爸，您相信日本一千年前就能烧制出如此精美的瓷器吗？"

　　庄睿笑着答道，他本没想将事情闹得这么大，谁让小日本得寸进尺，这也算是自食恶果吧。

　　"可是……"秦浩然还是有点担心。

　　"没有什么可是的，臭小子，哪有那么多问题啊？快看，马上就要开始了……"

　　秦老爷子远比儿子镇定得多，一边逗弄着怀里的曾外孙女，一边训斥着秦浩然。

　　几个人的目光重新转回电视屏幕上，庄睿见发布会场的保安已经隔离出一块十个平方大小的空地，而那两件瓷器都摆在空地内的一个桌子上。

第三章 | **自作自受**

虽然坚信庄睿不会骗他，但是在这种场合，田教授心里也有一丝紧张，沸沸扬扬闹了一个多月的"古瓷"事件，在今天就要落下帷幕了。

"田教授，请吧……"

山木退后了一步，对田凡做了个手势，在他看来，中国人的行为必定是徒劳无功的，而他的名字也将在今天之后响彻整个日本。

旁边有工作人员，递过来一个电工用的锤子，这也是刚刚找到的，田教授接过锤子深深地吸了口气，说道："为了让大家能更加直观地认识到，这四件器物出自一人之手，我想从我带来的瓷器开始……"

"都可以……"

山木无所谓地摆了摆手，你砸自己的东西是你的权利，不过等下要砸我的，你就要做好那五千万美元易主的心理准备了。

"田教授，砸物鉴定艺术品，这在以往还没有先例，请问您有把握吗？"

一个女记者拿着长长的话筒，从保安的身侧递到田教授身边，这还是今天新闻发布会的第一个记者提问。

"我还是刚才那句话，真的假不了，假的真不了，是真是假，马上就能见分晓了，事实胜于雄辩，等砸开这几个瓷器，你们就知道了……"

田教授也有些无奈，用这种方法鉴定物件，本就是鉴定师无能的表现，田教授此举也是赶鸭子上架，总不能就这样被小日本羞辱吧？

同时田教授也对这个造假者感到深深的佩服，能将赝品仿制得如此形神俱似，其工艺就连国家级的工艺师都无法与之比拟，这位制造者足以开山立派，自成一个体系了。

回答了这个女记者的提问后，田教授拿起了手中的锤子，走到桌子旁边，对着彭飞送来的那件恭器，高高地将锤子举了起来。

在这一刻，无论是身在新闻发布会现场的人，还是守在电视机前的观众，均屏住了呼吸，双眼死死地盯着那高高举起的锤子。

"啪！"

一声脆响被现场出色的音响效果放大，这声音好像敲击在众人脆弱的心脏上一般，让每个人的身体都不禁微微颤抖了一下。

将目光再转到那件瓷器上，那个四方的恭器表面已经被敲碎了，露出婴儿拳头大的一个黑洞，摄像机对着黑洞取了近景，但是还是无法看到里面的情形。

"啪……啪啪！"

铁锤与瓷器的碰撞声不断传来，在田教授敲下第五锤时，那个四方恭器终于解体了，散落的碎瓷不规则地分布在桌子上。

由于外面被保安拦住，此刻站在碎瓷前面的，只有田教授和山木二人，随手扔下锤子，田教授就在碎瓷片上扒拉起来。

这器物本来就不大，短短几十秒钟后，田教授就一脸喜色地抬起头，手里拿着一个巴掌大小的瓷片，内壁向外，展示在所有摄像机前面。

"许，2006 年 11 月 12 日……"

在摄像机的高倍拉近景下，上面那一行比米粒稍大的字，清晰地出现在全世界正在观看这个新闻发布会的观众面前。

"假的，这是假的……"现场有人喊叫起来。

"废话，当然是假的，这件是田教授带来的……"另外一个记者不屑地看了一眼旁边的菜鸟同行，这孩子不知道想什么呢？

"这……怎么可能啊？"

站在田教授身边的山木，即使不用放大镜都能清清楚楚地看到破碎的瓷器内壁上的那些小字，神情不由有些恍惚，他有一种不祥的预感。

这一刻，山木甚至有种想阻拦田教授继续敲碎瓷器的欲望，他在害怕。

野合看到山木失魂落魄的样子，当下走到他身边，附在山木耳边说道："山木君，那本身就是一件赝品，内壁刻字也不算什么高深的技术，你要相信科学，咱们这两件瓷器可都是经过碳十四检测的……"

"哈咿！谢谢野合君的提醒，是我不对……"

山木猛地一低头，对着野合鞠了一躬，他也感觉自己刚才有些失态，现在可是面对全日本甚至全世界的电视观众，而他则是代表着日本的形象。

"下面我要砸的，是这件同样的恭器瓷，大家看清楚了……"

山木刚刚平复下来的心情被田教授的一句话又给搞紧张了，因为现在要砸的瓷器是他从中国购买的那件恭器。

刚才那件已经破碎的瓷器被工作人员拿了个篮子收到了一边，直到桌子上再无一片碎瓷，田教授对着另外一件相同的瓷器，举起了锤子。

"啪……啪啪……"

随着田教授锤子的起落，那件精美的瓷器转瞬间就变成了一堆碎瓷，场内所有人的心，几乎都提到了嗓子眼儿，双眼一动不动地紧盯着田教授的双手。

田教授现在也是异常紧张，戴着白色手套的双手出现在摄像镜头里的时候，颤抖得十分明显，所有人都能看出田教授的内心，并不像他外表所表现出的那般轻松。

突然，田教授的手顿住了，厚厚的镜片下的眼睛里冒出一抹精光，嘴唇不自觉地颤抖着，一片只有婴儿巴掌大小的碎瓷，被田教授紧紧地攥在手心里。

"血，出血了……"

"田教授，您的手上出血了……"

激动之中的田教授没有发现，锋利的瓷片已经划破了他的掌心，一股鲜血从指缝里流了出来，染红了这片碎瓷。

"找到了……我找到了……"

田教授丝毫没有在意手中的鲜血，嘴唇嗫动着，发出了只有自己才能听到的声音。

要知道，在田教授决定碎瓷鉴物的这个过程中，承受着难以言喻的压力，如果在这两件瓷器中未能找出端倪，那么不仅是他，就是中国整个学术界，都会被世界耻笑的。

当然，现在这个情况已经不存在了，因为田教授手中的这个瓷片内壁上，清晰地刻着"许，2006 年 4 月 4 日"这样一行字。

"田教授，您说什么？能把手中的瓷片给我们看一下吗？"见到田教授激动的样子，所有人都意识到，结果终于出来了。

而站在一旁的山木则是面色灰白，他能感觉到，似乎事态的发展并没有如他

19

所料，田教授手中的东西一定对他不利。

"看吧，这就是证据，我对日本陶瓷学术界的卑劣行为，感到无比愤慨！"

记者的话惊醒了田教授，田凡张开手，用带血的两根手指捏住了瓷片，将瓷片里面的字展现在满场的摄像机前。

除了那行字的颜色被鲜血染红了之外，字体和刚才那个瓷片上的一模一样，即使现场许多不认识方块字的记者也能看出，两个瓷片上的字应该是出自一人之手。

字体是否一样，这还不是最重要的，重要的是阿拉伯数字在十二三世纪以后才传入中国，至于日本就更晚了，这是有历史考证的。

所以单是那个标注日期的阿拉伯数字，就证明了这件瓷器是现代的仿品。

新闻发布会的会场沸腾了，电视机前的亿万中国观众沸腾了，一条条快讯，一个个影像快速地向外传播着，在中国的一些城市甚至响起了鞭炮声。

反观现场的日本记者，一个个面色灰白，脸上满是羞愧的神色，他们已经明白了，在这场中日文化的对撞中，他们是失败者！

瓷片上的鲜血是那么刺眼，而那行字又是如此醒目，两者结合在一起，让所有看到直播的人，感觉到心中一股热血在燃烧、在沸腾。

无数中国人在电视机前握紧了拳头，无数中国人看着那染血的瓷片，泪水模糊了眼睛，无数中国人在为自己的祖国感到骄傲！

此刻，田教授那瘦弱的身形显得如此高大，那坚毅的神情显得那么庄严。

就连田教授也不知道，经此一事后，他成为各大电视台竞相邀请的嘉宾，成为许多中国人心中的英雄！

而整个日本则变得沉寂了，似乎在一瞬间失去了所有的活力，喧嚣的街头变得寂静，嘈杂的餐厅在这一刻都沉寂下来。

在地铁站台，在广场中间，在十字街头，所有关注着这次新闻发布会的日本人，无不感觉口中苦涩心中愧疚，那原本高昂着的头颅也垂了下来，恨不得将之塞到裤裆里去。

"不，这是不可能的，不可能的……"

要说场内最无法接受这个事实的人，就是山木和野合二人了，此刻两人都是一副呆滞的表情，嘴里发出毫无意义的声音。

这个打击对二人实在太大了，他们不但将整个日本学术界都拖下了水，就是对日本政府也是一个无法洗刷的污点。

　　因为就在前几天，日本政府公开宣布了这项重大的考古发现，这还没有一个星期，事情就发生了变化，所谓的"重大考古发现"居然是作假！

　　而且作假的人拿着从中国购买的瓷器，还大言不惭地说中国陶瓷文化传承自日本，这简直就是天下最滑稽的事情，这种卑劣的心态将会遭受全世界人民的不耻。

　　山木此刻脑子一片空白，他怎么都想不通，经过碳十四检测的瓷器，居然是现代的仿品，"难道是检测仪器和自己开了一个玩笑"？

　　"野合君，你说过的，这两件瓷器一定是真的，为什么，为什么会这样啊?!"

　　山木本来还克制自己，但是心中的恐惧和怒火让他的声音越来越大，并且随着喊声，伸出双手抓住了野合的衣领。

　　在山木心里，这一切都是野合造成的，是他鼓动自己去中国买回瓷器，也是他鼓动自己作假，制造出这一系列事件。

　　总之，此刻的山木已经将所有的错误全部推到了野合身上，但是他也不想想，如果不是自己的贪欲，会有现在的局面吗？

　　"我不知道，我不知道这是为什么，还有还有一件瓷器……"

　　野合也完全傻了眼，他想象中的狠狠打中国人一耳光的场景并没有实现，反而是自己头上挨了一闷棍，这一棍子打得他昏昏沉沉，不知道东南西北。

　　当野合看到桌上的那件四系瓶后，顿时双目发红，就像一个刚把老婆输出去的赌徒一般，也不知道从哪里来的力气，一把将比他年轻二三十岁的山木推到一边，几步冲到桌子前。

　　"啪！"

　　野合并没有拿锤子敲，而是直接举起瓷器将之狠狠地摔在地上，四溅的碎瓷让众人纷纷躲闪，而野合就像一只野狗似的，整个人都趴在地上翻找着那些破碎的瓷片。

　　"我还没有输，大日本还没有输，一个瓷器说明不了什么！"

　　野合的手肘和膝盖被地上锋利的瓷片割得鲜血淋漓，不过野合完全没在意，心中的执念让他忘却了疼痛，仍然在地上找寻着。

　　"哈哈，哈哈哈，没有，这个瓷器内没有字，中国人，你们输了，你们输了!"

把面前所有碎瓷都扒拢了一遍之后,野合状若疯狂地大声笑了起来,脸上不知道什么时候被划破一道伤口,鲜血顺着脸颊滴在身上,整个人就像疯子一般。

和方才田教授的坚毅相比,野合现在的表现就像一个小丑呈现在世界人面前,他的态度已经说明了很多问题。

"野合先生,您……要找的是这个瓷片吗?"

一口流利的美式英语在会场响了起来,将众人的目光都吸引了过去。

那是一个金眼碧发的美国女记者,她手里拿着一块残破的碎瓷片,面向众人的瓷片内壁上,清清楚楚刻着"许,2006 年 4 月 4 日"这么几个字样!

很明显,两件所谓的"古瓷"是出自同一天、同一人之手,这是不可驳斥的证据,所有的记者和摄像机,忠诚地记录下这里发生的一切。

"这……怎么可能,新烧制的瓷器,怎么可能被碳十四鉴定为一千年前的艺术品啊?"

野合整个人都傻了,呆呆地站在那里,当他看清美国女记者手中的瓷片后,顿时急怒攻心,"噗"一声吐出一口鲜血,整个人向后倒去。

野合昏倒引起了现在一片混乱,会场的工作人员连忙打了急救电话,把他抬到外面。

这些日本人见证了今天发生的事情,知道这一切的缘由。就是这个晕倒的人,带给整个日本难以洗刷的耻辱,所以对野合都没什么好感,七手八脚地把他抬出去后,就扔在了外面的长椅上。

趁着现场的混乱,山木也在保镖的拥簇下狼狈地离开了会场,他不知道如何面对中国人的质问,如何向国民解释他所谓的"古瓷"。

看着电视里野合凄惨的样子,听到野合的疑问,远在北京的庄睿脸上露出一丝冷笑。

中国对古玩的仿制技术,可以说真是到了炉火纯青的地步。

徐国清最初在制作这两个物件的时候,收集了大批磁州窑碎瓷,他将瓷片上的釉色刮下来,将瓷胎磨成粉末掺到瓷胚中,然后入炉烧制。

等瓷器烧出八分火候,再用原先的釉料给其上色,回炉二次烧制,这种工序十分繁琐,只要出一点点纰漏,整炉瓷器都会废掉,要不然徐国清也不会花费庄睿一千多万。

这样烧制出来的瓷器，即使用碳十四检测也拿它没办法，除非将整件瓷器打碎了检测，单单刮一些底座釉粉的话，根本就无法检测出它真实的年代。

有句老话说得没错，欲要使其灭亡，先要使其疯狂，经过碳十四检测后，野合自认为是万无一失，才会做出向中国挑衅的事情来，只是他没想到，科技手段在强大的"中国制造"面前也失去了作用。

"好，真是大快人心！"

秦浩然看到这一幕后，重重地拍了下手掌，差点没将怀里的外孙子给甩出去，一旁的丈母娘看到后，马上把方方抱了过去，还顺手在老公腰上掐了一记。

"哎哟，小睿，等这位田教授回国，你一定要给我介绍一下，真是扬我国威啊……"

秦浩然喊了声痛之后，眼睛又看向电视，这会儿各个新闻媒体，正将田教授团团围在中间，至于野合与山木，却没有人关注他们的去向，失败者向来是不受人待见的。

"各位记者朋友，事实真相是什么，现在已经大白于天下了，日本人所谓的'古瓷'，就是一场彻头彻尾的闹剧，而他们之前所发布的那些学术文章都是虚假的，我希望有关方面能站出来做出解释，为何会出现如此卑劣的事情？"

田教授到底还是学者，虽然心中气愤，但是说出卑劣两个字已经是他的极限了，这要是换做庄睿在上面，直接就会喊出这个民族都是卑劣的，当然，那样的话估计他也很难离开日本了。

说完上面那番话后，田教授让人收拾好碎瓷片，匆匆离开会场，就在他的身影消失在门后的时候，庄睿看到一个熟悉的背影。

"庄哥，怎么样，这出戏过瘾吧？"

过了一个多小时后，庄睿接到了彭飞的电话，看了岳丈一眼，庄睿拿着手机走到屋外。

二月的北京寒风刺骨，被凉风一吹，庄睿刚才的兴奋也消散了不少。

"你小子注意安全，也要保护好田教授，日本的右翼分子还是很猖獗的……"

庄睿知道，彭飞刚才一直都在会场，只是隐蔽得比较好，没有暴露在摄像机里罢了。

"我知道，田教授去休息了，明天就回国，庄哥，这英雄角色原本应该是你来当的呀，怎么样，有没有点失落？"彭飞在电话里笑了起来。

"滚一边去，我有什么好失落的？"

庄睿笑骂了一句，他对这个结果非常满意，这事儿他是打死不能露头的，否则明眼人都能看出这是庄睿做的局了。

"行了，明天晚上我去机场接你们……"

挂断电话后，庄睿长长地舒了口气，他很期待明天各大媒体宣传这件事情的时候，日本政府会是一副什么样的嘴脸？

第二天下午，庄睿早早地将车开进了机场里，等了足有两个多小时，从日本到北京的航班才降落在首都机场。

"彭飞！"

庄睿向走下飞机的彭飞招了招手，手里拎着个箱子的彭飞马上跑了过来，说道："庄哥，马上过年了，家里那么忙，都说了不用来接啊……"

"你小子，得便宜就卖乖吧……"

庄睿笑着在彭飞胸口打了一拳，抬眼看到田教授向自己走来，连忙迎了上去。

庄睿此次布的局，虽然没有什么大的纰漏，但是最后要不是田教授配合得好，让山木同意损坏瓷器，这件事情还真不知道该如何收场。

庄睿伸出双手和田教授握了一下，笑着说道："田老师，昨儿可是见到您大义凛然退倭寇啊……"

"你小子，这事办得可不地道啊，昨儿把我紧张得心脏病都快出来了，可不许再有下次了……"

田教授虽然是在数落庄睿，但是脸上却带着笑意，能见到日本人吃瘪，绝对是中国人最高兴的事情，尤其是年龄稍大的那一辈人。

经过这次的事，田教授和庄睿的关系也近了不少，怎么说都是同一个战壕的战友，只是一个冲锋在前，一个出谋在后罢了。

"孟教授，协会有人在外面接您，我就先走了啊，过几天我做东，您可一定要赏脸……"

田凡此次在日本引起了相当大的轰动，不仅是学术界，就连国家相关部门也注意到了这次事件，现在在机场外面迎接田教授的最少有几百人，所以庄睿才有这番话。

"别，我老田最怕这个，平时开会都不愿意去的，我就跟你的车走……"

田教授一听庄睿提起这茬儿，顿时苦了脸，别看他在电视上表现得泰然自若，其实平时话不多，也没做好要当英雄的心理准备。

庄睿迟疑了一下，说道："这……不好吧？那么多人等在外面呢……"田教授如果真的跟自己跑了，那外面的人岂不是白来了？

"我老田一辈子就没享受过那待遇，也不想去出那个风头，再说专家组又不是我一个人……"

田教授说到这里顿了一下，接着说道："有些人最喜欢热闹，我就把机会留给他们吧。小庄，你这次算计了我一次，这点小忙可是要帮啊……"

田教授说着话拉开了车门坐了上去，那个新闻发布会召开之前，内部的异议很大，不仅同去日本的专家不认可，就是领队也不同意。

最后还是田教授顶住了压力，写下保证书，这才得到相关领导的默认，所以在新闻发布会上，只有田教授一个专家在座。

所以田教授对这些人并不感冒，他宁愿回家去吃老伴做的饭，也不愿意去搞那些庆功会之类的形式主义，帮那些所谓的领导增加政绩。

"得，您开口了，小的照办……"

庄睿突然想起老丈人的交代，接着说道："田教授，您要是上了这车，我给您庆功可不许跑啊……"

田教授一听庄睿的话，还没来得及说话，庄睿就冲着刚下飞机的几个人摆了摆手，驱车扬长而去，看得后面那些人面面相觑，不知道发生了什么事。

第四章 幕后主使

此次来迎接专家组的规格可是不低，故宫博物院的领导，文化部的领导，收藏协会的会长，还有各种民间组织，足足有数百人围在机场出口处。

好几个大牌子上都写着迎接专家组田教授的字样，只是等人都出完了，只见到其他几个专家，田教授却不见了踪影。

"田教授呢？怎么就你们几个？"一个腆着大肚子，领导模样的人向专家组的领队问道。

"吴厅长，田……田教授被庄老师给接走了……"那位领队本身就是文化部的人，现在见了领导，说话都有点结结巴巴的。

"瞎胡闹，什么庄老师不庄老师的？我们这么多人等在这里，这不是无组织无纪律吗？给那个什么庄老师打电话，让他回来！"

好嘛，吴厅长一听有人比他面子还大，顿时火冒三丈，在现场的人里以他的行政级别最高，当下就发作了起来。

"吴厅长，那位庄老师……"

专家组倒是有人认识庄睿，当下附耳在吴厅长耳边说了几句，听得吴厅长面色一变，说道："这次诸位专家们都辛苦了，大家请上车，部里给大家准备了庆功会……"

吴厅长似乎忘了刚才的不快，面不改色地一一和众位专家握手后，带头离开了机场。

只是正主不见了踪迹，剩余的专家又根本没在电视上露脸，也没人代表发言，这次迎接算是搞得虎头蛇尾。

不过那位吴厅长也没敢再口出恶言或者摆官威，大部长的外甥，那岂是他能得罪的？

"庄哥，还是北京好，大街上多喜气啊……"

后天就是除夕了，此刻的北京已经装扮一新，到处都洋溢着过年的气氛。

这些年人们的生活好了，就越发回到七八十年代过年时的气氛，禁炮令也被解除了，坐在车里不时能听到街边传来零散的鞭炮声。

"是啊，你小子也快当爹了，过得可真快啊……"

庄睿被彭飞的一番话勾起了心思，这已经是在北京过的第二个年了，几乎是一年一个变化，如果不是儿女出世，庄睿都有一种不真实的感觉。

"这几年还好，老北京的年味又回来了，不过比起七八十年代，还是差远喽……"

田教授也有些感触，社会发展越来越快了，但是一些老的传统也被淘汰了，像耍猴的，卖大力丸吞刀剑的，这些天桥把势可是田教授那个年代最常见的。

"嘿，小庄，你这是要带我去哪儿？"

田教授说着话，看到车子居然向郊外驶去，不禁有些疑惑。

"呵呵，田教授，家里准备了便宴，让您给我们谈谈此次日本之行惊心动魄的故事啊。"

庄睿闻言笑了起来，他刚才给老妈发了短信，准备晚上在家里招待孟教授，正好让老丈人见一下，昨天晚上秦浩然可是拉着庄睿念叨了半夜。

"你小子，我这连老伴还没见呢，别以为出什么事了……"

田教授摇了摇头，拿出手机给家里打了个电话，其实他对那位制作出这几件瓷器的神秘人物也十分倾慕，正想和庄睿谈一谈呢。

"爸，这位是田教授。田老师，这是我岳父，对您可是景仰得很啊，这不，把您拉来就是奉了岳丈大人的旨意……"

庄睿和秦浩然接触多了，感觉自己这岳父十分开明，所以没事也会开上几句玩笑。

秦浩然此刻也像个追星族似的，上前紧紧握住了田教授的手，说道："鄙人秦浩然，欢迎田老师，田老师在电视上的风采让我辈自愧不如啊……"

"不敢当，我只不过是个执行者，小庄才是主谋啊……"

见秦浩然温文尔雅的样子，田教授也不敢怠慢，笑了笑接着说道："我比您还小上几岁，叫声田老弟就行了……"

"什么执行者、主谋？"

秦浩然有些不知所谓，但还是让开身子请田教授进入客厅，秦老爷子也站在厅里相迎，众人又是一番见礼。

家里的饭菜早就准备好了，为了让几个男人能更好地聊天，欧阳婉带着媳妇和亲家母去另外一个餐厅吃饭，把地方留给了庄睿等人。

秦老爷子也是八十多岁的年纪了，身体不太好，不过还是坚持敬了田教授一杯酒，才在秦萱冰的搀扶下回房去休息了。

"田老师，先恭贺您此次日本之行扬我国威，咱们干一杯……"老爷子离开后，庄睿举起酒杯，敬了田教授一杯。

其实庄睿此次让彭飞去日本，准备了不止一套方案，将事情原委说给田教授听，只是他准备方案的一种。

虽然以前和田凡多有接触，但是庄睿也没想到田教授有如此风骨，扛着巨大的压力，居然真的将这件事情给办成了。

"小庄啊，到底是怎么回事你比谁都清楚，就不用往我老田脸上擦粉啦……"

田教授干了这杯酒，也没动筷子，接着说道："你这事虽然玩得险，结果总算是还不错，但是下次再也不能这么做了，这种事情有一无二啊……"

"田老师，我知道了，不管怎么说，这件事情还是要谢谢您，否则我真不知道该如何收尾呢……"

庄睿点了点头，摆出一副受教的模样，这件事所引起的风波和影响，远远超出了庄睿的想象，再让他玩这么一把，他还真不敢了。

"田老弟，你们……这……这说的都是什么啊？"

从刚才在门口说的话，秦浩然心里就存着疑问，现在听了二人的对话更是云里雾里地摸不清头脑了，似乎自己这女婿和"古瓷"事件还有关联。

"秦老哥您不知道？"

田教授愣了一下，看了庄睿一眼接着说道："这件事从头至尾可都是您这女婿搞出来的呀……"

田凡也不知道庄睿这事如此保密，连岳丈都不知道，顺口就说了出来，他也无不有报复庄睿的心思，这小子之前的行为简直就是拿自个儿当枪使。

"什么?!"

秦浩然刚刚喝进嘴里的一杯酒直接喷了出来，看向庄睿的脸上全是不可置信。

"爸，您别激动啊……"

秦浩然这一激动不要紧，一口酒全喷在了庄睿身上，搞得庄睿手忙脚乱地拿纸巾擦了起来。

"小睿，田老弟说的是真的?"

秦浩然没想到自己这个做事一向都比较低调的女婿，居然策划出了这么大一件事，可以说在最近两个月，中日两国的关系都因为这件事搞得紧张起来。

厅里有暖气，庄睿把一身酒气的外套脱下来之后，才看向秦浩然，说道："爸，我也没想到这事会惹出这么大的风波。

事情是这样的，前一段时间我投资的一个陶瓷研究所，成功烧制出了磁州官窑的仿制瓷器……

本来我是想拿到朋友的拍卖场去试下水，看看能否被人鉴定出来，谁知道那个叫山木的愣是要买下来，我当时已经把价格提得很高了，但还是被他给买去了，这硬是往手里塞钱，我总不能不要啊?"

庄睿脸上露出一副很委屈的表情，看得秦浩然和田教授都很无语，这小子是典型的得了便宜卖乖，顺带最后还扇了对方一耳光。

要是想不卖的话办法多得是，直接当场砸碎了不就完了? 还用憋着坏故意抬价让别人买回去?

秦浩然第一次发现，自己这个看上去蛮老实的女婿，居然是那种大智若愚，将别人卖了还会帮他数钱的主儿!

"那……那你昨天干吗不告诉我啊?"

这中间曲折的故事听得秦浩然是目瞪口呆，等庄睿说完之后，他才想起来，昨儿自己这女婿在自己等人着急的时候，可不是摆出一副胸有成竹的样子吗?

"爸，人家不是不好意思夸自个儿吗。"

庄睿这句话杀伤力更大，让坐在一旁的田教授和彭飞同时都喷出酒来，房间里响起了一阵笑声。

"现在插播一条新闻，刚刚接到消息，在日本东京银座大厦，出现一起跳楼事件……

经查实，死者为日本陶瓷协会会长，今年五十二岁，坠楼后当场死亡，经过初步调查，野合是自杀行为，具体原因还有待调查……"

庄睿等人正聊得开心，电视机里的一则新闻把几个人的注意力都吸引了过去，一时间，房内沉寂下来。

感觉冲击最大的，自然是庄睿和刚刚离开日本的田教授了，他们两人都没想到，野合居然会以自杀结束自己的生命，来回应这次发生在日本的丑闻。

虽然新闻里说自杀原因不详，但是谁都知道，野合自杀的导火索就是此次"古瓷"事件。

秦浩然怕庄睿他们有什么心理负担，连忙出言说道："小睿、田老弟，这事不能怪你们，完全是这些日本人咎由自取的……"

"就是，哥，要是按我的想法，直接就把这两个人给……"

"行了，彭飞，去陪你媳妇去，别扯淡……"庄睿打断了彭飞的话，再怎么说，这也是一条生命逝去。

"小庄，日本鬼子死再多，咱都不带伤心的，想当年我爷爷就是二十九军大刀队的，亲手砍过二十二个小鬼子的脑袋……"

田教授倒是一点没受影响，听完这则新闻后，居然接连痛饮了三杯酒，尤其是这番话说出后，田教授那瘦弱的身体竟然让众人感觉到一种粗犷的豪情来。

"呵呵，我没事，就是这个消息有点突然而已……"庄睿闻言笑了起来。

其实经历过那次海岛之行后，庄睿心性并没有众人想得那么脆弱，至少他对阿沙力就动了杀心，如果不是金刚代劳的话，庄睿也会亲手杀掉阿沙力的。

所以野合自杀，只是让庄睿微微感到些别扭，这也是人之常情，任何人知道自己曾经见过或者熟识的人死亡，不管那人是朋友还是仇人，肯定都会有一些情绪波动的。

"日本文化厅到现在都没公开道歉，估计日本又会把这事推到死鬼野合身上，这个民族就是如此，从来都不敢正视自己的错误，一群自大而又自卑的人……"

庄睿看新闻报道上没提一句关于此次"古瓷"事件日本方面的态度，心下早已了然，估计野合死了之后也会被泼一身脏水。

"我爷爷要不是早年挨了几刺刀，也不会建国后就去世了，来，喝酒！"

田教授今儿的表现让庄睿刮目相看，原本挺儒雅文静的一个人，也有着豪爽大气的一面，虽然个头儿不高，但是气势十足。

"田老师，把您爷爷的事情讲一讲啊……"

庄睿不想再在"古瓷"事件上纠缠，故意岔开了话题。

"嘿，要说我爷爷，那当年也是一号人物，一把大刀使得老蒋都知道，并且还颁发了那个什么'青天白日'勋章……"

田教授也有了三分酒意，听庄睿提及祖上，顿时眉飞色舞地说了起来。

听田教授把家谱这么一报，庄睿等人才知道，敢情田教授祖上的来头还真是不小。

田教授祖上是习武世家，在河北地区都赫赫有名，不过在上世纪二十年代，田教授的爷爷加入了冯玉祥的西北军。

老爷子跟着冯大帅南征北战，参加长城喜峰口战役时就是营长了，后因作战勇猛而升为团长。

不过后来田教授的爷爷因为身上多处负伤，身体不适合再留在部队了，才脱离了军队。

那会儿的国民党部队，不管是正规军还是地方军，只要是当官的都有钱。

田教授的爷爷也是如此，在部队十多年也积攒了不少钱财，回到地方后除了发妻之外，五十多岁时又娶了两房姨太太，也不知道他那身体怎么撑得住。

田教授的父亲是京大的学生，毕业后靠着老子的钱在北京城开了一家古玩铺子，算是没继承祖上的家业，弃武从文了。

虽然新中国成立后古玩铺子没了，但是田教授在父亲的熏陶下，还是吃了古玩这行饭，到现在也算是有所建树。

不过在田教授的身体里，还流淌着祖辈刚硬的鲜血，他此次前往日本，简直就是抱着再打一场抗日战争的心态去的。

　　所以田教授和日本人算得上是世仇，见到野合自杀，心里只有痛快，这酒也喝得愈发香了。

　　这顿饭一直吃了三个多小时，在座的几个人都是见闻博广通古晓今，聊得非常尽兴，最后田教授也喝多了，嘴里唱着"大刀向鬼子们的头上砍去"，被庄睿扶到客房去休息了。

　　其后的几天，来自东京的消息不断传到庄睿的耳朵里，让他吃惊的是，在野合自杀之后，山木也紧随其后，在寓所剖腹自杀了，他死得要比野合更有勇气一些。

　　有关方面在搜索他们的住所时，发现两人都留了遗书，山木更是留下一个视频录像，在录像里说明此次事件是他们私人的行为，对日本民众造成的伤害表示了忏悔。

　　野合的遗书也是大同小异，都是对日本政府或者民众进行道歉，唯独没提一句这个事件给中国带来的不利影响。

　　庄睿看完这个新闻报道后，心里原本的最后一丝愧疚也荡然无存了。

　　随后日本文化厅就召开了新闻发布会，对此次事件做了一个总结性的报告，主题当然是往那两个死鬼身上泼脏水了，政府只承担了一个监管不力的责任。

　　至此，这件沸沸扬扬闹腾了两个多月的事件，终于落下了帷幕。

　　不过这件事还是留下了深远的影响，最起码日本的学术界从此再也不敢说什么中国文化传承自日本之类的话了。

　　就连本来大肆宣扬屈原和孔子是他们国家国民的韩国人，在此后也偃旗息鼓，不再提这话题了，实在是"中国制造"过于厉害，不但骗了好几亿，还愣是逼死俩人，谁还敢触这霉头呀？

　　庄睿度过一个热闹的新年后，主要的精力都放在了学业上，今年是他读研的最后一年，也将是最忙碌的一年，因为不但有毕业论文要写，庄睿还要参与考古发掘。

不过庄睿感觉这两年多的时间根本不足以让他了解博大精深的中国古代史，最终还是选择了接着读孟教授的博士生。

"我国墓葬的起源，最早可追溯到新石器时代，不过成规模有建制的墓葬发源于商周，至春秋时多见大墓，但是战国到秦朝的时候，其规模就远不如前了，当然，秦始皇陵是个例外……

中国墓葬的鼎盛时期要数汉代，汉代盛行厚葬，墓中陪葬品是历朝历代最丰厚和精美的……

汉墓多为崖墓，黄河中下游地区的崖墓多为诸侯王陵或贵族大墓，一般有墓道、甬道、耳室、中室、后室，随葬大量精美器物。我们今天要讲的，就是汉代的崖墓分布和对后世墓葬的影响……"

庄睿坐在课堂上，不停地记着笔记，今天这堂课是孟教授每学期上的为数不多的公开课，不单是他，任博士和阚雨涵也都在座，认真地做着笔记。

距离年后重新回到学校，已经过了两个多月，庄睿这还是第一次见到任博士和阚雨涵，听孟教授说，他们二人都去外地进行现场发掘了。

上课之前，庄睿和他们打了招呼，读书读到了研究生，那种同学间的友谊远不如在大学时来得真诚和纯洁了，在这一年多时间，庄睿和几人的交往并不是很多。

阚雨涵比庄睿初识的时候黑了一些，这是因为她最近半年都在四川主持挖掘一个汉代大墓，整天风吹日晒的，皮肤自然好不到哪里去。

不过阚雨涵的精神状态不错，以二十五六岁的年龄就能主持一个重大的考古发掘课题，手下带着不少四五十岁的老科考人员，不能不说是有孟教授的面子在内。

任博士更是春风得意，去年由他协助孟教授主持的一个课题，得到突破性进展，由此任博士正式留校了，并且评上了副教授。三十多岁的副教授，即使在京大都算是年轻有为的模范了。

至于庄睿的另外两个博士"师兄"，去年六七月份都已经毕业了。

和庄睿有些不大对付的姜博士，虽然后来努力和庄睿修复了关系，庄睿也没为难过他，但是姜博士最终还是没能留京，回到地方一家博物馆任职，进去之后就被特聘为副馆长，待遇还算不错。

而一直和庄睿关系保持不错的吴兆，毕业后就进了庄睿的定光博物馆。

要说吴博士的能力的确不错，进入博物馆后，从最开始普通的管理人员短短半年就成了定光博物馆的副馆长，这让庄睿都颇为吃惊。

庄睿为此还专门问了一下皇甫云，按照皇甫云的解释，他本人是负责外联的，另外一位副馆长是负责技术，吴兆人年轻，有技术也有管理能力，所以才把他提为副馆长的，听了皇甫云的解释，庄睿也释然了。

第五章 | 出土明器

"嗯？谁的电话？"

正在认真做笔记的庄睿忽然感觉裤兜里的手机震动起来，抬头往四周看了一眼，幸好是坐在教室门口，庄睿站起身悄悄地溜了出去。

在大学就是这点好，上课的时候来去自如，当然，这不是菜市场，您进出的时候不能打扰授课老师。

"喂，猴子，什么事？我正上课呢……"庄睿走到课室外面的走廊上，按下了接听键。

"庄哥，刚刚有人拿了几个物件来，我看不准，这才给您打了电话，您要是有空，来看一眼吧？可是有日子没见您了，您也来视察下工作呗……"

在北京待了也快三年了，猴子现在比以前稳重了许多，说话之间少了浮躁多了些文气。

这几年猴子跟着葛师傅学了一手印章篆刻手艺，并且整天待在潘家园，看到的过手的物件着实不少，眼力也锻炼出来了，对一些物件的鉴定，也能说出个深浅了。

而葛师傅年龄大了，手有点儿不稳，已经很少亲自篆刻印章，大多都是猴子经手的，虽然要价没葛师傅高，倒也不少赚钱，一月最少也有三五万，看得大雄都有点眼热。

庄睿听了猴子的话，不禁笑骂道："你小子，想让我请客就直说啊，还拐弯抹角的，是不是工资又被媳妇给保管起来了？"

猴子去年秋天结的婚，媳妇就是他在小区勾搭的一个离了婚的少妇，那少妇还带着个两岁大的女儿，直接让猴子晋升成了爸爸。

那女人对猴子不错，每天洗衣做饭的，唯一就是见不得猴子口袋有钱，原因就是上一任老公兜里有了钱就变坏了，所以对猴子实行了经济管制。

庄睿也兑现了承诺，把从欧阳军手里敲来的三套房子，给猴子和大雄分别过了户，猴子家里没什么亲人，大雄则把老娘接到了北京，也算是浪子回头金不换的典范。

"庄哥，我媳妇还是很大方的，一天最起码给一包中南海的钱啊……"

猴子现在小日子过得很快活也很满意，回到家热菜热汤热被窝，还有个长得像瓷娃娃般的孩子喊爸爸，所以即使每天抽着六块钱一包的中南海，也一天到晚乐呵呵的。

"呵呵，你小子也就这么点追求了，行了，别扯淡了，具体是什么东西你看不懂？电话里先给我说说吧……"

庄睿知道猴子这几年在潘家园算是熏陶出来了，一般的物件打不了眼，现在说拿不定主意，那是真碰到难处了。

猴子听了庄睿的话，也不再开玩笑了，正色道："庄哥，是几件青铜器，还有一个玉人，东西不像是假的，但是……应该都是明器，我拿不准收不收……"

明器指的就是冥器，顾名思义，这物件就是专门为随葬而制作的器物。

一般是用陶瓷木头玉石制作的，也有金属或纸制的，除日用器物的仿制品外，在一些王侯墓葬里，还有人物、畜禽的偶像及车船、建筑物、工具、兵器、家具的模型。

明器的出处自然是来自墓葬，猴子之所以拿不定主意，也是这个原因。

要知道，做古玩这行的虽然也会收明器，但那是根据物件来的，一些比较敏感的东西，如青铜重鼎之类的物件，正规古玩店（国内叫艺术品店，目前还没放开古玩店的审批）是不敢收的，万一出点纰漏。

"这样啊？那我现在过去一趟吧，你喊上大雄和老赵，咱们中午吃一顿，下午你约人，我看看东西再说……"

庄睿一边说话，一边看了下手表，已经中午十一点了，挂断电话之后给任博士发了个短信，让他帮自己跟老师解释一下，去停车场开了车往潘家园赶去。

"嘿，猴子，你小子不吃亏啊，这一家三口都来啦……"

宣睿斋的定点饭店，就是潘家园不远的一个酒店餐厅，平时中午吃饭也是从这里叫，庄睿刚一进包间，就看到猴子正在逗他女儿玩。

"嘿嘿，庄哥，我女儿正长身体呢，您请客当然要来沾点油水啦……"

猴子脸皮厚，对庄睿的话根本不以为意，倒是他媳妇站起身来，招呼了声庄总。

"来，妞妞，叔叔抱抱……"

庄睿一坐下就把猴子的便宜女儿抱了过去，这小丫头比自己的两个孩子大半岁，粉嘟嘟的很是可爱。

大雄的媳妇在珠宝店上班，中午没时间过来，只有猴子一家人和赵寒轩，算是庄睿比较早的班底了。

"老赵，东西你也看了吧？感觉怎么样？"

等菜上齐之后，庄睿把小丫头交给了她妈妈，要了几瓶啤酒，和赵寒轩等人喝了起来。

"嗨，你别哪壶不开提哪壶啊，我都说了，以后不看青铜器，那玩意儿忒刺眼……"

赵寒轩听了庄睿的话后，没好气地瞪了他一眼，自从上次交了一千万的学费后，谁和这老哥提青铜器他跟谁急，别看庄睿是老板，老赵一发火庄老板也得赔笑脸。

"得，您当我没问，我问猴子……"

庄睿也知道赵寒轩不是真生气，当下转脸看向猴子，说道："真假你能看出来，这物件出自什么陵墓，能估摸出来吗？"

庄睿这是存着考究猴子的心思，现在宣睿斋收取古玩，一般都是猴子掌眼，除了涉及金额比较大的，庄睿才会来转悠一圈。

提到正事，猴子摆正了脸色，说道："庄哥，依我看，估计来头不小，东西的造型像是汉代的，最少也是个王侯大墓，而且……"

猴子看了坐在对面的那娘俩一眼，压低了声音道："而且这物件看着像是生坑的玩意儿……"

天下的古玩，十有八九都是从墓葬里流出来的，不过分为生坑熟坑而已，熟坑指的是出土已久的东西，以新中国成立前为分水岭，可以在市面上流通的古董。

生坑则不然，指的是新中国成立后出土的物件，这是国家明文规定不许倒卖的，如果是一些很特殊的东西，指不定查出来就会安上个销赃罪。

"哦？那要见识一下了，等会儿吃完饭猴子你送妞妞回家，然后约他们下午来……"

庄睿听到是生坑的明器，不由眼睛一亮，他经手的古玩虽然不少，但大多都是传承有序出土多年的，除了余老大那批赃物之外，庄睿还真没怎么接触过新出土的古董。

想着过段时间就要去进行现场发掘实习了，现在有机会见到生坑物件，庄睿自然不想错过了。

猴子媳妇听了庄睿的话后，连忙说道："庄总，等下我们娘俩自己走就行，有车不怕的……"

"是啊，庄哥，我现在就给他们打电话，这俩人不像是熟手，到处找人看货，晚了还不知道要磨叽到几点能来……"

猴子说着话掏出了手机，起身打电话的时候还不忘把庄睿放在桌子上的一盒中华烟揣在兜里。

"老赵，最近生意不错，你们辛苦了……"

庄睿找上赵寒轩碰了杯酒，虽然猴子和大雄都成长起来了，但是这店子没赵寒轩还是不成，他在这行当干了二十多年，人面之熟远不是猴子和大雄能比的。

"说那些干吗，当年要不是你拉了我一把，我老赵现在不知道躲哪疙瘩要饭呢……"

赵寒轩摆了摆手，他现在小日子过得不错，每年也有两三百万的进账，钱不比以前少赚，又不用担什么风险，老赵早没有了自立门户的打算。

"呵呵，老赵，当初就是没我，你也会东山再起的，一时的挫折不算什么……"

有赵寒轩打理"宣睿斋"，几乎不用庄睿操什么心，而这几年宣睿斋也为庄睿创造了近千万的利润，现在宣睿斋的文房四宝已经享誉整个北京城了。

正说话间，猴子拿着手机走了进来，说道："庄哥，联系好了，他们一点半到店里，咱们这也吃得差不多了吧？"

庄睿看了下表，已经快一点了，站起身端起酒杯说道："把杯中酒干了！"

"叔叔，我也要……"

妞妞见一群大人都站起来，也从妈妈怀里挣脱开来，奶声奶气地说道，引得一帮人哄堂大笑。

看着大雄和猴子，庄睿的思绪有点飘忽，几年前和这俩伙计初识的时候，整个就是一碰瓷下套儿的混混儿，现在也算是改头换面人模人样了。

临走的时候庄睿又叫饭店打包了不少饭菜，店里还有俩伙计看门呢。

潘家园似乎比以前更热闹了，各种语言的讲价声此起彼伏，让久居郊外的庄睿感觉有些新奇，一路在散摊上寻摸了起来。

不过他今天的运气显然不是很好，接连看了十多件造型古朴、做工精致的物件都是现代仿品，而且那摊主叫的价简直比真品还高，看得庄睿连连摇头，这古玩生意是越来越不好做了。

回到"宣睿斋"，喝了杯茶等了一会儿，两个个头儿不高的年轻男人走进了店里。

"老板，东西拿来了……"

走在前面的小伙子一眼看到猴子，上去把手里用花布包裹包着的器物，重重地放在猴子面前的柜台上，发出"砰"的一声闷响。

那小伙子身后的人手里，也拎着一个包裹，两个包裹长宽都有一米大小，能看出里面塞了不少东西。

"哎哟，我说兄弟，咱能轻点吗？您的物件砸不坏，我这柜子可是玻璃的呀……"

猴子一把提起那包裹，心疼地看了看玻璃柜面，其实他这是故意装的，这里面盛放着海盗金币和珠宝的柜子，可是用防弹玻璃特制的。

庄睿从克劳斯宝藏中得到的金币和珠宝实在是太多了，博物馆放了一批，家里还剩下许多。

这些有年头的东西肯定不能按照黄金的价格卖的，所以庄睿干脆摆在"宣睿斋"一部分，还别说，真有一些识货的老外用高价买走了不少。

"对不住，大兄弟，俺们是乡下人，你别见怪啊……"

后面那个年轻人连忙拉了自己的同伴一把，小心地向猴子赔了个不是。

庄睿看着这二人的打扮和神态，眉头不禁皱了起来。

这哪里是自己曾经见过的专业盗墓贼啊？整个就是俩农民，庄睿没有歧视农民的意思，主要是和当年的余氏盗墓团伙相比，这哥俩也太不专业了。

别的不说，单是两人这大大咧咧拿着古董来店里的态度，就让庄睿目瞪口呆，这不是上赶着让警察来抓他们吗？

要知道，潘家园可是有个派出所的，专门就是针对这些文物贩子们来的。

庄睿不知道这哥俩究竟是运气好还是怎么着，在潘家园转悠了这半天，居然还没被警察给提溜进去？

庄睿实在看不过眼了，走上前问道："二位，怎么称呼啊？"

开始那个愣头青打量了庄睿一眼，反问了一句："你是谁？"

"这是我们老板……"猴子在旁边说道。

"你们老板？合着你不是老板啊？那我们和你废了半天话干吗？"

那个愣头青一句话差点没把猴子给憋死，这哥儿们说话太损了啊，别管怎么说，猴子现在也是古玩柜的大掌柜，"宣睿斋"的三掌柜，在潘家园也是有头有脸的人物。

"二牛，你不说话会死啊，妈的，回去我再教训你。这位老板，对不住啊，他就是个浑性子，不是故意的……"

幸亏这人后面还跟着个明白人，否则庄睿真不知道该怎么和他们打交道了。

后面这人一介绍，敢情这是亲兄弟俩，老大叫张大牛，老二叫张二牛，两人都是河南人，第一次到北京，下了火车一问哪里有卖古玩的，被人指到了潘家园。

"大牛、二牛，你们先吃点东西吧……"

简单地说了几句话，庄睿看出这兄弟俩都挺朴实的，虽然大牛带了点农民式的狡狯，但比城里人不知道质朴多少倍了，这让庄睿对两兄弟感觉不错。

而且二牛那眼神自从进到店里之后，就一直盯着正在吃饭的俩伙计，咽喉处不时做着吞咽的动作，喉结上下滚动，看到这动作，庄睿就知道俩人应该还没吃饭。

"好啊，好啊，这北京城的东西真他娘的贵，一碗米饭几个菜叶子就要二十块钱，这不是欺负俺们外地人嘛……"

二牛听了庄睿的话后，顿时双眼放光，毫不客气地向俩伙计吃饭的地方走去。

大牛连忙一把拉住自己兄弟，看向庄睿说道："老板，这……这多不好意思，要不，回头东西我给你算便宜点……"

大牛虽然比兄弟明白事理，但也舍不得花钱去外面吃饭，兄弟俩兜里一共揣了三百块钱，一顿饭吃掉四十，那还要不要回家啊？

庄睿笑着摆了摆手，说道："没事，你们先吃吧，等会儿菜凉了就不好吃了，吃完咱们再谈……"

庄睿从饭店里带回来四菜一汤，分量挺足了，六个人吃都绰绰有余。

不过庄睿显然低估了二牛兄弟俩，这哥俩一上桌，风卷残云般将饭菜都吃完了，二牛似乎还没吃饱，端起汤盆把里面最后一点汤都喝掉了。

"两位兄弟，对不住，你们还没吃饱吧？"

大牛看着身边目瞪口呆的俩伙计，有点儿不好意思。

"没……没事，饱了，饱了……"

古玩行最忌以貌取人，所以俩伙计虽然只吃了个三分饱，但并没有表现出不快来，再怎么说这两人也是店里的客户。

二牛拍了拍肚子，他长这么大还没吃过这么好吃的饭菜，就是分量有点少，二牛虽然人混，但也知道知恩图报，当下压低了声音，对大牛说道："哥，这老板人不错，要不然，咱们把那个最小的东西送给他吧？"

虽然压低了声音，但是二牛的嗓门儿还是让整个店里的人都听到了，庄睿不禁笑了起来，说道："大牛、二牛，吃饱了就进来，让我看看你们的东西……"

庄睿率先走进后面的隔间，走到门口停住了脚，对猴子说道："再叫几份饭菜来，我看小于和小李都没吃饱……"

二牛一听还有饭吃，眼睛顿时瞪得溜圆，张嘴就说道："我……我也没吃饱……"

"你有点出息成不成啊？下次我不带你出来了……"

后面的大牛被二牛的话臊得满脸通红，一脚踹在二牛屁股上。

"没事，没事，来的都是客，吃顿饭不打紧……"

庄睿扶住了二牛，主要是没让二牛手里的包裹摔到地上去，他刚才用灵气寻摸了一眼，这包裹内的物件可是不简单，在庄睿眼中呈现出浓郁的紫金色灵气。

要说这哥俩还真是活宝，拿着这样的宝贝，居然如此大大咧咧的，那包裹里可是有好几件陶俑，磕着碰着一点，就会价值大减的。

走进隔间之后，庄睿让两人坐了下来，说道："二位，东西咱们先不看，我要先问件事……"

"俺们又不认识你，你问的事俺们咋知道啊？"

二牛个浑人有点拎不清，偏偏还喜欢抢话说，一句话憋得庄睿差点忘了要问什么了。

"老板，您别生气，他就是个浑人，不会说话……"

张大牛在弟弟屁股上踢了一脚，给庄睿道了个歉，接着说道："老板，您有啥事尽管问，只要我们知道的，一准告诉您……"

"我……我……"

庄睿还真是被那浑人气得忘了问什么，本来还怀疑这哥俩是不是唱双簧的，现在看来不怎么像，张二牛整个就是脑子里缺根弦。

"不问啦？那看东西吧……"

二牛把手里的包裹放在桌子上，说道："俺们就是来卖东西的，问那么多干吗？"

"您倒是敢卖，也要我敢买啊？"

庄睿心中苦笑，想了一下之后，说道："二牛，我和你哥谈就行了，你出去吃饭吧，马上送饭的就来了……"

庄睿实在是和张二牛说不了话，有他在旁边打岔，庄睿也问不出什么东西来。

"好，好，哥，那我出去啦……"

张二牛一听有饭吃，顿时双眼发光，转身就往外跑，在他心里，别管东西卖不卖得掉，单是能吃上这么可口的饭菜，这一趟就来值了。

二牛出去后，庄睿这才松了口气，看向张大牛，问道："大牛，你能说说这些东西是从哪里来的吗？"

"老板您问的就这事啊？"

张大牛一听，咧嘴笑了起来，说道："这还能从哪里来，地里刨出来的呗。这些都是我和二牛挖的，您放心，绝对是我们自己的……"

庄睿一听这话，顿时愣住了，他原本已经做好了听故事的心理准备，没想到张大牛居然直言承认是盗墓所得，倒是让庄睿后面的话问不下去了。

庄睿沉默了一下，接着问道："大牛，你们家是哪儿的？"

"俺们是河南孟津县的，就是靠近洛市那地方，不过俺们村子在山里，这还是第一次出这么远的门呢……"

张大牛不知道庄睿问这些干吗？不过他对这个老板印象很好，一五一十地都说了出来，连爹娘去年又给他们添了个妹妹的事都没瞒着。

庄睿现在算是知道了，这哥俩不是下套的，也不是唱双簧的，就是实实在在的河南孟津县的农民。

大牛还好点，曾经上了两年小学，二牛则连自己的名字都不会写，地地道道的文盲，原本兄弟俩也外出打工，只是二牛脾气太直，把包工头打了之后，俩人又回家种地了。

不过这年头种地收入少，看到周围有邻居去盗墓，哥俩也跟风干上了，两人运气不错，挖了一个没人动过的大墓，掏出来不少好东西。

别的盗墓的人一般都有下家，这哥俩谁都不认识，拿了东西给乡里乡亲的人去看，别人只愿意给个几百块钱，所以俩兄弟一合计，干脆去北京城找买主……现在就坐到庄睿面前了。

别人就差连爹娘都告诉你了，庄睿还有什么可问的啊？当下说道："行了，大牛，把包裹打开，我看看东西吧……"

"哎，好嘞，刚才去了一家卖古董的店，那小哥竟然说是假的，不过还有一家店的老头儿让我们下午去。老板您要是看中了，这些东西就卖您了，您比那老头儿厚道……"

大牛一听庄睿的话，高兴地将包裹在桌子上摊开了，他说这话倒不是故意彰显自己物件好有人抢着要，而是因为刚才去另外一家店，连口水都没喝到，最后看了他的物件，那个年轻人居然还说是假的。

而到了庄睿这里却是连吃带喝，待遇完全不同啊，农民兄弟实在，受了别人的恩惠心里不落实，总想着怎么偿还。

"这……这……"

看着大牛从包裹里掏出来的物件，庄睿愣住了，他刚才只用灵气感应了一下，现在看到实物，顿时有点傻眼了。

第六章 汉墓玉人

大牛最先拿出来的，是一个大约三十公分左右的青铜烛台。

整个烛台上布满了青铜锈迹，造型十分精美，一个头挽鬟角的女子，单膝跪在地上，双手高举着莲花八瓣托盘，托盘中有一小孔，连接着女子的身体，这应该是插放灯芯的地方。

整个烛台中空，里面的燃料经过漫长的岁月早已挥发掉了，但是这个烛台的工艺之精美巧妙，是庄睿在余氏盗墓团伙中的赃物中都没见到的，别的不说，仅是这个青铜烛台，就可以称得上是国宝了。

不过让庄睿痛惜的是，烛台的底部有残缺，原本应该还有个固定的支架的，现在却不见了，显然是被暴力扭断的。

庄睿问了一下大牛，果然，这烛台原本镶嵌在大墓甬道的墙壁上，被二牛愣是用蛮力给拽了下来。

庄睿细看了一下，青铜烛台上没有任何铭文，体表的绿绣非常薄，似乎隐隐泛着一层金光，这在学术上叫做泛金，多见于陕西、河南以及甘肃的出土文物。

泛金并非是指器物铸造之时镀了水银或者黄金，而是青铜器在特定的土壤环境中，形成了特殊的氧化层，旧时也称"返金"或者"返铜"。

这种现象通常只出现在刚刚铸造完成没有使用过就入土的青铜器上，并且要地处干旱、沙土地环境，还需要墓道封闭严实，从未被盗过，这才能出现极品的泛金青铜器。

在一些只有理论的专家眼里，这样的物件就像假的一般，估计这张氏兄弟刚才所去的古玩店，坐堂的就是位白脖专家（有理论缺乏实践的专家）。

猴子不知什么时候也进了房间，看着庄睿手里的青铜烛台，说道："庄哥，这东西我上午看了，应该是大墓里出来的，只是我看不准这是个什么墓……"

"这是干坑出土的物件，保存得极好，比一些水坑的东西价值还要高，看这烛台的形状和造型是汉代的风格，按照这种制式修建的墓最少是个王侯……"

庄睿所说的水坑器物，出土地点多是湖南、湖北以及浙江一带，通常表现为色彩鲜亮、表面大多光润如镜，或绿得湛然，或黑得油亮，就像刚刚从水里捞出来的。

给猴子解答了一番，庄睿又看向其余的物件，和手上一样的青铜烛台还有四个，造型均是一样的，看来那个墓葬的甬道不短。

"大牛，这东西你刚掏出来的时候，是不是上面还有色彩啊？"庄睿拿着一个二十公分高矮的陶俑，向张大牛问道。

张大牛一脸惊异的神情，连连点头，道："对，老板您怎么知道的？那会儿可好看了，只是不知道怎么回事，一拿出来颜色全都没了……"

"唉，可惜了，大牛，你们把墓里的东西掏干净没有啊？"

看着这陶俑，庄睿心里有一种无力感，带釉色的陶俑，如果保养得好的话，未尝不能保留原样，但是现在都被破坏了。

"老板，你问这干啥？"

张大牛一听庄睿的话，脸上露出警惕的神色，庄睿一看他的样子，就知道墓里肯定还有东西。

"大牛，你知不知道，挖古墓是犯法的行为啊？"庄睿试探着问了一句。

大牛听了庄睿的话后，满不在乎地摆了摆手，说道："犯啥法呀？我们那地方到处都是坟子，一个乡里最起码有几百人都在挖，有的就是靠挖坟盖起了小洋楼，还娶了媳妇，凭啥别人能挖我们不能挖啊？"

大牛兄弟俩也是看到别人都是夜里盗墓，白天睡大觉，日子过得很是爽快，手头上似乎就没断过钱，这让兄弟俩心里很不平衡，就上山找了个隐蔽的坟头子，挖出了这些东西。

"公安局的警察就不管这些事？"

庄睿听得冷汗直流，一个乡就有几百人在盗掘古墓，那一个县或者一个市会有多少人从事这行当啊？

要知道，考古发掘是一件非常细致的活儿，在挖掘过程中不但要保持古墓的完整，就连甬道也不能破坏，因为那些石壁上，往往都刻有精美的壁画。

　　所以古墓的现场发掘，都要由专业人员进行，但是要如张大牛所说，一个乡里到处都有人在挖掘古墓，庄睿不知道将会有多少墓葬遭到破坏。

　　"公安局的管啊，抓进去就罚钱，俺们家对门的二虎就被罚了五千块钱，所以俺们才拿到北京来卖的……"

　　张大牛的话让庄睿更加无语，破坏了一个价值连城的古墓，只罚五千块钱，这样的监管力度，只会让盗墓的人越来越多，盗墓的风气越来越猖獗。

　　以前只听说河南盗墓成风，但是庄睿怎么都想象不到，盗墓居然已经成了产业，农民不种地专门以盗墓为生。

　　而这些农民盗墓对古墓的危害，远甚于那些专业盗墓贼，他们的手段往往更加激烈，炸药斧头什么都敢用。

　　被这些农民挖掘过的墓葬，就像被蝗虫洗劫过的庄稼一般，寸草不生，就是拿不走的东西很多人也会将其敲碎。

　　"老板，这里面还有几个东西，你还要不要看？"

　　张大牛见庄睿不说话了，心里不禁有些打鼓，他也知道盗掘古墓是犯法的，要是被抓住，最少也要罚个三五千的，他们家可没那么多钱。

　　"还有？看，要看……"

　　庄睿听了张大牛的话后，顿时清醒了过来，俗话说乱世黄金盛世古董，现在古玩如此热门，那些文物贩子都将目光盯向了农村。

　　而这些农村人有着得天独厚的条件，加上文化水平普遍较低，根本就不明白他们私自盗掘的行为，对这些历史遗留下来的文物瑰宝造成了什么样的破坏。

　　不过庄睿有些不解，国家对盗掘贩卖文物罪一直打击力度都很大，为什么有些地方还能如此明目张胆地盗掘古墓，难道那些地方政府都是吃干饭的吗？

　　其实庄睿不知道，在河南地界，尤其是邙山周边，仅仅一个孟县的盗墓大军就不下五千人，俗话说法不责众，就凭那几个在编的公安根本就抓不过来。

　　即使抓到现行，也就是罚点钱了事，如果真要判刑，估计第二天派出所就能被一群老头老太太给围了，这事儿不是没发生过。

　　这些当地的盗墓者都属于这个产业的最底层，最初，他们辛辛苦苦挖出来的明器，品相完整的也就卖个几百块，一般的甚至几十块钱就卖掉了。

而古玩热兴起之后，这些人也感觉自己吃了亏，逐渐开始由家庭作坊式的盗墓行为变成了团伙行为。

几家关系不错的人结合在一起，分工明确，有人负责盗墓，有人负责望风，专门在派出所门口蹲点，往往警察刚出门，那边就得到了消息，这也给警方的工作带来了难度。

即使是一些大案惊动了高层，出动警力抓捕，也不过是让他们稍微收敛一下，过了风头到了晚上照样继续盗掘，专案组总不能常驻在那里吧？

所以这种家庭作坊式的盗墓团伙，是无法禁绝的，还将继续存在下去，像地老鼠一般，将一个个珍贵的古代墓葬盗掘破坏掉。

"这……是个陶俑吧？怎么这么重？难道是实心的？"

猴子帮张大牛解着另一个包裹，从里面抱出一个物件时，差点没把它摔在地上，显然猴子没估算出那东西的重量。

"不知道，这玩意老沉了，要不是俺弟弟力气大，还背不到北京来呢……"

张大牛对这些东西并不怎么上心，在他看来，这些物件不能吃也不能喝，虽然知道能换钱，他也不明白那些人收了东西有什么用？

所以这些玩意挖上来后，张大牛和弟弟就将东西藏到地窖里，从来没整理过，这次来北京，就从地窖里随便挑选了一些东西带过来了。

"猴子，什么东西？"

两人的对话吸引了庄睿的注意力，走过去一看，猴子正吃力地抱着一个三四十公分高的人形陶俑，上面满是黄色的泥土，无法看清相貌和人物的性别。

"不知道，实心的陶俑很少见啊，这玩意儿真重……"

猴子答着庄睿的话，把东西放回桌子上，累得直喘粗气。

"嗯，还真不轻……"

庄睿伸手掂量了一下，这个不算很大的物件居然有六七十斤重，和同体积的石头差不多了，这让他有点愕然。

由于实心烧制的陶俑非常容易开裂，所以自秦以来，陶俑除了脖颈为实心烧铸的之外，身体头颅一般都是空心的，就像西安地区出土的秦俑，看起来虽然高大，其实并不是非常重。

当然，历史上也有实心陶俑出土，但那些都是分段烧制然后拼接在一起的，搬动的时候极易破碎，而不会像这个陶俑给人一种浑然一体的感觉。

"咦？不对……"

庄睿用灵气在这人形物件上游走一番后，突然愣了一下，因为他在这个东西里面发现的灵气，居然是玉石那种淡淡的清凉的气息。

"难道是玉人？"

庄睿扭过头，对猴子说道："去找个脸盆，另外再拿个排刷来，这东西有点古怪，不大像陶俑……"

过了四五分钟，猴子不知道从哪儿找了个大塑料盆，接了半盆水端了进来，手里还拿着个猪鬃毛刷。

庄睿的力气远非猴子能比的，一手抓起那物件，直接放在盆里，盆里的水沾到那物件上的泥土，马上变得浑浊起来。

庄睿拿着毛刷沾水从头部刷起，几下就将上面一层黄泥清理掉了，没等他细看，站在一旁的猴子就惊呼出声："这……这东西不是陶俑，是玉人啊！"

"玉的？"

一旁的张大牛也愣了一下，继而满脸喜色，张嘴说道："还是老板厉害，俺们真不知道这东西是玉的呢，搬起来死沉死沉的……"

听到这东西是玉的之后，张大牛兴奋得直搓手，农村人即使再没见识，也知道玉是值钱的，大牛已经在心里估算起来了，这玩意儿最少要卖一千……不，最少要两千才成。

庄睿没搭理二人，随着玉人逐渐被清理干净，他的面色也变得凝重起来，从桌上拿了皮尺量了一下，这个玉人足有四十八公分高。

玉人是由一整块白玉雕琢而成，由于年代久远，玉人身上沁进去不少泥土的沁色，洗刷干净后通体泛黄，其造型是个怀中抱琴的女人。

准确地说，玉人抱的应该是琵琶，琵琶的头部包括弦槽、弦轴、山口等细微处，雕琢得分毫毕现、极为精致，从玉人怀中所抱的琵琶来看，她应该是个琴师。

玉人本身的雕工也很好，整个玉人身上布满了细如发丝的纹饰，这个应该是琴师的女人面带笑容，下颌微抬，穿着长袖袍服，显得栩栩如生。

看在庄睿眼里，这两千多年前的雕工，现在已经很难有人能企及了，即使用机器雕琢，恐怕都做不出这种效果来，这绝对是汉代玉雕的巅峰之作！

"妈的，这两个家伙到底是把谁的老巢给挖了啊？"

庄睿在心中惊叹，这玉人的出土，说明了墓葬主人的身份，要比他想象的还要高出许多。

要知道，古代墓葬是讲究礼制的，尤其是朝廷官员，什么身份陪葬什么东西都是有讲究的，即使你再有钱，没有身份也不敢陪葬过多违制的物件，否则不单是坟头要被扒掉，就连子孙也要遭殃。

而玉石在古代，特别的秦汉两朝，是极重要的祭天礼器，一般臣子是不可能拥有这么一大块整玉雕琢陪葬品的，所以这个玉人的主人，说不定就是帝王。

"老板，您看这东西能值多少钱？五千块值不值啊？"

庄睿打量玉人的时候，张大牛憋不住劲了，走到庄睿面前出言问道。

"五千块钱？"

庄睿苦笑了一下，心中为古代的帝王感到悲哀，他们当时倾尽全国之力修建的墓葬和陪葬品，在张大牛嘴里只值五千块钱？

"大牛，我问你句实话，你老实说，你们有没有在那个墓的棺材里面发现什么东西？"

一般汉代帝王墓，极有可能会有金缕或者银缕玉衣出土，庄睿从这玉人上能看出，这个帝王墓的规模，恐怕不下于曾经出土过金缕玉衣的满城汉墓。

"棺材？那个大石棺？"

张大牛见庄睿问得慎重，想了一下之后，说道："里面是有个大石棺，二牛拿斧头劈了几下没砍开，我怕里面的东西诈尸，就没让二牛启开，里面具体有什么，我真的不知道……"

农村人比较迷信，而且大牛兄弟俩也不是专业盗墓人，对于鬼神之说还是相信的，所以在阴森森的墓穴里，最终还是没敢打开棺材。

只是张大牛并不知道，古人墓葬，馆中宝贝是最多的，也是最好携带和最值钱的，一般有经验的盗墓贼下去之后最先清理棺材，连尸骨中那些堵住九窍的玉塞都不会放过。

庄睿闻言松了口气，这棺材要是被张大牛二人动过了，损失可就真的无法挽回了，以二人的秉性，肯定会把玉衣上的金线割断，抛尸取衣的。

"大牛，我跟你说句话，你先别高兴，也别害怕……"

庄睿想了一下，这个大墓牵扯的东西实在太惊人了，于公于私，他都不敢隐瞒下去，当下接着说道："你想知道个玉人到底值多少钱吗？"

"想啊！"张大牛连连点头。

庄睿点了点头，说道："好，那我就告诉你，它最少值五百万，卖国外去，就是一千万也有人要！"

"五百……万？！"

张大牛没反应过来，伸出右手五个手指看了看，然后又伸出左手，过了半天，才艰难地从嘴里吐出了个"万"字。

国家所讲的 GDP 收入和所谓的人均收入，从某种意义上来说，和农民关系不大，在家里种地，大牛一家一年收入也就几千块钱而已。

就算前段时间兄弟俩出去打工，在建筑工地每个月也就一千出头，去掉吃饭的钱，不过剩个七八百，两人干了半年，加起来还没存到一万块钱。

所以别说是五百万了，大牛长这么大，连五万块钱也没见过，他真被庄睿说出的这个数字吓到了，连连摆手，说道："俺不要这么多，给五万就行了……"

大牛不是不想要五百万，但他也不傻，他知道对方既然说出这话来，根本就不可能给他们那么多钱，所以大牛紧张起来，扭头四处看着，就差没夺门而出了。

"大牛，你别害怕，实话跟你说，真给了你钱，那是害了你……"

庄睿给大牛倒了杯水，接着说道："你知不知道，你们挖出来的这些东西都是国宝，是国家的宝藏，就凭这些物件，判你们个死刑都够了……"

庄睿这话不是在吓唬他们，这玉人完全算得上国家一级文物了，而那些青铜器和陶俑也都是国家二三级文物，加上这俩兄弟对墓葬的破坏程度，即使不是死刑，无期徒刑肯定没跑。

前段时间在湘省刚刚宣判一起重大盗墓贩卖文物案件，三个主犯全部被判处死刑，六人被判处无期徒刑，另外几个都是三到十年不等的刑期，所以庄睿这话也是有依据的。

张大牛听了庄睿的话后，脸上露出紧张的神色，结结巴巴地说道："老……老板，你……开玩笑的吧，我们村子挖墓的多了，凭啥就判我们啊？"

"大牛，我不是警察，也不会抓你，更没有必要骗你，你的这些东西我也不敢买，如果我买下来，就和你们同罪了……"

要和大牛这样的文盲讲道理，真是一件很费劲的事，庄睿绞尽脑汁组织了一下语言，接着说道："你知道你盗的这个墓是什么墓吗？"

"不知道……"大牛摇了摇头。

"那可是古代皇上的墓，是国家要保护的，你把那墓给挖了，政府还不找你后账啊？现在是没逮到你，只要抓到了，估计最少也是个无期徒刑……"

庄睿这话没错，如果这些东西流入古玩市场，一定是一件特大文物案，惊动公安部都说不准，到时候这俩兄弟一定倒霉。

"那……那可怎么办？我们也不知道这是什么墓啊……"

大牛被庄睿说得快哭了，他倒是没怀疑庄睿骗他，因为从进了这个店，庄睿表现得一直都很诚恳，并没有因为他们兄弟俩是农村人而有所歧视，所以大牛对庄睿还是很信任的。

庄睿无奈地摇了摇头，这俩兄弟倒不是坏人，但却是法盲，如果今天没遇到自己，这样无头苍蝇一样去寻找买家，也一定会被警方注意上的。

庄睿对这俩兄弟的印象还不错，想了一下之后，说道："大牛，你要是信得过我，我教你个办法，能让警察不追究的你的责任，可能还会发个几千块钱的奖金给你们……"

"大哥，什么办法？你说，俺们兄弟一定按你说的办……"

大牛此时已经六神无主了，他没想到，在他们村子里几乎是公开化的盗墓，居然要枪毙人，这让大牛不知所措。

听庄睿说要是按照他的办，不但不会抓自己，还有钱拿，立马就让大牛把庄睿当成救命稻草一般。

"对了，你们这些东西具体是在什么地方挖的？"庄睿问道，他要编故事也要知道原委啊。

"这……"

大牛看了庄睿一眼，心中起了疑心，对方该不会是想骗出那墓葬的地方，然后自己去挖吧？

庄睿也看出了大牛的心思，这年头好人真是不好做，当下哭笑不得地说道："大牛，我这是在救你们，你可不要自误呀……"

"那……那个墓是在一个悬崖上的山洞里，小时候我和二牛去采草药的时候见到过，后来才知道那应该是古墓，上个月才去挖出来的……"

想了半天，张大牛最终选择信任庄睿，他也曾在城市里打过工，知道对方根本就没必要骗自己，看来这次真是闯大祸了。

"悬崖上？山洞？"

庄睿愣了一下，看来这是个帝王崖墓，不过帮大牛兄弟俩脱罪的瞎话就不好编了。

在心中思量了一会儿，庄睿对大牛说道："大牛，等会儿警察来了你就这么说，你说是采草药的时候发现了这个古墓，然后把东西拿了出来，来北京交给政府的，记住，咬死了这么说，谁问都别改口……"

虽然这理由有些牵强，但是大牛兄弟俩现在东西都没卖出去，还没构成盗掘偷卖文物的事实，只要咬死了这个说法，又是主动拿出来的文物，想必应该不会追究他们的刑事责任。

"大……大哥，那……那奖金还能有吗？俺们兄弟身上就三百块钱了，连回去的路费都不够了啊……"

大牛的话顿时把庄睿给气乐了，这都什么时候了，还想着奖金呢，其实庄睿刚才说的奖金，是准备自己拿点钱给这兄弟俩，毕竟他们俩也找出一个帝王墓葬。

"有奖金，五千块，你先等一会儿，我叫警察来，你把这事说明白，就能领到奖金了……"

庄睿想了想，让大牛等在屋里，拿出手机走出了房间，找了一个电话号码拨了出去。

"喂，苗警官吗？"

"庄睿，你怎么想起来给我打电话了？"电话一端的苗菲菲有些诧异。

"咳咳，是这样的，有两个河南的农民，无意中发现了一座帝王墓，他们来北京想把东西捐献给国家，这事应该归你们警察管吧？"

庄睿知道苗菲菲前段时间一直在跟盗墓案，所以这才硬着头皮找上她，毕竟他给大牛两兄弟编的故事，有点太牵强了。

"农民会把文物捐给国家？庄睿，你不是在和我开玩笑吧？"

苗警官果然不信，这年头农民盗墓的不少，但是主动捐给国家的，一个也没有，庄睿这话听着都稀罕。

"我……我怎么敢和您开玩笑？我现在就在潘家园店里，那两个人和东西都在这里，你来了不就知道了……"

庄睿苦笑了一下，这事果然没人相信，不过他的确不忍心看着大牛兄弟因为这事吃牢饭，想帮帮他们。

"行，我联系下文物部门，马上就过去……"

苗菲菲虽然心中不信，但是也知道庄睿不会拿这事和她开玩笑，挂断电话后就给相关部门打了个电话，上了警车往潘家园赶去。

第七章 | 东汉崖墓

"喂，老师，我是庄睿，是这样的，我今天……"

挂断苗菲菲的电话，庄睿又拨通了孟教授的电话，把事情的来龙去脉说了一遍，这如果是帝王墓的话，估计以后的保护性挖掘，导师应该会参与其中。

"小庄，你说的是真的？陪葬品里有一件玉人？有四十八公分高？！"

孟教授听了庄睿的话后，心中大为吃惊，他参与过不少汉墓的考古挖掘，也出土过不少玉人，只是那些玉人的体积都很小，最大的也不过巴掌大小，像庄睿说的情况连他也没听过。

"老师，是真的，东西还在店里呢，我也通知了警察，我是在想，这个古墓的后续保护性挖掘，会不会交给咱们学校？"

京大考古研究所是国内首屈一指的考古科研部门，而孟教授更是这行业里的泰山北斗，如果真是帝王墓，恐怕需要他亲自出马。

"这样，我现在就马上过去，东西一定要保护好，至于后面的考古挖掘，我和相关部门协商一下，争取接下这个任务……"

孟教授一辈子都在研究中国墓葬考古，对于未知的墓葬，当然不肯错过了，想了一下接着说道："正好你马上就要实习了，到时候跟我一起去吧，如果那些陪葬品真如你所说，恐怕又有一个重大的考古发现要问世了……"

东西汉各有十二帝，封王封侯者不计其数，但是历经两千多年，很多墓葬都已经被盗墓贼盗掘一空了，现在又有一个汉帝王墓问世，孟教授不禁有些兴奋。

孟教授和苗警官几乎是同一时间赶到了"宣睿斋"，孟教授身边跟着的是任博士，而苗菲菲身后则是几个警察，还有文物部门的相关工作人员。

那几个文物局的人见到孟教授后，连忙上前来打招呼，孟教授却没时间和他们客套，一进宣睿斋，就让庄睿带着他去看东西，苗警官自己去找大牛兄弟做笔录。

"国宝，国宝啊！"

孟教授的双手轻轻地在玉人身上抚过，那动作轻柔得就像是在抚摸情人的身体一般，脸上露出难以抑制的兴奋神情。

但凡一个人能在某个行业做出成就，那他肯定是一个非常专注的人，孟教授现在就是如此，此刻他的眼中除了这尊玉人之外，再也看不到别的东西了。

"好东西啊，这么大一块整玉料，雕工又如此精湛，可谓汉玉中的极品，足可以代表当时玉雕的最高工艺水平了……"

过了足足十多分钟，孟教授才把目光从玉人身上挪开，脸上还流露着惊艳的神色，很显然，这尊玉人让孟教授都感到震撼。

孟教授亲自主持发掘的古墓不知凡几，但是也从来没见到过这么大体积的玉人。看完玉人之后，又看了看那几个青铜烛台和陶俑，脸上露出痛惜的神情。

每一件从墓葬中出土的古物，都是祖先遗留下来的财富，看着破损的青铜烛台，孟教授的脸色不是很好看。

"小庄，你说这些东西是什么年代的啊？"

看完物件后，孟教授向庄睿问道，话中有考究的意思。

"老师，这些东西是汉代的无疑，不过具体是东汉还是西汉，我就分析不出来了……"

庄睿老实地回答道，让他辨真伪，庄睿没有任何问题，但是让他断代讲个一二三出来，他还是力有不逮。

一直跟在孟教授身后的任博士突然开口说道："这应该是东汉帝陵……"

"任师兄，何以见得？"

要说学问比不上导师，庄睿口服心服，但是自己这位大师兄一言就断定是东汉帝陵，让庄睿心中有点小小的不服气，自己看了半天也没琢磨出来到底是东汉还是西汉的。

任博士闻言笑了起来，指着那个玉人对庄睿说道："庄睿，你看这个玉人的服饰为直裾衣，袖口和衣襟即长又宽，并且向下垂直，这是东汉服饰的特点……

还有这青铜器上面的女子造型，衣襟是往右边开的，而西汉服饰的衣襟是向左边开，加上在当时能陪葬玉人的墓葬肯定是帝王墓，一般的臣子即使贵为王侯，也不敢如此厚葬的……"

西汉建立时基本上沿用秦朝的服制，为"曲裾禅衣"，即开襟是从领曲斜至腋下，而到了东汉，服饰变成了"直裾禅衣"，是开襟从领向下垂直。

经过许多墓葬陪葬品的出土考证，这个观点已经在学术界被证实了，所以一般在发掘汉墓的时候，从陶俑或者人物俑的衣着上就可以断出是东汉还是西汉的物件。

当然，这些东西说起来简单，如果不是从事考古专业并且有着丰富操作经验的人，也是很难从那些釉色斑驳不清的陶俑上判断出来的。

"小任说得对，庄睿，这些知识你也学过，不要死记硬背，要现学现用，要和实际相结合才行……"

任博士说完这番话后，孟教授赞许地点了点头，连带着又教育了一番庄睿，为师者自然要随时随地提醒学生，哪些知识是需要学习的重点。

"我知道了，老师，听师兄这么一说，还真是这个道理。师兄，您以后可不能藏私啊，要多提醒我一点儿……"

庄睿听完任博士的话后，也感觉到了自身的不足，任春强说的这些东西他都学过的，但是在实际应用上，比这位师兄还是差了许多。

任博士被孟教授和庄睿说得有点不好意思，连连摆手道："呵呵，老师，庄睿，您二位就别夸我了，我要不是主持过几次汉代墓葬的现场发掘，可能还不如庄睿呢……"

"嗯，小任的基础知识比较扎实，而庄睿你对古玩的鉴赏有着丰富的经验，以后只要多去一些发掘现场，慢慢就能应用到实践中了……"

看着自己这两个学生，孟教授心中极为骄傲，任博士做事中规中矩，现在又留校任教，以后走的肯定和自己是一条路。

而庄睿行事则是天马行空，做出的事情往往出人意料，但又能给人带来很大的惊喜，像克劳斯海盗宝藏的发现，就让中国科考界在世界上大大地露了一把脸。

至于前段时间传得沸沸扬扬的"古瓷"事件，孟教授也有耳闻，如果他没猜错的话，这事十之八九也是出自自己这个得意门生的手。

虽然庄睿的行事手法不是很光明正大，孟教授颇有微词，但是效果非常好，最起码让周边几个国家闭口不谈所谓的"文化争端"了。

当然，庄睿是不会承认自己手段下作的，古玩行本身就是尔虞我诈真假难辨，自己眼拙买了假物件，那就打落牙齿和血吞，谁让您水平不够又想占便宜啊？

这话虽然难听，但就是古玩行的正理，不信您买到个假物件满世界去嚷嚷，别人一准儿会安慰您说就当是交学费了，而不会去谴责售假的人。

因为就是售假的人或许都没看出物件的真假来，古玩行玩的就是眼力，这也是淘宝收藏的乐趣所在。

"小庄，你说的那两个农民兄弟在哪？走，现在就去河南，不能让这座大墓再遭到破坏了……"

在把张大牛两兄弟带来的物件都看完之后，孟教授凝重的脸上带着一丝兴奋，虽然这个墓葬已经被开启，但是里面值得考证的东西应该还有很多。

其实从文物的保管角度而言，古董放在那些密封的古墓里远比发掘出来保管得更加完善，因为古墓开启后空气的流通会使这些千百年以上的陪葬品遭受毁灭性的破坏。

至少到现在为止，还没有什么好办法，能在不破坏古墓陪葬品的情况下进行发掘。

所以从考古学角度而言，是不赞同大肆开启墓葬的。很多时候，考古发掘都是迫不得已的，一般都是在墓葬已经被盗墓贼光顾过后，才进行补救性发掘。

就像秦始皇陵，虽然具体方位已经勘探清楚，但是国家一直没下定决心进行发掘，一来是因为技术因素，现在还没有办法妥善解决充斥在皇陵表层的水银，二来就是怕破坏了皇陵内的陪葬品。

密封的皇陵开启，风化是必然的，到时那些保存了两千多年的珍贵文物很可能就会化为飞灰，这也是相关部门考证多次依然无法下决心的主要原因。

"老师，那墓只有这两兄弟知道，暂时没事的……"

庄睿没想到孟教授性子这么急，马上就要往河南跑，他可没做好准备呢，庄睿有点舍不得离开刚刚会喊爸爸的儿女。

孟教授摇了摇头，说道："唉，墓道已经开启了，里面的陪葬品得不到妥善的保管很快就会腐朽的，咱们还是抓紧时间过去吧……"

"好，老师，我去看看警察问完话没？"

庄睿无奈，只能点头答应下来，反正他今年也要去考古发掘现场进行实习，干脆就拿这个墓练手吧。

虽然陪葬品已经被大牛兄弟俩搬得差不多空掉了，但是那个石棺他们没动，最有价值的东西很可能就在里面。

"苗……苗警官，您这边问得怎么样了？"

庄睿走到后院，张大牛两兄弟的笔录已经做完了，看苗菲菲皱着眉头的样子，想必也被张二牛那浑人给气得不轻。

苗菲菲抬眼看了下庄睿，说道："庄睿，你跟我来……"

庄睿不知道苗菲菲喊自己干什么，跟在后面一边走一边说道："苗警官，怎么了？要是没有问题，我想带他们俩人去河南，那座古墓要进行抢救发掘……"

虽然知道那是个建在悬崖上的崖墓，但是庄睿并不知道具体方位啊，邙山那么大，要是没有张大牛兄弟，让他去哪儿找呀？

"哎，你这是干吗啊？"

苗菲菲听了庄睿的话后，突然站住了脚步，搞得跟在后面的庄睿差点撞上去。

苗菲菲看着庄睿，压低了声音说道："庄睿，那两个人明明就是盗墓贼，你还说是捐献古董的，你到底是什么意思啊？"

刚才在做笔录的时候，张大牛还好，是按照庄睿的话说的，不过张二牛却是满嘴放炮仗，句句不离挖墓赚钱，张大牛连连拿脚踢他也不理，两兄弟差点没打起来。

别说苗菲菲也经手过不少大案了，就是一新手也能看出这里面的猫腻，所以苗警官异常气愤，这明明是一起重大盗墓案，怎么就变成农民捐赠古董了啊？

"嘿嘿，苗警官，俗话说浪子回头金不换嘛，这俩兄弟不是坏人，主观上也没有犯罪意识，并且对墓葬造成的危害并不是太大，所以这事您就抬抬手，放他们一马吧……"

庄睿本来也没指望能瞒过苗菲菲，之所以直接打电话给她，就是熟人好办事，要是换个警察来，说不定就会为了这起重大盗墓案，把大牛兄弟俩给提溜到局里去。

"庄睿，合着你拿法律做人情啊？"苗警官不满地瞪了庄睿一眼。

"苗警官，我哪儿敢啊？咱们的政策不也说惩前毖后、治病救人吗？这两兄弟本性不坏，没必要因为这点错误使其下半辈子都蹲大狱吧？"

如果事实证明这真是个皇陵，那么张大牛兄弟俩的罪名可真不小，即使不是无期，那十来年总归是跑不掉的。

"再说了，别人现在也悔过了呀，东西已经捐出来了，您就是想定罪也……"

庄睿正要往下说，见苗菲菲瞪起了眼睛，马上闭上了嘴。

"这还不都是你挑唆的？"

虽然那兄弟俩纠缠不清，不过人都挺质朴的，听庄睿这么一说，苗菲菲也没了追究的心思，当下说道："仅此一次，下不为例啊，这些本地农民对古墓的破坏性要远比那些盗墓贼还恶劣……"

苗菲菲这几年经手办的案子，有不少是古玩走私盗掘案，很多源头都在当地农民身上，这些人没文化，道理讲不通，又有地方保护主义，是最难办的。

而且农民盗墓几乎全是暴力盗掘，在河北就曾经发生过一起一家三口，在光天化日之下，用开山采石的炸药炸开古墓的事件，当时周围还围着一圈看热闹的，这些人的愚昧程度可想而知。

"谢谢，谢谢苗警官，我代那俩兄弟谢谢您……"庄睿一听苗菲菲松了口，连忙抱拳作揖。

庄睿上次的豫省之行，着实结交了不少朋友，到现在都有来往，所以他对豫省印象不错，虽然有些害群之马，但是作为中原文明的发源地，老百姓还是很淳朴的。

就像余氏兄弟藏匿赃物的那个小村庄，只要对那些村民有一点儿好，别人就会连心都掏给你，所以庄睿不愿意见到大牛兄弟俩年纪轻轻的就毁了一生。

苗菲菲摆了摆手，说道："行了，后面的事由文物部门接手，我就不管了，对了，那个张大牛说还要奖励？没抓他就不错了……"

"胡扯，他胡扯的，苗警官您别当真……"

庄睿额头的汗都快下来了，这兄弟俩真不是省油的灯，自己也是他娘的犯贱，明明是俩盗墓贼，帮他们脱罪不说，还要倒着往里面贴钱。

千恩万谢地送走苗菲菲为首的几个警察后，庄睿回到店里，二牛吃饱了，这会儿大牛正狼吞虎咽地吃着剩下的饭菜，见到庄睿进来，连忙站起身来，嘴里还塞着一块肉。

"大牛，以后可不能再干盗墓这种违法的事情啦，要是发现有古墓就报告政府，要不然下次警察抓你们，我也管不了了……"

庄睿拍了拍大牛的肩膀，示意他坐下继续吃。

"大哥，俺知道了，以后肯定不会再干了，谢谢你啊，大哥……"

大牛刚才被警察教育了一番，也知道自己的行为在村子里虽然不算什么，但的确是违法的，刚才那个女警官说的几项罪名似乎都能套到他们哥俩身上。

"不要谢我，你们兄弟有手有脚的，干点什么都不少赚钱……"

庄睿忽然想起一件事，接着说道："对了，等会儿你们吃饱了，我给你们找个地方住下，咱们明天一早就去豫省，发掘古墓的时候要请一些劳工，到时候你们哥俩都来干，一天有一百多块钱呢……"

庄睿看看时间，现在已经是下午三四点钟了，赶往豫省也太仓促了点儿，想着一会儿和孟教授商量一下，还是明儿一早走。

"一天一百多？那敢情好，大哥，以后我们哥俩就跟您干了，成不？干个两年俺和俺哥都能娶上媳妇了……"

一旁的二牛听了庄睿的话后，顿时双眼冒光，他以前在工地的时候一天不过四五十块钱，还要被工头克扣。

庄睿说的一天一百块钱，一个月岂不是三千多，一年就是三万多？娶媳妇都够了，活得很简单的二牛，已经开始勾画自己的美好人生了。

"我……我，猴子，你带他们去潘家园旁边的招待所住下……"

庄睿实在是无法和二牛沟通，这考古发掘又不是天天有的，自己哪找那么多古墓天天请他挖啊？还连媳妇都想到了，庄睿实在是无语。

送走大牛这哥俩后，庄睿回到里间，文物部门的人已经清点好了这些陪葬品，不过孟教授签了个字，让他们把这些东西都送到京大的考古研究所去，准备等豫省之行后再进行研究。

等文物部门的人走了之后，庄睿走到孟教授身边，说道："老师，今儿这天也晚了，咱们还是明天一早去吧，下午就能赶到洛市附近……"

"好吧，明天咱们开车去，还有些工具要带……"

孟教授点了点头，想了一下接着说道："小任你也一起去，这次可能会有比较大的发现，另外联系一下有关部门，让当地驻军帮我们看好现场……"

孟教授是做考古研究的，对于豫省盗墓的现象，知道得比庄睿要多，在邙山附近，很多白天拿着锄头种地的人，晚上说不定就摸到哪个坟头子里去了。

所以这要是没人把守的话，大墓开启的消息传出后，恐怕一夜之间连甬道内的壁画都能被人凿得干干净净。

孟教授经常外出进行现场发掘，和相关部门非常熟悉，只要打声招呼，当地驻军一般都会配合。

第二天七点多，庄睿和郝龙开着悍马车接了张大牛兄弟俩后，直接来到京大，悍马是前段时间刚买的，虽然是四轮的，不过内部空间很大，车门经过改装后，连金刚都能塞进去。

当然，庄睿此行是不可能带着金刚的，那家伙要是出去转悠一圈，一准儿会成为当天最有价值的新闻报道。

彭飞此次没和庄睿同来，倒是郝龙非要跟着，这两年看门护院的可是把他给憋坏了，趁着彭飞孩子小，郝龙当仁不让地成了庄睿的第一保镖。

孟教授等人也准备了一辆面包车，除了孟教授和任博士，另外还有三个研究所的工作人员一同前往，算上庄睿和郝龙，这个考古队一共七个人。

见了庄睿的车，孟教授又放了一些千斤顶之类的工具在他车上，另外还有些绳索之类的东西，听大牛说，那个崖墓入口可是在悬崖上的。

第八章 | 北邙墓群

从北京至洛市，一共有八百公里，虽然是全程高速，但是加上中午吃饭的时间，也足足跑了九个多小时，到晚上才赶到洛市。

洛市位于豫省西部、黄河南岸，由周公营建，建于公元前十二世纪，是八大古都和国务院首批公布的历史文化名城之一，是中国历史上唯一被命名为"神都"的城市。

以洛市为中心的河洛地区，是华夏文明的重要发祥地，名胜古迹数不胜数，像龙门石窟、白马寺、洛市八景等等均享誉中外，每年吸引大批游客参观游览。

庄睿虽然来过豫省，但上次去的是郑州，洛市却是第一次来，他对这座堪称是古代帝王之乡的城市也充满了好奇。

"老师，咱们是不是先找个酒店住下？明天再去那个崖墓的地方？"

庄睿将车停在路边，和孟教授碰了下头，现场考古发掘对于庄睿而言是一个新的领域，他在这个领域里就是个菜鸟。

"住酒店？"

孟教授还未答话，车里另外几人脸上均露出古怪的神色，看得庄睿莫名其妙，总不能黑着天打个手电筒进行发掘吧？

"小庄，咱们考古讲究就近和方便，一般都是住在老乡家里，要是住酒店，每天的时间都浪费在路上了……"

孟教授知道庄睿条件好，也是第一次参与考古发掘，所以耐心地给他解释了一下。

"哦，原来是这样，老师，那咱们就住到大牛他们家吧……"

庄睿听了孟教授的话后，颇有点不好意思，自己前几年初识孟教授的时候，他和孙女还有两个弟子就是住在农村老乡家里的。

孟教授点了点头，说道："行，你问问他们，要是方便的话，就住他们家，每天咱们给一百块钱的补贴，另外再问问能找到人烧饭吗？"

庄睿回到车上和大牛兄弟一说一天给一百块钱，可把这哥俩给乐坏了，他们家里四间瓦房好大一个院子，足够这些人住了。

"一天一百，住一年就是三万六千五百块钱，再加上咱爹娘做饭一天给五十，哥，他们要是住两年的话，咱们啥都不干，那钱也够娶媳妇的了……"

二牛虽然脑子缺根筋，但是对数字却很敏感，这会儿又念叨上了，听得坐在前面的庄睿差点崩溃。

邙山又名北邙山，位于豫省地界洛市的北面，是秦岭山脉的余脉，主峰翠云峰，峰上树木郁郁葱葱，苍翠若云，风景极为秀美。

北邙山山势雄伟，水深土厚，伊、洛之水自西而东贯洛市而过，依山傍水，暗合古人"枕山蹬河"的风水之说。

而且在北邙山地表以下五至十五米的土层，渗水率低、黏结性良好、土壤紧硬密实，因此邙山自古就被视为殡葬安冢的风水宝地。

自后汉建武十一年城阳王刘祉葬于北邙山，其后王侯公卿多选墓地于此，就连朝鲜半岛的百济国国王客死他乡后，也选择了邙山为自己的安葬之地。

俗语道"生在苏杭，葬在北邙"皆源于此。北邙山自东汉以来就是洛市人的墓地，秦相吕不韦、南朝陈后主、南唐李后主、西晋司马氏、汉光武帝刘秀的原陵、唐朝诗人杜甫、大书法家颜真卿等历代名人之墓都在此地。

由于北邙山自古就为阴宅宝地，所以很多神话故事也将此地套入其中，许多小说里的邙山鬼王，指的就是此邙山。

当然，邙山也是遭受灾难最严重的一个地方，三国曹操的摸金校尉，后世军阀凑集军费，无不把主意打到北邙山下丰厚的墓穴陪葬品身上。

所以上千年来，整个北邙山不知被盗墓贼光顾了多少次，也不知道有多少帝王将相的尸骨被抛掷野外，不知古代的风水大师在堪舆墓穴时，是否想到帝王遗骸今日的凄凉。

张大牛家在北邙山脚下的一个小村子里，由于多旱少雨，仅靠种地很难养活一家人，所以村子里的青壮年大多都外出务工，留在村里的都将主意打到了北邙山上。

上千座帝王将相的陵墓，即使古人挖掘得再干净，也是有漏网之鱼的，虽然现在已经成立了北邙墓葬保护群，但是到了夜深人静的时候，仍然有不少夜间工作者。

"小庄，车在前面坡上停一下……"

翻过前面那个小山坡，再往前开个七八分钟就能到张大牛家了，不过庄睿接到孟教授的电话，让他在山坡上停下车。

"老师，怎么了？"

庄睿让郝龙停车，自己走了下来，迎上从中巴车里出来的孟教授。

"触目惊心！触目惊心啊！"

孟教授的脸色十分不好看，摆了摆手，径直往一个斜坡走去，看着一个上面满是手指粗细窟窿的断层土面，久久不语。

孟教授指着那断层内看上去只有三四十公分直径的一个洞，对庄睿说道："这里曾经有个墓，不过早已被盗空了，这个就是盗洞，这个盗洞最少在一百年以上……"

孟教授顿了一下，向庄睿招了招手，喊他爬上一个有点坡度的土墩上，借着落日的余晖，看着远处空旷的庄稼地，脸上现出一丝悲哀。

"再过上几十年，邙山可能再无古墓了……"

孟教授突然蹲下身体，拿起一个长约十多公分，直径在六七公分的圆形土块，说道："小庄，你看看这是什么？"

"这个？"

庄睿不知道孟教授给他看这个是什么意思，拿着土块看了一会儿，正想说不知道时，忽然想起洛市铲的样子，记得自己以前使用洛市铲带上来的土就是这个形状的。

"老师，这是盗墓人勘探墓穴遗留下来的？"

庄睿试探着问了一句，他手中的土块不知道存在了多久，早已经坚硬异常了，即使摔在地上，恐怕也不会散掉。

孟教授点了点头，用手指往四处指了一下，说道："对，你再四处看看，地上有多少这东西……"

庄睿按照老师的话向地上看去，这一看不要紧，他顿时明白了孟教授刚才所说的触目惊心的含义。

原来，就在这山坡上几乎每隔五六米远，就有许多这样的探土堆积在地上，圆形柱状很容易辨认。

这也就是说，仅仅是自己身处的这个有点像封土堆的山坡上，就几乎被篱笆筛过一遍，秦朝大墓，多是在墓穴上面建宫殿，筑封土，所以这个山坡也备受盗墓者的注意。

听说是一回事，但是现场看到这种场景，那种震撼是无法言喻的，庄睿喃喃自语道："这……这也没人管吗？"

"唉，当地政府也花了很大力气整治，但是根本就管不过来，白天人影都看不到，都是晚上才出来，警察也是人，总不能二十四小时守着这大山吧？"

孟教授对这里的情况极为了解，他的评论还是比较客观的，俗话说只有千日做贼的，哪有千日防贼的。

老虎还有打盹的时候呢，更不要说这些占尽天时地利人和的本地人了，北邙山东西横亘数百里，就是扔三五百个警察进去，估计都起不了什么作用。

财帛动人心，要想根治盗墓现象，只有一种可能，那就是古玩不值钱了，自然就不会再有人盗掘古墓了。

当然，以现在国泰民安的社会来看，这种可能性不大。

孟教授指着沐浴在夕阳下的群山对庄睿说道："就在那个方向，有东汉、曹魏、西晋、北魏四朝十几个帝王的陵墓及皇族、大臣的陪葬墓，总数在千座以上，可惜，从古至今完整保留下来的已经屈指可数了……"

"老师，随着法治教育的普及，相信以后人们会提高认识的……"

庄睿安慰了孟教授一句，其实这话他自个儿都不相信，越是有文化懂法，行事就愈隐秘，就像余老大的盗墓团伙，追踪了十几个省长达近十年，才将他们绳之以法。

"走吧，咱们尽自己的努力，能保护一点是一点……"孟教授有些意兴萧索，返身走下了山坡。

对这位一辈子致力于保护研究中国科考以及古代墓葬的专家而言，现实是残酷的，就像是陶瓷专家看着心爱的古瓷被人一点点打碎掉。

张大牛家住的地方严格说来都不算是个村子，他家包了一个山头的果园，就在山下建了房子，周围并没有什么住户。

好在山路虽然难走，但总算宽敞，庄睿那车的底盘不知道在凸起的石头上撞了多少下，来到一个用青石和砖头垒砌的房子旁边。

"爸，我们回来了，东西都卖掉了……"

车子刚在张大牛家门前停稳，张二牛就跳下了车，喊出来的话差点让庄睿咬到自己舌头，这什么人啊？敢情现在还认为那些古玩是卖掉的。

"你这娃，都跟你们说多少遍了，那些死人东西不吉利的，就是不听……"

随着说话声，一个五十出头的老汉从院子里走了出来，猛然见到家门口停了两辆车，一时愣住了。

"爸，我们那些东西没卖，捐给国家了，他们都是国家的人，来考察古墓的……"

还算有个明白人，张大牛踹了弟弟一脚之后，跟他老子解释了一下，二牛根本就不在乎，直接往一个冒着炊烟的房子里钻去，这傻兄弟肚子又饿了。

"快，快请进，俺们家里也没什么好招待的，这位大哥，你别嫌弃，老婆子，晚上多烧一点饭，把我昨天摸到的黑鱼杀了炖汤……"

老张虽然是个农村人，倒是很有眼力，一眼就看出孟教授是领头的，把一行人让进了屋里。

"老弟，我痴长几岁，托个大，叫你声老张吧，你千万别客气，我们要在你家里住上一段时间，有啥吃啥，别整得我们像外人似的……"

孟教授和农村人打交道的经验很丰富，几句话就说得老张头心里暖烘烘的，人就是要互相尊重，国王和乞丐从人格上讲完全是平等的。

不过现在有些人就是喜欢猪鼻子上插大葱——装象，来到农村就耀武扬威的，也不想想自己祖宗八代以上是干吗的。

等孟教授把自己在这住宿和吃饭的开销说给老张听了之后，老汉顿时连连摆手，说道："老哥，你这就是看不起俺们乡下人了，家里米面都是不要钱的，多几个人吃怕啥哩？俺家那憨老二一个人吃的比三四个人都多……"

"张大叔，您就别客气了，我们平时干活要吃点肉，不是还要麻烦您去镇子上割吗。就这么说了……"

最后在庄睿等人的劝说下，老张头收下了两千块钱，当时手都发抖了，他承包的果园不怎么好，前几年挂果都不多，要不然两个儿子也不会外出打工了。

晚上吃的是老张家自己种的青菜，大牛他妈又把家里打鸣的公鸡给杀了。

要知道，农村打鸣的公鸡可是很受待见的，这可是招待最尊贵的客人的礼遇，还有浓白鲜嫩的黑鱼汤，吃得跟随孟教授一起来的几个工作人员直叫好。

晚上不能上山，庄睿等人一起动手，把空闲的和放粮食的几个房间都收拾了出来，算是落脚了。

"你们……你们这是犯罪啊！"

收拾好屋子之后，孟教授和庄睿等人一起来到张大牛家后面的院子里，在院子的地上，满满当当地摆着大牛兄弟俩从墓葬里盗出来的陪葬品。

院子里被老张头拉了个大灯泡，十分亮堂，吸引了不少蚊虫围着灯泡乱飞，有些则落在了院子里的物件上。

这些陪葬品多为人物陶俑，从还未完全掉落的釉色上依稀能看出来，这些应该都是彩俑，五六十个彩俑形态各异，居然没有一个是相同的。

孟教授看得大为痛心，如果保护措施做得好的话，或许还能保留陶俑上的色彩，但是现在却不可能了。

"小任，小庄，找一找，看看有没有竹简玉钮之类的物件……"

其实最有价值的东西并非是那些金银珠宝，对于考古学家而言，能证明墓葬主人身份的印章才是最重要的。

汉代距离秦朝相隔的时间还不算太久，极有可能出土一些现在已经失传的经书古籍，那也是价值连城的东西。

不过竹简保存不易，许多大墓里只能看到竹简腐朽的痕迹，出土实物极少，曾经有些墓葬里出土过孙子兵法的竹简，可惜也是残缺不全的。

"老师，没有，只有这些陶俑，还有些银器，没有发现主人的钮印……"

庄睿和任春强仔细排查了一番之后，都没发现任何能说明主人身份的线索，这些陶俑都是汉代墓葬中常见的陪葬品，说明不了什么问题。

"大牛，你们一共凿开了几个墓室？"

孟教授沉吟了一会儿，只有数十件陪葬品和他心目中的帝王陵墓相差甚远，别说是帝王墓了，就是个大臣的陵墓里面的陪葬品也要比这多出几十倍来。

"墓室？什么叫墓室？"大牛有些不明白孟教授的话。

"就是放置棺材的地方……"庄睿在旁边提示了一句。

"哦，只有一个啊，我和二牛破开两道石门，就见到个棺材，除了棺材之外，只有这些东西，我们俩搬了好几趟才运出来的……"

大牛回忆着当时的情形，突然说道："对了，在破开第一个石门的时候，还发现两个死人，衣服都烂了，只剩下骨头了……"

"作孽哦，你这两个不听话的东西，老子我打死你……"

张大牛的话把一旁的老张头气得不轻，拿起扫把就满院子追起了儿子，一时间倒是把张大牛所说的发现尸骨带给众人的寒意给冲淡了。

"这混账东西，死人墓哪能随便进？村东头的二强子不就是扒了个墓，后来身上起的都是包，人还没送医院就死掉了？"

在被庄睿等人劝住之后，老张头仍是气得浑身发抖，指着两个儿子大骂。

"老张，没事的，几千年下来，墓里就是有什么也不起作用了，不过你要教育好孩子，以后千万不能这么干了……"

孟教授也劝了老张头几句，他发掘的古墓多了，见到的机关暗器数不胜数。

下毒在墓葬里是比较常见的，只是年代久远毒性差不多都已经挥发掉了，倒是一些插满了利器的陷阱和安放在甬道上方的巨石对盗墓贼的危害更大。

"大牛，来，你再给我说说，当时是怎么发现那墓的，里面究竟是什么情况……"

孟教授看到这些东西，有种直觉，就是大牛兄弟俩并没发现真正的墓室，或许他们只是在宝山门口而已。

"没有什么情况啊，我采药的时候看到藤蔓后面露出个山洞，我和二牛就爬进去看看，走了三四米有道石门，二牛拿斧子凿开后就是一个通道，哎哟，那里面的气味可难闻了……

我们在外面等了好久才敢进去，往里面走大约十几米还有一个石门，两个死人就在那里，也不知道是怎么死的，打开那个石门后就见到了这些东西……"

大牛虽然比二牛通事理，但是这番话也说得含糊不清，不过孟教授脸上已经露出了喜色，按照他对汉墓的了解，大牛兄弟俩只是发现了这座墓葬的冰山一角。

　　孟教授此时心中兴奋异常，恨不得现在就去墓葬的现场察看一番，强自克制住自己之后，对庄睿等人说道："行了，把东西分类归拢一下，明天会有当地的驻军来，让他们先带到当地文物部门去……"

　　庄睿不大会干这活，看着任春强和另外几个工作人员很熟练地将每个物件都贴了标签，并且做了分类，不过半个多小时就忙活完了。

　　坐了一天的车，晚上又加班工作，忙活完之后众人各自回到收拾好的屋子里去睡觉了。

第九章 | 冰山一角

　　远处公鸡的打鸣声拉开了农村一天劳作的序幕，山中飘荡着淡淡的雾气，山脚下的村子里则是炊烟升起，鸡鸣狗吠不绝于耳，好一派田园风光。

　　"庄睿，怎么？没睡好？"

　　庄睿出来的时候，任博士正在院子里的压水井旁洗漱，而孟教授则在院子门口打太极拳，二牛个憨货正有板有眼地跟着学呢。

　　"蚊子太多了，这才五月份，哪来的这么多蚊子啊？"

　　庄睿揉了揉充满血丝的眼睛，昨儿一夜干脆就是和蚊子做斗争了，也不知道是不是自己的肉香，蚊子都冲自个儿来，郝龙倒是睡了个好觉。

　　一旁正在劈柴准备做早饭的老张头听了庄睿的话，连忙走了过来，不好意思地说道："小哥，农村蚊子来得早，下午我拿艾草给你们熏一下房间，晚上就没蚊子了……"

　　孟教授听了他们的对话也收了拳，走过来笑呵呵地说道："呵呵，庄睿，山间多蚊子，有时候冬天都有，咱们国家还算是好的，我曾经去亚马孙丛林做科考，亲眼见过铺天盖地的蚊子，活活将一头牛给咬死了……"

　　"蚊子咬死牛？"

　　如果这话不是导师说出来的，庄睿准以为是天方夜谭，牛那么厚的皮，岂是蚊子能咬得穿的？

　　"庄睿，老师说的是真的，野外科考的时候都要注意点，被蚊子盯上很容易引起各种疾病的……"

　　任博士又教了小师弟一招，别看任博士学位很高，但是野外生存经验却十分丰富，一般古墓都在农田山林中，蚊虫蛇鼠很多，一些野外知识是必须掌握的。

"好了，老哥，都来吃早饭吧……"

几人正聊天，老张头喊了起来。

早上吃的是红薯煮稀饭，还有老张头自己家腌制的萝卜干，味道很不错，一大锅稀饭被几个人吃得干干净净。

吃完饭后孟教授用电话联系了一下，又等了半个多小时，三个本地人带着五个荷枪实弹的武警战士来到老张头家。

双方介绍了一下，那几个本地人都是当地文物部门的工作人员，一个姓吴，是当地文物管理局的局长，四十多岁的年纪，另外几个则是年轻人。

而武警则是由一个叫魏强的少尉排长带队，负责此次考古发掘的现场保护工作，几个武警身上都背着帐篷包裹，他们晚上就在考古现场附近住。

孟教授见人都到齐了，就分了下工，这满院子的古董放着他心里也不落实，当下说道："小吴啊，你和小赵留下，通知你们县里派人将这些东西先拉回去保管，这两个年轻人跟我们上山就行了，另外派人驻守在这里，如果再有文物出土，必需第一时间得到妥善保管……"

孟教授见了吴局长那大腹便便的样子，知道这人肯定不能陪同自己去墓葬处，干脆让他负责后勤算了。

"孟教授，您放心，我一定安排好，小刘，要听孟教授的吩咐，干好工作……"

吴局长一听不用上山，当下连连点头，叫来一个看起来挺机灵的小伙子，让他陪同科考队进山。

"小庄，没看出来，你外表文质彬彬的，力气倒是不小啊……"

吃过早饭，一行人就准备上山了，庄睿一个人身上就背了四五十公斤的东西，一点都不显得吃力，这让孟教授等人都非常吃惊。

按他们的想法，庄睿出身不错，又有那么丰厚的身家，一定是养尊处优惯了的，没想到这考古队其余几个经常在野外工作的人，比起力气来还都不如庄睿。

不过这也让孟教授愈发满意，科考工作虽然听起来很神秘，但却是十分枯燥和无味的，并且整天穿山越岭行走在无人的地方，必须要能吃苦耐劳。

"呵呵，我天生力气就大，这点重量不算什么的……"

庄睿走在队伍中间，最前面引路的是大牛兄弟俩，他俩现在算是考古队的编外人员，每天都有一百块钱的工钱拿，所以也很卖力气。

北邙山并不险峻，但是山势连绵起伏，犹如蟠龙环绕，沿着那些不知道被山里人还是盗墓者踩出的小路，一行人逐渐进入深山。

孟教授对北邙山的墓葬分布极为熟悉，经过一些立碑的地方，经常会停下来给庄睿等人讲解一下这是谁的墓穴，走了三五公里，庄睿耳中已经灌满了诸多如雷贯耳的名字。

很多墓葬现在已经被保护起来了，在四周拉了围墙和铁丝网，不过这些东西究竟有多大作用就很难说了，至少庄睿手一撑一抬腿就能跨过去。

听着孟教授的解说，走在这寂静的山林里，如同行走在历史长河中一般，一个个鼎鼎大名的人物就栖身于此。

"老师，东汉开国皇帝刘秀的墓难道不在山里吗？"

北邙山是自东汉兴起墓葬风的，而发起人就是东汉的开国皇帝刘秀。

现代人谈两汉，说得最多的是西汉刘邦或者汉武帝刘彻，至于东汉，则就以开国皇帝刘秀和三国为主了，庄睿对刘秀这个皇帝有点儿好奇。

只要是开国君主，无不是战功赫赫，而刘秀其人在历史上却极为低调神秘，庄睿想看看，他死后的陵墓是否也像他那个人一样不为众人所了解。

"刘秀的墓在邙山，却不在山上……"

孟教授拄着拐杖，用拐杖轻轻触了一下走在前面的大牛，问道："大牛，你说的地方还有多远？"

大牛停下脚步，指着前面一座山峰，说道："就在前面了，你们看见那个山头了吗？最高的那个，就是那里……"

"嗯，那个地势不错，虽然为峰，但风却吹不到，能凝聚生气，又和黄河遥遥相应，是靠山面水，藏风聚气的理想营坟之所……"

孟教授看着那个山峰，又仔细观察了一下周围的地势，脸上不禁露出吃惊的神情，这样的风水宝地埋葬的必然是一位身份显赫的帝王。

要知道，北邙山上有六代二十四帝长眠于此，分布之密、数量之多、延续年代之久，堪称中国之最。

在这个陵墓多得"几无卧牛之地"的所在，这个人的陵墓能占据如此显赫之地，一定大有来头。

不过古代皇陵是最隐秘的事情，即使史料有所记载也含糊不清，所以孟教授也无法断出这是谁的陵墓。

"对了，小庄，你不是问刘秀墓吗？上了那山峰你就能看到了……"

距离今天的目的地很近了，孟教授有些兴奋，加快了脚步，向那山头赶去。

庄睿对孟教授说的有些不明所以，刘秀墓不是早就发现并保护起来了，怎么老师说刘秀墓就在山上啊？

带着疑问，庄睿背着几十公斤重的工具往山上爬去，这里的原始生态保护得很好，山上多是百年以上的老树，地上长了许多不知道名字的花草。

"师兄，这山上好像也被人关注过，怎么那座墓没被发现呢？"

在一些树木间隔的地上，不时可以看见洛市铲带出来的土疙瘩，说明这个地方也被盗墓贼关注过，只是庄睿不知道那些人为何没找出山腹中的古墓？

"庄睿，汉代的墓分为砖墓和崖墓，砖墓多为平明百姓和朝廷大臣们的陵墓，用洛市铲可以找得到……

但是帝王大墓多建在山体中，像彭城的狮子山汉墓，就是将整座山腹掏空建成王陵，所以洛市铲探下去往往都是触到岩壁，并不怎么适合勘探汉代大墓……"

任博士听了庄睿的话后，出言给他解答了一番，那些洛市铲即使再好用，也无法穿越山体岩壁，发现这些深入山腹的帝王陵墓。

孟教授在前面听到任春强的话后，回头说道："嗯，发掘狮子山汉墓的王教授也是我的老朋友了，他是一位令人尊敬的考古学家……"

任博士所说的狮子山汉墓就在庄睿的家乡，是西汉早期分封在彭城的第三代楚王——刘戊的陵墓，整个陵墓凿石为室，穿山为藏，墓室嵌入山腹内深达百余米。

要说狮子山王陵的发现，就不能不提到王教授，他和孟教授同是京大的校友，最初就在洛市工作。

后来王教授才到彭城工作，在二十多年的时间里主持发掘了七座汉代楚王大墓，其名字被载入了英国剑桥的《世界知识分子名人录》。

当时发掘的狮子山汉墓，就是一座典型的崖墓，这座陵墓共有十二个房间，单是墓室的占地面积就高达八百五十多平方米，几乎把一座狮子山都给掏空掉了。

不过那座帝王墓已经被盗墓贼光临过了，许多珍贵的文物已经遗失了，但是即使如此，还是从里面出土了两千多件珍贵的国际级文物。

随着山势变高，众人的行进速度缓慢下来，孟教授虽然身体不错，但是到底是快六十的人了，每走一会儿都要坐下休息。

高大的树冠漏下来的阳光，斑斑点点洒在山间小径上，时而有松鼠在树缝中探头探脑，"扑棱棱"的声响引得众人不时抬头，一只啄木鸟翩翩飞起，黄白条纹相间的翅羽瞬间消失在林间。

阵阵微风把连翘的幽香送到庄睿的鼻尖，远远近近的鸟鸣衬托出难得的幽静。

或许是心境的原因，庄睿等人行走在古树、秀草、幽花搭造的空间里，每个人都感受到了十足的古风古韵。

所以说葬在邙山此言不虚，这些人间帝王生则享尽荣华富贵，死后也要依山傍水，占尽风水宝地。

走在前面的大牛不时给众人介绍一些草药，他和二牛就是在山上采草药的时候，无意中发现山壁的另一边有个十分隐秘的洞口，这才发现了这座墓葬。

"好了，休息一下吧……"

上到山顶已经是一个多小时后了，除了庄睿之外，连郝龙都累得直喘粗气，毕竟他身上也背了三十多公斤重的装备。

"老师，您说的刘秀墓呢？"

庄睿心里还惦记着这事呢，孟教授刚才说上到山顶就能看见，所以庄睿出言问道。

孟教授喝了口水，站起身走到岩壁边上，指着远处说道："喏，那边就是，靠近黄河的地方……"

"那……不是邙山吧？"

庄睿循着孟教授手指的方向看去，极远的地方有一片郁郁葱葱满是树木的所在，不过那里地势平缓，像是已经出了邙山地界了。

"算是邙山，那是邙岭北面，刘秀所建立的功勋，其实远在汉武帝之上，是他扫平各地割据势力，完成了中国历史第三次大统一……"

孟教授言语间对刘秀其人很是推崇，介绍了刘秀的功绩后，接着说道："小庄，你看那个地方有什么不妥吗？"

站在这个山峰上，对刘秀墓所在的地方一览无遗，看得十分清楚，庄睿观察了一会儿之后，说道："那地段背靠邙山，面临黄河，却是'枕河蹬山'的风水局，这可是个险地啊！"

庄睿对风水不甚了解，但是学了两年多，耳濡目染之下，倒是能说出点东西来。

墓葬风水讲究的是"枕山蹬河"，墓穴一定要建在高处，这样可以免遭水灾，但是刘秀的墓穴却恰恰相反，是个"枕河蹬山"的险地。

孟教授闻言笑了起来，说道："小庄，你说得没错，这个风水局确实是一般帝王不会选择的，如果黄河水涨，墓穴被淹是一定的……"

孟教授顿了一下，接着说道："但是刘秀是个聪明人，你知不知道，刘秀墓在此地天下皆知，但是从古至今，他的陵墓却没被盗过一次……"

"老师，这是为何？"

庄睿有点不明白，古时候的盗墓贼远比现在穷凶极恶，绝对不会因为刘秀是个好皇帝，就会放过他的陵墓。

"呵呵，一来刘秀平生节俭，去世前曾经交代，不随葬任何金银玉器，全用瓦器，所以盗墓贼没兴趣。

二来刘秀墓位于黄河滩，地下几米就是水，也没法盗挖，所以这看似险地的墓葬，却保留了两千余年……"

孟教授说完之后，沉吟了一会儿，接着说道："不过我怀疑那个墓葬是个假的帝王冢，作为一个开国皇帝，即使他不愿意厚葬，后人恐怕也不会同意的……"

古人死后，为了怕陵墓遭盗，多有疑冢，最出名的就数曹操墓了。

曹操活着的时候，为了凑集军费组建摸金校尉，几乎盗尽了天下帝王陵墓，死后怕遭报应，一共建造了七十二个疑冢，至今尚未找出真正的曹操墓。

"不说了，这只是我个人的猜测，行了，要是都休息好了，咱们开始准备吧……"

孟教授摆了摆手，自己停了嘴，作为一个学术专家，去臆测一些没有实证的事情，传出去可是要掀起很大的风波的。

"几位小同志，你们守在山上，别让人上来就可以了……"

休息了一会儿之后，孟教授开始分工了，那几个武警战士守在山顶，其余人则忙着选择合适的山石和树木，将绳索系在上面。

庄睿还是第一次进行野外考古发掘，心中有些兴奋，将身上背着的一捆绳索取下来之后，找了一块重达千斤深陷在土里的大石头绑了上去，用手拉了一下，应该能吊住自个儿的体重。

"小庄，你那个要在棱角处加个垫子……"

孟教授自然不用动手，来回走动看别人的准备工作，走到庄睿这里时，停住了脚步，从地上的包内拿出几个软皮垫子。

看到庄睿不解的样子，孟教授笑了起来，说道："呵呵，这是怕石头的棱角把绳索磨断，小心无大错，加在里面吧……"

"谢谢老师……"

庄睿这才知道包里装了这么多的皮垫是做什么用的，敢情老师早就想到了这茬，已经提前做了准备，庄睿感到脸上有些发热，自己要学的东西还多着呢。

五月份的天气已经很热了，加上山顶树木比较少，几个武警已经开始搭建帐篷了，看孟教授的意思，他也有住在这里的想法。

忙活了一会儿之后，从山顶向山背的崖壁上甩下了四条绳索。

"好了，大牛，你先下，确定好方位。小任跟在后面，然后我下。小庄，你最后……"

至于二牛，孟教授根本就没安排他下墓葬，二牛人太鲁莽，万一在探测墓葬的时候出点什么意外，孟教授可没法向老乡交代。

按照孟教授的想法，大牛兄弟俩发现的这个墓葬只露出其冰山一角，后面是否有机关，都说不准，要知道，前人的智慧可是不容小觑的。

这座山也很奇怪，一边是缓坡，长满了乔木，一边却是坡度近九十度的悬崖，足有七八十米高，摔下去指定粉身碎骨。

郝龙也被留在山顶，只有孟教授带来的几人加上本地的那个工作人员，一行八人下去，考古发掘不同于别的工作，必须要懂行的人亲历亲为才行。

这也就是情况特殊，否则的话，大牛都不能进入考古现场，像露天发掘的时候，最后那些请来的村民都要被隔离开，这是防止文物被人偷偷拿走。

要知道，一个大的墓葬往往出土文物都在上万件，如果人多杂乱的话，悄悄摸走几件体积小的，很难被发现的。

"老师，我身体好，还是先下吧……"

庄睿知道孟教授照顾自己，先下的人要找好落脚点，最后下的那个人才是最安全的。

"你没经验，就这样安排……"

孟教授摆了摆手，打断了庄睿的话，人已经走到悬崖边，向下观测起地形来。

"系这劳什子玩意干吗？抓个绳子就下呗……"

大牛嘴里嘟嘟囔囔地走了过来，他对考古队用的攀岩工具有点不习惯，那如同三角裤一般的保护带穿在身上很是别扭。

说归说，大牛动作还是很麻利的，把绳子扣在腰间合金锁扣上之后，两手抓着绳子一突溜，整个人就消失在了悬崖边上。

向下近四十米，大牛的身影突然消失了，庄睿在上面用望远镜看了一眼，在大牛身形消失的地方长了一棵低矮的歪脖子树。

"哎，下来吧，就在这里……"

大牛伸出头，对着悬崖上喊了起来，任博士已经挂上锁扣往下面坠去。

其实悬崖看起来陡峭，但还是有落脚点的，加上有绳索支撑身体，承载了大部分体重，基本上没什么危险，孟教授下的都很轻松。

任博士的任务最重，因为他要把庄睿背上山的那个小型柴油抽风机背下去，这玩意足有四十多斤，在一位工作人员的帮助下，才将抽风机送了下去。

当庄睿脚踩到那棵长在岩壁缝隙里的树时，一个一米见方的洞口出现在眼前，原本在洞口处还长有许多藤蔓，不过都被先下来的人清理掉了。

庄睿还真是佩服大牛这兄弟俩，看这藤蔓的长势，最初肯定将洞口挡住了，就这样哥俩都能发现这古墓，真不是一般人。

在任博士的搭手下，庄睿爬进了洞穴，这洞口不大，但是里面却非常宽敞，庄睿抬头看了一下，这山洞的高度应该在两米多。

山洞旁边的岩壁并没有刀斧开凿的痕迹，应该是天然的洞穴，估计在一千多年前，古代那些专门为皇家勘探风水寻找墓穴的人，也是从山顶吊下绳索才发现这里的吧？

很多皇帝刚刚登基就开始着手准备自己的陵墓，一个陵墓的建成往往要持续三四十年之久，像秦始皇的帝陵，几乎倾尽全国之力，不过这也为秦朝二世而终埋下了隐患。

"人都到了吧？好了，大牛你带我们去那个墓室……"

庄睿下来后，孟教授清点了一下人员，让走在前面的大牛打开了照明灯，在洞口有光亮，但是进去十几米再拐了个弯后，就变得漆黑一片了。

由于此次发掘是在山体内进行的，考古队这次人手一个带有蓄电池的照明灯，灯光打开之后，山洞内马上变得明亮起来。

走在山洞里，孟教授突然开口说道："这里不是墓葬的入口，而是墓葬刚好修建到了这个地方……"

这个山洞虽然很高，但是比较窄，只能两个人同时并行，这对于工程浩大的墓葬而言是很难挖掘的，而且山洞两边都是石岩，也不可能是后来填充的。

走到第一个石门，众人站住了脚，孟教授让大牛靠后，自己上前察看起来。

"你们啊，作孽啊，这么精美的石门，居然……唉……"

孟教授用双手在那个高约两米，宽约三米的石门上抚摸着，脸上满是痛惜的神色。

这个石门上雕琢着两只兽首，非狮非虎，双目凸出，嘴中叼着一个石环，瞪着门前的一行人，栩栩如生，众人也说不上来是什么动物。

跟在后面的庄睿等人都能看到，石门的上半部一米见方的地方被人硬生生地砸开一个洞，不用问，这指定是大牛兄弟俩的杰作。

"咳咳，当时这门埋在土里，我们扒开看就是块石头，所以才砸开的……"大牛神色有些羞愧，讪讪地解释了一下。

原来在他们发现这道门的时候，下面的兽首浮雕并没有露出来，只是二牛看着那光滑的石头和这山洞有些不同，所以用锤子敲了一记，却没想到发出空洞的声音。

人都是有好奇心的，加上身处邙山，要说不知道啥是古墓，那纯粹是扯淡，所以大牛兄弟俩怀着盗墓发财的心思，返回家找了斧头和重锤，又来到这里将石门给砸开了。

不过大牛兄弟俩的这一锤，很可能会砸开一个千古之谜，让尘封千年的历史重新出现在人们的视线当中。

庄睿拿着摄像机，对着石门全方位拍摄下来，他是第一次参与现场考古，孟教授给他安排的工作就是摄像，将这次考古发掘过程完完本本地记录下来。

孟教授观察着那道门，嘴里喃喃自语："不对啊，这里不是墓室的入口，按理说是不应该有石门的。"

手里拿着个木头做成的夹子在石门上比划了一会儿之后，孟教授脸上露出了释然的神色。

"这个应该叫做挡风墙，不算是石门，你们看，这中间的缝隙其实都是假的，这是一整块石头……"孟教授又仔细观察了一阵之后，给出了结论。

一般在大墓甬道的尽头，都会有重达千斤的横石拦路，不过这个墓葬却用了并不宽厚的石板，可能是想着靠近岩壁，不会被人发现吧。

"小李，你去洞口把鼓风机开开，然后守在那里，咱们用对讲机联系……"

钻进石门之后，里面的空气变得稀薄起来，虽然不至于呼吸困难，但是一股腐朽味让人很是受不了，鼓风机将新鲜的空气送入之后，众人才感到呼吸顺畅起来。

"这……这是砖石甬道？"

从那个被破坏的石门进入墓道后，孟教授明显吃了一惊，

石门后是一段甬道，地上铺着宽大的青石，在青石的边上还有两条十多公分宽的排水道。

两千多年前的人们，论起智慧也不比现代人差，他们已经考虑到积水对墓葬的破坏。

甬道的两边刻满了浮雕的石板，上面多为人物形象，虽然线条简单，但是却笔画分明，井然有序，看着岩壁上那些戴着高帽穿着长服的人，庄睿宛若回到古代一般。

"这个甬道的作用就是排水的……"

孟教授边走边观察，很快就来到第二个石门前，这道石门要比先前的厚实多了，庄睿借着灯光粗看了一眼，足有三四十公分厚。

第十章 | 进入墓室

幽静昏暗的墓葬甬道内，在靠近石门处有两具在灯光下散发着幽幽磷光的白骨，身上的衣服早已腐朽，也不知道是哪个年代的人。

走在最前面的张大牛对着白骨连连拱手，嘴里还念叨着："路过，路过，您老人家莫怪啊……"

张大牛的举动看得后面几人直笑，就这胆子居然还敢盗墓？怪不得进了墓室连棺材都不敢开，拿出来的物件没有一件金银器。

"来，再开两盏灯，有点暗……"

孟教授蹲在两具尸体旁边，仔细察看起来，由于一直要在墓葬里工作，不知道要待多久，所以电灯也要省着点用。

在庄睿和任博士打开强光灯后，整个墓道顿时变得明亮起来，灯光透过被破坏了的石门传到墓室里。

孟教授用手中的木棍拨弄了一下两具尸骨身上已经化作纤维物的衣服，仔细观察了一阵之后，说道："这是两个盗墓贼，看这样子，应该是清朝中叶的人，是中了机关暗器而死的……"

"机关？"

走在前面的大牛吓了一大跳，连忙说："孟……孟老爷子，您可别吓唬我啊，上次来的时候，没有遇到机关啊……"

在民间多有传说，古代大墓里机关重重，什么箭矢横石、毒水陷阱，防不胜防，迷信一点的就是里面有阴兵把守，夺人魂魄。

大牛一听有机关，立时两腿发颤，站在那里一动都不敢动了，浑然忘了他已经来过这里一次。

"哼，遇到机关你还有命在这里说话啊？"

孟教授冷哼了一声，伸手接过大牛手里的灯，往尸骨方向挪了一点，说道："你看看这些尸骨里面有什么……"

"这黑乎乎的是啥啊？铁疙瘩？"

大牛上次来的时候，对这两个死人根本就没敢多看，现在才发现，原来在死人胸肋处，卡着四五个锈迹斑斑的三角形铁块。

"老师，这是箭头吧？"

庄睿靠了过来，每天出入京大的考古研究所，庄睿对死人已经习以为常了。

在两具尸骨旁边的地上也有不少这样的箭头，庄睿粗粗归拢了一下，足有四五十个之多。

抬头看了一眼大门处，庄睿心中不禁暗暗发寒，要是再来这么一下子，恐怕自己这些人都要栽在这儿。

孟教授点了点头，道："是箭头，小庄，你还看出点什么了？"

"箭杆应该已经腐朽了，这些铁制的箭头也差不多锈完了，咦？"

庄睿仔细打量着尸骨，突然惊疑起来，指着两具尸骨说道："老师，是不是箭矢上有毒？"

庄睿之所以这么说，是因为正常死亡的人的遗骨一般是白色的，即使时间长了，也是微微泛黄，而这两具死人身上的骨头都有些发黑，像是中毒的征兆。

"没错，箭矢上是有毒，没想到相隔一千多年，这些毒素还能发挥作用，小任，回头走的时候，拿一根肋骨去化验下，看看是什么毒？"

孟教授的脸色有些凝重，这可不是大揭底的考古发掘，谁都不知道在这千年古墓内会有什么危险？

"你们一会儿都小心点，不要乱摸乱碰……"

仅仅是排水甬道内就安装了箭矢机关，那要是在主墓室，还不知道会有多少杀机暗藏？孟教授是带人来考古的，可不愿意有人因为疏忽大意丧命于此。

说起来大牛兄弟俩运气算好的，数百年前有两个盗墓贼帮他们送了小命，要不然大牛二人很可能会悄无声息地死在这里，不知道要过多少年才能被人发现。

孟教授见随行的一个工作人员拿着木棍在石门上方戳弄，连忙说道："小刘，别碰那个，说不定机璜没有完全腐朽，还会射出箭来呢……"

庄睿闻言向那地方看了一眼，发现在石门上面的土壤里有一个一米见方的铁盒子，已经锈得不成样子了。

不过让庄睿惊叹的是，里面居然还有四五支箭矢，并且保存完好，连箭羽都没腐朽。

当然，庄睿自然不会说出自己看到的东西，但是听了孟教授的话后，他也留了个心眼，一会儿要好好把整个墓葬都用灵气感应一下。

"老师，这两个盗墓者是从哪里进来的啊？"

庄睿突然想起一件事来，听大牛兄弟俩的说法，在他们进来之前，石门是完好的，那么这两个数百年前的盗墓贼，是如何进入这个墓葬中的呢？

孟教授听了庄睿的话后，指了指头上一个只有拳头大小的孔洞，说道："喏，那就是盗洞，这地上的泥土就是被他们挖下来的……"

"这是盗洞？"

循着孟教授的手指看去，庄睿发现头顶有一个很小的洞口，充其量也就比拳头大一点，和家里吃饭的碗口差不多。

庄睿脸上露出不可思议的神色，他简直不敢相信自己的眼睛，这他娘的就是练了缩骨功也爬不进来啊。

"呵呵，庄睿，这都数百年了，地壳只要稍微有些变动，这些土壤分布的结构就会发生变化，还能遗留下来个洞就不错了……"

任博士见到庄睿的吃惊的样子，出言给他解释了一下，一般的盗洞别说历经数百年，就是过了三五十年，原本可以进出人的洞口都会变得很小。

"看来这墓道的入口还是在这山中，小任，明天你带两个人在山上打些洞，看看能不能找到，咱们现在还是先去看看墓室吧……"

盗洞的发现，说明这座山体并非全是由岩石包裹住的，古代能有盗墓贼进来，现代人一定也行，所以孟教授有些焦急，如果主墓室被盗，那对于国家科考界而言将是一个重大损失。

一行人钻过石门，进入张大牛兄弟曾经来过的墓室，墓室内那积着厚厚灰尘的地面上，踩满了杂乱无章的脚印，不用问，肯定是这兄弟俩留下的。

整个墓室差不多有二十个平方左右，高约三米，顶部天花板部分处理也十分别致，不是平面的，而是用几个由墙壁与天花板的夹角向屋顶中心逐渐倾斜的菱形组成，上面还雕刻着细微的线条。

四壁都是浮雕青石搭建，每块石头上都有精美的雕刻，这些浮雕要比甬道内的精细很多，而且相互之间都有关联，似乎在阐述着什么故事。

在墓室的正中间摆放着一个长两米五左右，宽一米左右的石棺，石棺的表面也刻有云纹浮雕，石棺下面是一块巨大的青石基座，大小刚好和石棺相符。

在墓室的两个对角处，还有两根方形的高大石柱，四面十分光洁平整，这应该是为了加强墓室的承重，增加抗塌方能力的。

"这……这都是谁干的？"

地面上还留有一些破碎的陶瓷片，孟教授看见后顿时大发雷霆。

虽然这些陶瓷瓦片价值不高，但也是两千多年前留下来的，并且是不可复制的文物，可是打碎一件少一件。

"这……这是我弟弟不小心碰碎的……"

张大牛缩了缩脖子，小心翼翼地回答道，其实他没说实话，这些东西是二牛嫌笨重搬不出去，一时无聊拿锤子敲着玩给敲碎的。

有一个很大的陶缸，就是因为在门前有些碍事，被二牛整个给敲碎了。

孟教授实在压抑不住心中的怒火，指着张大牛说道："行了，出去，你现在就出去！"

考古人员之所以痛恨这些半吊子盗墓者，就是因为他们心中根本就没有保护文物的概念，只拿值钱不值钱来衡量文物的价值，其危害要远远大于那些专业盗墓贼。

像余老大那样的盗墓团伙，拿不出的东西是绝对不会损坏的，从某种意义上而言，他们本身就是考古学家，甚至比一些专家的知识和经验更加丰富。

而古时候的一些盗墓者更加讲究，有些人进入墓葬只捡最值钱的三样东西拿，绝不会多拿一件，这也是很多大墓被盗了十几甚至几十次的原因。

"老爷子，我……我滚，这就滚……"

张大牛听说那俩死尸是被机关射死的之后，就一直疑神疑鬼的魂不守色，孟教授赶他出去，正合了他的心思，当下连滚带爬地从石门处钻了出去。

"小庄，你负责拍摄。小任，检查一下，看看有没有什么有价值的东西遗留下来……"

骂走大牛后，孟教授深呼吸了几口气，这才将心情平复下来，因为接下来的工作要开棺，容不得一丝闪失。

"老师，除了些陶器，没有什么东西了……"

在墓室里仔细搜寻了一遍后，任博士把那些遗留在地上的破碎陶瓷片都归拢到一堆。

这些东西虽然碎掉了，但是带出去后还是能拼凑修复的，对于考古学家而言，修复残破的陪葬品也是必须掌握的一项基本技能。

安置在墓室中间的石棺正面材头上画的是碑厅鹤鹿，琉璃瓦大厅上空展翅腾飞着两只雪白的仙鹤，两旁是苍翠旺盛的青松、柏树。

棺材头前是芬芳的青青草地，草地中间是通往大厅的石阶路径，显得十分清洁幽雅，整幅图画将棺材头装饰得犹如仙境居室，整个一清静别墅。

在棺材的两旁，还分别画着两只正在盘旋九天的凤凰，追逐戏弄着宝珠，从这一点能看出，这棺中的主人应该是个女人。

"小庄，在古代棺材又叫做老房，这个棺材就是如此，花草树木、仙鹤青松，宛若皇家园林一般……"

孟教授见庄睿拿着摄像机不住地拍着石棺上的浮雕图案，出言给他解释了一下，中华文化博大精深，每一个图案都不是无的放矢，都有其隐含的寓意。

"老师，墓葬中出土的石棺多不多？"庄睿出言问道。

"不多，也就是东汉墓葬内有石棺存在……"

孟教授围着石棺走了几圈之后，看向任博士，说道："小任，这石棺可以直接推开，你上去试下，推到一半的时候用绳子拴住，小心别摔在地上……"

由于石棺本身就非常厚重，所以没有木质棺材的卡口榫子，应该可以直接推开。

在任博士开棺前，庄睿拿了把小刀在棺材盖和棺材本身连接的地方插了一下，却发现即使薄如刀刃，仍然无法插进去。

"小庄，别试了，你就是拿张纸都不见得能塞进去的……"

孟教授看到庄睿的举动，不禁笑了起来，古人的很多工艺，可以说是巧夺天工，更何况是皇室所用，那些匠人们岂敢不用心打制？

"老师，这……推不动啊！"

任博士戴着手套，站在棺材头前，使劲往后推着，可是任博士即使憋得满脸涨红，棺盖依然纹丝不动。

孟教授摇了摇头，说道："力气小了，小刘，你也帮把手……"

不过就算加上小刘也没推开棺盖，庄睿看到这种情形，说道："老师，我来试试吧……"

将摄像机交给任博士，庄睿戴上手套，双手撑在棺材的前门脸上，两手一用力，顿时石头摩擦的"咔咔"声响起，和棺材本身吻合得天衣无缝的棺盖缓缓向后移去。

"还真是不轻……"

庄睿掂量了一下，这棺盖足有数百斤重，也不知道古人是怎么搬上山放置在墓室里的？

"靠！"

当身下的棺材露出一条缝隙的时候，一股庄睿也说不清用什么语言才能形容出来的恶臭从馆中飘出，熏得庄睿连忙松开双手向后退去。

"呕……呕……"

扶着刻满浮雕的墙壁，庄睿弯下身体连连干呕了几声，那味道实在是太难闻了，差点让庄睿昏厥过去。

任博士拿瓶风油精，在庄睿鼻端和太阳穴上擦了一点，满是歉意地说道："庄睿，抹点风油精，是我忘了对你说了，开棺那会儿要尽量屏住呼吸的……"

"这，这也太难闻了，都一两千年了，怎么味道还没挥发掉？"

足足过了五六分钟后，庄睿才缓过气来，看着那裂开一条缝隙的石棺，实在是再没勇气上前了。

孟教授见了庄睿的模样，笑着说道："这石棺密封得很好，加上这座墓葬一两千年都未开启，所以气味都凝聚在棺内了，小庄，没事，味道虽然难闻，但是没有毒……"

孟教授主持过不少次开棺科考，在上世纪还曾经以工作人员的身份参加过明十三陵的发掘工作，什么难闻的气味都闻过，此时他就站在距离棺材不远的地方，对那飘出来的味道宛若未闻。

庄睿鼻中又飘过一丝那种味道，连风油精都掩不住，连忙说道："我还是从后面把棺盖拉下来吧……"

"小心点，小任小刘，准备好绳子和杠子，等会儿轻点放下……"

孟教授指挥众人站在棺材底部，石棺在古墓中极少见，加上上面的浮雕如此精美，本身就是一件珍贵的艺术品。

庄睿将棺盖拉出一米左右，任博士等人用绳子固定好，四个人站在两边抬了起来，顿时，那股恶臭味更加浓郁了，充斥在整个墓室内。

庄睿已经戴上了口罩，并且在口罩上洒了不少风油精，即使这样还是感觉有点不自在，开口说道："老师，要不先用鼓风机把墓室的空气流通一下？"

他们带进来那个鼓风机的软皮管子长达上百米，足可以拉进这个墓室。

"不行，有腐臭味说明棺内的物件腐朽得不厉害，要是新鲜空气一进来，恐怕什么都剩不下了……"

孟教授摇了摇头，此刻他也戴上了口罩，手上戴着皮手套，这是怕棺中有腐蚀物质存在。

"织锦?!"

孟教授在灯光的照射下，向石棺内看去，口中发出一声惊呼，只是透过口罩传出来，显得有些沉闷。

庄睿虽然不喜棺内的气味，但是心中着实好奇，是什么东西能让老教授如此失态？连忙一个跨步来到石棺前，向里面看去。

"怎么没有尸体啊?"

庄睿强忍着那股难闻的恶臭抬眼看去，发现馆内只有一些像是纺织物一般的东西，而想象中的尸体却没看到。

"尸体在最下面，要先清理上面的东西……"

任博士也戴着手套来到石棺前，石棺内文物的清理工作，主要由他和孟教授两人进行。

另外几个人则拿着一些塑料袋和纸袋，每个袋子上都贴有标签，这是记录文物出土的次序的，在一些研究文献里，某某墓葬出土的几号文物就缘于此。

"这上面的字，是寿字吧?"

庄睿看到棺内的织锦上有一个大大的寿字，旁边则有很多花纹装饰，虽然尘封了数千年，依然如新。

"这是汉代织锦做的万寿被，以前也出土过，不过那些墓葬都曾经被盗掘过，我也是第一次得见如此完整的织锦，这可是无价宝呀……"

孟教授看着这些织锦，接着说道："这叫做二色金库锦，上面的这些花纹，全都是用金、银两种线织出，一般以金线为主，少部分花纹用银线装饰，在古代只有皇室可以用……"

孟教授在和庄睿说话的时候，突然看到任春强已经伸出了手，掀起织锦的一角，不禁急喊道："慢点，不要动……"

只是孟教授还是喊晚了，任博士的手已经抓在织锦上了，庄睿看得真切，那颜色亮丽宛若刚刚做出来一般的织锦，在任博士的手心里已然化为灰烬。

"唉，也不怪你，这些纺织物是很难保存的，小庄，把这些织锦都拍下来，留作日后参考……"

孟教授叹了一口气，他原本还想多观察一阵，不过任博士已经动手了，而被动过的织锦，颜色慢慢变得暗淡，想必一会儿外面的空气流通进来，这些织锦都将不复存在了。

庄睿一听，连忙拿起摄像机将织锦的每一个花纹都拍了下来，他现在也知道了，主人的尸体是在织锦被的下面。

随着墓室中空气逐渐变得清新，石棺内的织锦，颜色变得愈发晦暗，和方才的光鲜照人完全不可同日而语。

"好了，开始吧，小心一点，一层层地往上揭……"

织锦没能保存，只让孟教授难受了一会儿，发现一个汉代完整大墓的兴奋又涌上心头。

要知道，现代出土的汉墓，基本上是十墓九空，即使不空的墓里面也没剩几件东西了，差不多都被历代的盗墓贼给搬光了。

虽然现在只是发现一个完整的墓室，但是有足够的理由相信，这座墓葬被盗的可能性很小，或许真能发掘出一些震惊考古界的发现。

"一号出土文物，金丝手镯一对……"

"三号出土文物，凤钗一只……"

"这……这个是金丝凤冠，小心，要小心安放……"

也不知道这万寿被一共有多少层，反正随着一层层被掀开，几乎每一层都会出现一些陪葬品，大多是女人用的，当棺头部分最先被清理出来后，今天最重要的一个文物终于出现了。

庄睿在摄像机里清晰地看到，这是一件凤冠，整个凤冠是用金银丝编制，呈镂空状，富有立体感，而且上面还镶嵌了数十块珠花宝石。

凤冠两端高高翘起，是两只引吭高歌的凤凰造型，凤口中衔着珠宝串饰，珠光宝气和金银交相辉映，显得富丽堂皇。

孟教授从头骨一侧将凤冠取出后，整个墓室都显得熠熠生辉。

收好凤冠后，孟教授和任博士逐步清理完织锦，已经过了两个多小时，仅仅在这一个棺材内，居然就掏出二百三十一件文物。

一具头边上还遗留着黑色毛发的女人尸骨，最终呈现在众人眼前。

第十一章 | 活人殉葬

说老实话，在这阴森森的墓室中诡异的棺材内看到死人尸骸，和在外面见到死人尸骨完全不同，虽然庄睿是无神论者，这会儿心里也不禁有点儿毛骨悚然。

估计庄睿是场内唯一一个第一次参加现场考古发掘的人，除了他之外，旁人对尸骨都是视如无睹，孟教授更是戴着手套，检查起尸骨的牙齿来。

看孟教授直接拿出放大镜，都快把脸凑到死人头骨上时，庄睿头发都差点乍起来，庄睿扪心自问，自个儿恐怕是做不到这么敬业的。

考古学家要涉猎的学问相当广，不仅是历史学和化学等专业，对于医学解剖学也要粗通一点，最起码见到死人后，能知道其是正常死亡还是非正常死亡的。

"看这个女人牙齿的磨损程度，年龄应该不大，最多不超过三十岁，莫非是殉葬？"

孟教授检查了这具尸骨后，脸色有些凝重，在场的众人都知道，以活人陪葬是古代丧葬常有的习俗，有的是死者的妻妾、侍仆被随同埋葬，这叫做人殉。

用活人殉葬，可以说是中国古代一项残忍野蛮的制度，秦汉以后有所收敛，往往代之以木俑、陶俑，秦汉以后就很少有人殉葬了。

不过明代时，人殉之风死灰复燃，明太祖首开先例，明英宗结束了殉葬制度，清皇太极、顺治时都存在殉葬，康熙时才结束了封建时代的殉葬制度。

"老师，会不会是后来死的，重新埋葬进来的？"

任博士有不同意见，秦汉之前的人殉是不会如此厚葬的，大多都是一个陪葬坑，将人活埋在里面，或者是把殉葬的人赶到墓室里，关闭墓门，让他们死在里面。

只有明朝和清朝的时候，才让那些妃子自尽，然后配以棺木，安葬在皇帝两侧的墓室里，但是很显然，这绝对不是明清的墓葬。

任博士所说的后来死了重新埋葬，也是明清尤其是清朝的常用做法，就是皇帝修建好陵墓后，如果皇后早死，就先安放进来，等皇帝死了，再打开墓门重新安葬。

也正因如此，清朝皇帝的陵墓位置最为清晰，广为世人所知，否则孙殿英也没那么容易将慈禧和乾隆的墓盗掘一空。

孟教授摇了摇头，说道："不可能，这崖墓封墓之后很难开启，应该就是殉葬的，不过能有这么一个石棺，想必这女人的身份也很高……"

古代皇帝的墓葬，尤其是秦汉两朝和元朝的皇帝墓葬都极为隐秘，一般只有皇家才知晓，记录也残缺不全，只有大致的方位，墓葬一经封闭绝对不会再次开启。

孟教授说完话后，又仔细在棺内搜寻起来，他是想找一些能说明主人身份的物件，不过可惜的是，除了陪葬品没有任何文字存在。

"行了，把九窍内的玉塞都拿出来，这些物件可是盗墓贼们最喜欢的……"

随着这个女人尸骨的出土，孟教授对这座古墓的兴趣更大了，他现在已经可以肯定，里面还有主墓室，甚至还有许多这样的陪葬墓室，毕竟以墓主人的身份，不可能只有一个妻子。

通俗地讲，"九窍"即指人体的两眼、两耳、两鼻孔、口、前阴尿道和后阴肛门而言，尸骨头部的玉塞，基本上已经掉落在棺内，很快就捡了出来。

而后阴肛门处的玉塞，则是两个工作人员将尸骨收敛到一个袋子里后，才把玉塞拿了出来。

庄睿拿过一个口含看了下，是只玉蝉，玉蝉也叫"玉含"，是人死后口中所含。

这个玉蝉蝉头眼大，身翼窄小成细长倒梯形，刀工精湛，将玉蝉倒拿，看上去隐隐是个八字，典型的汉八刀雕工。

玉蝉头部没有孔洞，纯粹是做葬玉所用，玉料是上等白玉，不过上面有血沁，整只玉蝉表体都微微泛红，沁色已经深入到玉石里，拿在手里血光流动，一看就不是凡品。

"怎么着，庄睿，看到心里去可就拔不出来啦，哈哈……"

任博士收拾完棺内的东西后，见庄睿爱不释手地把玩着那个玉蝉，不禁取笑道，他知道庄睿是从玩古玩发展到考古的，见到这些东西和老师见到古墓里的文献一样，恨不得抱回家里慢慢研究。

"呵呵，任哥，还真是，就这么一个小玩意儿，您知道要多少钱吗？"

庄睿笑了笑，这只玉蝉无论是雕工还是玉质沁色，都是他见到过的玉含中最好的一个，如果能考证出这座墓葬主人的身份，恐怕仅这一个物件，就能拍出天价来。

"十万？差不多吧？"

任博士听了庄睿的话后也有些好奇，他平时的注意力都放在学术上，虽然也会鉴定一些文物的真假，不过对古董在市场上的价格就不甚了解了。

所以就是这十万，也是任博士往高里喊的，在他想来，这玉又非羊脂白玉，玉质还被血沁了，估计卖不上什么价。

"十万？任哥，十万块钱连这玉蝉的刀工都买不到……"

庄睿闻言了笑了起来，用拇指在玉蝉上摩挲了一下，接着说道："这沁色是天然血沁，白玉泛红，并且是名家汉八刀雕工，这么一只玉蝉要是上拍卖场，起拍价都得在两百万以上的……"

"两……两百万？这……这么点儿个小玩意儿，能……能值那么多钱？"

任春强差点以为自个儿听错了，他跟着孟教授也实地发掘过不少古墓，只要尸骨完整都有玉含出土，到现在少说也有数十个了，只是他没想到，这么不起眼的东西价格会如此之高。

"呵呵，任哥，两百万只是起拍价，最后拍到五六百万也是很正常的……

不过一般的玉含没那么值钱，大多十多万都能买到，只是这只沁色十分漂亮，并且刀工非常好，玉质也不错，所以才贵一点……"

葬玉也是分品质的，秦汉以前的葬玉，其实价格很低，因为那些葬玉并不是纯粹的玉石，几乎全是半石半玉，一半以上都是石头，自然不值什么钱。

所以葬玉在市场上的价格也很不稳定，品质好的葬玉价格高得吓人，品质差的白菜价或许都没有人要。

但是庄睿手中这个玉蝉，绝对是葬玉中的极品，如果他在拍卖场见到这么漂亮的玉蝉，一准儿会不计成本地将其拿下来。

听了庄睿的话，任博士已经是目瞪口呆了，他现在算是明白了，那些盗墓贼为何敢冒风险去挖掘一个个古墓，这简直就是无本万利啊，只要出点力气，回报无比丰厚。

再看向庄睿手中的玉蝉，任博士的眼神也变得有些不一样了，他一年不过赚个十多二十万，可这一个小小的物件，就能让他一辈子衣食无忧了。

"唉，财帛动人心，小任、小刘，记住，这些东西是属于国家传承历史的载物，是见证历史的参照物，切切不可起贪念啊……"

孟教授听了庄睿和任春强的对话，突然插进来一句，这话让任春强和在场的几个工作人员头脑一清，连连点头。

孟教授这话绝不是无的放矢，在国家众多博物馆内，不乏有一些害群之马，将博物馆内珍贵的馆藏文物卖给文物走私犯，这样的事情也不是发生过一起二起了。

这些人的危害，比那些盗墓贼更不可宽恕，属于知法犯法，同时也让一些国宝级文物流失到了国外，基本上是很难追回的。

要说心态，这些人里面可能还属庄睿的心态最好，他只是单纯的喜欢，喜欢这些承载着历史的物件，至于金钱，对他而言意义已经不是很大了。

"行了，现在已经中午了，咱们抓紧时间把通往别的墓室的墓门找到，然后出去吃饭休息一会儿，下午继续工作……"

等庄睿交还了玉蝉，孟教授开始分配工作，包括庄睿在内，每个人都拿着个小木槌，在四周的墙壁上敲击起来。

"在这里，老师，我听着声音有点空……"

过了三四分钟后，庄睿的声音响了起来，其实一进这个墓室，他就看到了墓门所在，现在不过是做做样子而已。

这个墓门是两块大青石做成的，上面也雕了图案，和周围的石壁浑然一体，如果不是听到后面有空洞的回音，还是很难发现的。

墓门从外开启很困难，但是从里面向外开启却容易，这是一道活门，地下有三道凹槽，最里面的一道凹槽里放着一块长条的封龙石，庄睿将石头抬出来后，墓门就能直接拉开了。

　　"好了，都出去吧，后面还是甬道，吃过饭后再进来，大家都小心点，如果这甬道没有人走过，极有可能有机关存在……"

　　打开墓门后，一股泥土腐朽的味道传了出来，呛得众人连连后退。

　　中午饭是老张头亲自送来的，他早上专门去镇子里割了几斤肉，做了一大盆土豆烧肉，主食是馒头，另外还有一桶蛋花紫菜汤。

　　虽说老张头的手艺不如大酒店的厨子，但是众人干了一上午活，都累得狠了，吃起来感觉特别香。

　　上午的收获不小，众人心中都十分兴奋，从目前的迹象来看，这座古墓并没有被盗，一座没有被发现的汉代大墓，必将震惊整个中国考古学界。

　　像国内已经发掘出来的满城汉墓、龟山汉墓等等，虽然墓葬规模大，但是在两千多年的时间长河里，都被盗掘了十多次甚至数十次以上，里面的东西大多都被盗墓贼席卷一空。

　　即使这样，还是出土了数以万件的文物，可想而知，一座完整的汉代大墓里面会有多少未知的宝藏。

　　"庄睿，一会儿下去的时候，把探棍和梯子都带下去，后面的墓道恐怕不是很安全……"

　　在山顶休息了一会儿，众人纷纷在腰间绑上绳索，准备再次下去，而刚刚出土的文物都安放在武警战士的帐篷里，专门由一个武警看管。

　　在庄睿等人吃饭的时候，鼓风机一直在工作，再次下到墓道里，空气已经变得很清新了，就连墓室里那股难闻的气味也消失了，只有一股淡淡的泥土腐朽味。

　　"小任，你走在前面，注意地面和甬道两侧，箭矢机关应该没什么作用了，不过要小心陷阱和断龙石……"

　　还没到第一个墓室，孟教授就开始分工了，任春强相对经验丰富一些，又年轻力壮，所以孟教授让他在前面探路。

"老师，还是我走在前面吧，我比任哥年轻，视力又好，有什么问题也能退出来……"

庄睿主动上前请缨，门后的这条墓道早已被他看得通透，要是找带路的人选，绝对非他莫属。

"好吧，那你小心点，走路之前先用探棍探一下虚实，然后再迈步……"

孟教授闻言点了点头，想成为一名真正的考古学家，光看是不行的，必须亲身经历，所谓经验就是这样得来的。

庄睿刚钻进第一个墓室，忽然看到里面传来隐隐约约的亮光，连忙回头问道："老师，咱们刚才出去的时候，把灯都带出去了吧？"

孟教授回身问道："有谁出去的时候，把自己的灯遗留在墓室里吗？"

"没有，我的带出来了……"

"我的也带出来了……"

"小庄，是不是你自己的灯光啊？"

一行人纷纷回话，没有一个人将灯留在墓室里，这让庄睿头皮有些发麻，连忙释放出灵气观察了一番，却没有任何发现。

除了远处墓葬里那些陪葬品散发出充裕的灵气之外，似乎没有人类存在，正因为如此，庄睿心中才愈发紧张起来。

"老……老师，里面有灯光，但是刚才走的时候，灯……灯都带出去了啊……"

庄睿说话也变得结巴起来，不是他胆小，实在是这事太过诡异了，在这么个密封的墓葬里，自己等人只是稍稍离开了一会儿，墓葬里就出现了灯光，难不成……

庄睿话未说完，这似乎只有一个解释，那就是人点烛、鬼吹灯，墓葬中的鬼魂游荡出来，点燃了甬道墙壁上的长明灯！

听了庄睿的话后，后面几人顿时感觉身上也有股子凉意，不禁四处张望起来，就连原本很正常的鼓风机的声音，此刻也变得有些诡异了，像是鬼哭一般。

庄睿虽然胆子不小，但这事实在是无法解释，人们对未知的事物向来都异常恐惧，就像是鬼，说了几千年也没人见过，但是生人从心里还是会惧怕这种虚无缥缈的说法。

"小庄，怕什么？你让开，我先进，这么多大活人，还能被鬼给吓住?!"

孟教授的声音忽然响了起来，庄睿是背对着他的，没有看到孟教授脸上带着一股淡淡的笑意。

"老……老师，没事，还是我先进……"

听了孟教授的话，庄睿脸上红了一下，抓紧了手里的探棍，一咬牙，从那破碎的石门处钻进了墓室。

进入墓室后，庄睿看得更清楚了，那淡淡的灯光的确是从另外一边自己等人离去时打开的墓道里传出来的，灯光很幽暗，似乎随时都可能熄灭。

另外几个人的脸色也不比庄睿好看，从那拿着东西的手指关节上就能看出，几人不自觉地用上了力气，指关节都是突出发白，显示出众人紧张的心情。

一时间，没人敢向甬道内看上第一眼，仿佛鬼魂就盘踞在那里一般，在不大的墓室里，众人的呼吸声显得有些沉重。

这些人里面，似乎只有孟教授还保持着冷静，脸色如常，在墓室里这些人的脸上扫了一眼后，看向庄睿，问道："小庄，怕了吗？"

"怕……不怕，老师，还是我来探路……"

说不怕那是假的，庄睿这会儿不说双膝发软，但也是浑身无力，这事忒他娘的古怪了一点儿，自己当时打开墓门的时候，里面完全是漆黑一片，但是现在忽然有灯光传出，怎么看都透着诡异。

别说庄睿了，就是另外几个有考古经验的工作人员，也从未遇到过这种情形，每个人的眼睛都一眨不眨地紧盯着门后的甬道。

"咔……咔嚓……"

出去的时候墓门是半掩着的，庄睿壮起胆子将半掩着的墓门拉开了，壮着胆子往甬道内瞅了一眼，脸上顿时变得煞白。

在离地约一米五高的地方，一盏青铜灯，正静静地燃烧着，而距离这盏灯约三米远的墙壁上，同样燃烧着一盏灯，三米之后就是拐角，也有灯光传来。

似乎有人拿了打火机，这么一路走下去，将甬道内所有的灯都给点燃了。

灯光将半跪着的灯上的青铜人像照映得十分清楚，原本没有表情的人像，此刻似乎在对着庄睿笑。

"老……老师，这……这究竟是怎么回事啊？"

虽然强自镇定，但是庄睿说话的时候，还是不由自主地结巴起来，心中一向坚信的无神理论此刻也有些动摇了。

"庄睿，你说说墓室内油灯熄灭的原因是什么？"

孟教授没直接回答庄睿的话，而是提出一个问题。

"这个您上课的时候说过，如果墓葬密封得好的话；原因就是氧气耗尽，油灯自然熄灭，第二个原因则是因为灯油烧尽，也会熄灭……

不过老师，这墓室密封既好，又是两千多年前的墓葬，不可能真有长明灯这玩意儿啊？这要烧多少油呀？"

和孟教授一对话，庄睿心中的恐惧也消散了不少，只是这个疑问不解开的话，庄睿还真没胆子进入甬道内，自己的灵气能观察到生灵，却未必对鬼魂有效用啊？

"庄睿，你知道什么叫做长明灯吗？"

孟教授推开挡在身前的庄睿走到甬道里，仔细观察起那盏点燃的青铜灯。

"知道啊，长明灯又名无尽灯，即佛前日夜常明的灯，墓道里虽然也用这个，不过老师，我可没听说过哪个墓葬里的长明灯还有未熄的呀……"

庄睿看着前面的孟教授心底佩服之极，自己这么一大群小伙子都不敢上前，老师却根本不在意。

孟教授笑着摇了摇头，说道："呵呵，你们啊，见到不理解的东西，就划到鬼神传说上。小任，你不会也搞不清这油灯点燃的原理吧？"

"老师，鬼神我是不信的，不过我发掘的墓葬里，还真没有这种现象存在，您就给我们解释下吧……"

任博士挠了挠头，也有些不好意思，他刚才心中的惊恐比庄睿有过之而无不及，毕竟联想到以前进入的古墓，生怕有未知的鬼魂附体在自个儿身上。

"好吧，长明灯未熄之谜，一直都是世界考古学界争论的焦点，不过经过咱们国家的多次实地发掘，对长明灯内部物质做的化验，结论已经出来了……"

孟教授让众人往前走了一点，指着青铜灯的灯芯说道："这灯芯里含有白磷等容易遇氧自燃的化学物质，而密封的坟墓里是缺氧的。

当有人打开坟墓时，大量含有氧气的新鲜空气涌入密封的坟墓，引起白磷等化学物质自燃，使长明灯被点燃……

而咱们当时打开墓门就出去了，在这个时间段内，这些青铜灯就自燃了起来，怎么样，知道了原理心里还会害怕吗？"

孟教授的话让庄睿等人恍然大悟，敢情这些青铜灯和自己等人玩了一个时间差，如果众人在墓里多停留一会儿的话，恐怕就能亲眼见到这种自燃的现象了。

"老师，还是我走在前面吧……"

弄清楚原理后，庄睿心里自然不害怕了，见孟教授要往里走，连忙抢在了前面。

第十二章 | 淘沙官

这世上，往往都是自己吓自己，在不知道长明灯的原理时，庄睿心里真的是很害怕，但是现在知道了，再看向这些自燃的青铜灯，心里的感觉就完全不同了。

"小庄，小心点，甬道内是最不太平的，以这座墓葬的规模，恐怕会有不少机关……"

孟教授见庄睿冒然往里面走，连忙在后面提醒了一句，其实他最初没说出长明灯自燃的原理，就是想考验一下两个徒弟的胆识。

结果让孟教授还算满意，庄睿虽然害怕却没有掉链子。

不过两个徒弟的学识却让孟教授有些不满，长明灯的争论在世界学术界早有了说法，这两个徒弟居然都没关注。

"老师，我知道了……"

庄睿答应了一声，这墓葬里的情形，恐怕没有个人比他更加清楚了。

虽然庄睿眼中的灵气不能看到实物，但是通过墓葬里不同陪葬品发出的灵气，庄睿还是可以感应到每个墓室内的情形的。

就是那些箭矢机关，也有微弱的灵气传来，并且在这甬道的地下，的确不太平，庄睿早就感应出来了。

墓道里这些长明灯发出的灯光虽然幽暗，但是架不住灯多啊，每隔三米就有一个，将整个墓道的情形全都展现在众人眼前。

"老师，前面有些不对……"

走过一个拐角时，庄睿停下了脚步，在他前面一米处，赫然有一个深深的陷阱，由于角度问题，墙壁上的灯光无法照射进去，也看不清里面的情形。

"小任，拿梯子来。乖乖，这个陷阱可是不小啊……"

孟教授听了庄睿的话走上前来，拿着强光手电往里面一照，嘴中忽然"咦"了一声。

"里面有人……"

借着孟教授的手电筒，庄睿也看清了陷阱内的情形，深达两米，宽度足有四米的陷阱内，倒插着数十把刀剑长矛，虽然都已经锈迹斑斑了，但是仍然矗立在坑底。

庄睿的话说对了一半，里面的确有人，不过是个死人。

在这些利刃中间，一具白骨赫然在内，死人的头骨和身体已经完全分开了。

空着两个眼眶的头骨孤零零地遗落在坑底，在灯光的照射下，显得那么空洞深邃，似乎在向众人阐述着自己凄惨的遭遇。

"又有一个盗墓者……"

孟教授的眉头深深地皱了起来，拿起电筒向甬道上方看去，一个不大的盗洞出现在众人眼前，显然这个盗墓贼的运气不太好，打通盗洞后就掉进了陷阱里。

不过这让墓葬的前景更加扑朔迷离了，谁也不知道在前面的墓室是否有盗墓贼光顾过。

"老师，您让让，我把梯子架过去……"

庄睿接过任博士递过来的合金梯子，将其架在陷阱上方，然后伸脚在上面虚踩了一下，感觉还算稳当。

"咦?"

庄睿正要从梯子上过去时，眼睛在那个陷阱的深坑里扫了一眼，突然顿住了。

"老师，那里面似乎有个东西啊……"

庄睿发现，在尸骨下方有一个不大的铜质牌子，里面有灵气存在，并且十分浓厚。

"在什么地方?"孟教授循着庄睿的手指看了过去，却没有看到。

"我下去拿上来吧……"

庄睿把电筒交给任春强，准备下去，陷阱里的刀剑长矛中间也是有空隙的，只要不是横着身子下去，踩在空隙处落脚，是不会享受那个盗墓贼万仞穿心的待遇的。

"小庄，还是算了，那估计是盗墓者留下的东西……"

孟教授不想让庄睿涉险，这陷阱挖得太深，一个不注意就会踩到刀刃上的。

"没事，老师，马上就上来……"

庄睿说着话，两手撑在陷阱旁的地上，慢慢将身体放了下去，用脚碰了碰那些刀剑长矛，看似还有作用的利刃顿时纷纷断为两截，掉落在深坑里。

不过下面还没腐朽的刀剑，足以将掉落在陷阱里的人穿透，庄睿丝毫不敢大意，直到双脚踏在实地，撑在上面的两只手才松开。

"任哥，把木棍递给我……"

庄睿伸手向任春强要来探路用的木棍，在尸骨上挑了一下，那具头骨掉落的尸骨顿时哗啦啦地松散开来。

"莫怪，老兄莫怪……"

庄睿吓了一跳，连忙双手抱拳对着尸骨作了个揖，这才伸出木棍，将尸骨下的牌子往自己这边拨了过来。

"嘿，还不轻啊……"

等到手能够到的时候，庄睿弯下身子，将那足有婴儿巴掌大小的铜牌拿在手上。

由于时间岁月的侵蚀，铜牌已经没有了光泽，布满了铜锈，上面还有一层暗黑色的物质。

庄睿和死人尸骨站在一起，未免有点不自在，也顾不得细看，当下将牌子揣在兜里，双手一用力，爬到了地面上。

"找到了什么东西？"

孟教授也有些好奇，古代盗墓者也是分南北两派的，并且还有种种官盗。

可以说，盗墓者的历史完全是和墓葬同时发展的，在考古界也专门有针对盗墓者的研究。

墓葬主人是想尽方法防盗，而盗墓者则是费尽心机想进入古墓，两者数千年来斗智斗勇，不过从那些已经出土的墓葬来看，似乎还是盗墓者占了上风。

"是个铜牌，老师，您看看……"

庄睿把铜牌从兜里掏了出来，递到孟教授手中。

"小任，拿点清水纱布和砂纸来……"

孟教授用手电在牌子上照了一下，什么都没发现，不过用大拇指在上面抚过，却感觉到凹凸不平，似乎有浮雕字迹。

接过任春强递过来的清水，孟教授先将铜牌清洗了一下，然后用细砂纸小心地打磨着铜牌表面，那层铜锈很快就擦掉了，露出一抹黄色。

擦掉铜锈后，孟教授又用纱布使劲擦拭起来，上面的颜色显示，这应该是块黄铜打制的牌子。

孟教授将擦拭完毕的铜牌摊在手心，站在一旁的庄睿看到，在铜牌的表面雕有一个云雾缭绕的高山，山下有一条河流穿过。

孟教授手一翻，铜牌的另一面呈现出来，上面有两个字，只是庄睿站的角度不对，没看出写的是什么。

"淘沙！"

没等庄睿出言问，孟教授已经说了出来。

"淘沙？老师，这是什么东西啊？"

庄睿原本还以为这是曹操的摸金校尉的令牌呢，没想到听到的却是两个陌生的字眼。

"呵呵，这也是一种官职，此行不虚啊，原来历史记载的淘沙官真的存在……"

孟教授闻言笑了起来，看到庄睿一脸疑惑的样子，接着说道："在古代可不止有曹操的官盗，南宋时，金朝占据中原，曾经扶持了一个傀儡皇帝，叫做刘豫，国号大齐……"

包括后面的任博士等人，都安静地听孟教授讲述这段历史，原来，刘豫其人原本是南宋的一个知府，投降金人后被立为大齐国主。

大齐政权虽然是草台班子，但也要有财政税收作为运转启动资金，但不幸的是，伪齐管辖的地区历经金兵的多次掠夺蹂躏，十室九空，农商都遭到了很大破坏，税是收不上来多少了，伪齐政权一时穷得叮当响。

与此同时，伪齐的金国主子也面临着一个问题，富得流油，太富了也是问题么？的确是，金国无论是掠夺北宋还是要求南宋进贡岁币，都是金银。

问题就出在金银上，因为中国不盛产白银和黄金，与西方不同，中国自先秦一直以铜为货币，也就是铜本位货币制度。

所以金朝虽然守着金山银山，但在和南宋的贸易上，换不来商品。

而伪齐刘豫不仅没有铜钱，更没有金银贵金属货币，于是这个从小就有偷盗毛病的人想起了盗墓这条出路。

由此，刘豫设置了"淘沙官"这样一个盗墓官方机构，首先盗掘了北宋皇陵，以此为榜样，为缓解军费紧张，刘豫军中也开始纷纷仿效，自行盗掘古墓。

不过刘豫的活动范围一直在现在的山东省地界，现在居然在豫省也发现了"淘沙官"，这也给研究当年的伪齐政权增加了一个线索。

只是让孟教授不解的是，官盗向来都是暴力盗墓，为何这个淘沙官死在这里，而周围并没有盗掘的痕迹？难不成刘豫良心发现，自己退走了？

古代遗留下来的谜团实在是太多了，孟教授想了半天也是百思不得其解，最后只能摇了摇头，将铜牌收了起来。

这个墓道一共有二十多米长，过了这个陷阱前面还有一个陷阱，只是铺在上面的木板早已腐朽，陷阱已经失去了出其不意的作用，让众人轻易躲过一劫。

"老师，这……应该是断龙石吧？"

来到甬道尽头，一块巨大的横石挡在众人面前。

"不是断龙石，断龙石一般都在陵墓入口处，安葬妥当之后就会有人放下断龙石，一旦落下，墓门既闭，自此阴阳两隔……"

孟教授打量了一番前面的横石，拿着铁锤不断敲击着，过了半晌，说道："小任，小庄，咱们回去准备凿子，把这横石打穿……"

"打……打穿？"

任博士吓了一跳，期期艾艾地说道："老师，与其打穿这块石头，咱们还不如从旁边挖过去呢，看这石头的厚度，怕要有好几米啊。"

考古队要挖土是不假，但是开山碎石这活的确有些难为这些学者了，打穿这么大一块石头，恐怕没个三五天的工夫肯定拿不下来。

孟教授摇了摇头，说道："不行，甬道的完整不能破坏。这样吧，咱们今天先回去，我让人找一把手动的碎石机来，一天时间就能打通了……"

按照孟教授的想法，这座古墓在发掘之后完全可以交给当地的考古部门，作为一个汉代大墓的示范，并且也能开发成旅游景点，如果将甬道破坏掉，日后去哪里找这些汉砖填补啊？

被阻在横石前，今天的活是继续不下去了，众人只能怏怏地回到山上，拿着一天发掘出的成果返回到张大牛的家里。

除了那面"淘沙"牌之外，孟教授把所有出土文物都交给当地考古部门带了回去，至于这铜牌，孟教授还想做进一步的研究，做了登记后，孟教授将其留了下来。

第二天当地的文物部门就找来了碎石机，重新进入墓道，庄睿拿着碎石机在横石的不同位置钻孔，然后再用凿子开凿。

一行人足足忙活了一整天，才将这个重达数千斤的横石分解开来，露出里面的墓门。

墓门高约两米，有两扇门组成，是整块汉白石雕琢而成，一扇门上雕着龙飞九天的图案，另外一扇门则是凤鸣翱翔，两只中国古代的神物在石门上表现得栩栩如生。

孟教授见到石门后，表现得很激动，用手抚摸着光洁如玉的汉白石，嘴里喃喃自语道："想不到，想不到啊，这是考古学界的一次重大发现……"

"老师，墓葬里用汉白玉作为墓门是很正常的事情啊……"

庄睿对孟教授表现出的情绪很是不解，他曾经去明十三陵游玩过，那地宫里的墓门，就是汉白石所做，并且地宫内的很多建筑都是汉白石的。

"小庄啊，你……唉，你以后多看看出土墓葬的资料……"

孟教授正兴奋的时候，被庄睿这个弟子给打断了，恨铁不成钢地指了指庄睿，接着说道："汉白石也叫汉白玉，根据史料记载，汉白石的开采是在唐朝南诏前后，而这座汉墓距今最少有两千年，你明白了吗？"

孟教授的话让庄睿恍然大悟，唐代距今不过一千多年，这座石门的出现把中国应用汉白石的历史又往前提前了不少，这的确算得上是一项重大的考古发现。

庄睿见孟教授在汉白石门缝隙处不断打量，上前说道："老师，这座墓门在横石之后，应该不会有什么机关暗器了吧？"

庄睿已经用灵气感应过了，在石门后的凹槽里，并没有条石阻门，而且石门两边也未见什么机关。

不过在石门后面的墓室里，庄睿感觉到一股非常强烈浓郁的灵气，所以他才出言说了一句，其实庄睿心里是想尽快看到里面究竟有什么东西。

"这个很难说……"

观察了一会儿汉白石门之后，孟教授说道："这个石门应该可以直接推开，小庄，你力气大，留下来推门，记住，推开门后要屏住呼吸退回来，其他人都退远一点，等墓门打开之后，让空气流通一下再进去……"

墓室由于常年密封，里面会形成一些有毒气体，古代很多盗墓贼打通墓室后就迫不及待地进入，往往被毒气攻心窒息而死。

而且有些毒素并不是靠空气传播，沾染到人身上之后同样会引起一些从未见过的病变。

第一次进入埃及金字塔莫名死亡的那些人，广为流传的说法是中了法老的诅咒，是法老的鬼魂收走了他们的命。

其实经过对死亡人员尸体的解剖和检查，他们的身体都被一种不知名的病毒感染了，极有可能是因为金字塔常年密封引起的。

孟教授以往发掘的古墓大多都经历过十次二十次盗掘，空气早已流通，所以能直接进入墓室。

但是这座墓葬从现在来看，似乎还没被开启过，里面有什么东西谁也不知道，所以孟教授才会如此小心，再三叮嘱庄睿之后才带着众人向后退去。

等孟教授等人退到第一个墓室之后，庄睿看着洁白的石门，深深地吸了口气，在这座石门之后，就是一个未知的世界，一个历代让无数盗墓者疯狂的世界。

庄睿双手撑在石门的兽首上，使劲推了一下，那两扇雕龙砌凤的石门"咔嚓"一声缓缓向内打开，很难让人相信，这两千多年从未开启的墓门居然还会如此灵活。

推开石门的同时，庄睿向后退去，离开时凭借微弱的灯光看到墓室的正中间似乎有个祭台，而没见到想象中的棺木。

连走带爬地过了那个陷阱，庄睿实在憋不住劲了，张开嘴呼吸了一口空气，让他惊愕的是，这口空气中似乎隐含着一股淡淡的树木清香。

"靠，不会是中毒了吧？"

庄睿心里被吓了一大跳，武侠小说里面写的，越是剧毒越是美丽，像是什么鹤顶红之类的，那可是中者利毙，无药可解啊。

抱着患得患失的心情来到第一个墓室，庄睿大声说道："老师，快点退出去，里面有很古怪的味道，我怀疑是毒气……"

再怎么说，自个儿有灵气护身，或许还不怕这气体，不过老师等人就难说了，要是今儿一众人全倒在古墓里，明天指定会震惊整个中国考古学界。

"古怪的味道？"

孟教授愣了一下，身体却没动，接着问道："是什么气味？腐臭味还是什么？"

庄睿闻言摇了摇头，道："不是腐臭味，倒是有点儿香味，对了，有点像树木的清香味。老师，还是先退出去再说吧，埋死人的地方，谁知道这味道是怎么出来的……"

"清香味？！"

孟教授听了庄睿的话后，眼睛突然瞪大了，身体没往后走，反而往那个墓道走去，还使劲地嗅着鼻子，似乎想闻闻庄睿所说的味道。

"师兄，您劝劝老师啊，哎，我说，您也……"

庄睿见到孟教授的举动后，不由大吃一惊，连忙让任博士去劝下导师，却发现任春强居然和孟教授一样，也往那个甬道走去。

"哈哈，哈哈哈，小庄，了不得，咱们发现了一个不得了的汉墓啊……"

正在庄睿莫名其妙的时候，孟教授忽然哈哈大笑起来，爽朗的笑声在墓道里久久回荡着。

"这可不是毒气哦，没想到，不对，应该想到的……"

孟教授闻到那个气味后，就退出了甬道，在墓室里来回走动起来，面上的神色极其兴奋，那样子像是年轻了几十岁一般。

庄睿听了孟教授的话后，知道自个儿恐怕是闹了什么笑话，悻悻地说道："老师，这……这就算不是毒气，在墓葬里积累了两千多年，闻着也没好处吧？"

"是没好处，不过也没什么大害，咱们等上一个小时再进去吧……"

孟教授显然心情非常好，不住地在墓室里走来走去，看得庄睿莫名其妙，用胳膊肘碰了碰同样一脸兴奋的任博士，说道："任哥，老师这……是怎么啦？"

"嘿嘿，庄睿，咱们这次发现的这个墓葬可了不起，这是一座'黄肠题凑'的大墓……"

任春强比孟教授还激动，恨不得现在就冲到墓室里去，对于汉代"黄肠题凑"的墓穴，他也是只听过却从未亲眼见到过。

"黄肠题凑?!"

庄睿闻言愣了一下，"题凑"是一种葬式，始于上古，多见于汉代，汉以后很少再用了，准确一点说，西汉之后包括东汉都用得比较少。

庄睿现在算是明白二人为何如此兴奋了，黄肠题凑的大墓在国内虽然屡有发现，但都是西汉的，并且大多都被盗过，并不是很完整。

如果这座墓葬真为黄肠题凑，那么古代帝王自东汉在邙山建造陵墓的历史又将被改写了。

"行了，咱们进去看看……"

一向稳重的孟教授焦躁不安地等了两个多小时后，带头往甬道走去，这座墓葬的主人究竟是谁，或许即将揭晓答案了。

第十三章 | 黄肠题凑

所谓"黄肠"，是因为在题凑时所用的木材，全都是剥去树皮的柏木枋（椽），以木色淡黄而得名。

黄肠题凑合起来，是专指西汉帝王棺椁周围用木头垒起一圈墙，上面盖上顶板，就像一间房子似的，外面还有便房。

使用"黄肠题凑"这种墓葬的方式，一方面表示墓主人的身份和地位，另一方面也有利于保护棺木，使之不受损坏。

根据汉代的礼制，黄肠题凑与梓宫、便房、外藏椁同属帝王陵墓中的重要组成部分，但经朝廷特赐，个别勋臣贵戚也可使用。

像汉代大将霍光死后，汉宣帝"赐给梓宫、便房、黄肠题凑各一具"，而"黄肠题凑"这个名字在历史文献最初的记载，就是出现在《汉书·霍光传》中。

"老师，今儿很晚了，要不……咱们明天再来吧？"

庄睿看了下时间，已经晚上七点了，肚子饿得咕咕叫不说，干了一天的体力活，庄睿也有些累了，虽然黄肠题凑的墓葬很吸引人，但是也得休息吧？

孟教授听了庄睿的话后，连连摇头，开口说道："不了，今天一定要进去。小刘，你上去把食物带下来，天黑注意点安全，要不然让武警同志给咱们一顶帐篷，晚上我就住墓室里了……"

墓室里的黑夜和白天根本就没区别，都是要电灯照明，在邙山发现黄肠题凑的汉代大墓，意义极其重大，考古学界将有很多历史将被改写，所以孟教授已经迫不及待了。

"那……好吧，我也进去看看……"

老师快六十岁的人了，都没喊苦叫累，庄睿自然不好意思再说下去了，几人打着电筒，小心翼翼地穿过有陷阱的通道，来到汉白石墓门前。

洁白如玉的汉白石，并没有因为时间的流逝而变得暗淡，在灯光的照射下依然晶莹剔透，上面的龙凤图案更是惟妙惟肖，似乎活过来一般。

孟教授走在最前面，一脚跨入墓室后整个人都顿在了那里，久久没有挪动身体，搞得跟在后面的庄睿心里痒痒的，连忙从老师肩头往内看去。

"我靠，这……这就是黄肠题凑？"

借着孟教授手里的灯光，庄睿见到一个毕生难忘的场景。

这是一座高达五米，大小足有一百多平方的大型墓室，在墓室的中间，摆放着不计其数的木头，所有的木头都被剥去了皮，在灯光下微微泛黄。

庄睿不知道这些木头是什么木料，但是站在墓室门口，鼻子闻到的淡淡清香却让人心神为之一震，先前的疲惫感都消散了。

而让庄睿震撼的是，这些木头全都被分解成了木条，大小规格完全一样，密密麻麻地垒砌成一座巨大的房子，上面还有屋顶。

在屋顶上方的顶壁上则雕刻着日月星辰，黄肠题凑的旁边是一辆高大的青铜马车，车上还有陶俑车夫，猛然看上去仿若真人一般。

在青铜马车的四周站着六个和常人大小无异的将军俑，均是面色威严，左手低垂，右手按在腰间的刀剑上，目光炯炯地看着四方，似乎在守卫他们的主人。

围绕黄肠题凑，一圈汉白石垒砌成山川河流，周围有侍女护卫，全是缩小了的陶俑，相貌极其逼真，身上颜色鲜艳、栩栩如生，乍然看上去，似乎来到了小人国一般。

四周墙壁上，放置着十多颗泛着荧荧白光的夜明珠，虽然不如庄睿在海岛宝藏中得的那颗硕大晶莹，但是历经数千年依然完好，想必也不是凡品。

"难道……是……是秦始皇的墓？"

想起史籍中描述的秦始皇陵，庄睿嘴里鬼使神差地冒出这么一句，顿时引来好几道鄙视的目光，秦始皇的墓早已有了公论，不是可以随便臆测的。

"庄睿，秦始皇那是穿三泉，下铜而致椁，宫观百官，奇器异怪徙藏满之。

以水银为百川江河大海，机相灌输。上具天文，下具地理，以人鱼膏为烛，度不灭者久之……"

任博士记忆力非常好，把司马迁所著《史记》里描述秦始皇陵的段落背了一遍，不过他也被眼前看到的这座墓室震惊了，恐怕这墓室的主人心中不无仿造秦始皇陵的想法。

孟教授已经走进了墓室，安静地观察着那些山川地貌，久久之后，说道："这是位马上皇帝。你们看，那拿着兵器的大将，还有这山川图就是汉代的版图，阳关古道，漠外草原，全部体现出来了……"

一般从墓葬内的摆设就能看出主人的大致身份，如太平皇帝的墓葬内多是侍女吃喝玩乐的陶俑，而将军和马上皇帝的墓葬里，则多有兵器和护卫把守。

这个墓葬内的山川地图、持刀护卫，均说明了墓葬主人生前一定是位开疆扩土的人物，这也是孟教授说出此话的原因。

"这是把山体中间给掏空了，而且看这样子，别的陪葬坑绝对不会少，这么大的工程，恐怕没二十年干不下来，到底是哪位皇帝呢？"

孟教授看着面前的墓室，陷入了沉思中。

这座墓葬规模过于巨大，要想全部发掘出来，绝非一时之功，恐怕耗时最少要在半年以上，所以孟教授也没急着动手。

"老师，那些陶俑，需要马上采取保护措施……"

任博士最先清醒过来，在孟教授耳边小声提醒了他一句。

听了任春强的话后，孟教授如梦方醒，连忙说道："哦，对，对。小任，你带着他们快点把陶俑保护起来……"

由于接触到外界的空气，彩俑出土之初，彩绘层与陶体表面的黏附力非常微弱，彩陶出土后颜色蜕变、彩绘脱落，会逐渐失去身上的色彩，而变得像无色陶俑一样。

保护秦汉陶俑釉色，曾经一度是国际性的难题，后来通过对彩绘的材料成分、工艺进行深入系统的研究，专家们揭示了彩绘的损害原理，在此基础上研究出保护方法。

任博士此时拿了一个塑料桶，把桶中的液体倒在盆里搅拌，然后将无色的液体刷在一个个陶俑身上，这就是其中的一个办法，用抗皱缩剂（聚乙二醇）和加固剂（聚氨酯乳液）联合处理法。

聚乙二醇的作用是抗皱缩，该试剂可从周围环境中吸收水分，使彩绘生漆层保持湿润，随后缓慢失水，使加固剂在彩绘完全干燥前，即可作用于彩绘，从而达到加固的目的。

由于墓室内陶俑太多，孟教授也加入进来，六七个人足足忙活了三四个小时，才算将这些陶俑都刷上加固剂，连小刘拿来的食物都没来得及吃。

"好了，今天大家都辛苦了，先上去休息吧，明天咱们再继续……"

孟教授到底年龄大了，忙活完之后，累得连腰都抬不起来了，庄睿也意识到以前经常听说野外考古辛苦，现在算是体会到了。

虽然这些考古工作者能在第一时间见到历史的证物，但是所付出的辛劳也是常人远远无法想象的。

回到山上后，孟教授将此次的成果向国家文物总局做了汇报，这样大规模的汉墓，在国内已经发现的墓葬里也是首屈一指的，以庄睿等人现在的技术力量，似乎有些单薄。

相关领导马上做出批示，最迟在明后天就会组织一批专家队伍前来增援，这也让孟教授长吁了一口气，单凭他们几个人，恐怕再过两年都不能将这座大墓现于世间。

众人上山之后，已经夜里十一点多了，每个人都累得疲惫不堪，也没法回到老张头家里去了，干脆依偎在武警战士搭建的帐篷旁边睡下了。

虽然五月份天气已经很热了，不过众人身上还是盖着那些准备包裹文物的白布，这要是被不知情的人看到，还以为来到鬼蜮了呢，一排挺尸的人。

"老幺，你在什么地方？怎么连着打了两天电话都找不到你啊？"

庄睿睡下之前给家里打了个电话，他这几天都没时间给手机充电，一般都是打完电话后马上关机，这次还没等他关机，上海伟哥的电话就打了进来。

"伟哥，我在豫省，在发掘一个汉代的古墓。我给你说，这个墓葬可不得了啊，我估摸着也就是秦始皇陵比它大了……"

庄睿一听是阳伟的电话，不禁有些兴奋，虽然毕业好几年了，但是兄弟情分一直都很深，加上今儿被古墓给刺激了，庄睿在电话里就滔滔不绝地说了起来。

"老幺，先别说这个了，老四出事了，你知道吗？"

伟哥的语气有点着急，没等庄睿介绍完他所发现的举世无双的古墓，就把庄睿的话给打断了。

"老四能出什么事？是不是又把哪个女孩的肚子搞大啦？"

庄睿一肚子关于古墓的话题被伟哥打断了，心里很是不爽。

老四是属于那种小白脸型的广东人，在学校就没少祸害女同学，回到灯红酒绿的广东之后，女朋友更是换得像衣服一样，庄睿早就说他要死在女人肚皮上。

老四的年龄比庄睿就大几天，一直以哥哥自居，在学校对庄睿挺照顾的，除了老大之外，就数和老四比较亲近了，话说庄睿在学校无疾而终的那段恋情，还是老四给牵桥搭线的呢。

现在大学五兄弟，除了老四没结婚之外，其余几人都有孩子了，那哥儿们每次来北京总要拉着庄睿说一番钻石王老五的好处。

"不是，和女人没关系，老四这次惹了大麻烦了……"

伟哥的声音有点低沉，他的话让庄睿坐起了身体，说道："伟哥，什么大麻烦？"

老四毕云涛的家族在广东也是很有势力的，属于最早一批与香港进行友好贸易往来的人，虽然早期就洗手上岸了，不过在广东地区黑白两道也结识了不少人。

一般来说，老四只要不贩毒杀人，在广东尤其是在潮汕的地界上，没人能把他怎么样，所以庄睿听了阳伟的话有点儿吃惊。

"老四不知道什么时候沾染上了赌博，好几个月都泡在澳门，被高利贷给下了套，输了不少钱，现在人被扣住了……"

"什么？！"

庄睿听了阳伟的话，不禁提高了声音，引得旁边已经睡下的几个人纷纷看了过来，庄睿连忙摆摆手，站起身往山下走了一段路。

"老四什么时候沾上这毛病了？"

庄睿有点儿生气，他最恨的就是赌和毒，上次自己在赌船上玩玩那是赶鸭子上架，不得已而为之的，没想到亲如兄弟的老四也染上了这毛病。

俗话说小赌怡情，大赌伤身，亲人朋友之间打点带彩头的牌不要紧，但是去赌场里面赌，心态就已经不对了。

"谁知道是什么时候的事，现在别说这些了，抓紧时间把老四捞出来再说吧……"

伟哥也不了解具体情况，毕业之后，几兄弟也是偶尔才能聚上一次，从上次庄睿的博物馆开业几个人到场之外，已经有很长时间没在一起了。

庄睿听了伟哥的话后，有些莫名其妙，出言说道："伟哥，这事……您和我说干吗啊？老四的家底也不薄，出了这事他家里人不问？"

老四家里从六七十年代就开始撑个帆板从香港贩运电子表牛仔裤之类的物件了，现在的贸易集团最少也有几个亿的规模，不至于连老四的赌资都拿不出来吧？除非他们家里不想保他。

阳伟苦笑了一声，说道："他家里人？他家里人恨不得活剥了他的皮呢，要不然他也不会躲在澳门不敢回家了……"

一些在澳门经常赌钱的大客户，赌场是不会做绝的，即使你欠下了高额高利贷，赌场也会放你回去，他们在国内各省都有代理人，专门收取赌资，不怕你跑掉。

老四虽然还欠着赌场一大笔钱，但并不是被赌场扣住了，而是他自己不敢走，回到家说不定小命就没了。

据伟哥说，老四现在正在澳门大酒店住着，被赌场好吃好喝地伺候着，不过心情到底如何只有他自己才知道了。

"老四到底输了多少钱？"

听了伟哥的话后，庄睿深吸了一口气，让自己的心情平复下来，看来老四这次捅的娄子实在不小，居然连家都不敢回了。

"一共是三亿八千万港币，现在还欠着赌场一亿八千万。这小子，吃了熊心豹子胆啊？"

伟哥也是恨铁不成钢，如果是两三千万，他想想办法还能帮老四填补一下，但是一亿八千万，他根本就没有那么大的权限动用家里的资金，而且家里人肯定也不会同意的。

所以无奈之下，阳伟才四处找庄睿，只有庄睿或许能凑出这么大一笔钱。

不过伟哥心中也有些忐忑，毕竟他们只是同学而不是亲人，庄睿是否愿意出手帮忙，那还是两说呢。

"三亿八千万？"

庄睿闻言眼珠子顿时瞪大了，原本以为老四不过输个三五千万，没想到这家伙居然输了这么多。

"靠，他以为他是张子强啊？"

庄睿气得用脚狠狠地踢在一块山石上，石头向山下滚去，发出的声音在夜间有点刺耳。

庄睿所说的张子强可是八九十年代叱咤香港的风云人物，港台富豪无不是闻其名色变，就是这样的人，到了澳门赌场也是老老实实地拿钱出来赌，可见赌场势力之大。

"谁？干什么的？"

值夜的武警战士警惕性很高，随着电筒照在庄睿身上，黑洞洞的枪口也随之对准了庄睿。

"是我，庄睿，考古队的。小赵，对不住啊，不小心踢在石头上了……"

庄睿连忙抬高了手，这要是平白无故挨上一枪，那才叫冤枉呢。

"是庄哥啊，小声点儿，别人都睡下了……"

在一起待了差不多两天了，庄睿经常拿着好烟和这些武警套近乎，双方都很熟，见到是庄睿那个武警将灯光收了回去。

"伟哥，叫老四去死，真他妈的是吃了熊心豹子胆了？他竟然敢赌那么大？他哪里来的那么多钱啊？"

庄睿气急败坏，三个多亿，就是他现在也掏不出来，非洲的项目遇到点问题，一直都没有收益，这两年庄睿全靠博物馆和缅甸翡翠矿维持，到哪儿去给老四找几个亿填补空缺啊？

"唉，老四不是他们家里唯一一个大学生嘛，又是读金融专业，所以他们家的资金都掌握在老四手里，本来他也没玩这么大，但是据他自己说，被人给下了套，一步步套进去的……"

原来老四开始的时候不过是小玩玩，后来有个相熟的朋友约他去贵宾厅里赌，说是玩得也不大，老四就去了，第一次居然就赢了三百多万。

老四家里虽然有钱，但那不是自己的，现在来钱如此容易，让老四失去了警惕心，一来二去就慢慢赌上了，而且越赌越大。

不过除了开始的几次，老四的运气越来越差，不仅前面赢的七八百万输了进去，自己从腰包里又贴了几百万。

赌徒都有翻本的心理，认为再赌一次就能赢回来，老四就是这种心态，慢慢地沉迷了进去，回过头之后才知道自己已经输了好几个亿了。

庄睿一听伟哥的话就明白过来了，他跟着德叔学习古玩鉴定的时候，听德叔提过不少江湖上的门道。

江湖老千可不是专指在赌博的时候出千，像下套做局之类的活儿都属于老千们的业务范围，和古玩行里的那些人有着异曲同工之处。

伟哥在电话那头长长地叹了口气，昔日的同窗好友落到这步田地，心中真说不出是什么滋味，有心想帮他一把，但是这个数额的资金不是一般人能拿得出来的。

老二岳经是个小公务员，虽然说家里有背景，但是手头并没有多少钱，老三更是一穷二白，买房子还是靠庄睿支援的，这么算下来，能帮老四的也就是伟哥和庄睿了。

"老幺，我最多能凑个三千万，别的是一点办法都没有了，你要是为难就算了，别把自个儿也贴进去……"

伟哥听庄睿久久没有回音，心中暗叹一声，这事不能怪庄睿不帮忙，涉及几个亿的资金，不是开玩笑的事情。

"等等……"

庄睿叫住了阳伟，他刚才是在想从哪儿挪这笔钱，毕竟二十多亿压在非洲矿场里，庄睿此刻手头能动用的资金也就一两亿的样子。

"这样吧，伟哥，他不是还欠一亿八千万吗？我想办法把这笔款子凑齐给你打过去，你去澳门把他带到北京来，让他待在我庄园里，哪儿都别去，等我回去再说……"

庄睿想了一下，一亿多的款子自己应该能筹到，总不能看着老四小命不保吧？

挂断阳伟的电话后，庄睿叹了口气，也不管现在几点钟，直接给皇甫云打了过去。

　　"喂，老板，您也太讲究了，要不就是跑得找不到人影，要不就是扰人清梦啊……"

　　皇甫云嘴里发着牢骚，不过听他说话的精气神，怎么都不像是已经睡着了的。

　　"皇甫兄，不是找您的，您接着睡啊，把电话给云曼……"

　　皇甫云和云曼在年后办了结婚登记，现在是光明正大地住在了一起，庄睿估计这俩人现在正进行造人运动呢。

　　"庄总，有什么事啊？"

　　果然，云曼就在皇甫云身边，说话的声音里带着股子慵懒，听得庄睿都是心神一荡。

第十四章 赌徒的心理

庄睿此刻也顾不上扰人清梦了，开门见山地问道："云总，我的几个账户上，加起来一共还有多少钱？"

"庄总，您稍等一会儿……"

云曼极少见庄睿主动询问自己的账户，一般都是她每个月把庄睿各个产业的收支情况汇报给庄睿，当下听了庄睿的话后连忙打开笔记本电脑。

"庄总，博物馆的账面上一共有一亿两千万，但是有一千万要用来维护博物馆以及当月的开支，另外还要拿出四千万参加下周的京都拍卖会……

秦瑞麟珠宝那边有九千万，不过有四千万是货款……

宣睿斋账面上有一千二百万，这个是随时可以动用的……

彭城各个产业加起来，大约有三千万资金可以调动。呃……我算一下，一共能动用的资金是一亿七千两百万人民币……"

随着云曼手指在键盘上的敲击声，一连串数字报到庄睿耳朵里。

"一亿七千万？云总，缅甸方面的资金呢？"

庄睿皱了下眉，心里在考虑是不是要从非洲撤资，压了二十个亿在里面，一分钱的效益没见到，还不如扔在银行吃利息呢。

电话一端的云曼听了庄睿的话后，有些惊愕地说道："庄总，缅甸方面有一年多都没分红了呀，我给您说过的……"

"对，对，我把这事给忘了……"

庄睿拍了拍脑袋，今儿算是被老四的事情给气糊涂了，由于近年来翡翠价格连番上涨，所以胡荣囤积了一大批原石没有出售，这件事他是和庄睿沟通过的。

"这样吧，云总，回头你跟皇甫兄说一下，下周的拍卖会就不要参加了，这笔钱我有用，明天一上班你就把所有的资金汇总一下，我明天再和你联系……"

庄睿思考了一会儿，珠宝店的货款是不能动的，只能从博物馆的资金里打主意了。

"好的，庄总……"云曼是不管庄睿用钱干什么的，她只负责账务明细，老板发话了，自然要听从。

挂断电话后，庄睿走回睡觉的地方，帐篷让给孟教授了，包括任博士在内，他们几个人都是睡在露天的。

躺在铺了一层白布的草地上，看着天上一闪一闪的星星，庄睿心里有种说不出的味道。

记得八九年前，自己和老四他们酒喝多了之后，也曾躺在学校操场的草地上这样看星星，那个场景似乎就发生在昨天一般。

在最初的生气之后，庄睿此刻也慢慢冷静下来，老四这人虽然有点花心，但是做事还是很靠谱的，看来这次一定是中了别人的圈套，否则不会输掉这么多钱的。

可能有些人会说，就是老四心智不坚定，怪不得别人，俗话说苍蝇不定无缝的蛋，老四只要行得正坐得稳，谁拿他都没办法。

这种说法也对，但是庄睿知道，江湖千术防不胜防，那些手法高明的人能在不知不觉中就让你入瓮。自己给山木做的那个局，放在真正的老千眼里根本就不值一提。

像老四这种刚出校门没多少阅历的人，说句老实话，估计连猴子那种货色都能忽悠得住他，所以此刻庄睿心中已经不怎么生气了，而是转向这件事情本身。

"妈的，这也太不讲究了……"

毫无疑问，肯定是有人冲着老四去的，否则不可能欠下如此数额的赌债。

这事也做得很不地道，江湖上做事是万事留一线，骗了两亿多还不收手，居然还欠下一亿八千万，这有点赶尽杀绝的味道了。

今儿白天干了一天的活儿，庄睿也有些累了，脑子里想着事情，迷迷糊糊地睡了过去。

第二天一早，庄睿就问伟哥要了他的账户，然后交代云曼将资金打进去。

虽然有心和伟哥去澳门看看究竟，不过庄睿实在是开不了这个口，对于这座大墓而言，他们几个人本来就不够用，现在增援人员还没到，庄睿是万万不能离开的。

而且庄睿也想看看，在那黄肠题凑里面究竟有着什么样的财富，而这座有点仿秦始皇陵山河星辰的墓葬，究竟又是谁的陵宫？

在等待增援人员赶过来的时间里，庄睿和孟教授等人一起发掘出好几间围绕在黄肠题凑旁边的耳室，出土了海量的文物。

其中一间耳室是墓葬殉坑，里面全是牛羊猪马等动物的尸骨，这些东西作用不大，仅对当时的牧畜业研究有些帮助。

而在另外一间耳室里却出土了大量陶俑，数量有三千多个，为了把这些陶俑顺利运出去，当地文物部门特意在悬崖边做了个滑轮车。

除了陶俑和动物殉葬坑之外，还在一个耳室中找到了大批青铜兵器，里面有许多的铁制品，还有百纹钢存在。

这个发现极其重要，说明汉代的锻造工艺已经非常先进了，一项项重大发现使孟教授这两天都乐得合不拢嘴。

到了第三天，从京大和国家文物总局来了二十多个专家学者，一时间紧张的人手得到了缓解，而孟教授也打算明天就把黄肠题凑给解开。

"老四，我说你小子能不能别摆出那副要死要活的样子啊，哥哥我还没说你什么呢，你这样子让庄睿看到，他指定大耳刮子抽你……"

坐在庄睿城郊的庄园里，毕云涛一脸死灰的样子，即使看到金刚都没什么反应，似乎已经不知道害怕了。

"老幺……为什么不打电话来？是不是生我的气了？"

听伟哥提起庄睿，毕云涛抬起头，眼中有了点生气，他这次跟头栽大了，要不是庄睿和老大伸手拉了他一把，估计这会儿自个儿已经被人沉到珠江底去了。

"废话，别人不要工作啊？还专门来伺候您不成？"

伟哥气得恨不得给老四一巴掌，前天从澳门把这家伙带回来之后，一直就是这副样子，给吃就吃，给喝就喝，就是那张脸像死了老娘一般，一点笑容都不见。

昨儿老二来庄子里看他，这哥儿们就像只鸵鸟似的，把头伸到裤裆里，直到老二走都没说出一句话来，伟哥怀疑这小子是不是被人把脑袋给打傻了？

"伟哥，我完了，家里现在还不知道这件事，如果知道了，我……"

老四脸上抽搐着，他不敢想象自己老爸老妈爷爷奶奶知道这件事后，会是什么样的反应？那些叔叔伯伯肯定是将自己吃了的心思都有了。

"等等，你……你说什么？老四，你家里人还不知道这件事？"

伟哥没等老四把话说完就给打断掉了，一脸不可思议的表情，两个多亿被挪走了，居然没人知道，这他娘的什么公司啊？

"是不知道，我动的是家族的储备金，这笔钱是存在瑞士的，没有紧急的事情一般是不会动用这些钱的，不过……"

老四已经不敢想下去了，他也不知道自己当时是不是昏了头，就那样一把一把地赌了下去，现在想想，明明就是那个叫辉哥的人给自己下的一个套。

辉哥是老四在广州认识的，当时感觉那个人非常豪爽，花钱一掷千金，很对老四的口味，所以后来邀他去澳门玩的时候，老四很痛快地答应了。

第一次去澳门，辉哥拿了十万的筹码给老四，老四用这十万块钱居然一夜赢了三百万，这让老四心里产生一种不真实的感觉，仿佛那些筹码不是钱一样，可以随意去押注。

但凡赌徒都有这么点心理，已经换成了筹码的钱，似乎就不是钱了。让你拿着一百万的现金扔到桌子上，可能很多人都会收手，但是一百万的筹码，却很容易就突破心理那道坎了，老四这段时间不知道往赌桌上扔了多少了。

现在回头想想，老四自己也感觉有些不可思议，几个亿的资金换成一百块钱一张的票子，能装满一栋房子，就这样轻易地从自个儿手里流失了，不过那会儿脑子像是中了魔障，已经不清醒了。

"你也别哭丧个脸了，回头老幺回来，咱们问问他的主意吧。老四，这一个多亿可都是老幺给你垫的……"

伟哥看着老四，摇了摇头，要不是怕老四寻死，自己这会儿正在家陪着媳妇儿子呢，而不是面对着这个苦瓜脸。

老四垂着头，瓮声瓮气地说道："我还不起，等老幺回来，我再借他一百万……"

"还想去翻本？妈的，哥哥我怒了啊！"

伟哥一听老四的话，顿时站起身来，都说上海男人脾气好，那是没遇到刺头，见到老四这种货色，伟哥都有打人的冲动了。

"不是，我要请人把坑我的人给做了，不然死了我也不甘心！"

老四死灰的眼中露出一丝凶光，潮汕人向来都是能打敢拼，老四此刻算是到了山穷水尽走投无路之境，只想拉着那辉哥同归于尽。

"哎，我说老四，你可别犯浑，有什么事咱们哥几个商量着来，千万不能干那傻事啊……"

伟哥被老四凶狠的样子吓了一大跳，上学的时候他就知道，老四这人虽然对兄弟很义气，但是个阴狠的性子，绝对说得出做得到。

吃了这么大的亏，别说是老四了，就是伟哥自己想想都恨不得去咬那下套的人一口，给他把刀绝对能麻利地捅进去。

"伟哥，这次谢谢你了，我的事我知道该怎么办，这辈子没后悔认识你们这几个兄弟，我给你们带来的麻烦已经够多了……

伟哥，你要是想帮我，拿个一百万给兄弟，后面的事情让我自己处理吧……"

老四眼里隐隐有了泪水，连忙低下头去，没让阳伟看到。

老大能万里迢迢地去接自己，老幺能拿出一个多亿来保自己，毕云涛心里酸甜苦辣各种味道齐齐涌上心头。

"屁话，我拿钱擦屁股去也不给你小子，那些事是咱们能干的吗？"

阳伟顿时瞪起了眼睛，这小子买凶杀人的心思还没断，看来自己要看好他，不然以老四的性子，说不定就会溜回广东去筹钱，话说现在他家里人不知道挪用资金的事，一百万还真不是什么大数目。

老四听了阳伟的话后低下了头，不过眼中依然冒着凶光，他固然怪自己禁不住诱惑，但是对给自己下套的辉哥更是恨之入骨。

"老四，还是等老幺回来了再说，你小子别整那些，没钱了咱们可以从头开始。哥哥我手头不多，两三千万还是能拿得出来的……"

阳伟又劝了老四几句，不过他知道这兄弟有点死心眼儿，当下拿出手机给庄睿拨打了过去。

要说伟哥对庄睿也有点怨言，把老四往这里一扔就不管不问了，这两天更是连手机都关机，好像失踪了一般。

不知道从什么时候开始，当年五兄弟的角色已经慢慢发生了转变，那时在几兄弟护翼下的庄睿，此时隐然成了几个兄弟的主心骨。

看来经济实力决定家庭地位这句话，也可以应用在经济实力决定社会地位上，虽然五兄弟感情依然很好，庄睿也从来没有看不起别人，但是变化仍然在悄然中发生着。

不说伟哥了，就是在京城的老二，陕西的老三，有点啥事都会给庄睿打个电话问问意见，倒是老四和庄睿的联系相对少一点。

"靠，不就是去挖墓吗，关毛的电话啊……"

不用问，电话还是没打通，伟哥气得差点把手机给摔了，看着下巴垂到胸口的老四，伟哥叹了口气，看来自个儿还要当几天保姆。

庄睿不开手机是故意的，他想让老四好好冷静一下，想想自己做的荒唐事，作为兄弟，能帮一次，但不可能帮一辈子。

俗话说救急不救穷，升米恩，斗米仇，如果老四仍然不知悔改的话，那庄睿只能当自己没这个兄弟了。

再说这几天也是最忙的时候，来自京城的增援人员已经到了，作为最先一批进入古墓的人，都有大量的工作要做，单是给这出土的上万件文物贴标签，就让人头昏脑胀了。

从帐篷里钻出来，庄睿活动了一下身体之后，向人群扎堆的地方走去，这会儿刚好是村里人来送早点，都围在那儿喝粥呢。

这几天庄睿都住在山上，后来的人带来不少野地帐篷，由于人数众多，现在山顶几乎成了营地，守卫古墓的武警战士又调来一个中队，在山脚各处都进行布控。

至于这些人的伙食单靠老张头一家是无法解决了，当地政府发动了附近的村子，由于天气已经热起来了，所以村民们每天分成两拨来送饭菜，早餐和中餐并在一起，晚饭单独送。

见庄睿走过来，孟教授递了一个白面馒头过去，说道："小庄，怎么了？看你这两天有点心不在焉的？"

孟教授很注重对学生的培养，在古墓发掘过程中，他尽可能多让庄睿上手，庄睿有什么不理解的地方，孟教授都会在一边给他解答。

庄睿的体力之好让孟教授都有点吃惊，这简直就是野外考古发掘的最佳人选嘛，所以他对庄睿的关注也比较多，连庄睿的一些神情细节都注意到了。

"老师，家里出了点事，我想等黄肠题凑启开后，回去一趟……"

庄睿听了孟教授的话，干脆请起假来，虽说有意把老四晾在一边让他冷静一下，但是庄睿心里还是担心的。

这个大墓没有几个月的发掘，是不可能见到全貌的，而老四的事情也不能拖上那么久，庄睿对毕云涛很了解，绝对是个会走极端的人。

"哦？你那事情要紧吗？小庄，这种保存完整的大墓可是极其罕见的，说不定以后就没有机会了……"

孟教授闻言愣了一下，于他而言，就是家里地震了，恐怕都没有这座大墓对他的吸引力大。

"那事可能只有我去了才能解决。老师，我尽量快点办完，再回来……"

庄睿对这座墓葬主人的身份也十分好奇，综观中国上下五千年，似乎只有传说中的秦始皇陵，还有成吉思汗墓，能和这墓葬主人相比。

"好吧，咱们一会儿就去启开黄肠题凑，应该下午就能干完，你晚上回去吧……"

孟教授也知道，庄睿有诸多产业，不可能像他们一样，安心静下来做学问，所以也没勉强。

吃过早饭后，一行二十多人分批下到古墓。

虽然也有人提出从山体挖掘，用大揭盖的办法让这个古墓重见于世，不过这个建议被孟教授否决了，他想尽可能保持这个墓葬的原貌。

即使以后这个墓葬改成博物馆，也能从山体旁建索道下去，这样才能让后人更加真实地认识到先人们的智慧，揭开古代墓葬神秘的面纱。

墓葬内可以搬动的物件几乎全都被搬了出去，就连那两个被破坏的墓门也被搬出去修复了，或许以后这个墓葬开放还会将那些东西还原。

在黄肠题凑那个墓室旁，已经发掘出四个耳室，出土了大批珍贵的文物，不过按照孟教授的估测，耳室最少在九个以上，这才暗合帝王九五之尊的寓意。

"大家小心一点，先架梯子将上面的木条抽掉，然后从上往下，一层层把这'黄肠'给解开……"

进入墓室后，孟教授开始分配工作，由于构成"黄肠题凑"的柏木太多，必须要一层层取下来，如果先抽下面的木条，恐怕整个木屋都会倒塌。

这个工程也算比较浩大，毕竟整间墓室，这个黄肠题凑就占了将近一半，孟教授估算了一下，这里的黄心柏木，在数量上恐怕还要超过京城大葆台的黄肠题凑。

分工之后，众人在棺椁四周架起了梯子，年轻一点的人已经爬了上去，戴着手套开始将垒砌在上面的黄心柏木条一根根往下递。

虽然大墓已经开启了好几天了，但是柏木那种淡淡的清香味依然遗留在墓室中，庄睿从最上面抽下来一根，拿在手里仔细看了起来。

这块通体泛黄的柏木条，长约一米左右，四边都是十公分宽，虽然木头里的水分早已挥发了，但是纹路清晰，靠近鼻尖的时候，那股淡淡的清香沁人心脾。

"一共多少块黄心柏木？"

一根根柏木被取下堆积在墓室一角，专门有人统计柏木的数量，整整一个上午的时间过去了，终于将外面的黄肠柏木全部解开了。

统计员脸上满是兴奋，大声喊道："孟教授，一共是两万一千六百八十根，远远超过了北京大葆台黄肠题凑的规模了啊……"

国内黄肠题凑汉墓出土最多柏木的，就是北京大葆台汉墓，至今没有超越那座汉墓规模的，所以在场的工作人员都为这个发现感到兴奋。

可以说，这座汉墓的发现，将重新改写许多汉墓科考研究的结论，对汉代墓葬的深一步研究将会起到极大的促进作用。

"行了，大家休息一下，咱们准备开棺了……"

对于一座墓葬而言，棺椁无疑是最重要的，因为墓葬主人的身份，往往都是在棺内揭晓的。

这是一个高度近两米，长度在三米以上的巨大棺椁，棺椁为木制，上面雕刻了许多图案，尤其是排头处雕龙砌凤，云雾缭绕，宛若仙居一般。

也不知道是不是外面黄肠题凑的保护起了作用，这个巨大的棺椁没有丝毫损坏，不管是色彩还是木料，均像新的一般，好像刚放置在这里不久似的。

第十五章 棺中铜棺

从庄睿所站的位置来看，棺椁所用的木料完全没有拼接的痕迹，就是一整块木料做成的，庄睿无法想象这要用多大一棵柏树啊？

而棺材盖和棺材结合得天衣无缝，有人拿张纸去试了一下都塞不进去，吻合得几乎完全没有缝隙。

"这……有点难度了……"

孟教授围着棺材转了几圈，眉头紧锁，他原本以为这棺材是卯榫结构的，但是仔细观察之后却发现棺材上居然没有一颗榫钉，这让孟教授感觉有点不可思议。

一般古代木制家具上凸出部分叫榫，凹进部分叫卯，这种形式在我国传统家具中达到很高的技艺水平，棺材自然也是如此，只是这个巨大的棺椁好像有点不同。

"老师，这好像是开孔灌了烧化了的铜汁进去的……"

庄睿用灵气观察了一番棺木的外层结构，发现在棺椁的八个地方，结构和木头完全不同，他用砂纸在一处轻轻擦拭了之后，发现那个直径约两公分的孔洞里的物质，完全不同于棺木本身的材质。

孟教授听了庄睿的话后，走过来拿出把小刀在棺木上刮下一层物质，仔细分辨后说道："没错，是铜汁烧化了灌输进去的，想从榫卯处启开，是不大可能了……"

这样做可以使棺椁的密封性变更好，但是这也加大了开棺工作的难度，想完好无损地将棺盖打开，几乎是不可能的事情了。

孟教授围着棺椁转悠半天，也没什么好办法，最后无奈之下只能让人在棺材不同的位置打出豁口，以备撬棍开棺所用。

"小刘，你在后面，侧面也要两个人。庄睿，你去排头那里。好了，大家拿撬棍，小心点，不要太用力，一起把棺盖撬起来……"

孟教授指挥着众人，将撬棍卡进棺材盖凿开的缝隙处，一声令下，众人齐齐发力，那座巨大的棺椁发出难听的"咔咔"声。

"起来了，起来了……"

"再用点儿力，马上就撬开了……"

"人都站远一点，小心里面有机关……"

各种喊话的声音响彻墓室，这么大一个棺椁，说不定里面就会安置着什么夺人性命的机关暗器，孟教授大声提醒着众人注意安全。

在这些千年墓葬里受伤，那绝对是一件让人很不愉快的事情，因为经过地底数千年的密封，很多细菌都会产生变质，一旦感染，就是现代的医疗手段都很难治愈。

不过还好，笨重的柏木棺盖被启开之后，里面似乎没有什么动静，在棺材的尾处，两个人拿着铁钩子将棺材盖拉了下来。

去掉棺盖的棺椁，加上厚重的底座，高度也在一米八以上，直观并不能看到棺内的情形，身边有梯子的人已经爬到梯子上，向棺内看去。

"还有个棺材……"

"孟教授，还有个铜棺……"

"奶奶的，这到底是谁的墓啊？这么复杂？"

看见棺内情形的人纷纷叫嚷起来。原来在这柏木棺材内居然还有一个铜棺，在灯光的照射下，铜棺盖上有几个简单的条纹刻画，使其显得愈发神秘莫测。

"不对啊，黄肠题凑一般都是柏木棺椁，为何出了一件铜棺？"

孟教授也爬上梯子就近观察了一下，眉头紧锁，显然无法想通其中的关节。

古人理解死亡为升天，还会以另外一种形式在另外一个世界延续自己的生命，所以在死后就为自己准备了棺木厚葬，以期待能将这些东西带入另外的世界。

由于人体在五行中属木，所以古人对棺木的选择非常考究，并且认为如果被葬在铁制的棺材中，那个人的灵魂就无法进入轮回。

所以历史上使用五行属金的铜棺的极其少见。

"准备滑轮，将这个铜棺启出来……"

孟教授观察了半天之后做出了决定，只有打开这座棺椁，才能揭晓这些秘密，得知墓葬主人的身份。

由于条件有限，众人用两个合金梯子架在两边，然后在梯子上加固了滑轮，用绳索从铜棺两侧放下去，还好，铜棺底部与柏木棺材并不是十分吻合，这才使得两根绳子顺利地将铜棺绑住。

"一二三……用力……"

要是被外人看到这种情形，很难想象这些平日里都是衣冠楚楚的学者，此刻就像民工一般，拉着绳子凭借滑轮的力量将那个重达数百斤的铜棺从黄肠柏木棺材中吊了起来。

当铜棺的高度超过柏木棺材时，下面马上有人小心翼翼地将梯子挪动，一点点把棺椁挪到空地上方，仅是这项工作，就整整进行了差不多两个小时。

"不知道里面有什么东西？"

"是啊，棺中套棺，想必陪葬品会很丰富……"

"好像里面有水啊？刚才抬起来的时候似乎感到里面有水在晃荡……"

"不可能，这座墓最少在两千年以上，有多少水分也都挥发了……"

虽然劳累，但是将棺椁成功取出，众人都是一脸兴奋，对于考古学家而言，揭开一个又一个隐藏在历史长河中的秘密，无疑是最为令人振奋的事情。

"休息一下，准备开棺……"

孟教授也是一脸喜色，在这地方忙活一星期了，终于要揭晓墓主人的身份，嘴里说着让众人休息，他自个儿却围着铜棺转个不停，观察着铜棺的开启方法。

庄睿坐在一旁看着这铜棺，眉头拧了起来，因为他虽然能感觉到铜棺内藏着数量丰富的古玩，但里面还真的正如刚才一位研究员所说有水分。

不过庄睿的灵气只能通过物体本身所蕴含的灵气，来探测物件的种类，所以他也不知道那些毫无灵气的水是什么玩意儿，这一切都有待开棺后才能知道。

或许是之前已经有了充足的防盗措施，这具铜棺的开启十分顺利，将两边四个经历千年而不腐的活扣扳上去之后，铜棺就能向上掀开了。

只是即使是棺盖重量也不轻，孟教授选出几个力气大的站在四角一起用力，将棺盖抬离了铜棺。

"这是什么？"

庄睿正是抬棺盖的四个人之一，在抬起棺盖的同时他侧过身子看了一眼棺材内部，发现在距离棺材边缘七八公分高的地方似乎有一层水状物质，随着棺材的挪动轻轻晃荡着。

不过在那层水上，全是灰尘，无法看清是什么物质，一直等在旁边的众人纷纷围了上去，倒是将庄睿等几个干活的人挤在了外面。

"水银，是水银……"

"天啊，怪不得那么重，整整一棺材全是水银……"

"让让，让我进去看看……"

听着里面传来的话声，庄睿使劲挤了进去，他看到孟教授正拿着一根木棍，在棺材里搅拌着。

那层表面的上灰尘随着水银的流动全都消失不见了，在灯光的折射下，明晃晃的水银如同镜子一般，反射出无尽的光芒。

庄睿曾经看过一篇科考资料，在山东一处汉墓里的陶瓷棺材内发现有水银残留过的痕迹，不过那个墓葬曾经被盗掘过，没留下更多的线索和资料。

水银学名叫做汞，史料中多有记载，道家用此炼丹以求长生，虽然水银的确可以药用，可杀虫，攻毒，治疥癣、恶疮等疾病，但是对身体的危害也是极大的。

历史上最少有三位以上皇帝死于水银中毒，这位皇帝看来也是笃信所谓的道家理论，相信尸身泡在水银里可不朽不腐。

孟教授提起木棍，几滴水银顺着木棍滴回棺内，稍稍思索了一下，孟教授说道："棺内有东西，肯定是墓主人，不过水银见了空气，会很快挥发掉，并且气体中也会有剧毒，先把棺盖盖上……"

庄睿几个人重新将棺盖盖上后，孟教授和几个专家商量了一下，决定向相关单位要一些防毒面罩，把水银全都舀出来。

工作是无法继续下去了，所有人都退回山上，等防毒面罩和相关的用具送到已经是第二天清晨了。

"小庄，等下要小心，不要让水银沾到皮肤上……"

下到墓葬里的人一共只有八个，除了庄睿和任博士之外，另外几个人也都是国内考古学界的专家。

开启棺盖后，庄睿和任博士两个人戴着长及肩头的皮手套，开始将棺内的水银小心地舀到几个桶里，这些水银稍后都会被送去研究化验，以验证两千多年前水银的制作工艺。

说老实话，经过这次考古发掘，庄睿的胆子真是大了不少，环境锻炼人这句话一点儿没错，以前他哪儿敢在死人棺材内大动干戈？

随着一瓢瓢流动着的银白色液体从棺内舀出，铜棺椁中的物件也逐渐浮现出来。

"这是什么东西？"

庄睿透过氧气罩上的玻璃，看到一具尸体浮现出来，不过尸体上通体灰白，手指触上去硬邦邦的，怎么也不像是人身啊？

"金……金缕玉衣?！"

庄睿这边正疑惑着，那边孟教授口中发出一声惊呼，整个人都扑到了铜棺上，如果不是里面的水银水位已经下降，指定会溅他一身。

"快，加快点速度，这具古尸有金缕玉衣的保护，恐怕没有腐朽……"

虽然隔着氧气罩看不清孟教授的脸，但是从话中能听出，老教授这会儿很激动，就差没上前抢夺庄睿和任博士的舀子亲自做清理水银的工作了。

水银有防腐功效，而玉器同样有保鲜作用，两者结合在一起，难怪孟教授会做出这样的推断了。

金缕玉衣也称为"玉匣"，是汉代皇帝和高级贵族死后穿的殓服，外观与人体形状相同。

玉衣是穿戴者身份等级的象征，皇帝及部分近臣的玉衣以金线缕结，称为"金缕玉衣"，其他贵族则使用银线、铜线编造，称为"银缕玉衣"和"铜缕玉衣"。

我国目前已经出土玉衣的西汉墓葬共有十八座，而金缕衣墓只有八座，其中最具代表性的是河北满城一号墓出土中山靖王刘胜的金缕玉衣。

经过相关资料的考证，这件金缕玉衣是用一千多克金丝连缀起两千四百九十八块大小不等的玉片，由上百个工匠花了两年多的时间完成的，整件玉衣设计精巧，作工细致，是旷世难得的艺术瑰宝。

1968年，这件金缕玉衣出土，当时轰动了国内外的考古界，无数国内外的学者纷纷赶到河北，对这件稀世珍品进行了科考工作。

现在这具棺内已经显露出来的玉片间隔中，用肉眼就能看到那微微还泛着金色光泽的细线，即使庄睿这种从未接触过金缕玉衣的新手，也不难判断出这是一件金缕玉衣！

随着棺内的水银不断被舀出，那具穿着金缕玉衣的尸体呈现在众人面前，最初看到的是他的腹部，高高隆起，而现在，胸口和双脚也都露了出来。

"头部有东西……"

一直紧盯着棺内金缕玉衣的孟教授突然喊了一声，众人的目光顿时都被吸引住了，而露出水面的尸体头部金光闪烁，居然是一个黄金面具。

和庄睿曾经得到的那个黄金面具不同，这个面具并不是很大，只遮掩到尸体的鼻子部位，但是面具上雕刻着极其繁琐的花纹，整个面具密密麻麻得全是各种纹路。

孟教授探出身体试着拿了一下，面具后面绑缚在玉衣上的绳子已经腐朽了，轻易地就将面具拿了下来。

"国宝，国宝啊，比四川广汉三星堆出土的黄金面具还精致……"

孟教授恨不得将手套摘下来，直接抚摸在面具上，嘴中喃喃自语着，一副爱不释手的样子。

把玩了好一阵，孟教授看向庄睿，说道："小庄，这个面具虽然没你博物馆里的那个大，但是做工精致多了……"

"呵呵，那是，咱们老祖宗的手艺，当然比洋鬼子强了……"

庄睿笑了笑，不过这话说出去之后，心里突然有点别扭，自己现在干的事情，不正是惊扰老祖宗吗？

"哥儿们是在考古，省得以后被盗墓贼给掘了……"

庄睿在心里找了个理由，其实国家考古和盗墓贼不同的是：一个是用于私人牟利，一个是开放给公共大众。

"小庄、小任，马上把这些水银都拿出去，另外叫他们准备工具，要将这具金缕玉衣运到豫省的实验室里，时间长了怕出问题，不行就调用当地的直升机……"

见到金缕玉衣和黄金面具后，孟教授马上做出了决断。

说老实话，这次开棺有点仓促，不过也是条件限制，这么大体积和重量的铜棺椁，根本就没可能完整地运出墓葬。

孟教授这话一出，所有人都忙碌起来，此刻保护金缕玉衣及其内部的尸体是最重要的，而棺椁里还有什么出土文物，现下都放到了一边，反正东西在里面又不会自个儿长腿跑掉。

　　国家机器动用起来，效率还是非常高的，半个多小时之后，一架直升机就停在了山顶，将众人小心翼翼放在一个装满冰块的袋子里的金缕玉衣连同里面的尸体运出了大山。

　　而此时，墓葬里的水银毒气，也在鼓风机的作用下基本上都挥散开了，众人又下到墓葬内，开始清点铜棺椁内的物件。

　　从开始勘测到进行发掘，到现在已经十多天了，连墓葬主人的身份都没搞清，这也让包括孟教授在内的许多专家学者们感到有一丝难堪。

　　虽然国内出土的无名大墓诸多，但那些都是因为兵灾盗贼的缘故，将墓葬内证明身份的物件席卷一空，但是这个墓葬保存得十分完好，如果考证不出墓葬主人的身份，绝对是一件令同行耻笑的事情。

　　原本铜棺椁内还有一层没被舀出来的水银，但是两千多年前的水银在见到空气后，很快都流失挥发了，在棺椁内显露出厚厚的一层陪葬品。

　　"这是玉握吧？"

　　庄睿戴着手套，从里面翻找出一对通体黝黑，呈橄榄形，中间圆两端尖，上面有些纹线的玉器来。

　　"这应该是只玉猪……"庄睿打量了半天，认出这器物的形状，长条圆柱上加琢单线条，典型的汉八刀手法。

　　玉握为玉葬器之一，向来都是死者手中握着的器物，古人认为死时不能空手而去，要握着财富和权力，猪则代表着财富，所以汉代玉握，基本都是玉猪的造型。

　　孟教授接过庄睿递过来的玉器，点了点头，说道："对，就是玉握，不过这里面肯定找不到玉塞了，那玩意儿指定在金缕玉衣里面……"

　　随着清理工作的进行，一件件器物被从棺椁内拿出来，有金银制品，有代表着吉祥寓意的小型动物陶俑，而最多的则是玉器。

　　玉璜、玉佩、玉人，形形色色的玉器，地上的白布上摆得满满当当，由于水银的保护，这些玉器宛若新玉一般，没有任何出土的痕迹。

　　最让人吃惊的物件是一把带鞘的青铜短剑，短剑长不过二指，但是极其锋利，庄睿试了一下，轻易就能将那几十层的白布椁子划开。

这青铜短剑刚刚出土就被孟教授用墓穴内的土壤包裹住了，按照他的话说，出土的青铜器见到氧气后会发生质变，要用墓内的土壤将其包住，等拿到实验室再进行处理。

庄睿也不知道孟教授的说法有没有科学依据，不过自己淘到那把定光剑的时候，似乎上面也满是铜锈和泥土。

"小心点，这是陶器……"

"哇，这块玉可是上好的羊脂玉啊……"

一件件器物的出土，让周围不时传出惊叹声，里面甚至有一套十六件，只有拇指大小的彩色陶俑。

这些陶俑所表现出的人物应该是帝王的御厨们，有割肉做菜的，有淘米蒸饭的，还有一个陶做的水井，井边有陶人做着取水的动作。

虽然这些陶俑体积极小，但是面部表情却刻画得惟妙惟肖丝丝入扣，简直就像是缩小了的真人一般。

棺椁内本来还有些织锦被的，不过在水银被舀出时，那些织锦被就随之物化了，沾黏在棺内，一坨坨的很难清理。

"怎么回事？没有印章和玉玺吗？"

棺椁的清理工作快进行到尾声了，但是让众人期待的玉玺或者印章并没有出现，一直表现得都很镇定的孟教授此刻也有些着急了。

"没有，这会不会是墓葬主人刻意不让别人知晓他的身份呢？"

"不可能，入土是子孙后代所为，一定会将其随身的印章放入墓内的……"

"那怎么没有呢？大家再仔细找找吧……"

不光是孟教授着急，其余的人也不淡定了，如果在这个棺椁内无法发现主人的身份，那么其余的耳室和侧室更不会有证明主人身份的物件了。

庄睿在众人纷纷议论的时候，释放出眼中的灵气，对着棺内重新检查了一番，当他看到铜棺椁右上侧的时候，目光不由顿住了。

那里是一大块织锦腐朽物，不过庄睿在其间感应到了非常强烈的灵气，虽然里面物件的体积只有婴儿拳头大小，但是紫色的灵气充裕其中。

"老师，我找到这个东西应该是玉玺吧？"

庄睿伸手将那团织锦的残留物拿在手中，剥离外面腐朽的织锦后，一块玉石顿时出现在手中。

玉石呈四方形，顶部雕着一个蟠龙，身上鳞甲清晰，龙头内含着一颗龙珠，形状很是威严，下面则是一个方印。

庄睿将其翻过来看了一眼，上面似乎有不少字，不过他只认出一个"玺"字。

认出一个"玺"字已经足够了，最起码说明这是帝王墓，因为古代的用章等级分明，秦朝之后，更有了玺和印的分别，皇帝用的印叫玺，臣民所用只能称为印。

根据汉代的记载，皇帝有六玺：皇帝行玺，皇帝之玺，皇帝信玺，天子行玺，天子之玺，天子信玺。六玺的用途都不同，由符节令丞掌管。

不过传国玉玺则不在这六玺之列，这个玉玺是用来代表正统的，所谓"真命天子"必须拥有这个玉玺，否则只能是草鸡大王而非真龙天子。

所谓的传国玉玺，指的自然是历史上大大有名的和氏璧了，自秦破赵得到和氏璧之后，秦始皇命李斯在和氏璧上篆书"受命于天，既寿永昌"八字，咸阳玉工王孙寿将和氏之璧精研细磨，雕琢为玺，传国玉玺乃成。

传国玉玺经东西汉、宋、齐、梁、陈四代更迭，最后被杨坚收入隋朝宫中，只是隋朝亡后，萧后携皇孙携传国玺遁入漠北突厥。

后来李靖讨伐突厥，萧皇后回归中原，将传国玉玺献于李世民，只是在唐末时，天下大乱，群雄四起，唐朝末帝李从珂怀抱传国玺登玄武楼自焚，传国玺就此失踪。

"玉玺?!"

庄睿的话将众人的注意力全都吸引到了他身上，十多只手同时向庄睿伸了过来，吓得庄睿连连后退，这东西要是摔碎了，由谁负责啊？

"拿来给我……"

孟教授此刻也失去了镇定，接过庄睿手中的玉玺后，也顾不得上面是否有什么有害物质，直接脱下手套在自己手背上印了下去。

第十六章 刘秀帝墓

　　孟教授辨认着手背上的篆字，突然脸上露出了不可思议的神情，结结巴巴地说道："刘……刘秀的皇帝宝玺?!"

　　"刘秀？刘秀墓不是早有公断吗？"

　　"是啊，这怎么可能？刘秀墓就在几十里外呀……"

　　"孟教授，您不会看错了吧？"

　　孟教授此话一出，墓室内顿时像炸了锅一般，千百年来，刘秀墓早已被人认定是在黄河岸边，并且修建了园林，怎么可能在这又出现一座刘秀墓呢？

　　"是真的，老李，老宋，你们来看看这几个字，不可能是假的……"

　　孟教授也有点不敢相信自己的眼睛，但是手背上逐渐模糊的几个字，的确证实了这是刘秀的皇帝玉玺。

　　孟教授把玉玺递给几个同行后，嘴里喃喃自语道："难道那个传说是真的？"

　　"老师，什么传说？"

　　庄睿耳力好，听到孟教授的话后，追问了一句。

　　"传说刘秀的儿子是个十分叛逆的人，刘秀让他往东他一定往西，让他撵狗肯定追鸡。

　　相传刘秀快死的时候，让他儿子把他埋葬在黄河岸边，其实是想让这个不听话的儿子将自己葬于邙山，现在看来，这传闻倒是有几分真实了……"

　　历史的真相已经无法考究，孟教授也只能用这些野史传闻来解释刘秀玉玺的出土了。

　　刘秀其人，虽然在电视或者书籍上描述不多，但却是历史上极为重要的一位人物，虽为汉室皇族，起家的时候却是布衣身份，在历史上和刘邦并称为汉室

"二布衣"，实为一代雄主。

刘秀一生南征北战，留下的民间轶事极多，但是由于时间久远，很多事情已经无法考证了，如果这座墓葬真是刘秀墓，那么历史上很多记载都将被改写。

这么重要的考古发现，单凭一个玉玺是不能断定墓葬主人的身份的，在清理完棺椁后，马上又进行了耳室发掘，在其中一间耳室里发现了大批竹简。

这批竹简的珍贵程度甚至要在黄金面具和金缕玉衣之上，因为文字性的东西在历代墓葬中出土都极少，对于当时的社会形态及其科学发展都有着极为重要的研究价值。

由于保护措施得当，这些竹简并没有遭到破坏，连夜被直升机送回相关部门加以保存。

这些竹简的出土，也让考古队们欢呼雀跃，通过对竹简上文字的研究，相信一定可以确认这座墓葬主人的身份。

不过就在考古队所有人都在为这个重大发现感到振奋的时候，庄睿和郝龙已经悄悄离开了这个工作了好几天的地方，回到老张头家里后，连夜驱车赶往北京。

"郝哥，辛苦你了，找个地方吃点东西，送我回庄园后，你回家去看看吧……"

庄睿从车里起身时，外面天色已经大亮了，向窗外打量了一眼，已经进入京城地界了，看着开车的郝龙满眼血丝，庄睿也有点不好意思。

不光是彭飞已经结婚生子了，郝龙也娶了媳妇，庄睿有心重新找个贴身的人，只是一来能信得过的人不多，二来对彭飞和郝龙也用着顺手，所以他出门一般都是这两人跟着的。

"老板，没事，熬一夜算啥……"

郝龙知道庄睿对吃不是很讲究，看到路边一个早点摊子，将车一拐停了过去。

庄睿最早来京城的时候，还真喝不惯这豆汁，不过时间长了，一碗豆汁泡上两根油条却变成了庄睿的最爱，平时在家里李嫂早上都会给庄睿准备这样的早餐。

这就叫萝卜青菜各有所爱，京城里有钱人喜欢在小饭店里喝二锅头的多了，好的就是这一口。

吃过早餐后，郝龙将庄睿送到庄园，自己开车回四合院了，虽然庄睿在欧阳军的小区给他留了套房子，但是自感职责所在，郝龙还是一直住在四合院。

五月清晨的北京城已经热了起来，金刚最喜欢这样的天气，冬天穿着一身厚厚的棉袄让它感觉很不自在。

现在的金刚穿了一条巨大的花裤衩，前段时间看到庄睿戴太阳镜，愣是偷偷戴坏了庄睿三副眼镜，加起来好几万块钱了，搞得庄睿实在没辙，给他定做了一副眼镜，乐得金刚每天都架在脸上。

"嚯嚯！"

见到庄睿进来，金刚屁颠屁颠地迎了上来，伸出双臂和庄睿拥抱了一下，然后再伸出右臂和庄睿握了握手，那礼节多得堪比英国绅士了。

"我那两个朋友呢？"

庄睿在金刚低下的大头上拍了拍，他知道金刚能听懂自个儿的话，这大家伙越来越人性化了，现在已经成了家里最受欢迎的一员了。

就连庄睿的那对儿女见了金刚绝对比见自己老爹还亲，只要是来到庄园，整天都腻在金刚身上，搞得庄睿那叫一郁闷。

"嚯嚯，嗷唔！"

金刚捶了捶胸口，在前面给庄睿引起路来，说老实话，它不是很喜欢那俩人，来到庄园居然都不陪自己玩，那个小白脸更是连自己打招呼都不理。

动物的喜好是非常直接的，金刚把庄睿带到靠近游泳池的草坪后，就自己跑去开电瓶车玩了，庄园的保安每天都会帮它充电，这也是金刚最喜欢的玩具之一。

"哥俩精气神不错啊，大清早就爬起来了？"

庄睿走了过去，把躺在草坪上闭着眼睛的老四给惊醒了。

"老……老幺……"

老四坐起身体，喊了一声庄睿后垂下了头，他知道自己这次能没缺胳膊少腿的从赌场出来，全靠了庄睿。

毕竟一个多亿不是小数目，就是一些所谓的大集团公司，也不见得能在短时间内周转这么大一笔现金，老四知道这次估计掏空了庄睿的家底。

135

从赌场里出来快一个星期了，老四现在是满脸胡茬，眼睛像是害了红眼病，全是血丝，整个人比以前瘦了不止一圈，精神状态极差。

"四哥……你……"

看到当年意气风发拉着自己泡妞打屁的四哥，现在这么一副颓废的样子，庄睿纵有一肚子话，此刻也说不出来了。

"老幺，对不住……"

老四低垂着头，嘴里发出蚊子叫般的声音，他此刻压根不敢面对庄睿，更不敢面对自己的家人，手机早已关机了，恐怕这会儿家里人找他都找疯了。

"起来，你这是什么样子？"

老四这人骨子里就是潮汕人的脾气，大学几年了，庄睿没听他说过一句对不起，看着老四的模样，庄睿心里不知道是什么滋味，一把拉起了他。

"人又没死，干吗摆出这副样子？求可怜？"

看着老四似乎几天没洗过的脸，庄睿怒火腾地从心头冒出来，回头大声喊道："金刚，带他去洗个澡……"

远处正开着电瓶车嗷嗷直叫的金刚听到庄睿的招呼后，立马窜下车跑了过来，一把抱起了老四。

"干什么，老幺，你要干什么？放开我……"

老四不知道金刚要干什么？被这庞然大物抱住心里不害怕是假的，只是任凭他怎么挣扎，也没脱离金刚的束缚。

"让你清醒一下，什么时候清醒了什么时候上来……"

庄睿没搭理老四，看向阳伟道："伟哥，这几天辛苦你啦……"

"说的什么话啊，老四也是我兄弟啊……"

伟哥摇了摇头，捶了庄睿一拳，然后扭过头看起热闹，他这几天被老四给郁闷坏了，现在见到老四吃瘪，心里那叫一爽快啊。

金刚将老四抱到游泳池边长胳膊一甩，直接将老四丢了进去，"扑通"一声，池水飞溅，金刚在岸上乐得眉开眼笑。

这是金刚和庄睿夏天经常玩的游戏，只是庄睿力气不比他小，玩起来有乐趣，扔老四这细胳膊细腿的，对金刚而言没有一点挑战性。

虽然是在海边长大，不过这样被丢下水，老四着实喝了几大口水，加上五月的天气还没到能在室外游泳的季节，冰凉的池水让毕云涛的头脑一下清醒了过来。

"妈的，老幺，你谋财害命啊？"

老四这几天吃喝都不香，手脚也没什么力气，费了很大的劲才爬到岸上，整个身体趴在那里不断地喘着粗气。

"谋财？你还有钱让我骗？"

庄睿走过去扔了一条浴巾在老四身上，说道："行了，擦干净水，别感冒了……"

"庄睿，对不起……"

听了庄睿的话，毕云涛刚刚振奋一点的精神又消失不见了，拿着毛巾擦拭着头发。

"四哥，不要说对不起，我肯出这笔钱，不只是帮你，也是在帮自己……"

庄睿的话让老四猛然抬起头，他有点不明白，庄睿为何说是在帮自己？

"毕业这么多年了，虽然钱赚得不少，但是感觉也失去了一些东西，最起码咱们兄弟间的联系少了，似乎没有在大学时的那种默契了……"

庄睿沉默了一下，接着说道："四哥你出这事，固然可能是被人骗了，但主要也是因为精神比较空虚，才想着用赌博来刺激自己的吧？

说老实话，兄弟几个都有责任，平时多联系点，知道对方的现况，怎么也不会让你出这事的……"

庄睿的话让一旁的伟哥也沉默了下来，事实的确是这样，毕业之后，各人都有了自己的发展方向，老婆孩子热炕头地过上自己的小日子，几个人的联系确实少了很多，感情也慢慢变得淡漠了。

如果再过五年之后老四出了这档子事，伟哥扪心自问，自己真的不见得能像现在这样到处找人帮忙。

"金钱用完了可以再赚，亲人朋友却是一辈子的财富，四哥，不要再说什么对不起的话了，你对不起的首先是你自己……"

庄睿这番话说得很动情，眼中已然有了雾气，老四更是低下头"呜呜"地哭了起来，伟哥也在一旁悄悄擦起了眼泪。

只有金刚不知道这几个人为何突然伤心起来，待在这里感觉很不舒服，悄悄地溜回去开它的电瓶车去了。

"行了，四哥，把事说说吧，总不能平白无故吃这么个大亏……"

等老四稍微平静了一点，庄睿将他拉起来，眼中冒出一丝寒光，丢掉的场子总归要找回来！

江湖上有江湖上的规矩，尤其是千门，在行骗时总要给人留一线，俗话说狗急跳墙，老千玩的是技术活，一般很少赶尽杀绝给自己埋下隐患。

千门自古在中国就有流传，历史上不少出身神秘，像流星般崛起的风云人物都是出自千门隐士精心培养和训练的一代千雄，比如苏秦、张仪出自鬼谷子门下，张良则师从黄石公。

但是千门流传至今，已经变成了骗子的代名词，现代的千门中人，层次远不如祖师爷们那么高，小的街头设局、公交车上玩易拉罐，大点的老千则在赌场以及商场出没，但是手段都离不开一个"骗"字。

不过这次给老四下套的这伙人，未免有点不地道了，赚了两个亿已经把人逼到绝路上了，就算没有后面的一亿八千万，老四回家后也没好果子吃，他们这是把老四往死里逼。

按说鼠有鼠路猫有猫道，庄睿不算江湖上的人，不应该伸手管这事，但钱是他拿出来的，老四又是他兄弟，庄睿不能不问，再说他心里也窝着一股邪火。

"那人叫刘明辉，是香港人，在广州有个茶楼，我去喝茶的时候认识的，后来又一起去过几次夜总会，慢慢就熟识起来……"

老四一大早洗了个凉水澡后，脑子清醒了不少，回想起这几个月的经历，从他家族的现况开始慢慢地述说起来。

老四毕云涛家里早年是靠着和香港进行"自由贸易"发家的，除了出了他这一个大学生之外，其余都是粗人。

不过老四的爷爷很有眼光，收手上岸之后开办了一个跨国贸易公司，在改革开放初期发展壮大起来，但是当公司规模越来越大的时候，老四的爷爷力排众议，请了职业经理人运作公司，将家族所有人都撤了出去。

到现在为止，就算是很多广东人都不知道那鼎鼎大名的 XX 集团，就是老四家族的生意。

只是这样一来，公司管理固然正规了，但是老四一大家子叔叔姑姑等几十口子人，每年拿着几百万的红利，也都变得无所事事了。

而老四所谓的到家族公司里管财务，其实对公司内部财务根本就插不进去手，所能管理的只是家族资金，这些资金每年才发放一次分红。

所以老四和家族那些人一样，每天都闲得无聊，整天打牌喝茶泡夜总会。

他和刘明辉认识之后，应对方的邀约去了几次夜总会，其间辉哥表现得非常大方，每次都是一掷千金，玩了三五次就花费了好几万，对老四又无所求，慢慢让老四对他放松了警惕，真把他当成了好朋友。

去过夜总会的朋友都知道，广东人最喜欢猜拳和猜色子点数喝酒，老四当然也不例外，这都是很正常的交际嘛。

刘明辉有时候为了在小姐面前充面子（当时老四是这么理解的），偶尔也会拿出一沓一百的钞票在夜总会里赌，只是他输多赢少，赌品又非常好，时间长了老四也习以为常，输赢不过是万儿八千的事，他也不是很在乎。

过了大概一两个月时间，在一次喝茶的时候，刘明辉说要去澳门玩几把，问老四去不去。

老四那会儿已经把辉哥当朋友了，澳门他也不是没去过，加上整天闲得无聊，就约好了一起去玩玩。

第一次去的时候，老四开始是在大厅里玩，自己拿了五万块钱的筹码，不过手气不怎么样，输了个干净，后来刘明辉就说去贵宾厅约几个相熟的一起玩。

老四本来不想去的，但是刘明辉说是为了找个牌搭子，输了算他的，赢了老四自个儿拿走，老四架不住刘明辉激将，再说几十万块钱对他也不算什么，就跟着上去了。

也不知道是老四手气太好，还是那几个人点太背，玩了四五个小时，老四居然赢了三百多万，这让一直精神上都很空虚的毕云涛对赌博有了兴趣。

后来辉哥每到周末都会约老四去澳门，按他的话说，就是周末放松下，老四也没怀疑。

身在广东，老四自然知道，香港赌博是犯法的，所以许多香港人一到周末都会坐船去澳门赌，他只当辉哥也是如此。

前几次去，老四都收获不菲，加起来一共赢了七八百万，老四倒不是贪图这些钱，但是赌博开牌时那种肾上腺分泌加速的刺激却让他颇为留恋，后来不是周末刘明辉邀他去赌，老四也会欣然前往。

不过后面几次玩牌，老四的手气却飞流直下，两三次就把先前赢的输了出去，自己还倒贴了几百万。

老四也知道赌博容易上瘾，输了几百万本打算收手的，但是那会儿他已经沉迷于赌博的快感，再加上刘明辉的鼓动，不知不觉就陷了进去，而且牌打得越来越大，从几万一个筹码变成十万百万。

后面倒也不是一直输，但却是输多赢少，输大赢小，等老四清醒的时候，却发现已经泥足深陷、不可自拔了，而且将手里掌管的家族资金输得一干二净。

由于刘明辉找的赌友一直都是不同的人，所以老四当时也没怀疑到刘明辉身上，不过等他手上没钱，刘明辉主动借钱给他的时候，老四心里才明白过来，但那时他已经一穷二白，连家都不敢回了。

当时毕云涛第一个想到的就是庄睿，不过庄睿正在深山里，没有开手机，这才找到伟哥，引出后面这档子事。

第十七章 千门设套

"妈的，都是千门的手段，靠，坑到咱们兄弟头上来了……"

庄睿听完老四讲的经过之后，一张脸阴了下来，古玩行本就是江湖，他对这些手段很清楚，没吃过猪肉还见过猪跑呢。

庄睿现在心里倒也不是特别怪老四了，被这些老千盯上，他们有一百种方法拉你下水，而且防不胜防。

这不是立场坚定不坚定的问题，而是每个人都具备的弱点，除非圣人才能不受诱惑，别说是老四了，就是庄睿自个儿恐怕也会一头钻进套子里去，当然，庄睿去赌，谁输谁赢就很难说了。

伟哥听不懂庄睿所说的江湖切口，有些好奇地出言问道："老幺，什么是千门？就是新中国成立前那些白相人吗？"

"某些方面有点像，但不太一样，千门专精于骗，和白相人有点区别……"

庄睿摇了摇头，伟哥所说的"白相人"他也知道，那是新中国成立前上海的俚语，上海话里，"白相"就是玩，白相人可以解释为游手好闲、为非作歹的人和流氓。

旧时的白相人穿着时尚、干净、整洁，不显邋遢，以区别于同在街面上混的小混混，基本上对吃、喝、嫖、赌、骗都很精通，那会儿的外地人闯荡大上海，不知道有多少被白相人骗得倾家荡产。

但是千门中人极为自律，他们虽然对吃喝嫖赌样样精通，但却不会沉迷其中，只是把这些当成一种手段，接近目标人的手段。

千门有八将，合称为：正提反脱、风火除谣。

正将即以千术开赌档糊口，也就是开局的主持，属于那种上不得台面的。提将做的是赌档的塘边鹤，专门负责劝人入局玩，按照老四所说，刘明辉行事就带点提将的味道。

反将是用反面方法或激将法诱人入局，刘明辉后面所用的手法，就是反将的办法。

至于剩下的脱将是帮人跑路的，风将是望风视察环境的，火将负责武力解决，即打手及杀手，谣将专门散布谣言，引诱"老衬"相信谎言入局，除将则是负责讲数，以及散局的善后，这也是刘明辉的工作。

可以说，千门八将各司其职，如果八将齐出，一般人是抵挡不住的，而刘明辉在其中干了好几档活，看来在这个千门组织里的身份不低。

"我靠，这……这也太复杂了吧？"

听完庄睿的解说，伟哥目瞪口呆，这些事情和他的生活距离太远了，平时根本接触不到，简直就是两个社会形态。

就是老四也不知道其中有那么多的弯弯道道，敢情别人是几十个算计自己一个，这跟头栽得也不算冤枉了。

"复杂？伟哥，全世界几十亿人，干什么的都有，玩得比这复杂的还多着呢……"

庄睿之所以知道这么多，都是曾经在上海滩混过的德叔教他的。

"老幺，那……这亏就白吃了？"

事情发生是在境外，而且别人又没抓着你的手让你去赌，老四怎么想都想不出有什么办法，能将这个场子给找回来。

"先别急，我打个电话问问，看有没有这样的案例……"

庄睿想了一下，拿出手机给苗警官拨了过去，这事还要找专业人士比较好。

"庄睿？什么事？"

苗菲菲算是知道了，庄睿没事绝对不会给她打电话，不过几年时间过去了，苗警官倒是没那么执著，接受了两人还是朋友的现状。

苗菲菲现在将精力都用在工作上了，只是事业蒸蒸日上，家里对她的感情问题却很不满意，安排了几次相亲，苗菲菲都没看上。

"苗警官，有点事要向您这专业人士咨询下……"

庄睿原原本本的把发生在老四身上的事情告诉了苗菲菲，然后问道："像这类事情，是否有人报过案，警方可以处理吗？"

"倒是有人报过案，不过警方无法受理，一来事情不是发生在国内，而澳门赌博是合法的，无法用聚众赌博来定罪，二来这是你朋友自己去赌的，无法构成诈骗……"

苗菲菲的话其实也在庄睿意料之中，这事根本就说不清，虽然明知道是千门手法，但是无凭无据的，根本拿别人没办法。

"苗警官，谢谢了，改天请您喝茶……"庄睿说完就准备挂电话。

"等等，庄睿，你可不要去赌啊，赌博和毒品一样，上瘾就很难脱身……"

苗菲菲提醒了庄睿一句，她知道庄睿有一次运气极好，在香港赢了数千万港币还有一些字画，生怕庄睿给朋友找场子，自己去赌。

但是她不知道，赌博对于庄睿而言，每一把都知道底牌是什么，压根就没一点刺激可言，根本就不可能让他有快感。

"好，我知道了……"

庄睿挂断电话后，陷入了沉思，如果这事警方能介入的话，那是最好的，国家机器运作起来，什么千门高手都要望风而逃，但是苗警官的答复让庄睿断了这个心思。

自己去赌？庄睿暗自摇了摇头，上次出手就闹出了很大风波，他不怎么想出这个风头，再加上对方也未必愿意和自己赌，现在那伙老千不知道在世界哪个旮旯里逍遥快活呢？

想来想去，庄睿也没想到什么好办法，不由皱起了眉头，但是看兄弟吃了这么大亏，自己也贴进去一个多亿，眼睁睁地瞅着那帮老千逍遥快活，庄睿心里这口子气也憋不下去。

见到庄睿为难的样子，老四站起身来，走到庄睿面前，说道："老幺，那姓刘的有产业在广州，你再给我一百万，这事儿我自己解决……"

潮汕人不但精于做生意，而且性情极其好勇斗狠，以前和香港飞虎队火拼的叶欢为代表的大圈仔，在某一个时间段专指的就是潮汕人。

潮汕人固然在世界各地都有生意，并且比温州人还要团结，但是在潮汕地区，穷人还是很多的，捞偏门的人更不在少数，更有一帮子人视叶欢为偶像。

老四从小就生活在那个地方，知道只要你肯出钱，专门有一些人可以为您解除忧烦，一百万足够买好几条人命的了。

"扯淡，怎么着，脑子还发热？还想再凉快一下？"

庄睿瞪了老四一眼，就算花钱把那人做掉了，又能怎么样？失去的还是失去了，又追不回来，这是最愚蠢的做法。

想了一下之后，庄睿拿出手机又拨打了出去，这次是打给德叔的。

德叔从小没家人，七八岁就在上海滩厮混，三教九流的人认识得极多，而现在流窜在国内及港澳台的这些老千们，也多是以前老上海那一脉传承下来的，说不定德叔有办法。

"庄睿，你说的这件事，就是千门中人做的！"

听庄睿介绍完事情的来龙去脉之后，德叔在电话里肯定地说道。

"德叔，这些人……您认识不？能不能找人说合一下，退点钱出来，毕竟他们这件事做得太不地道了，按您以前说的，这可是犯了江湖赶尽杀绝的大忌呀……"

庄睿知道德叔以前也是帮会里有身份的人，而且辈分很高，在一些场合说话，可是比警察好使。

"嗨，庄睿，现在这年头，我们这些老不死的说话已经没什么用了，再说我这些年都在古玩行里厮混，外人根本不买账的……"

德叔在电话里叹了口气，以前那些老白相人，虽然也坑蒙拐骗，但是从来不骗普通老百姓的，相反有些人还会拿出点钱救济穷人。

而现在的年轻人，根本就不讲究这些，对于江湖上所谓的道义嗤之以鼻，各种手段无所不用其极。

"德叔，那您说这事……"庄睿和德叔的感情极好，他对江湖手段也是一知半解，想让德叔拿出个章程来。

"唉，你那朋友也真是胆子大，亏得他能拿出几个亿来赌，这帮人想必是捞了这一票之后，就洗手不干了……"

德叔对这事也很挠头，他自问没那么大面子去说合，想了一下接着说道："这样吧，我找八叔问问，看看能不能找人说合一下，让对方把最后那一亿八千万吐出来……"

德叔所说的八叔，是老上海一位大佬级的人物，现在已经九十多岁了，在国内有无数的徒子徒孙，当年刚解放的时候也需要他出面来维持秩序。

按照辈分，德叔都要喊他一声八叔，不过即使八叔出面，德叔心里也没底，那些混账小子是六亲不认，未必能买八叔的账。

"好吧，那就麻烦德叔您了……"

庄睿也是没有别的办法，能拿回一亿八千万，差不多就是一半的钱了，到时候用这笔钱帮老四把家里的亏空补上。

出了这种事情，老四想必不可能再在家族企业里做事了，就连挂名管理资金的权利也指定给他剥夺了，庄睿想着以后就让老四留在北京帮自己吧。

老四不是有赌瘾，而是被人做得局算计了，最多以后不让老四管钱就是了。

事情有了点眉目，老四的心情也好了很多。中午老二岳经兄也赶到了庄园里，几兄弟喝了顿酒，下午庄睿返回了四合院。

"爸……爸爸……"

看着一岁多的儿女坐在膝盖上，庄睿心里很满足，两个小家伙都很健康，而且特别喜欢动物，无论是白狮金雕还是金刚，对两个小家伙都很喜爱。

不过让庄睿感觉有点可惜的是，去年雪獒没能抱上崽，而前年的幼獒都被人给要走了，庄睿决定今年雪獒要是再抱一窝的话，无论如何都要给方方圆圆一人留上一只。

"庄睿，这次不再出去了吧？"

十几天没见老公了，秦萱冰的话里有些幽怨。

"应该不会了，在家陪老婆孩子……"庄睿一把拉过坐在身边的秦萱冰，大手有点儿不老实了。

"你这人，现在可是白天啊……"

秦萱冰被庄睿给吓了一跳，尤其是儿女都在身边，她怎么都拉不下来脸。

"方方……圆圆，咱们去看白狮……"

庄睿坏笑着一手抱起一个向屋外走去，他知道这两个小家伙只要和白狮玩上，没几个钟头都不愿意回屋。

很不负责任的庄睿爸爸把方方圆圆交给白狮后，回到了屋里，自然是一室春色，喘息声良久不绝。

"对了，庄睿，明年我想送方方圆圆去幼儿园，你看怎么样啊？"

秦萱冰俏脸上还有没褪去的红晕，用手指在庄睿的胸口画着圈圈。

"幼儿园？"

庄睿闻言愣了一下，他小时候从来没上过幼儿园，当下说道："幼儿园就算了吧，这胡同的孩子也多，大点儿能和他们一起玩，再说妈在家里也寂寞，她本来就是老师，启蒙教育不用我们操心的……"

庄睿记忆中的童年就是玩过来的，上树掏鸟，下河摸虾，到现在还有很多愉快的回忆。

而现在城市里的孩子已经接触不到这些了，从幼儿园就开始报什么兴趣班，培养所谓的技能，在庄睿看来全都是扯淡，小时候不玩难不成长大了再玩？

"可是……"

秦萱冰有点迟疑，做母亲总是为孩子着想，想让小孩多学一些本领。

"没有什么可是的，萱冰，以后方方要穷养，让他懂得所有的一切要努力才能得到，而圆圆要富养，让她什么都见识过，长大不会受到物质的诱惑……"

庄睿打断了秦萱冰的话，对于儿女的教育问题，他查了很多资料，最后感觉男孩穷养女孩富养这句话尤其有道理。

"好吧，就按你说的……"

秦萱冰的小手往下滑去，这让十多天不知肉味的庄睿顿时呻吟了起来，翻身就待再战一个回合的时候，电话却不应景地响了起来。

"等等，我接个电话……"

庄睿一看是德叔的电话，连忙接了起来。

"庄睿，你说的那个事情已经查出来了，是香港和东南亚的一帮人做的，八叔帮你递过话去了，不过他们说要明天才能给答复……"

德叔待庄睿有如子侄，中午就提着几盒点心去拜访了八叔，还是八叔面子大，交代了上海道上的几个人，马上就有了消息。

"德叔，谢谢您了，回头等我去上海，去拜访一下那位老爷子吧……"

庄睿知道这是天大的人情，九十多岁的老人出门说合，对方纵然再不懂事，也会给几分面子的，否则以后在道上会很难行走的。

"庄睿，这事我只能办到这个程度了，至于对方买不买账，我也没把握，不过这件事我觉得有点蹊跷……"

德叔知道现在年轻人的秉性，一向不把老人放在眼里，更何况八叔都是快要进棺材的人了，虽然徒子徒孙众多，但是对方给不给这个面子还是两说。

"蹊跷？德叔您说……"

庄睿听了德叔的话后，愣了一下，这明摆着就是有人给老四下局，有什么蹊跷可言？

德叔问道："你那同学是在澳门的赌场里赌的吧？"

"是啊，他们专门开了个贵宾厅赌的，赌场只抽水……"庄睿不知道德叔问这话是什么意思。

"是这样的，从赌王叶汉在澳门开赌档以来，正规赌场是不允许有人在里面出千的，为何你那朋友输了几个亿，赌场方面都没什么反应啊？"

德叔是个老江湖，对赌档这一行当也非常了解，像澳门那些正规的大赌场，虽然允许放贷的人在里面，但是为了自己的声誉，却对出千深恶痛绝。

"赌场只负责抽水，这些事他们应该不管的吧？再说那些人只要配合得好，未必用出千的手法赢钱的……"

庄睿倒是没想到这茬，出千不一定像电视里演的身上藏牌换牌，其实只要事先对了暗号，一个小动作就能让对方明白自己的底牌。

几个人算计老四这一个菜鸟，如果再不赢的话，那也妄称是江湖千门中人了。

"可能是我多想了，不过你也要注意下，有些赌场的高管和那些千门中人很熟悉，好了，挂电话了，明天我给你答复……"

德叔是老派人，想事情比较多，也比较全面，但是赌场方面是否放水，对庄睿而言都无所谓了，只要明天对方肯让一步，吐出庄睿拿的那笔钱就成了。

知道庄睿回家，晚上欧阳军带着自己那已经满地跑的儿子也来蹭饭了，他的房地产公司现在做得很大，已经不满足于在京城发展了，触角开始向沿海地区辐射，势头非常好。

不过欧阳老板对于庄睿转让给他的那百分之五非洲工程的股份一直没有分红十分不满意，要知道，他可是拿一个会所换来的。

所以欧阳军一直就用这名义，没事就来四合院蹭饭吃，而且扬言让儿子一直吃下去，吃回那几个亿才成。

热闹开心了一个晚上后，第二天快到中午时庄睿又赶到了庄园，他想在这里等德叔的电话，如果对方同意退回后面那笔款子，庄睿还想说服老四留在北京工作，因为这事指定瞒不住他家里。

"老幺，对方怎么说？"

昨天得到庄睿的消息后，老四和伟哥看样子都是一夜没睡好，眼睛里泛着红色的血丝，样子有些憔悴。

"还没来电话，哎，正说呢，德叔的电话，我先接……"

庄睿正说着话，手里的电话响了起来，看了下号码，是德叔打来的。

"德叔，我是庄睿……"

"什么？他们这么说？"

"这不是欺人太甚吗？"

庄睿听着德叔的电话，脸色却不停地变幻，看得一旁的伟哥和老四心中都升起了不妙的念头，估计找人说合这事没成。

"庄睿，事情就是这样子，八叔的面子这次都不好使，因为这几个人一向都是在东南亚活动，不怎么回国，所以……"

"我知道了，德叔，这事还是要谢谢您，他们提的条件我要考虑一下，晚点给您答复……"

庄睿挂断电话后，脸色十分难看。

"老幺，怎么了？对方不同意？"

伟哥小心翼翼地问了一句，其实从庄睿的反应就能看出来，这事指定谈崩了。

庄睿点了点头，说道："恩，对方的根基不在国内，八叔的面子不好使，不过，他们提出了一个条件……"

"什么条件？"老四和伟哥异口同声地问道。

"再赌一场！"

庄睿顿了一下，咬了咬牙，接着说道："那边传过话来，说江湖事江湖了，赌桌上的恩怨赌桌上了结，如果咱们不服气的话，就再赌上一场！"

"妈的，还想让老子给他们送钱啊？"

伟哥这个上海好男人一听庄睿的话，顿时也炸了，直接就骂了起来："坑了老四几个亿还不知道收手，这些人活腻歪了不成？老四，哥哥给你二百万，找人做了他们……"

"伟哥，这事不成，对方是有组织的千门中人，千门八将里面可是有火将的，专职干保镖和杀手的活，到时候别被他们反咬一口……"

庄睿听了阳伟的话后，一口就否决了，自己这哥哥估计从小连鸡都没杀过，这次怕是被气坏了，才会如此口不择言的。

"伟哥，这钱也不要了，我现在回家，拼着领家法，把这事说清楚，我要让那几个杂碎知道，我们广东人不是这么好欺负的……"

老四狠狠地咬着嘴唇，鲜红的血渍从嘴里流了下来，对方实在是欺人太甚了，把老四那股子阴狠劲给逼了出来。

庄睿倒是没听说过老四家里还有家法，当下奇怪地问道："家法？什么家法？三刀六洞吗？"

庄睿所说的三刀六洞，起源于新中国成立前的上海小刀会，那会儿犯了特定帮规的成员，就要用刀在小腿肚上扎三刀，对穿，三刀下去就是六个洞，称为三刀六洞。

后来上海青帮包括港台的黑社会，很多都用这种帮规，这可不是电视里杜撰的，而是实实在在存在的。

老四摇了摇头，脸色有些苍白，说道："不是三刀六洞，是我们家里早年跑海的时候立下的规矩，有仇必报，有错必罚……"

"你做错了要怎么罚？"伟哥有点好奇地问道。

"死！回家我也没脸活着了，不过那几个杂碎，一个都跑不掉……"

老四似乎下了决心，抬头看向庄睿，说道："兄弟，四哥对不住你，那钱我也还不上了，下辈子咱们再做兄弟！"

说完话，老四抬脚就要往外走，庄睿一把拉住了他，吼道："你脑子醒醒好不好？现在这社会不讲究打打杀杀了，靠，我看你是香港古惑仔看多了……"

庄睿花了一个多亿，就是想把老四保下来，如果按照老四的方法做，那自个儿还不如不掏这笔钱了。

"赌，和他们再赌一场，靠，让他们连本带利还回来……"

庄睿在房中转了几圈之后，终于下了决心，俗话说苍蝇不盯无缝的蛋，老四这次也有错，庄睿原本想花钱消灾，自己出点钱将事情了结。

可是没想到对方实在是欺人太甚，卷走了几个亿不说，还如此猖狂地要在赌桌上了结恩怨，摆明了就是欺负庄睿等人不敢接招。

"老幺，这……这可不行，咱们可没有一个人会赌啊，老四……老四更别提了，不行，这绝对不行……"

伟哥听了庄睿的话后，顿时傻了眼，都他娘的输了几个亿了，还要和对方赌，那不是脑袋瓜进水了吗？

"这事伟哥你别管……"庄睿寒着脸，拨通了德叔的电话。

"德叔，就按他们说的，赌桌上恩怨赌桌上了结，您回过话去，时间由他们来安排，不过地点要在澳门的正规赌场……"

对方既然撕破脸皮，一点面子不给留，庄睿也不介意赌上一场，只要是在正规场合，请来公证人，庄睿不怕对方出千玩猫腻。

至于赌术，庄睿有这双眼睛，摆明了就不会输，他之所以不沾赌，原本是不想玷污了上天赐予自己的这双眼睛，但是对方实在是欺人太甚了。

"庄睿，我看这事再想想别的办法，你也不懂赌，会吃大亏的……"

庄睿在公海赌船大战赌王的事只有香港一些上层社会的人知道，并没流传出去，所以伟哥老四包括德叔在内，都不看好庄睿的决定。

"德叔，没事，中国藏龙卧虎，人才多的是，您不用担心，和他们约一下吧……"

庄睿没说是自己要去赌，因为他要是说了这话，德叔打死不会传话的。

一直在庄睿身边的老四和伟哥听了庄睿的话后，也松了口气，他们知道庄睿的背景很深，说不定还真有这样的人才呢。

电话一端的德叔也是如此想法，回话很快传了过来：一个星期后，在澳门赌场，双方各拿五亿港币赌资，至于如何赌法，到时双方再协商。

庄睿接到回话后，马上拨打了几个电话出去，他要筹集资金啊，现在别说五个亿，就是五百万，庄睿也拿不出来。

第十八章 筹集赌金

在京郊庄园的一个房间里，三四个人围在一个铺着红绸布的桌子边，正在验看摆在桌子上的翡翠明料，其中不但有当年在平洲原石市场认识的韩老板，就连庄睿的岳父大人也在场。

"老幺，你说的办法就是卖这些翡翠？"

伟哥轻轻碰了下庄睿，他本来打算跟老爹商量一下，帮庄睿筹集一亿现金的，没想到被庄睿拒绝了，说自个儿有法子，伟哥没想到庄睿居然是要卖翡翠？

虽然伟哥和老四都知道翡翠值钱，但是桌子上一共也就十六七块料子，这哥俩都不怎么相信就这点玩意，能值个五亿人民币？

"对，你们看着就好了，不用说话……"

庄睿点了点头，目光看向韩皓维，开口说道："韩老板，不用看了吧，七块料子，三亿五千万，你有赚无赔……"

这七块毛料都是已经解开的翡翠原石，最差的也达到了冰种，还有一块拳头大小的帝王绿料子，全都是极品翡翠明料。

"这……庄老弟，你看……能不能再便宜点？"

韩胖子还是那副身材，白白胖胖的脸上架着副眼镜，一副人畜无害的模样，如果不是熟悉的人，谁也看不出这是位身家过亿的珠宝老板。

"呵呵，韩老板，咱们是老朋友了，我给的也是公道价，不瞒您说，就这七块料子，我岳父大人还不让卖呢……"

庄睿闻言笑了笑，摆出一副你爱买不买的样子，其实庄睿要不是有别的用意，别说三亿五千万，就是四亿他都不见得肯卖，要知道，现在极品翡翠的价格可是一天一个价。

从前天决定和那帮老千赌一场之后，庄睿就开始筹集资金了，将库存的几十块毛料解出来一小半，然后打电话将国内最有实力的几个珠宝商都邀到了家里。

　　庄睿这人有个毛病，就是不喜欢从银行贷款，自从赌石发家以来，他从未欠过银行一分钱，可能这也注定他成为不了企业家吧？因为那些做企业的，向来都是把银行当做自家金库的。

　　"老韩，这些料子你不要，我都包下来了，小睿，用钱就说话，干吗要买毛料啊，京城店也需要这些料子的……"

　　秦浩然昨儿从香港赶到京城，没想到女婿居然是喊自个儿来做生意的，并且还另外叫了国内的两家珠宝店老板，这让秦浩然很不高兴，此刻听韩皓维和庄睿讲价，巴不得庄睿不卖呢。

　　庄睿闻言笑着说道："爸，国内市场那么大，不是哪一家能吃下来的，大家多点合作，也是有好处的吗……"

　　"对，对，秦老板，您的秦氏珠宝家大业大，不在乎这一点的，庄老弟，就按你说的价吧，我回头就给你转账……"

　　韩皓维岂能不知道现在的翡翠市场的价格，刚才讲价也是生意人的习惯，现在看到秦浩然出言，马上答应了下来。

　　从2005年缅甸方面限制原石出口之后，国内的翡翠市场几乎是一天一个价，上扬速度堪比房地产，很多商家都在拼命囤积翡翠原石，像庄睿这样转让明料的机会，可谓是可遇而不可求的。

　　"庄老板，这三块料子我要了，您出个价吧……"

　　此时另外一个珠宝商也挑好了料子，庄睿看了一眼，说道："于老板眼力不错，高冰种的料子，三块一亿两千万……"

　　"好，那就这么说了，咱们一会儿办理手续吧……"

　　那位于老板爽快得很，主要是他知道庄睿在玉石行里的名气，虽然庄睿这两年几乎没赌过翡翠原石，但是前几年闯下来的名声，却让任何人都不敢小看这个年轻人。

　　更何况现在庄睿能拿出总价在五亿以上的翡翠明料，已经说明了对方的实力，现在国内的商家虽然都在囤货，但是估计没一个人有庄睿这种手笔。

　　另外一个老板最后也挑了八千万的料子，庄睿让彭飞带他们去办理转账。

　　一共十来块料子就卖出去五亿五千万，看得老四和伟哥瞠目结舌，他们虽然也去过赌石现场，却不知道这玩意如此值钱。

尤其是老四，以前手里掌管着两亿多的家族资金，就感觉是很大一笔钱了，却没承想庄睿只拿出几块毛料来，随随便便就五六亿进账，这简直就是抢钱啊。

"爸，您别生气，我这还给您留着好多料子呢……"

送走韩老板几人后，庄睿将秦浩然请到了另外一个房间，老四和伟哥都避开了，让这翁婿二人交谈。

"你小子，搞什么啊，这么好的料子，为什么卖给他们，需要资金的话，就是十来个亿，咱们也能周转过来啊……"

秦浩然显然不太理解庄睿的做法，在他看来，庄睿这就是给竞争对手送刀子呀，说不定那些人回头就会捅上自己一刀。

"呵呵，爸，您看看这些料子，听说这两年无色高冰种的翡翠很走俏，我都留着呢，刚才给他们的都是大众货……"

庄睿将房间桌子上遮盖明料的布拉开，十多块已经切好的料子，顿时呈现在秦浩然眼前。

"嗯，不错，这批料子比你刚才卖的又高一个档次，不过小睿，咱们也不需要把那些都卖掉啊，这年头没谁会嫌手上料子少的……"

秦浩然查看了这些翡翠之后，心里还是有点儿不解，他现在还不知道庄睿要和人去对赌。

"爸，这些料子您拿走，不过……我还真需要您周转点资金，也不用十多亿，拿五亿就行了……"

庄睿眼中冒出一丝寒光，他昨儿和德叔通电话的时候，德叔专门交代他，千门中人喜欢使诈，要庄睿多筹集点资金，别到时候对方加大赌注庄睿这边没准备。

庄睿就怕对方玩得不大，玩得越大他越高兴，对方既然如此不讲江湖规矩，那自己本就不是江湖人，就算把他们赶尽杀绝，相信也不会有人指责自个儿的。

而庄睿之所以要卖给韩老板等人毛料，就是要将自个儿手头比较紧的消息传出去，在现在翡翠明料紧张的情况下，相信这个消息很快就能传到有心人的耳朵里去。

"成，这些料子我拿走，不过咱们翁婿明算账，我给你七个亿，这些料子值这个价,不过小睿,你要这么大一笔钱干吗啊?"

秦浩然不知道庄睿要钱干什么,但是他知道庄睿从出道以来,似乎在生意上还没吃过亏。

不单是秦浩然,只要是和庄睿熟识的人,都不自觉地会对庄睿产生信心,所以秦浩然决定给钱之后,才向庄睿问起了原因。

庄睿也没瞒着老丈人,把发生在自己同学身上的事,原原本本地说了一遍。

"你……你又要和别人去赌?"

秦浩然看向女婿的眼神有点怪异,他清楚地记得当年庄睿在赌船上将那鬼佬赌王赢得灰头土脸的一幕。

秦浩然不知道天上有没有幸运星,如果有的话,那自己这女婿一定是幸运星转世,他从来没见过运气这么好的人。

"爸,不是我要赌,是对方欺人太甚,逼着我去赌啊……"

庄睿无奈地苦笑起来,他真不想出这个风头,可是现如今如果他不接这赌局,别说几个亿喂狗了,就连德叔和八叔脸上也无光。

八叔和德叔做中间人说合,对方一点面子都没给,庄睿如果能在赌桌上狠狠地教训了对方,相信八叔和德叔也会很高兴的。

秦浩然沉吟了一会儿,看向庄睿,问道:"这样啊……有把握赌赢?"

庄睿闻言笑了起来,自信地说道:"我这人运气一向不错,而且感觉很灵敏,只要对方不换牌出千,应该不会输的……"

要让庄睿输,恐怕只有一个可能性,那就是他一直点背,每一把牌都大不过对方,如果真是这样的话,那庄睿也认了。

"这个你不用担心,只要是在澳门赌,让老爷子去和赌王打个招呼,绝对能保证让对方出不了千的……"

秦浩然听了庄睿的话后,马上打了包票,秦家在香港也是大氏族,相信那位澳门赌王会给几分面子的。

五天之后,庄睿带着阳伟和老四还有彭飞,乘坐自己的私人飞机降落在香港机场,庄睿准备从香港坐船到澳门,老丈人都已经安排好了。

他订购的这架飞机,比先前在印度洋上空解体的那架要多出八个位子,乘坐更加舒服。

机组人员还是原先的老人，不过多了一位机场安全专家，这是庄睿高薪从民航挖来的，每次外出这位专家都要跟着，毕竟那次事件给了庄睿很大教训。

"老幺，你小子派头可真大啊，出入竟然都是私人飞机，这次哥哥也跟着沾光了……"

伟哥下了飞机之后，就兴奋地左顾右盼，比起那些坐上牵引车登机下机的人，倍儿有优越感。

"爸，您怎么来了，随便叫个人来接我就行了……"

庄睿一下飞机，就见到秦浩然站在几辆车的旁边，连忙迎了上去。

"上车，我和你一起去澳门……"

秦浩然向庄睿身后的几个人点了点头，示意庄睿上他坐的那辆车，而彭飞等人则坐上了后面那辆车，车子驶出机场后，直接向码头开去。

前面是一辆宾士引路，中间是庄睿乘坐的加长凯迪拉克，最后面那辆车也价值不菲，这样一个车队驶出机场顿时引来不少人的目光。

"爸，干吗这么兴师动众的？"

坐在车上，庄睿不解地看向秦浩然，他原本想着去赌一场，然后就悄然返回北京的，现在秦浩然这举动，恐怕早被很多人看在眼里了。

"我也不想啊……"

秦浩然苦笑起来，说道："不知道谁放出去的消息，说是有这么一个对赌局，小睿，你不知道你在港澳的名气有多大，就你们这场对赌，最少有十个以上太平绅士和五个以上爵士会去观看……"

从庄睿上次在赌船上赢了那个鬼佬赌王后，港澳的富豪对他兴趣倍增，纷纷打听起庄睿的来历，以他们的人脉和背景，很轻易就得知了他们想知道的东西。

庄睿虽然有红色子弟的背景，但所拥有的财富却是自己一手一脚打出来的，更让这些白手起家的富豪另眼相看，得知有这么一个赌局后，都纷纷表示关注。

有很多人已经赶往澳门，在赌场里等待庄睿了，庄睿是秦家的女婿，所以秦浩然也要摆点排场出来，毕竟秦家在港岛也是有头有脸的大家族。

"这……这也要我们同意啊……"

庄睿闻言愣住了，这也太不尊重庄睿个人的意思了，这只是私人间的恩怨，如此一来，岂不是全世界都知道了？

"唉，我也没想到啊，和何爵士提起这事的时候，那老爷子拍了胸脯，说是担保一定不会有人出千，但是他提了个要求，就是要让这场赌局对外公开……"

秦浩然一脸无奈的表情，澳门那位何爵士，虽然赌术不怎么样，但却将曾经的赌圣叶汉逼得在澳门无法立足，可谓是世界赌坛真正的风云人物。

而且何爵士的辈分极高，年龄也差不多九十了，不管是从私人感情还是社会地位上来讲，都远超秦浩然，他提出了要求，秦浩然根本就没底气去反对。

"不就是借用一下他的赌场吗？咱们找别人的赌场也行啊，澳门的赌场又不是他一家的……"

庄睿知道，从那位何爵士 1961 年成立了澳门娱乐股份有限公司后，在澳门可谓是一手遮天。

不过 2002 年"澳博"成立后，赌权开放，蒙特卡洛、拉斯维加斯这两大赌城也有不少赌业巨头进驻澳门，现在澳门已经进入到战国时代，当年一家独大的盛况已经不复存在了。

"不是你说的那么简单的，就是你同学这件事，背后恐怕都有欧美赌坛的影子，放在别的赌场，我不放心……"

秦浩然摇了摇头，说出一番让庄睿震惊不已的话来，连忙问道："老四这事有别的赌场参与？"

"何爵士找人查了下了，好像他们经常去的那个赌场的荷官有点问题，至于赌场本身有没有参与进来，这就不好说了……"

那位赌王对庄睿印象颇深，得知这件事情后就让人去查了下，他在澳门经营数十年，人脉之广势力之大，远非常人所能想象的。

别的不说，几乎澳门所有的老荷官，早先都出自他的赌场，就是后面的一些新手，也和他的赌场有说不清的关系，所以赌王想在澳门查点事情出来，那真是轻而易举的事情。

"靠，回头赌完了我再去那家赌场……"

庄睿听了秦浩然的话后，忍不住在老丈人面前爆了句粗口，果然如德叔所说，算计老四的人有赌场内部人员，这让庄睿愈加愤怒。

"怎么？想去砸场子？"

秦浩然闻言笑了起来，自己这女婿背景十分深厚，他只要按规矩来，在中国的地界上，还真没人敢对他下黑手，即使是那些境外势力也没这个胆子。

“回头再说吧，这事没这么容易了结……”

庄睿不介意去那家赌场里赢个几亿，反正你是开门做生意，我上门赌钱天经地义，有本事你就关门大吉，那哥们拿你没办法。

“一帮子吃里扒外的东西……”

这个消息让庄睿对那些所谓的千门中人愈发不爽起来，千术也是门手艺，庄睿倒不是歧视这些人。

但是凭千术将人赶尽杀绝，一点不留余地，并且还和洋鬼子赌场有牵连，这要是放在古代，不，就算是新中国成立前，那都绝对是人人得而诛之的。

“对了，马老哥昨天就到澳门了，他会在那边等你的……”

秦浩然说的是德叔，他对庄睿这事也是放在心上的，并且作为说合的中间人，很有必要到场。

“唉，跟德叔说不要来了，他老人家怎么就是不放心啊……”

庄睿摇了摇头，估计德叔见到自己亲自去赌，恐怕要大吃一惊吧？

车到码头之后，庄睿等人没坐一个小时一班的香港至澳门的轮渡，秦氏家族有自己的游艇，在港岛这地方，有时候还是需要这些东西来撑脸面的。

从香港到澳门非常方便，每天从早至晚都有轮渡，一个小时一班，五十分钟就能抵达澳门码头，很多香港人周五下班之后就会去澳门，一直到周日晚上才恋恋不舍地从澳门返回香港。

所以说香港的赌客支撑着澳门赌业这句话，一点儿都不夸张，虽然很多豪客并不是香港人，但是没有这些普通香港人的帮衬，澳门赌场的生意最少要下滑五成之多。

第十九章 | 特殊的赌厅

　　站在游艇的船头，看着被船体破开后白色的波浪，吹着和煦的海风，庄睿的表情很是放松，没有一丝大战来临的紧张。

　　相反伟哥和老四这会儿却是坐立不安，在甲板上走来走去，因为这哥俩没见到庄睿所说的"高手"出现。

　　伟哥纠结了一会儿，实在是忍不住了，走到船头递给庄睿根香烟，出言问道："老幺，你……你请的人呢？"

　　"请人？请什么人？"

　　庄睿早就把这茬给忘了，他原本就是打算自个儿出手的，拿五六个亿让别人去赌，庄睿能放心吗？

　　"你不是说，要请人代你赌吗？"伟哥听了庄睿的话后，顿时傻眼了，敢情这小子压根就是忽悠自己和老四的啊？

　　"我自己赌，伟哥，你放心，兄弟我有特异功能，逢赌必赢……"

　　庄睿哈哈大笑起来，引得原本在船舱里聊天的几个人都走了过来，这次秦家可是来了不少人，秦浩然的二弟三弟，还有不少秦萱冰的堂兄妹，都在游艇上。

　　"我还真怀疑你小子有特异功能，要不然上次怎么能赢了赌王啊？"

　　秦浩然对自己这女婿实在有点看不透，走上前开玩笑似的说了一句。

　　"什么特异功能，什么赌王？"

　　老四和伟哥听得糊涂起来，他们和庄睿认识差不多十多年了，除了在学校宿舍里打过跑得快，就从来没见庄睿赌过钱，而且就是打跑得快，庄睿也是输多赢少。

　　庄睿一听老丈人的话，连忙咳嗽了两声，说道："开玩笑的，没有的事，我这人就是运气不错，四哥你忘啦，以前你背后摸人家女孩，别人总是能看出来是你干的……"

老四一听这话，顿时急了，道："胡扯，你小子有色心没色胆，明明有时候是你摸的，不过你长得老实罢了……"

"咳咳……"

一旁的伟哥连忙踩了老四一脚，庄睿的老丈人在面前呢，能提这些事情吗？

秦浩然倒是没在意他们聊什么，拉着庄睿给他介绍起已经能看到的澳门建筑，当然，说得最多的还是澳门的赌场。

大约过了四十多分钟后，庄睿等人在澳门码头下了船，通行证什么的都是早已办好的，秦浩然也安排了车等在码头，一行人直接去了赌场。

"葡京赌场！"

庄睿站在葡京赌场的门口，抬头看着葡京赌场那大大的招牌，他虽然没来过澳门，但是对这家赌场的大名早已如雷贯耳。

澳门共有十一家赌场，三百五十三张赌台，葡京赌场就是这十一家赌场规模最大，赌台最多，从业人员最广的赌场，至今还没有哪一家赌场能撼动葡京赌场在澳门的龙头地位。

"庄睿，别从正门走，不吉利的……"

见庄睿抬脚就要进入赌场，身后的秦浩然一把将他拉住了，开什么玩笑，香港和澳门两地，谁不知道葡京赌场的两个正门就是虎穴和狮口啊！

"爸，您还真迷信……"

庄睿笑了笑，他倒是听过关于葡京赌场的一些传闻，只是庄睿有些不以为然，久赌必输，这和运气根本就没多大关系。

澳门以前曾是葡萄牙的殖民地，葡京赌场一词就出于首都里斯本 Lisboa 的意思，每天进出葡京赌场的顾客有三万多人次，不论是顾客人数还是收入，都雄居世界所有赌场之首。

葡京赌场那如同鸟笼子般的独特建筑，不仅成为澳门一大景观，每天吸引着千千万万的国内外游客，更像一扇解读澳门的窗口，吸引着对澳门感兴趣的中外人士。

一个葡京赌场，光工作人员就有三千多人，二十六个贵宾厅中汇集了来自世界各地的豪赌客人，如果让月收入只有千元左右的工薪阶层进去瞄上一眼，大赌客们一掷万金的"慷慨"，肯定会让你心惊肉跳！

葡京赌场的设计，暗藏了很多风水玄机。其中最具煞气的是正门，上面有一对大蝙蝠，形象生动，好像会飞扑下来吸人血般。

两个大门其中的一个门建成狮子口的模样，另一个像虎口，而且两个门前就是的士站，赌客由此进入赌场，就像掉进狮子、老虎的嘴里，赌客就像被狮子老虎"食住"。

因为狮子是万兽之王，在风水上有吸财的作用，老虎是凶猛之兽，有守财看屋的作用，因此，老赌客一般都不会从这两个门进入赌场，否则就是"送羊入虎口"了。

"庄睿，这些事情咱们宁可信其有、不可信其无，还是走侧门吧……"

秦浩然见女婿久久站在葡京赌场的门口，还以为他不信邪，非要从正门进入呢。

"好，爸，咱们走侧门……"

庄睿笑了笑，虽然有眼中灵气相助，但是没运气也是无法赢牌的，这世间的很多事情是解释不清的，既然有这说法，或许真有几分灵异之处。

"秦先生，您好，请跟我来……"

庄睿一行人从侧门进入赌场后，一个四十多岁穿着西装打着领带的中年人早已等候在里面了。

中年人并没带几个人进入赌厅，而是直接上了电梯，按照秦浩然的说法，在澳门赌场，愈是楼层高的赌厅，赌的金额愈大，就连秦浩然也不知道他们将开启几号赌厅。

"余生，你们安排的几号贵宾厅？"

见那个中年人将电梯的楼层按到最上面一层，秦浩然不禁皱起了眉头，他虽然不嗜赌，但是偶尔生意需要，也会陪客人来玩上一把，倒是没听说赌场的顶层也开有赌厅。

中年人回过头，看了庄睿一眼，然后答道："秦先生，何先生吩咐了，今天对赌所用的房间，将开启数钱房……"

"什么？葡京赌场的秘密数钱房吗？"

秦浩然闻言显然愣了一下，紧接着追问道："是何先生亲自吩咐的？"

"对，为了确保没有人能出千，何先生决定开启数钱房作为此次的对赌房间，这在澳门也是第一次……"

中年人说着话，眼光却不住地在庄睿身上打量，他不知道庄睿究竟是何方神圣，居然能让何老爷子破例开了数钱房。

"爸，什么叫数钱房？"

庄睿压低了声音，在秦浩然耳边问道，不过电梯就这么大，他声音再小，整个电梯里的人也听得清清楚楚。

"我也是耳闻，具体的还真不知道……"

秦浩然神色有点尴尬，数钱房在澳门属于传说中的事情，是否真有外界都不是很清楚，他也说不出什么章程来。

"这位就是庄先生吧？"

那个带路的中年人看了庄睿一眼，说道："数钱房是每间赌场最重要的地方，就是赌场的高级管理人员都不得进入，我还没去过呢，那里面……"

听完余生的解释后，众人才明白过来，顾名思义，数钱房的作用就是用来数钱的。

每天，属于何先生名下公司的十一家赌场营业收入，按时段被押送到这里，由专门的工作人员一张张清点，送来的现金多为一千元票面的港币或澳币，四十位员工平均每天工作十六个小时，才能将当天的收入清点完毕。

最高的时候，每天要数几亿元，少的也有四五千万，那里保安措施严密，外人根本无从知晓，就连赌场绝大多数员工也不知其详，更无资格涉足此处。

只有政府博彩监察局的特派员，连同屋内许多不同角度的监视器探头，在现场密切监视着屋内的一举一动。

正因为数钱房安保措施严密，有无数摄像头从各个角度对准房间，所以想在这里出千，基本上没有任何可能。

那位赌王将其作为庄睿此次对赌的房间，可谓是用心良苦。

上到最上面一层，出了电梯迎面就是一个大厅，不过在电梯外面站了整整两排穿着黑色西装的保安，看他们腰间鼓鼓囊囊的，极有可能携带了武器。

"秦先生，对不起，我只能送您到这里了，下面是伍经理来接待你们……"

那个余生刚一走出电梯就被保安拦住了，另外一个四十多岁的人迎面走了过来。

"秦先生，庄先生，鄙人姓伍，对不起，按照规定，包括庄先生在内，你们最多只能有五个人进去……"

那位伍经理先是做了个自我介绍，然后示意身边的保安拦住了庄睿身后的一行人。

这次跟随庄睿来澳门的人，除了彭飞和伟哥老四之外，秦氏珠宝也来了七八个人，当然，他们都是来看热闹的。

"爸，彭飞和我的两个同学是要进去的……"

庄睿扭过头，小声对秦浩然说道，他本来就不喜欢秦家来这么一大帮子人，难不成当自个儿是要猴的吗？

"好，加上我一个，正好五个……"

秦浩然点了点头，转过身说道："老二，老三，带他们去下面玩吧，拿五十万的筹码给他们……"

秦萱冰的几个堂兄妹听说无法进去，本来还有点不高兴，不过听秦浩然同意他们去赌，顿时个个眉开眼笑。

秦家规矩极严，你可以是纨绔子弟，可以花钱玩小明星开名车，但是赌和毒绝对不能沾，如果哪个秦家后代沾染上这两个毛病，将会被剥夺继承权和分红股份。

所以这些人就算是来过澳门，也都是小玩玩，赌注不过几万块钱，现在宛然是秦家掌舵人的秦浩然一张嘴就是五十万，自然在心中欢呼雀跃了。

那位伍经理听了秦浩然的话后，连忙说道："秦先生，虽然这些人不能进入赌厅，不过可以在另外一个房间隔着玻璃观看，和在房间里一样，影响不是很大……"

今天港澳两地，甚至台湾都有一些有头有脸的人赶来观战，这些人平时出入都是前拥后呼，但能进入赌厅的人数有限，所以赌场想了这么一个办法，可以让他们在相隔的房间观战。

除了参战双方各自可以带五个人进去，其余观战的人都只能只身进入，除了一些行动不便的老人可以带个护理之外，其他人只能进入旁边的房间。

那些房间本来就是用来监视数钱房的，只是隔了一个单面玻璃，数钱房看不到外面，但是在房间里却可以见到数钱房里的一举一动，甚至连声音都不会遗漏。

"嗯，二弟，你带他们过去，不要乱跑，回头小睿要是赢了，肯定会给你们几个小子好处的……"

秦浩然的话，让几个原本以为能去赌一场的人心里暗自不爽，不过也不敢不听秦浩然的安排，毕竟秦老爷子现在基本不管事，家族里是秦浩然说了算。

"几位，请检查一下，然后就可以进去了……"

伍经理听了秦浩然的话后，眼睛也情不自禁地在庄睿身上瞄了一眼，他的层次要比刚才的余生高很多，知道庄睿曾经在赌船上大战自己赌场赌王的事情。

赌王落败之后，也就辞去了赌场技术总监的工作，这让赌场的运营曾经受到过一些影响，后来高薪从境外赌城又挖到一个赌王，才算是解决了技术总监的问题。

要知道，一家赌场的技术总监的作用是很大的，虽然平时没什么事，但是万一有赌术高手前来砸场子，就需要赌王出马。

那段没有赌王坐镇的日子，整个赌场都提心吊胆的，而这一切都是拜庄睿所赐。

庄睿自然不知道他和葡京赌场的这些恩怨，即使知道也不会在乎，谁让你们强出头的？

进入赌厅的检查极其严密，手表戒指以及所有的金属物体都不能带入赌厅，甚至连鞋子都要换上赌场提供的一次性便鞋。

而最让庄睿意外的是，就连坐飞机都无法检查出来的彭飞身上的那把小刀，居然在此次安检时被查了出来，彭飞也是一脸愕然，可见对方专业素质之高。

踩着厚厚的红地毯，进入那个足有两三百平方米的大赌厅后，老四的眼睛顿时红了，因为他看见了那个带他入瓮的刘明辉。

赌厅的面积虽然很大，但是只有中间摆了一张赌台，另外两侧分别放置了二十把椅子，也就是说，今天能现场观战的最多不过四十个人。

座位上已经坐了不少人，很多人本来就是相熟的，坐在那里等赌局开始的时候，小声聊起天来。

秦浩然一进赌厅，四周都有人向他打招呼，港澳就那么大，都是抬头不见低头见，秦浩然也是双手抱拳不断行着礼节。

"老幺，那人就是刘明辉……"

老四拉住庄睿的胳膊，眼中露出浓浓的恨意，看向坐在赌台旁边椅子上的一个中年人。

看着老四那咬牙切齿的模样，庄睿相信给他一把刀子，这哥哥绝对现在就能捅过去。

"四哥，人家是凭脑子赢得你，不要老是想着打打杀杀的，在赌桌上赢回来，那才是正理……"

庄睿怕老四一时冲动，跑上去质问那个刘明辉，要是这样的话，放在众人眼里就落下乘了。

"没错，现在的江湖，玩的是尔虞我诈，动刀动枪上不了台面的……"

德叔穿着一身老式的文化长袍，不知道什么时候出现在庄睿身边。

庄睿见到德叔，也顾不得劝老四了，连忙说道："德叔，这次真是麻烦您了，还让您老跑了一趟……"

"说的什么话啊，你小子，和德叔还客气什么？"

德叔瞪了庄睿一眼，紧接着压低了声音，说道："小睿，你这边的高手呢？我可是打听到了，对方请了去年的世界赌王大赛冠军和你们这边对赌，那人不管是色子还是扑克，都非常厉害……"

江湖上由于某些恩怨进行的赌局，是可以请人代赌的，听德叔说话的意思，那些做局哄骗老四的千门中人，此次应该是不会出手了。

庄睿顺着德叔的目光向刘明辉一行人看去，他们也是五个人，除了四十多岁，长得白白胖胖，一副人畜无害的刘明辉之外，还有四个人。

其中有一个人三十来岁的样子，个头高近两米，浑身肌肉贲张，应该是千门中的打手火将了，而另外两个相貌都很普通，属于扔在人堆里看不出的那种。

最后一个人，也是最让庄睿关注的，是一个老外，四十岁左右年纪，是个白人，但是无法看出是哪国人，此刻正眯缝着眼睛坐在那里闭目养神，如果不出意外的话，这人就是德叔所说的世界赌王大赛的冠军了。

似乎感应到了庄睿的目光，那人眼睛微微张开，上下打量了一下庄睿，不屑地收回了眼神，好像庄睿不配做他的对手一般。

杰维斯·马利兹也的确有这个资本藐视庄睿，他是最近两年连续两届世界赌王大赛的冠军得主，而且正当盛年，两届几乎都是兵不血刃地横扫对手，放眼当今赌坛，绝对是当之无愧的世界赌王。

要不是千门中人愿意拿出此次对赌盈利的百分之二十给杰维斯，他真不愿意和这个年轻人对赌，虽然他知道对方曾经赢过斯蒂文森，杰维斯也没将庄睿放在眼中。

杰维斯曾经仔细观摩过庄睿和斯蒂文森的赌局录像，最后只得出一个结论，那就是庄睿的运气太好了，不揭牌直接赌大小，这只能用运气来说明了。

不过杰维斯有这个自信，不管是赌术还是运气，他都能将庄睿赢得体无完肤，把自己该得的两亿港币拿走，要知道，这百分之二十也包括了千门中人的赌资。

"什么？你要上去赌？"

德叔没压住声音的惊呼声，让赌厅瞬间寂静下来，几十道目光纷纷集中在德叔和庄睿身上。

"那个年轻人是谁？"

"听说就是要和赌王对赌的……"

"你们不认识吧？前几年，这个年轻人可是赢过斯蒂文森的……"

"是啊，斯蒂文森从那一战之后，就一蹶不振了，要不然杰维斯也不会连续两年夺冠了……"

见正主来了，赌厅里的人纷纷议论起来，总共涉及十亿港币的赌资，虽然不能说是绝无仅有，但除了沙特那些王储之外，也极少有人这么赌的。

这些坐在赌厅里的人都是身份显赫的商界巨子，对赌业也有涉及，甚至有几个人本身就是"澳博"的股东，所以对赌坛的动态也相当了解。

庄睿咳嗽了两声，把德叔拉到一边，小声说道："咳咳，德叔，反应不用这么大吧，您也知道，我这人一向运气不错的……"

"屁话，运气能当饭吃？"

德叔待庄睿有如子侄，所以说话也很不客气，不过说完这句话后，他自个儿就愣住了，对于庄睿来说，运气……似乎真的能当饭吃的。

且不说庄睿赌石时的敏锐，就是在淘宝鉴物上，这几年下来也没听说有打眼的经历，现代人是不相信鬼神之说的，所以庄睿这种情形，似乎只能归功于运气不错。

虽然事实胜于雄辩，不过德叔还是很担心，压低了声音问道："你决定啦？"

"没事的，德叔，我这人专门克赌王的……"

庄睿想起刚才杰维斯不屑的眼神，不禁在心里冷笑起来，"妈的，哥们就是专踩赌王的，你就是比斯蒂文森厉害一百倍，今儿也要栽在澳门！"

"唉，我说毕老弟，你看这事闹的，多不好啊，大家都是朋友，输赢图个乐子，干吗要这样嘛……"

庄睿正和德叔说话的时候，那个长得白白胖胖的刘明辉走了过来，一脸热情地拉住了老四毕云涛的手，脸上表情之真挚，看在旁人眼里，真以为是久未相见的老朋友呢。

"四哥……"

庄睿担心地拉了一把老四，他怕老四压制不住，当场就干起来。

"老幺，放心……"

老四轻轻拨开庄睿的手，看向刘明辉，脸上带着笑意，眼中却冒着寒光，说道："辉哥，您的大恩大德，小弟这一辈子都不会忘的，俗话说吃一堑长一智，以后我做什么事都会想着辉哥您的……"

老四也知道，在这种场合内打人绝对不是什么好事，只能在话语中夹枪带棒地讽刺刘明辉几句了。

"啊……哈哈，毕老弟这么想就好，你还年轻，哈哈……"

刘明辉没想到老四这么沉得住气，当下打了个哈哈，转身离去了，不过原本的笑脸瞬间阴沉了下来，不知为何，他心里有种不妙的感觉。

刘明辉虽然在香港久住，但拿的护照却是非洲一个没有引渡条例国家的，他也是此次算计毕云涛这个千门组织的掌舵人。

以前刘明辉多在东南亚地区做局，算计一些当地富豪，这么多年下来，也积攒了五六个亿的身家，原本想在国内经营点小生意，就此收手不干了，却没想到遇到了毕云涛这只肥羊。

刘明辉经过多方打探，得知毕云涛手上有一大笔资金，所以才做了这个局，只是他没想到，后面却引出了庄睿。

虽然刘明辉了解庄睿的背景，不过想让他把吃进嘴里的肉在吐出来，门儿都没有，相反刘明辉还想最后大捞一把，拿了钱去国外买个小岛过逍遥日子去。

所以刘明辉出了相当高的价钱，把赌王杰维斯请了来，这场赌局过后，辉哥就可以无忧无虑地去享受人生了。

至于杰维斯会输？辉哥绝对没考虑过这一点。

要说三五把牌可以凭运气定输赢，但是五个亿资金的牌局，绝对不是单纯凭运气就可以的，技术才是最重要的因素。

"何先生来了……"

刘明辉刚刚走回去，赌厅的大门打开，一位三十多岁的女士推着轮椅走进大厅里。

顿时，原本坐在座位上的那些人，纷纷起身和这老人打起招呼，在澳门，赌王就是一个活着的神话，无论是正当生意人，还是道上老大，见了他都要恭恭敬敬地喊上一声何老先生。

坐在轮椅上的赌王，虽得身形很消瘦，但是从那张脸上，还是能看出其年轻时英俊潇洒的影子。

"小伙子，好好赌，把那鬼佬给赢了……"

轮椅来到庄睿面前，老人伸出枯瘦的双手和庄睿握了一下。

不过赌王说出来的话，却让坐在另一边的刘明辉等人黑了脸，只是摄于赌王的威名，他们也没敢说什么，只能干生气。

"何老，如您所愿……"

听了赌王的话后，庄睿心里只想发笑，其实赌王本身也带有鬼佬血统，不过老人一生都认为自己是中国人，这一点让庄睿颇为钦佩。

要说赌王创下的百亿家业，庄睿是不怎么看得上眼的，他要是想赌，绝对能将全世界赌场老板的脸皮都给赢绿了，但是对赌王的另一个长处庄睿却佩服得五体投地。

第二十章 | 长江后浪推前浪

　　庄睿和赌王的对话听得对面几人均是脸色发黑，不过他们也没胆子在这里和赌王叫板，均垂下头去生闷气，看得老四心中一阵大爽。

　　"对了，年轻人，听说你刚下飞机就赶来了，要不要休息一天，明天再进行赌局？"

　　要说这何老爷子还真是照顾庄睿，现场可是有几十位来自港澳台的富豪大佬，他居然问都不问，似乎只要庄睿说改期，马上就可以改期一般。

　　"算了，何先生，小玩玩，不需要多长时间的……"

　　庄睿脸色谦逊，说出来的话却让众人侧目不已，加起来十个亿的赌局，在庄睿眼里只不过是小玩玩？那要是玩大了，赌资该是多少啊？

　　在场这些富豪虽然身家亿万，但大多都是一手一脚打拼出来的，拿个三五百万甚至三五千万赌来玩玩都无所谓，要是拿出五亿来赌，恐怕没几个人能有如此气魄。

　　"好，长江后浪推前浪，年轻人，我看好你……"

　　听了庄睿的话后，赌王身后那个风姿绰约的女人推着轮椅去了座位那边，赌王相识满天下，刚一过去就被众人围住说话。

　　"各位先生，各位来宾，今天这里将进行一场二人赌局，双方分别的来自北京的庄睿先生，和来自拉斯维加斯的杰维斯先生，赌资为十亿港币……

　　赌局一共分为两场，第一局赌色子，第二局赌梭哈，两局结束之后，以筹码多少定胜负，不知道二位有没有异议？"

赌王离去之后，一个五十岁左右，头发花白的司仪站在赌桌旁边，不知道从哪里打来的一束灯光照在他身上，搞得像明星出场一般。

"色子怎么赌？"庄睿提出了问题，总要知道玩法才能进行吧？

"两种赌法，一种是直接押大小，一种是猜点数，不知道二位选哪一种？

另外我要提示一下，今天所用的色盅是最新款的，摇动的时候没有声音发出……"

那个老司仪把赌色子的方法说了一遍，第一种办法是由荷官摇色子，庄睿和杰维斯各自下注押大小，谁猜对了筹码归谁，如果双方都猜错了，就是打和重新进行。

第二种办法的难度则要高出很多，不但要猜大小，还要猜出色子的点数，这就要求对赌的两人有听色子的本事。

别看电视上演得玄乎，其实想通过摇色子听出点数，几乎是不太可能的事，即使受过专业训练，恐怕最多能听出个三四分就不错了。

而今天所有的色盅都是特制的，里面有一层海绵体，可以吸收色子摇动时所发出的声音，基本上是全凭运气。

所以杰维斯听了司仪的话后，脸色不禁一变，他知道对方运气极好，当下也没出声，不敢贸然做决定。

庄睿听了这种赌法后，不禁瞄了一眼坐在嘉宾席上的何老爷子，领了这个人情。

论赌术，恐怕场内没有一个人看好庄睿，但是论运气，知道庄睿前次和赌王大战的人，绝对会把宝压到庄睿一边。

刘明辉等人的脸色都不太好看，全凭运气的事情，别说是杰维斯了，就是老赌王叶汉前来，也不敢说自个儿稳赢不输。

"我选第二种，既然要赌，咱们就赌点有难度的……"

庄睿的声音响了起来，要说赌牌时需要运气，这赌色子对庄睿而言就全靠作弊了，他当然选择难度大的了。

"杰维斯先生，您有什么意见？"

司仪用英语向杰维斯问道，赌法的设定是要参战双方协商的。

"我没意见，我这人运气一向都非常好……"

作为世界赌王，杰维斯当然不能示弱了，当下耸了耸肩膀答应下来。

"好，请二位先兑换筹码吧……"

司仪话一落，两个服务员就推着两辆推车走了进来，上面各摆了价值五亿港币的筹码，车后还跟着两个财务人员，他们要进行验资转账。

"彭飞，你去……"

庄睿看到那边刘明辉已经拿出卡开始转账了，扭头给彭飞使了个眼色。

转账过后，两个财务人员又拿出几份文件让庄睿和刘明辉分别签上自己的名字，这才将如山一般的筹码摆到赌桌两边。

"靠，两百万一枚的筹码……"

一直站在庄睿身边的老四见到整整齐齐码在桌子上的筹码后，眼睛不由瞪得溜圆，张大嘴说不出话来了。

"怎么了？老四，五个亿啊，就是两百万一枚的筹码，也要二百多个，有什么好奇怪的？"

伟哥倒是不以为然，在这个房间里，此刻钱已经不是钱了，而是一枚枚标着数字的筹码，当然，如果换成现金垒在桌子上，恐怕连赌局都无法进行了。

"伟哥，你不知道，在澳门赌场，一般都是五十、一百和一千元面额的筹码，贵宾厅里也就是一万、五万和十万的，这二百万的筹码，我还是第一次见到呢……"

老四虽然这半年多经常来澳门，只是他每次赌的底注并不是很大，最大不过五万十万而已，但是别看数额小，几个月的工夫也让老四输了几个亿。

去澳门玩过的人对筹码总是特别敏感，因为在澳门，筹码就是钱，在很多场合你拿筹码付账给小费，很多人都是非常乐意的，尤其是各个赌场旁边的酒吧餐厅，尤其认可筹码。

只要你有赌场的筹码，拿到赌场就能换成现金或者支票，所以早期也有不少人打过赌场的主意，当时抢走了不少筹码，后来还是赌场出钱买了回去。

只是那些劫匪干完这一票后就不知所踪了，过了几个星期有人在海上发现了他们的浮尸，从那以后，几乎再也没有人敢打澳门赌场筹码的主意了。

"开始吧，我准备好了……"

这些年庄睿的生意越做越大，身家也越来越多，身上不自觉带有一丝威严，不太习惯这样被人看着。

所以桌上摆放好筹码之后，庄睿就坐到了座位上，示意站在桌子旁边的荷官可以开始了。

"哦，不，等等，我要洗下手……"

另一边的杰维斯不知道是习惯使然还是怎样，突然提出一个条件。

"当然可以，不过不能离开赌厅……"

司仪转头吩咐了一句，马上有侍应打了一盆水进来，杰维斯卷起白衬衫的袖子，嘴里念念有词地唠叨着什么，很用心地把自己那修长的双手清洗了一遍。

"装神弄鬼……"

庄睿不屑地瞥了一眼，"别说是洗手，就是把脚洗干净了，哥们今儿也赢得你吐血。"

无聊之余，庄睿翻看起面前的筹码，桌子上的筹码和上次在赌场上所用的有些不同，分为五十万、一百万和二百万三种，看这样子，每一把下注最低也要五十万港币。

伟哥拿起一枚五十万的筹码在手里把玩着，嘴中说道："嘿，这玩意做得还真精致，里面还有防伪标志呢……"

"呵呵，伟哥，回头这三种筹码，每样你拿一个去玩，嗯，四哥……你就算了，再多也架不住你输啊……"

庄睿的玩笑话让老四笑得有些尴尬，不过他并不怪庄睿，要怪只能怪自己没长眼，一头撞进别人下好的"套子"里面。

"嗯，老四就算了，不能给他，这还不够'套哥'一把输的呢……"

庄睿放松的神态也感染了身边的人，伟哥笑着和老四开起了玩笑，老四大名毕云涛，在学校的时候，可是有着"套哥"的强大外号的。

"得，是我不对，你们就可劲地损我吧……"

老四的心情却没眼前这两位如此放松，如果今天的赌局庄睿败北的话，自己的行为就不单是害了自个儿，还把好兄弟也给套了进去。

"喂，能开始了吧？"

庄睿看着仍然在慢条斯理地擦拭着双手水渍的杰维斯，不爽地喊了一声，哥们现在是学问人，放着足可以震惊世界的考古发现在这陪你玩，居然还让哥们等着？

这一个多星期以来，豫省的那座大墓里陆续出土了数万件文物，而这还只是冰山一角，在墓室的周围还有上千平方米的陪葬坑，目前正在清理之中。

至于墓葬的主人，已经被证实是刘秀，这让国内科考界掀起了轩然大波，此墓一出，很多历史都将改写。

"好了，年轻人，不要那么着急吗……"

听到庄睿的喊声后，杰维斯甩着连一滴水都没有的双手，走到赌桌前坐了下来，神态也极为放松，好像眼前的数亿筹码仅仅是个数字而已。

"两位，色子局的赌注为两亿，时间为两个小时，两个小时后，筹码多的一方胜，现在……赌局开始！"

在那个老司仪重复了一遍规则后，他身旁的年轻荷官走到赌桌边，拿起一个通体黝黑的色盅，说道："二位，可需要检验？"

"不用了，去问杰维斯先生吧……"

庄睿摆了摆手，即使色盅有什么猫腻他也不怕，不过庄睿今儿见到何先生后，心中总有点疑问挥之不去。

按说自己上次赢得可是何先生手下的赌王斯蒂文森，即使何赌王不介意，但是也没必要对自己这个小辈表现得如此热情啊？

这次的对局，赌王不但开启了数钱房当做赌厅，更启用了新式色盅，使听色子的技能全无用武之地，明眼人都能看出来，何先生似乎有点偏帮庄睿。

无事献殷勤，自然是非奸即盗，庄睿心中也加强了警惕，别最后赢了杰维斯，却被这压根不怎么会赌的何先生给阴了。

要知道，澳门赌王的名头可不是大风吹来的，何先生纵横赌业数十年，连当年的赌圣叶汉都在他手下铩羽而归，可谓是真正的江湖老狐狸，要说动心眼儿，庄睿和赌王相比可不止差了八条大街。

"我要看看……"

杰维斯的脸色虽然表现得很轻松，但是心里却极凝重，他是知道这种新式色盅的，也曾经尝试去破解，不过时间太短，现在还没什么头绪。

和庄睿不同，杰维斯是靠赌术吃饭的，在开赌之前，对这些赌具自然是越了解越好了。

接过色盅后，杰维斯用手指在色盅的内壁不住地弹着，外面观战的人，可以通过摄像机转接大屏幕，清楚地看到杰维斯的双耳在不住地抖动，似乎在分辨色盅的声音。

"厉害，果然是高手……"

"是啊，我还是第一次见到耳朵能不停抖动的人呢……"

"老秦，这次你们秦家的女婿不见得能赢喽，看这样子，杰维斯似乎比前几年的斯蒂文森还厉害呢……"

"那不见得，刘生，要不咱们也赌上一局?"

在赌厅现场，众人虽然离得近，但是反而看不清两个当事人的一些动作。

和赌厅现场不同，在另外一个大房间里，此刻却是烟雾缭绕人声鼎沸，每个人都在发表着自己的见解，虽然这些人的身份不如赌厅内的那些老家伙，但也是港澳台有头有脸的人物。

刚才说话的那人五十多岁的年纪，身材微胖，一张白净的脸上戴着副眼镜，这人来历也不简单，九十年代初崛起港岛，在股市掀起了腥风血雨，被人称作股市狙击手。

本来他也有资格在赌厅里占得一席之地，无奈刘老板喜欢抽雪茄，这是赌厅内不允许的，所以来到这个包间观战。

"赌就赌，不过你们秦家家规所限，怕是赌不大吧?"

刘老板财大气粗，平时包养个明星都是一掷千金，动辄价值上亿的楼盘相送，赌个几千万对他而言根本就是毛毛雨了。

听到刘老板这话，刚才说话那人脸色有些尴尬，期期艾艾地说道："呃，小玩玩，咱们也小玩玩，一千万港币，刘生，怎么样?"

说话的是秦浩然的二弟，去年就是因为在澳门赌输了一个亿，被自家老爷子禁足了，整整老实了一年多，现在来到赌场心里不禁又痒痒了起来。

"二哥，你要是再赌，小心爸把你发配到菲律宾去……"

秦家老三见二哥又要犯老毛病，在他耳边嘀咕了一句。

秦老二听到三弟的话后，浑身打了个哆嗦，紧接着梗起脖子，嚷道："怕什么? 这不是给小睿打气吗? 咱们秦家不能弱了威风啊……"

秦老二倒是挺会借势的，直接和庄睿扯上了关系，倒是让老三一时没什话说了。

173

"刘生，怎么样？一千万港币，赌不赌啊？"

见老三被自己说得哑口无言，秦老二很是得意，把脸扭向刘大亨。

"一千万？太小了点吧？我在浅水湾有套房子，原本是想送人过生的，价值大概六千万港币左右，你要是感兴趣，咱们就赌一把……"

刘老板此话一出，包房里的声音顿时停歇下来，所有目光都集中在刘老板身上，过生日就送栋价值数千万的别墅，在港岛也只有这位花花公子干得出来。

刘大亨前两年一个相好过生日的时候，曾经花费百万巨资，在《明报》上刊登了一整版庆贺广告，几亿的豪宅也送出去好几栋，现在再送一个六七千万港币的房子，倒真的很有可能。

"六……六千万？"

秦老二一听刘大亨的话，顿时有点傻眼，六千万港币对于秦氏而言不算什么，但是对于他来讲，就是一笔不菲的数目了。

由于秦老二嗜赌，在家里的地位甚至不如第三代的一些人，千儿八百万的他能想办法筹集，但是六千万，将他卖了也拿不出来。

"怎么了？老秦，你还缺这点儿钱？"

刘大亨见到秦老二的样子，不由笑了起来，他和秦老二不同，纯粹是草根出身，现在的身家都是自己打拼出来的，所以平时挺喜欢挤对这些世家公子哥的。

"这……不是拿不出，没必要玩那么大嘛……"

其实秦老二刚才不过是赌瘾犯了，并没有找刘大亨叫板的意思，现在听了刘大亨的话，顿时打起了退堂鼓。

秦老二此话一出，不光是刘大亨，就连房间里的一些晚辈看向秦家老二的目光也有些不对了，刚才叫嚷着和别人赌，现在别人加大了点赌注，马上就不敢接招了。

说老实话，秦老二心里其实是不怎么看好庄睿能赢的，赌坛也有天王巨星的，杰维斯在他眼中，那可是歌坛的杰克逊，影坛的克鲁斯，神一般的存在啊！

"回去再让爸收拾你……"

秦家老三见了这种情形，不得不出面了，这丢的可不是秦老二的脸面，而是整个秦家的，所以再大的赌注此刻他都得接着。

"刘生，既然您有这个意思，那小弟陪您玩玩吧……"

秦老三在商业上颇有天赋，虽然爱玩赛车，但是在港岛的名声很不错，这句话一说出来，众人再看向秦氏这些人的时候，目光不由变了许多。

"这是六千万的汇丰银行本票，唐经理，您来做个中人吧？"

秦老三行事很果断，说着话就掏出了支票本，和老二在家里吃闲饭不同，秦老三兼管着秦氏珠宝在东南亚的好多生意，几千万是可以拿出来的。

"哦？老三有这个兴致，那我一定得奉陪了……"

刘大亨原本就是想挤对下秦老二，没想到别人当真了，当下只能叫过房间里的赌场经理，让他写了个赌约。

这个赌约非常简单，就以庄睿和杰维斯的赌局为赌注，如果庄睿赢了的话，刘大亨浅水湾的别墅就归秦家了；庄睿要是输了，那他当场就可以拿走这六千万港币的银行本票。

大家都是有身份的人，秦老二也不需要刘大亨拿出房契什么的，包间里这么多人看着，谁都丢不起输了赖账的脸面。

港岛富豪也是有圈子的，包间里有和刘大亨交好的自然希望他赢，更有和秦家走得近的，自然是希望庄睿赢，不过经此一事，包厢里的气氛却是紧张了起来。

这种外盘赌在香港极为正常，赌球赌马都有外盘开盘口，确定了赌约之后，众人的目光都放到了赌厅。

庄睿自然不知道发生在旁边房间的这一幕，此刻他的注意力都放在荷官手中摇晃着的色盅上。

"两位，请下注吧，单次底注最低为五十万港币……"

那位荷官用让人眼花缭乱的手法将色盅摇晃了一分多钟后，重重地扣在了赌台上。

这新式色盅果然如司仪所说，不管是摇晃的时候还是落在赌桌上，里面的色子只发出极其轻微的声音，以庄睿的耳力也只能听个若隐若闻。

"两个小时要赌两个亿，这怎么能输得完呢？杰维斯先生，我第一把压一千万，嗯，三个数，一共三千万，你跟不跟？"

庄睿的眼神不经意地在色盅处扫了一眼，随手拿出五枚二百万的筹码，推到自己桌前一个数字上。

由于押注的时候有时差，所以两边各有一到十八一共十八个数字区，在两边的数字区中间，有一个小屏风相隔。

这样一来，对赌的二人谁都看不到对方所押的数字，只有两边的荷官能看到，等开盅之后，荷官自然会将屏风拿开。

而且由于赌点数的特殊性，根据规则可以押注多个数字，如果你押对了正确的点数，而对方没有押中的话，也能把对方押上赌台的所有筹码都吃掉。

现在庄睿最低一个点数都押一千万，也就是说，如果杰维斯要跟注的话，他最少要拿出一千万来，而且每一个点数都要押上一千万的筹码。

如果杰维斯只押了一个数字就能赢庄睿，那么他等于是用一千万赢了庄睿三千万。

如果他押了五个数字才中，而庄睿三个数都没中的话，那他就等于是五千万赢了三千万，如果两人都押中了一千万，则是平局。

这种赌法可谓十分新颖，将整个赌厅和外面观战人的胃口全都吊了起来。

第二十一章 新颖的赌法

这两年来，庄睿眼中灵气数次升级，虽然探测范围大了很多，但是透视的功能还是维持在十余米之内，距离再远的话，就只能用灵气感应物体，而无法直接观察到。

就像红外线扫描一般，通过感应物体的形状和是否为生命体来判断是什么物件，但是远不如在十多米内看得清楚。

这张赌台虽然不小，但是两边相隔不过四五米，足够庄睿看清中间荷官手里的色子点数了。

"杰维斯先生，怎么？不押吗？那您可以丢出五十万的筹码给我吃底注了……"

庄睿押完号码后，好整以暇地看着对面的杰维斯，赌台中间的屏风只能挡住两人肩部以下，对方的面部表情还是能看得清清楚楚的。

杰维斯有点儿犹豫，仅凭色盅所发出的微弱声响，他连一成的把握都没有，这等于是在撞大运，这让赌术高明的杰维斯有点英雄无用武之地的感觉。

不过约赌是刘明辉方面提出来的，庄睿这边自然有理由选择赌法，只是赌王先生有意无意地帮了庄睿一把，换了个无声色盅而已。

时间足足过去了五六分钟，杰维斯都没投注，三位荷官小声商量了一下之后，由中间的荷官说道："杰维斯先生，请下注，如果您再不下注的话，这一局将判庄先生赢……"

色子赌局总共就两个小时，要是每一局都磨蹭个五六分钟，根本就进行不了几局，所以荷官才会出言提醒杰维斯。

不过庄睿无所谓，按照赌场的规矩，两个小时之内，即使他只赢了杰维斯一枚五十万的筹码，杰维斯也要掏出两个亿来，毕竟赌色子的总金额为两亿，筹码只是计数用的而已。

"我弃权……"

杰维斯并没有像众人想象中的那样随便压上几注，而是选择弃权，然后用手指弹出一枚五十万的筹码。

"什么赌王啊？一点气魄都没有……"

"就是啊，双方都是蒙大运，就看谁运气好呗，至于弃权吗？"

"你懂什么，这叫避其锋芒，杰维斯很厉害的……"

杰维斯没有下注的举动让场内场外观战的人，纷纷出言议论了起来，有看好杰维斯的，也有不屑一顾的，只是杰维斯脸色非常平静，看不出有什么懊恼的样子来。

"靠，居然不跟……"

庄睿心里也有点郁闷，本想着来个开门红的，谁知道杰维斯临阵退缩了，这让庄睿有种一拳打在棉花上的感觉。

"继续吧……"

杰维斯冲荷官做了个手势，他的确是想避其锋芒，第一局庄睿先下的注，而且一开始就是三千万，这让杰维斯心里有了一丝压力。

在这种情况下，作为一个身经百战的赌王，杰维斯宁可放弃也不会贸然跟进的。

"啪！"

荷官翻着花样摇出来的色盅落在赌台上。

"我押五千万，五个数字！"

几乎就在色盅落定的同时，杰维斯毫不犹豫地用手中的投注工具，推出了五堆筹码，分别押在他面前的十八个数字区里。

这就代表着，庄睿只要跟注，最低要拿出一千万的筹码押一个数字。

当然，他也可以大过杰维斯，如果他一个数字押两千万的话，杰维斯虽然不需要跟注，但是如果庄睿押中了，除了赌台上所赢的筹码之外，杰维斯还必须赔付庄睿押中数字多出来的筹码。

"比气势？"

庄睿算是看出来了，敢情杰维斯是想用气势压倒自己？

"嘿嘿，哥们还真不吃这个……"

庄睿笑了笑，没等荷官说话，马上用手中那个像尺子一样的工具，推出去三堆筹码，说道："押三注，每注两千万……"

庄睿的动作让杰维斯脸色变了一下，如果庄睿押中的话，即使他也押中了，那也是要输，因为庄睿押的赌注比他大。

这让杰维斯有些为难，如果每个数字再加上一千万的话，那么自己的投注金额就达到一个亿了。

"嘿，还是那年轻人有气魄……"

"是啊，和上次赌的时候一样，豪气……"

"老宋，上次你在啊，给我们几个说说……"

庄睿投注之后，观战的众人顿时交头接耳地议论起来，杰维斯开始投注时的确气势凌人，但是庄睿轻描淡写地推出去六千万筹码后，马上将杰维斯的气势给压制住了。

赌坛上争风云，就像是高手过招，气势上绝对不能输，俗话说输人不输阵，要是气势败了，下面赌起来就会患得患失，难以把握自己的心态了。

"我加注五千万！"

杰维斯虽然心里憋屈，但是第一把说什么也不能输了阵仗，当下又推出去五千万筹码，看着面前转瞬间就少了一亿筹码，杰维斯心里有点儿不妙的感觉。

任凭他是世界赌王，赌术出神入化，也无法在这样的赌局里只手遮天，毕竟这是现实，而不是电影里演的那样，赌王翻手为云覆手为雨！

"哈哈，一亿到手……"

看杰维斯加注，庄睿心里偷笑起来，他早就看明白了，这次色子的点数是三四六，加起来就是十三点，而杰维斯押的五个数字，没有一个是十三。

在西方人眼里，十三是个十分不吉利的数字。

它由来于基督教的一个传说：在最后的晚餐上，耶稣和他的弟子们一起吃饭，他的第十三个门徒犹大为了贪图三十块银币，将耶稣出卖给当权者，并为捉拿耶稣的人带路。

《圣经》上的故事广为流传，使西方人禁忌十三的习俗一直延续至今，庄睿也没想到荷官这么帮忙，一把就摇了个十三出来，让自己赢了一个多亿。

"三四六，十三点大，这一局庄先生赢……"

中间那个荷官开盅后，马上将遮挡在双方中间的屏风拿掉了，杰维斯清楚地看到，庄睿面前数字区十三上面赫然摆放着十个二百万面额的筹码。

"杰维斯先生，不好意思，我的幸运数字就是十三，所以……"

庄睿慢条斯理地将荷官推过来的一大堆筹码，一枚枚码放在自己面前，还不忘出言刺激一下杰维斯。

"老幺，干得好！"

坐在不远处观战的伟哥冲着庄睿挥了挥拳头，不过心里却在纳闷："老幺的幸运数字不是七吗？啥时候变成十三了？"

"Fuck！"

看到盅里的数字，杰维斯不禁低声骂了一句，脸色变得不太好看，一把输出去价值一亿港币的筹码，几乎表明了在赌色子这一局他已经失败了。

"两位，请下注……"

荷官可不管庄睿和杰维斯在想什么，重新摇起了色盅。

"我押五个数字，各一千万……"

杰维斯和上一把一样，在色盅落定时，马上就推出了筹码，摆出一副要和庄睿决战的样子。

而庄睿此刻就显得很悠闲了，拿起桌边的水喝了一口之后，还用果盘里的塑料叉子叉了个切好的水果放在嘴里，有滋有味地品尝起来。

"庄先生，请下注，否则将判您弃权……"

庄睿的这番动作，连中间那位主荷官都看不下去了，出言警告了他一次。

"什么？您再说一遍，我英文不大好……"

庄睿的模样十分欠揍，说出来的话更是让那位荷官哭笑不得，"刚才还用流利的英语刺激杰维斯，现在居然说自己英语不好？"

不过作为荷官，在进行赌局的时候是不能掺杂个人情绪的，当下又重复了一遍自己的话："每局下注的时间为五分钟，庄先生如果再不下注，这一局则视杰维斯先生获胜……"

"嘿，我也不知道这一局该押什么啊？算了，我弃权吧，不就是五十万嘛……"

庄睿掏掏了耳朵，从自己面前拿起一枚五十万的筹码，大拇指一弹，筹码在空中画了个弧线，准确落在荷官面前。

"我明白了，那年轻人是要耗到时间结束……"

"没错，每局底注只有五十万筹码，两个小时才能进行多少局？他刚才赢得足够这样输下去了……"

观众席上都是明白人，庄睿这做派一出，所有人都看出来的，敢情庄睿就是要磨蹭时间，等赌局结束时间一到，他凭着自己多出来的筹码，稳吃这两个亿的赌资。

要知道，进行一次赌局差不多就要五分钟，一个小时也不过进行十来次，庄睿就是把把输底注，两个小时加起来也就输个一千来万，而他刚才足足赢了一个多亿，最后的赢家还是他。

杰维斯此刻也想通了个中关节，不禁面色铁青，他知道，只要庄睿坚持这种赌法，在赌色子这个环节上，自己已经大势已去。

"我认输！"

杰维斯非常光棍，想明白之后马上站起身直接认输了，他心里明白，如果这样的赌局一次次进行下去，只会消磨自己的锐气。

"杰维斯，不要在意，别影响了情绪，等会儿再赢回来……"

原本坐在赌台前的杰维斯，现在已经坐回刘明辉几人的小圈子里，刘明辉正递着温热的毛巾给杰维斯擦着并不存在的汗水。

作为久经江湖的老千，刘明辉自然能看出来，刚才赌局的失利错不在杰维斯身上，相反，如果杰维斯不果断认输的话，恐怕下面的赌局将会更加艰难。

现在杰维斯壮士断腕，虽然输了两个亿，不过下面赌梭哈却是杰维斯的强项，只要他发挥正常，赢庄睿这个菜鸟问题不大。

"放心，运气好不代表一定能赢……"

杰维斯此刻面无表情，被庄睿硬逼着认输，对他而言，算得上是奇耻大辱，不过杰维斯努力调整着自己的心态，他不想带着情绪进入下个赌局中。

"刘生，你看好的赌王，今儿似乎不在状态啊……"

在旁边观战的房间，此刻已经人声鼎沸了，三局定输赢看得众人都是心惊肉跳。

前后不过二十分钟，价值两个亿的筹码易主，就算这些人多为亿万富豪，也有点难以接受这种刺激。

不过出现这种局面，最高兴的自然要属秦家的人了，秦老二没什么城府，在杰维斯开口认输之后，马上就跳了起来，言语间不乏挑衅的意思。

"不张嘴没人把你当哑巴……"

秦老三虽然也很高兴，但是看不惯二哥小人得志的样子，连忙一把将他按回椅子上，自己站起身来，对刘大亨说道："刘生，侥幸，侥幸，不过我秦家这女婿，眼力运气都不错，恐怕今天兄弟要占你的便宜了……"

秦家世代经营珠宝业，而刘大亨则是做金融证券的，两家并没什么交往，所以秦老三说话虽然不如老二直白，但是也表明了立场，直言今儿这赌局必赢。

"呵呵，输赢无所谓，这赌得才叫过瘾，比坐过山车玩明星还要过瘾啊，哈哈……"

刘大亨手一摆，根本不在乎秦家兄弟说的话，他也不在乎输赢，几千万不过是包养个明星的价格，在股票市场兴风作浪一番立马就能找补回来。

刘大亨要的是刺激，而且刚才确实赌得很精彩，杀人于无形之中，输赢在一念之间。

"秦老二，你们秦家女婿要是赢了，一定要介绍我认识下，啥时候我也约个赌局，一起玩玩……"

刘大亨看到刚才的一幕，手也有点儿发痒，像他们这类人，一般的赌注是看不上眼的，而且自制力极强，不会沦为赌徒，但是今天这赌局却让刘老板起了赌一把的念头。

"一定，一定，刘生最近有没有什么好行情介绍下啊？"

秦老二听了刘大亨的话后，知道自己境界比人差了好多，倒显得自己兄弟浅薄了，当下打着哈哈转移了话题。

"老幺，你也太牛了，就赌了三把色子就能将世界赌王逼得认输，牛，真他妈牛……"

在庄睿这一方，伟哥兴奋得不能自已，围着庄睿转来转去，他要是学医的估计这会儿都想把庄睿给解剖了，看看这哥们脑子到底是怎么长的。

"庄睿，你真厉害，四哥比你差远了……"

要说刚才这赌厅里谁最紧张，自然要数老四了，在庄睿押下六千万的时候，他心脏几乎都要从嗓子眼里蹦出来了，直到杰维斯开口认输，这才长长地喘了口气。

"四哥，心态，心态最重要，我输得起，并且也不指望这个赚钱，所以我能赢，你以后可千万不要再赌了……"

庄睿难得有次装逼的机会，怎么可能不发挥一下，当下绷着脸给老四上了一课，毕云涛同学也听得连连点头，经过这次教训，恐怕就是逼着他去赌，老四也不敢了。

庄睿口中和老四说着话，眼睛却瞄向杰维斯，他能感觉到，杰维斯比自己上次遇到的赌王斯蒂文森更加难缠，或许下面的梭哈赌局自己会遇到一些困难。

"要不要等会儿再逮着机会赢把大的，然后输底注？"

庄睿在心里暗自打起了主意，不战而屈人之兵才是最高境界嘛。

"好了，请庄先生和杰维斯先生坐回自己的位置上，下面我再讲一下梭哈的规则……"

休息了大约半个小时，三位荷官重新回到赌桌旁，宣布第二场赌局开始。

"游戏规则就是如此，另外我要补充一点，按照国际惯例，梭哈赌局必须有一方筹码全部输完才算结束，没有时间限制，并且双方都可以提出两次休息要求，每次休息十五分钟……"

荷官最后的话让庄睿皱起了眉头，敢情这次赌局没时间限制，自己早先的想法无法实施了。

所谓梭哈，意思就是全押，所以并不适用于刚才色子的赌法，这的确是国际惯例，所以刚才杰维斯向赌场方面提出抗议，荷官也只能修改了规则。

"两位如果没有异议，那么赌局现在开始……"

荷官看庄睿和杰维斯都没说话，当下拿出一副崭新的扑克，当着众人的面开口，挑出大小王，反复洗了起来。

此时赌台中间的屏风已经去掉了，就连桌子上的数字都不见了，坐在庄睿和杰维斯的位置上，可以清楚地看到扑克点数在荷官手上不断变幻着。

和庄睿像是在看表演一般不同，杰维斯此刻的精神极为集中，如果放大细看他的瞳孔就能发现，荷官洗牌的每一个细微动作，都在他瞳孔中展现出来。

当然，这并不是所谓的特异功能，而是杰维斯在记牌，经过长期的训练，这些赌坛高手们可以在荷官洗牌时，强行记住几张牌的位置。

虽然只能记住几张牌，并没有电影里演得那么神奇，不过世界上能掌握这个技术的人，恐怕一个巴掌就能数过来，绝对是屈指可数。

"杰维斯很厉害，比斯蒂文森厉害，不知道那年轻人的运气是不是还那么好？"

端坐在轮椅上的何先生嘴里发出含糊不清的声音，和身后的七姨太交流着，他虽然老则老矣，不过眼力远非一般人能比的。

"呵呵，赌牌是要讲技术的，似乎又有热闹看了……"

包间里的刘大亨此刻也笑了起来，赌局进行得越激烈，他越能从中找到乐趣。

无数个摄像机从各种角度拍摄着庄睿和杰维斯的面部表情，经过放大后在旁边房间内的屏幕上播放出来，那些人看着杰维斯专注的样子，似乎也感觉到赌王的与众不同。

"两位先生，要不要切牌？"

荷官用让人眼花缭乱的手法洗过牌后，将扑克放在桌面上。

庄睿和杰维斯同时摇头说道："不用……"

庄睿虽然看得清那副牌所有的点数，不过第一局的顺序是有讲究的，谁先拿牌谁后拿牌是要猜先的。

果然，荷官拿出一枚硬币，分别询问了庄睿和杰维斯的选择后，弹起硬币然后压在手心里。

"杰维斯先生先发牌……"

荷官把手背放低，让双方都能看到硬币向上的一面，是杰维斯猜对了。

"庄，这一局我的运气似乎要比你好啊……"

杰维斯笑着对庄睿说道，似乎猜对了硬币就是赢得了这场赌局一般，明眼人都知道，他这是在给庄睿施加心理压力。

庄睿看了一眼刚发下来的两张牌，自己掀开的明牌是J，而杰维斯是一张三，不由笑了起来说道："哦……不，杰维斯，你没看到我的牌面比你大吗？"

"庄，梭哈的牌面可不能决定胜负啊……"杰维斯好为人师地用语言打击着庄睿。

"当然，不过我的J的确比你的小三大很多啊，这怎么办呢？"

庄睿故作苦恼地挠了挠头，然后用推尺归拢了一堆筹码，说道："这样吧，比你大了八个点子，那就八百万吧……"庄睿这是在诈牌。

"我靠，这样也行？"

"这小子会不会赌啊？"

"牛逼，不一般的牛逼……"

庄睿此言一出，围观的人顿时轰动了，只是别人是在说庄睿不会赌梭哈，而伟哥则翘起两个大拇指，嘴里还大声喊着"牛逼"，一时间风头都胜过了庄睿。

庄睿的这个举动，让杰维斯也愣住了，这小子压根就不按常理出牌啊，一张单 J 就敢叫八百万，要是来一对，他岂不是要梭哈了？

"我跟……"

杰维斯考虑了一下，推出了八百万筹码。

杰维斯刚才记牌的时候，清楚地记得下面第三张牌还是一张三，自己可以稳拿一对三，运气好的话三条也有可能，没理由被庄睿吓倒。

"发牌吧……"

庄睿向荷官招了招手，心里有点小郁闷，因为他知道，自己即使拿到第五张牌，也全是单张，而杰维斯却可以拿到一对三。

第二十二章 偷鸡不成蚀把米

在赌桌上，有一种行为被称为"偷鸡"，是取"投机"的谐音，指的是自己拿到小牌却用很大的赌注去诈对方，让对方主动弃牌而赢得赌注。

庄睿现在的行为就是如此，第一把就推出去八百万筹码，其实就是想让杰维斯不跟，只是他没想到，杰维斯知道自己最少有一对牌，是不会如此轻易放弃的。

"第三张牌杰维斯先生是 Q，庄先生是十，杰维斯先生说话……"赌局继续进行着，牌面是杰维斯大。

"一千万……"

杰维斯远比庄睿想得老道，想用"偷鸡"的手法诈跑这么一个世界赌王，那赌王未免也太不值钱了，似乎看出庄睿底细的杰维斯马上推出了一摞筹码。

"跟……"

庄睿从牙缝里挤出个跟字，这才第三张牌，如果逃跑的话，算上底注，可就白白损失八百五十万了，庄睿想在第五张牌的时候再诈一把杰维斯。

毕竟庄睿现在手中的筹码要比杰维斯多出两个亿，就算是这把牌输了，下面还有机会，而且让对方认定自己喜欢"偷鸡"，下面才能有诱使杰维斯梭哈的机会。

庄睿猜得没错，在进行这场赌局之前，杰维斯曾经多方打听过庄睿的上次赌局，他对庄睿所谓的不看底牌根本就不相信，眼力和赌术高明的人，在发牌的一瞬间就能通过小角度大致看清底牌。

通过对庄睿的了解，杰维斯知道庄睿喜欢偷鸡诈牌，斯蒂文森有几次都栽在了上面，所以杰维斯不会轻易被庄睿吓到。

"还是杰维斯先生说话……"

第四张牌发下来后，杰维斯已经是一对三的牌面了，而庄睿则是十、J和A，底牌则是一张小九，不管牌面和底牌均输给了杰维斯。

杰维斯用手敲了敲桌子，说道："庄，你有一张A，我有一对三，可这对三虽然小，还是比A大啊，这样吧，两千万……"

杰维斯现在心里有六分把握庄睿是在诈牌，所以又推出去两千万筹码，如果庄睿逃跑，那自己赢得一千八百五十万，如果庄睿接着跟，那就最后一把牌见分晓了。

"我跟……"

庄睿面无表情地说道，也推出去两千万筹码，现在赌桌上双方的赌注已经到了三千八百五十万，而这仅是梭哈的第一局。

第五张牌庄睿拿到一张小七，而杰维斯则是一张小四，不过论牌面，还是杰维斯大，这倒让杰维斯稍稍有些犹豫。

他的底牌是张五，也就是说，他现在的牌面是一对三、四、五和Q，而庄睿的明牌则是七、十、J和A，只要底牌随便配成一对，杰维斯就稳输不赢，所以杰维斯也不敢用这样的小对去下重注。

"再来一千万吧，一对三总要见见庄先生你的底牌吧？"

杰维斯装作漫不经心的样子，推出去一千万的筹码，其实内心也有点紧张。

"呵呵，一对三就想赢我，杰维斯，只要我底牌任意配一对，都要大你吧？"

庄睿冷笑一声，继而把面前一堆五千万的筹码推了出去，大声喊道："跟你一千万，我再大你四千万！"

庄睿已经看清了杰维斯的底牌，并不是三条或者两对，也就是说，他最终的牌面就是一对三，在梭哈里面，这是仅大过单张A的牌，算是比较小的了。

庄睿就是想偷把鸡，杰维斯要是不跟的话，自己就白收四千八百五十万，就算他跟了，自己也输得起，反而会让杰维斯产生一种自己习惯"偷鸡"的感觉。

"不对，这年轻人好像是在偷鸡……"

"是啊，看他的眼神，似乎不是很有把握的样子……"

"或许是迷惑杰维斯的也说不准……"

赌厅里的人或许还不能把握庄睿的神情，但是包间里的人却可以看到庄睿面部表情放大后的特写，一时间，众人纷纷议论起来。

　　说老实话，庄睿演戏的水平实在不怎么样，他的眼神基本上暴露出了他的心虚，就连旁观的人都看了出来。

　　当然，庄睿这也是本色演出，他不怕杰维斯看出自己偷鸡，即使输上这把牌也无所谓。

　　只有这样，对方才能放下警惕心，否则等自己抓到大牌的时候，想和对方梭哈就不容易了。

　　现在赌桌上的压力几乎全都在杰维斯身上了，不跟……前面几千万就打了水漂，白送给庄睿了，跟的话，输的几率很大，现在才是考验杰维斯赌王水平的时候。

　　赌厅内数十道目光，此刻全集中在杰维斯身上，等着他做出决定。

　　"四千万，庄先生好大的气魄，全是单牌都敢下这么大的注，我有一对三还怕什么啊？我跟你了……"

　　杰维斯突然笑了起来，在包间观战的人能看出庄睿眼神中的慌张，以杰维斯的眼力当然更能观察得一清二楚，庄睿刚才就是在虚张声势。

　　机会放在身边，杰维斯要是抓不住，那也妄称世界赌王了，当下将面前一堆垒砌好的筹码推了出去。

　　数千万的筹码倒在赌桌上相互碰撞，发出哗啦啦的响声，这次不仅是包间里看屏幕的人看出来了，就是赌厅里的人也发现了庄睿的面色似乎有点不大好看。

　　"坏了，小睿怎么那么冲动啊，一对牌都没有就敢偷鸡，坏了，坏了……"

　　在包间观战的秦老二此时失去了镇定，嘴里念念有词地念叨着，似乎他上场一定比庄睿强似的。

　　"高手赌牌，偷鸡最好还是少用，牌面比人家小就不要逞强，这就像是股市，空城计可以唱，但是唱不好的话，可是赔了夫人又折兵啊……"

　　一旁的刘大亨也出言说道，他是玩金融的，即使看到的是一场赌局，也能联想到股市上面，倒是没有挖苦庄睿的意思。

　　"妈的，真敢跟，老子下把继续诈你……"

　　庄睿面上的神色一半是装出来的，另一半却是真的，这个杰维斯很难缠，拿一对小三居然就有魄力跟四千万，远非斯蒂文森可比。

"根据规则，对方跟注了，庄先生，您可以开牌了……"

没等庄睿多想，站在赌台中间的荷官说话了，此话一出，场内所有人的眼睛都看向庄睿那张盖着的底牌。

这次对赌，庄睿没再玩不看底牌凭运气的把戏，这样的事情玩一次可以，玩多了就没用了，反而会招人怀疑，所以庄睿刚才掀开底牌看了一眼。

"我输了！"

庄睿的表现和刚才的杰维斯一样光棍，直接把底牌往荷官方向一甩，出言认输了。

不过他弃牌的水平似乎有点问题，那张纸牌在空中一个翻滚，落在赌桌上变成了底面朝上，众人看得清清楚楚，那是一张方片九。

一边有一对三，一边全是单牌，现在杰维斯不用掀开底牌，也已经稳赢庄睿了，场内众人顿时骚动起来。

"赌王就是赌王，厉害啊……"

"可不是，一对小三就敢跟到底……"

"换了我可不成，那年轻人的牌面只要凑一对，就能大过一对三……"

赌台上的变化众人看得一清二楚，也都明白，庄睿是在偷鸡诈牌，想在世界赌王面前耍这种小花样，众人都觉得庄睿有点儿不自量力。

而坐在杰维斯身后的刘明辉等人则是一脸喜色，从这一局梭哈对赌就能看出来，庄睿的赌术真的有点上不得台面，辉哥自问自己上去都能赢了那小子。

"庄，我的运气似乎要比你好啊，我就有一对三，可惜你没能凑成对子……"

杰维斯没放过打击庄睿的机会，在荷官将筹码拨给他之后，他也学着庄睿，一张张地在面前码了起来。

"有什么啊？不就是赢了一把吗，再来，这把直接梭哈，你敢吗?!"

庄睿似乎被杰维斯刺激到了，双手一拍桌子站了起来，满脸挑衅的神情，这模样看在众人眼里均在心下暗自摇头，这小伙子太冒失了。

"我要求休息十五分钟……"

没等杰维斯应战，庄睿身后响起一个声音，却是秦浩然见势头不对，连忙喊停了。

那位主荷官看了秦浩然一眼，说道："对不起，休息必须由对赌双方提出，庄先生，杰维斯先生，如果没有异议的话，赌局将继续进行……"

"当然没有问题，可以继续进行……"

庄睿这会儿显得心神大乱，杰维斯恨不得痛打落水狗呢，自然是不肯休息了。

"小睿，叫下休息，我有话对你说……"秦浩然不能眼睁睁地看着女婿继续输下去，在他看来，庄睿现在就是头脑发热。

"好吧，我想我需要休息一下，我提出休息十五分钟……"

老丈人在后面喊了，庄睿还是要给几分面子的，虽然这会打乱他的部署。

"小睿，不要冲动，一把输赢不算什么，再说你现在的筹码还很多，不要总是想着偷鸡，拿到大牌之后再下重注……"

虽然秦浩然对赌博也是一知半解，但是自认为自己这话说得没错，只是他也不想想，以杰维斯的赌术，庄睿拿到的牌只要不是碰了点子，对方可能跟吗？

虽然电视里演的对赌梭哈很过瘾，其实在现实里，那些同花顺碰四条或者福尔豪斯的事情还是非常少见的，往往一对牌就能决定赌局的胜负，就像刚才那色子局一样。

"爸，我知道了，不会冲动了，以后见了小牌我就扔，反正几个亿的赌注够输上半天的了……"

庄睿闻言点了点头，老丈人这一喊停，自己的对策就要改变了，要是还摆出一副冲动的样子，恐怕杰维斯就要起疑心了。

"对，就这样赌，抓住对方一个漏洞就赢得他翻不过身来……"

秦浩然见庄睿从善如流，不禁老怀大慰，不过他说的这些都是纸上谈兵，世界赌王的漏洞是那么好抓的吗？

相对于秦浩然一方的凝重，杰维斯这边要轻松得多，刘明辉殷勤地给他递上功能饮料，嘴中说道："杰维斯先生，看样子那小子的好运气已经用完了……"

杰维斯傲然道："当然，接下去我要让他把赢的筹码都吐出来……"

作为在赌坛上混迹了二三十年的老手，杰维斯自然能看出庄睿是否为赌坛中人，以庄睿弃牌的手法和对赌时的青涩表现，他已经认定这年轻人就是个生手。

赌博讲运气，但是更讲技术，从记牌等赌术到观察对方面色眼神，再到语言上的心理战术，都是高手必须具备的素质，反观庄睿，似乎一项都不具备。

"两位，休息时间到，请回到座位上……"

十五分钟的休息时间很快就过去了，荷官出言提醒了庄睿和杰维斯一句。

庄睿的神色已经变得很淡然了，刚才冲动的样子似乎不是发生在他身上一般，杰维斯也不禁多看了庄睿几眼，显然一个淡定的对手要难对付得多。

不过杰维斯还是有足够的自信击溃庄睿，只要把握住一次机会，他就能逼得庄睿梭哈，这样一局定胜负在杰维斯身上是经常发生的事情。

"不跟……"

重新开局后的第一把牌，庄睿拿到一个红桃四，而杰维斯则是黑桃 A，庄睿直接将牌盖住了。

"庄，这可不是你的风格啊……"

在荷官启开一副新牌时，杰维斯抽出工夫打趣了庄睿一句，这哥们时刻不忘给庄睿施加心理压力。

"呵呵，牌面都没你的大，当然不跟了，我的筹码可是比你多出几千万呢……"

庄睿闻言笑了起来，不过脸上显露出一丝不自信，被杰维斯捕捉在眼里，顿时心中大喜，看来对方已经对自己的好运气产生了怀疑。

"不跟……"

庄睿又把牌扔了出去，这已经是第十把了，说来也奇怪，连着十把牌，庄睿第一张牌面都比杰维斯小，他就咬死了这个理由，把把弃牌。

"奇怪啊，怎么庄的每一把牌都比对方小啊？"

"是啊，连着十把了，这小伙子的运气也太差了点吧？"

"你们知道什么啊？赌场里赌色子，连开十八把大都有过，这算什么呀……"

台下的人见到赌桌上诡异的情形，顿时纷纷议论起来，庄睿接连十把弃牌，未免太伤气势了，反观杰维斯此刻气势十足，几乎每一把都会喊出五百万以上的加注。

此刻赌局似乎进入了僵局，庄睿把把不跟，杰维斯也不着急，一把把吃着底注，并且在荷官洗牌的时候注意力仍旧很集中，没有丝毫放松。

"庄先生黑桃 Q，杰维斯先生红桃九，庄先生说话……"

在第十一局，牌面终于发生了变化，这让赌厅里的人都紧张了起来，不知道庄睿会作何选择？

"哈哈，时来运转了，终于轮到我大了，杰维斯，一千万！"

庄睿敲着那张黑桃 Q，像是拿到了同花顺一般，得意地笑了起来，将面前一摞五枚二百万的筹码推了出去。

"一千万？我跟……"

杰维斯没有丝毫犹豫，因为他的底牌是一张方片九，现在手中已经拿了一对九了，而且杰维斯刚才强记了一张牌，如果没记错的话，他这局应该是三条的牌面。

"发牌吧……"

杰维斯也不急着加注，他怕庄睿再逃跑，接连十把牌都没逮住庄睿，在杰维斯想来，庄睿已经是惊弓之鸟了。

"庄先生黑桃 J，杰维斯先生方片 J，庄先生请下注……"

第三张牌发下来后，因为庄睿是同花顺的牌面，所以仍然是庄睿的牌面大，双方的牌都有点不搭不靠，现在也看不出形势如何。

"都是 J，不过还是我大啊。五千万……"

既然都认为自己不会赌，庄睿干脆就做出一副外行的样子，直接推出去了五千万，他这是本色表演，看不出一丝做作。

庄睿准备在这一局结束战斗，因为前面的十局虽然他也有拿到大牌的机会，但是对方的牌不大，而且自己的大牌都会显露在明牌上，对方一定不会跟的。

而这一局，庄睿看到最后将会出现王对王的情况，这样的好机会庄睿自然不会放过了。

"庄睿！"

见到庄睿如此冲动，坐在他身后的秦浩然和老四情不自禁地一起喊了一声。

前面已经输了四千八百五十万了，加上刚才底注输了五百万，庄睿赢的一亿筹码转眼就去掉了一半。

这一把牌刚到第三张，庄睿就叫出了六千万，如果到最后一张牌对方梭哈的话，那么庄睿面临的局势就很严峻了。

"请旁边的嘉宾不要说话……"

荷官警告了二人一句，在双方对局的时候，旁人严禁做出和语出任何干扰对赌双方的行为和语言。

"连着十把都是我比你小，这第十一局，轮也要轮到我了，杰维斯先生，你跟不跟？"

庄睿一改先前萎靡不振的样子，变得咄咄逼人起来，浑身上下似乎散发着强大的自信，好像一定能赢下这一把似的。

"我跟……"

杰维斯对庄睿的挑衅莞尔一笑，别说连着十把第一张牌面小，就是连着二十把的赌局他也见过，对方这个理论太滑稽了。

更重要的是，杰维斯在和庄睿对视的时候，发现对方眼中有一丝慌乱，这让杰维斯认为，庄睿就是外强中干，又想用大投注偷鸡，逼自己弃牌！

"妈的，不信你不上钩……"

庄睿眼中的慌乱是真的，因为他害怕杰维斯不跟，玩了大半天了好容易碰到一把同花顺对福尔豪斯的牌，庄睿自然怕杰维斯感觉不对逃跑。

"第四张牌庄先生是黑桃八，杰维斯先生是桃花九，庄先生同花顺的牌面大，请下注……"

随着第四张牌的发出，赌桌上的局势慢慢明朗起来，杰维斯是一对九带一个J，而庄睿是黑桃八、J、Q，有同花顺的机会。

当然，在座众人是不看好庄睿拿同花顺的，因为杰维斯已经拿到了两张九，如果他们知道杰维斯的底牌还是九的话，绝对会马上宣布庄睿的死刑。

"庄先生，请下注……"

这次庄睿没再豪放地一推数千万筹码，而是难得一见地犹豫起来，对方牌面比自己大，再扔个五千万绝对是此地无银三百两。

杰维斯紧跟着荷官说道："庄，你不会被我这一对九给吓到了吧？"

现在庄睿逃跑，杰维斯可以白拿六千万，但是上手三条的机会不多，这次要是不多赢一点，杰维斯自然不肯罢休。

"不就是一对九吗？我要是同花顺，还不稳稳吃定你？"

庄睿冷笑了一下，大手往前一推，说道："一千万，跟不跟？"

庄睿的动作引起场内一片笑声，不仅是杰维斯，就是观战的众人也看出他色厉内荏的表情了，明明不想跟，却被对方刺激得又扔出一千万，这小伙子心性太不成熟了。

只有秦浩然感觉有点不对，在他和庄睿的接触中，自己这女婿很少做吃亏的事情，几乎每次投资都是有的放矢，不像是会做意气之争的人。

"跟，当然跟，一千万就一千万，发牌吧……"

杰维斯此刻不想刺激庄睿，他要在最后一张牌发出后，用雷霆万钧之势压倒庄睿，让他弃牌而逃，这才能显示出赌王的风采。

"庄先生黑桃十，杰维斯先生红桃 J，庄是同花顺牌面，杰维斯是两对，同花顺说话……"

荷官面无表情地报出双方的牌面，但是场内和包间里观战的人却炸了锅一般热闹起来，同花顺 VS 两对，这样的牌面似乎只有电视里才能看到。

所有人的目光都集中到庄睿身上，虽然牌面仍然是庄睿大，但是庄睿输的机会也是无限大。

第二十三章 | 赌王杀手

　　虽然庄睿这把的牌面始终压着杰维斯，但是能拿到一把同花顺的几率比彩票中个五百万也差不了多少。

　　加上杰维斯已经拿到了两张九，庄睿就是想拿张九凑成个顺子的几率都不大，而且顺子只能赢两对，万一杰维斯是福尔豪斯（三条带一对），那庄睿必输无疑。

　　所以现在所有的压力都集中到了庄睿身上，如果接下来他弃牌的话，前面七千万将被杰维斯收走，并且连底牌都看不到。

　　"我押两个亿，同花顺的面子，没理由被你吓到吧？"

　　庄睿突然把身前一堆筹码都推了出去，这个疯狂的举动让很多人都惊呼出声，谁也不知道他在想什么，都已经是这样的牌面了，难不成他真的拿到了同花顺？

　　其实庄睿现在也很为难，轮到他加注，他面临着两种选择，一是没有顺子或者同花顺弃牌，二是随便押一点钱看对方底牌。

　　第一种选择当然是不可能的，但是第二种也不是最佳选择，所以庄睿决定下一个重注，让对方以为自己还是要偷鸡！

　　押上两个亿的筹码，杰维斯或许会怀疑自己拿到了同花顺，但是也会怀疑自己偷鸡，这样对方跟注的可能性很大，相反自己如果梭哈的话，估计那哥们肯定会弃牌的。

　　"这年轻人疯了……"

　　"是啊，这种牌面押两个亿，难道真是同花顺？"

　　"不可能的，要是同花顺，他上一把不会只押一千万的……"

"庄睿，别冲动啊，有赌不为输，下一把继续也行啊……"

庄睿两亿的筹码一推出，全场顿时沸腾了起来，这也到了今天对局的高潮，所有人都按捺不住心中的激动，只要能站得起来的，纷纷从椅子上站了起来。

同花顺的牌面，押出两个亿的赌注并不算多，但是现在赌桌上已经出现了两个九，庄睿想要拿到那张黑桃九，几率实在是太小了，所有人都不看好庄睿。

庄睿已经下完注了，所以荷官也懒得警告在一旁提醒庄睿冷静的秦浩然了，看向杰维斯，说道："杰维斯先生，您是否跟注？"

"两个亿？"

说老实话，杰维斯也被庄睿给吓到了，这让他心里有点惊疑不定。

杰维斯手上是三张九带一对 J，差的就是一张黑桃九，"难道那张黑桃九真的被庄睿拿到了？"

"不……不可能，如果他手上真的是同花顺，那么一定会梭哈逼我决战的……"

杰维斯脑子一边飞速转动着，一边仔细打量着庄睿，突然，杰维斯的眼睛亮了起来。

"好小子，居然又要诈牌……"

杰维斯看到庄睿手上拿着一枚五十万的筹码，正翻来覆去地摆弄着，从心理学角度讲，这种无意识的动作往往能反映出人心里的紧张。

作为一个世界赌王，揣摩人的心理是杰维斯的必修课，他能看出来，庄睿绝对是无意识的动作，这说明……庄睿心虚了。

有了前面庄睿诈牌的先例，杰维斯自然而然就想到庄睿这把仍然是想偷鸡，逼得自己不战而退，想到这里，杰维斯嘴角拉出一个弧线，露出一丝笑容。

庄睿心里的确是在紧张，他怕的是杰维斯不跟，这样一来赌局势必又要陷入僵局，几个亿的赌资鬼知道要赌到什么时候。

论耐心，庄睿远不如杰维斯。

"两个亿是吧？我跟了……"

杰维斯的话让所有人的目光都集中到了他身上，简单的"跟了"两个字，加上桌上原有的筹码，那可是代表着近六个亿的赌资，这在赌坛中都是极为少见的。

只是杰维斯断定庄睿偷鸡，并不肯就此罢手，在推出两个亿的筹码后，接着说道："不过想看我的底牌，两个亿还是不够的，我梭哈！"

杰维斯也不管面前的筹码是多少，直接站起身来，张开双臂把面前的一堆筹码拢合在一起猛地推了出去。

小山一般的筹码像多米诺骨牌一般，哗啦啦地倒在赌桌上，发出清脆的响声，似乎敲击着在场所有人的心脏。

杰维斯梭哈的举动带给现场和包间里所有人一股强烈的冲击力，众人均是面色涨红，好像在场内对赌的人是他们一样。

就连坐在轮椅上的何先生也很久没见过这么大这么刺激的赌局了，开局平淡了十把之后，谁都没想到，到了第十一局居然能见到火星撞地球的局面？

不管是赌坛还是别的行业，顶尖人物总有自己的特点，而杰维斯有个外号就叫毒蛇。

作为世界赌王，杰维斯的赌术自然是不用说了，最重要的是他善于观察形势，遇到对自己有利的局面，往往像毒蛇一般瞬间露出毒牙，快如闪电般给对手一击致命的打击。

在高手对决中，很难见到梭哈的局面，因为这些人往往不肯让自己陷入绝境，最终都是靠最后的筹码点数胜出，但是今天的情况不一样。

庄睿压根就不算是赌坛中人，而且也不够镇定，屡屡被杰维斯从神色中看出破绽，第一次就是偷鸡不成蚀把米，现在居然敢再玩一次，杰维斯绝对不会和庄睿客气，否则他毒蛇的外号也白叫了。

"不愧是赌王啊，那年轻人估计要输了……"

"肯定会输，赌王没把握能梭哈吗？"

"过瘾，真是过瘾，没想到这赌局真的和电视上演的差不多，一把梭哈，好气魄……"

赌厅内和包间里的人均是议论纷纷，不过没有一个人看好庄睿，同花顺的牌面又能怎么样？只要最后一张不是九，那就等于是废牌！

听刘大亨连声说过瘾，就连秦氏兄弟也不说话了，默默地坐在那里，或许他们也认为庄睿必输无疑了吧？

而坐在杰维斯身后的刘明辉等人则是面露喜色，这一次又赚了五个亿，虽然要给杰维斯两个亿，剩下的钱也足够他们挥霍了。

即使庄睿在国内有背景，他们也不怕，世界那么大，他们以后去哪个国家不是混啊。

"庄先生，对方梭哈，你跟不跟注？"

场内乱了一会儿后，一位荷官敲响了鸣钟，清脆的声音让场内安静下来，这会儿众人才想到，庄睿还没做出最后的决定。

"妈的，不知死活，居然敢梭哈，以后哥们就叫赌王杀手了……"

庄睿此刻心里乐开了花，自己梭哈怕吓跑杰维斯，没想到这家伙如此配合，竟然顺着自己的心思梭哈了，庄睿真想放声大笑。

"靠，那千门这些年应该不止只骗到几个亿吧？要想办法让他们再吐一点出来……"

念及此处，庄睿脸色显得阴晴不定，突然开口说道："杰维斯先生，难道我就不能拿到同花顺吗？你怎么就敢梭哈？"

"你要是同花顺，我输得心服口服……"

杰维斯不在意地答道，这一局尽在他的掌握之中，在他看来，自己是稳吃桌面上的赌注了。

"我跟了，全梭了！"

杰维斯话声刚落，庄睿也站起身来，把面前的筹码扫入赌台中，虽然这张赌桌的长度足有五米，但是散落的筹码还是在赌桌当中相交在一起，分不清哪个是庄睿的哪个是杰维斯的。

"啊？怎么可能，他也梭哈了？"

"难道真的是同花顺？"

"有可能，不然不会明知道输还跟着梭哈，真有可能是同花顺……"

在这一刻，那些年龄稍大的富豪顿时感觉心脏的承受力有些不足，这也忒刺激了点，就算以他们的身家，这样的赌局也是此生唯一得见的。

"好，你开牌吧……"

杰维斯也没想到庄睿会跟着梭哈，心中也狐疑起来，不过现在已经骑虎难下了，胜败在此一举，他也没时间后悔了。

庄睿闻言冷笑起来，说道："想看我的底牌？杰维斯，你的筹码似乎不够啊……"

在之前的色子赌局中，庄睿足足赢了两个亿，虽然梭哈第一局输回去几千万，但是在筹码总数上庄睿还多出杰维斯一亿三千多万。

也就是庄睿此刻梭哈大了杰维斯一亿三千万，所以杰维斯必须补足相差的赌资才能让庄睿开牌。

听了庄睿的话后，杰维斯却冷静下来，双眼紧盯着庄睿，似乎要从庄睿眼中看出端倪了。

"跟不起就弃牌嘛……"

庄睿脸上露出冷笑，手中却紧紧攥着那枚一直把玩的筹码，手背上青筋暴露，看得出他的心情也很紧张。

杰维斯和庄睿对视了一会儿之后，抬起手说道："我要求休息，封牌！"

对赌双方每人都有两次要求休息的机会，即使在赌局当中也可以提出，所以三个荷官马上拿出透明的玻璃罩将赌桌上的两副牌都罩上了。

四个腰间鼓囊囊装备着武器的赌场保安分四个方位将赌台围了起来，不允许任何人靠近赌桌。

不过场内众人的眼睛还盯在庄睿那张牌上，所有人都迫切地想揭晓答案，看庄睿究竟是不是真拿到了同花顺，还是再一次偷鸡诈牌？

"小睿，难道你的牌真是同花顺？"

庄睿回到秦浩然和伟哥等人坐的地方后，秦浩然马上着急地问道，即使是秦氏珠宝的总资产也不过三四十亿港币。

虽然庄睿输的不是自己的钱，但是作为老丈人，秦浩然感觉自己有义务提醒庄睿，不要冲动妄为。

"爸……"

庄睿正想回答老丈人的话，突然感觉一道目光紧紧盯着自己，循着目光看去，却是那个辉哥，嘴里和杰维斯说着话，不知为何，眼睛却看着自己。

庄睿心中动了一下，到了嘴边的话和刚才想说的完全不一样了，庄睿故意向四周看了一眼，把嘴凑到秦浩然耳边，说道："爸，我说了您可千万别惊讶啊，我是诈他们的，现在不跟下去也会输几个亿，不如拿钱砸他们了……"

庄睿说话的声音非常小，就连身边竖着耳朵的伟哥和老四都没听到。

"什么？"

饶是秦浩然也经历过不少风浪，此刻也被庄睿吓了一大跳，不过他也是久经商场的人了，只在眼中闪过一丝慌乱，表面上没露出什么破绽。

秦浩然彻底对这大胆的女婿无语了，这可是五亿港币啊！普通人十辈子都赚不到，庄睿竟然敢用来偷鸡，秦浩然此刻真不知道是说他有魄力还是傻大胆了。

"老幺，你那底牌到底是什么？"

伟哥和老四实在按捺不住心中的好奇，将庄睿围了起来，就连德叔也十分好奇，眼睛直盯着庄睿。

"当然是同花顺了，还能是什么？"

庄睿这会儿的表现却和刚才不同，说话的声音很大，连坐在周围不远处的人都听到了。

"这就好，妈的，那家伙就是想跟也没筹码了，老幺，你这一手玩得好……"

伟哥听了庄睿的话后，兴奋地在庄睿肩膀上拍了一记，他和老四今儿像是做梦似的，估计这辈子也就这么一次机会，能见到这样惊心动魄的赌局了。

德叔和伟哥等人不同，看庄睿说话时有点言不由衷的样子，怀疑地问道："小睿，你说的是真的？"

"当然是真的……"

庄睿苦笑起来，这年头说实话没人相信，非要逼着自己扯淡才行吗？

"老刘，这人的运气一来，挡都挡不住啊，看见没，庄睿摸到了同花顺……"

在一层的包间内，秦老二喜笑颜开，看向刘大亨的时候眼神也没那么恭敬了。

"这可不好说，底牌没开之前，谁也不知道答案，等下再看吧……"

刘大亨摇了摇头，他不是和秦老二较劲，而是想法与杰维斯差不多，都认为庄睿是在偷鸡，毕竟有先例在前，而且庄睿在赌局中的表现的确有偷鸡的嫌疑。

这人，越是脑袋瓜聪明，考虑的东西就越多，满场几十个人里估计有十分之九的人现在还是不看好庄睿，倒是秦老二这个一脑袋糨糊的老纨绔子弟对庄睿特别有信心。

"杰维斯先生，您认为这把牌赢的几率有多大啊？"

在庄睿等人的正对面，也就这一局进行着讨论，不过看那刘明辉的脸色似乎并不怎么担心，好像对赌王有充分的信心一般。

杰维斯脸上露出自信的笑容，说道："七成，我有七成的把握能赢……"

如果让他洗牌，那杰维斯能保证自己把把都抓到同花顺，但是让别人洗牌，除非那人出千，否则的话，能拿到同花顺的概率相当小，和中五百万彩票差不了多少。

以葡京赌场的名头，杰维斯相信他们是不会帮庄睿作弊的，更何况庄睿和葡京赌场以前还有梁子，这荷官绝对不会偏帮庄睿，洗出这么一副王对王的老千牌来。

所以杰维斯到现在还坚信，庄睿一定是想偷鸡，他以为自己拿不出那么多筹码，想逼迫自己弃牌。

其实按照国际惯例，梭哈只能赌对方桌面上全部的赌注，庄睿的行为已经超出了这个范畴。

只是在封牌之前，杰维斯并没有提出异议，所以荷官也没说什么，毕竟赌注是死的人是活的，谁知道杰维斯一方会不会加注跟进呢？

杰维斯之所以没提出抗议，是因为他心中有底，这一局他怎么都会跟到底，就算自己的雇主没钱了，杰维斯都会自己拿这笔钱继续和庄睿斗下去。

在赌坛上厮混了二十多年，几千万美元的赌资杰维斯还是拿得出来的，当然，如果刘明辉不出这笔钱，自己赢了之后想必可以拿到比百分之二十更多的分红了。

"好，杰维斯先生，我相信你的判断，我这里有一张四千万欧元的银行本票，等会儿你再大对方三亿港币！"

刘明辉扫了一眼庄睿一方的老四等人，脸上露出一丝狰狞的笑容："老子跑江湖的时候，你们这帮小崽子还在娘胎里呢，和我斗？"

"大哥，这……不太妥当吧？"

辉哥做出决定后，身边的火将和另外一个人面色有些难看。

同为千门中人，他们知道，这四千万欧元可是他们的老底了，如果这钱输了，哥几个恐怕就要到非洲要饭去了，因为国内是绝对待不下去了。

"没事，他们既然想送钱，咱哥们当然要接着了……"

辉哥一张和气的脸却笑得有些阴险，看到老大这副模样，那两人都不说话了，因为这么多年来，每当刘明辉露出这种笑脸，倒霉的总是别人。

刘明辉之所以能拿出老底再搏一把，是因为他"看"出了庄睿刚才所说的话，没错，不是听到，就是"看"到的。

刘明辉出自千门世家，他们家族是新中国成立前从国内跑到东南亚的，刘明辉很小的时候就接受了千门传承的训练。

刘明辉精通十二门外语，可谓是正儿八经的语言专家，只是很多人都不知道，他还有一个解读口语的绝活，别人看在眼里就是上下嘴皮子翻动的过程，在刘明辉的眼中却是一句句完整的话。

在刘明辉想来，庄睿这个二十多岁的毛头小家伙，肯定会对自己老丈人说实话的。

所以在庄睿开口的时候，他的注意力尤其集中，虽然庄睿说话很小声，嘴唇的动作也不是很大，但还是没能瞒过辉哥的火眼金睛。

至于庄睿后来跟伟哥等人说底牌是同花顺的时候，辉哥已经不将他的话放在心上了，虽然庄睿说那话的时候很认真，看不出一点儿说谎的样子，但是辉哥岂能被庄睿给糊弄住。

"刘，谢谢你对我的信任，我决定，分红只要百分之十九就可以了……"

杰维斯虽然不知道什么叫做"士为知己者死"，但是辉哥能拿出这四千万欧元，还是让他感动不已，所以杰维斯先生非常"慷慨"地减去了百分之一的分红。

"不，杰维斯，你会得到你想要的，我想，再过上一会儿，咱们就可以离开这里去开庆功宴了……"

辉哥志得意满地笑了起来，杰维斯也跟着哈哈大笑，似乎赌局已经结束，筹码已经换成支票放在兜里了一般，引得场内众人纷纷侧目不已。

"两位先生，休息时间到，请坐回各自的位置上……"

十五分钟过得很快，在庄睿和杰维斯坐回去之后，那个面无表情的荷官接着说道："鉴于庄先生的赌注大过杰维斯先生所现有的筹码，所以杰维斯先生可以做出选择，让庄先生抽出多余的一亿三千八百万筹码，然后进行开牌……"

在此之前，庄睿的筹码要比杰维斯多出一个多亿，按照规矩，对方已经梭哈了，荷官完全可以判定庄睿后面押的赌注不算。

"怎么能这样？我下的注怎么可以不算？他没钱开牌那就要算我赢啊……"

庄睿还真是不怎么懂梭哈的规矩，听了荷官的话后当即大声嚷嚷起来，庄睿是真的急了，这要是不算自己不是少赢了一亿多吗？

不过庄睿的举动，看在场内外众人的眼里却是"偷鸡"后的心虚。

杰维斯自然也看到了庄睿的"表演"，当下笑着说道："我同意庄先生的押注，并且，我还要再大他三亿！"

　　"什么?!"

　　"我靠！"

　　"老婆，赌场出现外星人了……"

　　杰维斯此话一出，屁股刚刚坐稳的众人马上又弹了起来，今儿这两位一个比一个猛。原本十亿的赌局，现在总金额已经要变成十六亿了。

　　"这的确是瑞士银行的本票，随时可以支取现金，杰维斯先生，这是您的三亿筹码……"

　　在赌场专门的财务人员验证过支票后，几摞厚厚的筹码摆在了杰维斯面前的赌桌上。

第二十四章 同花顺 VS 福尔豪斯

"全押了，还是梭哈……"

杰维斯没有丝毫犹豫，一把将面前的筹码推了出去。

此刻在赌台上，除了双方底牌位置外，其余的地方几乎全都是筹码，要知道，即使是二百万一枚的筹码，十多个亿也足有好几百个了。

"庄先生，这……"

主持这场对赌的荷官现在也傻眼了，他从十二岁开始学习荷官和赌术，做到今天已然是葡京赌场最有名气的荷官了。

但是在赌场混迹了几十年，这位在澳门名头颇响的荷官先生，也没见过如此大数额的两人对赌。

赌局已经完全脱离了他的控制，荷官向庄睿说话的时候，眼神瞄向嘉宾台，那位一直显得昏昏欲睡的何先生，眼中放出一道亮光。

或许是得到了何先生的暗示，荷官接着说道："庄先生，杰维斯先生加大了赌注，不知道您是否跟呢？按照梭哈的规矩，杰维斯先生是牌面小的一方，他有权利加注……"

荷官此话一出，全场哗然，敢情这哥们还嫌场面不够火爆，又添了一把柴。

"哎，我说，刚才我们加大赌注，你怎么不答应啊？"

"就是啊，凭什么他说大三亿就是三亿啊？那要是比尔盖茨来了，直接大你一百亿，没钱就不用赌了嘛……"

荷官的话有点偏帮杰维斯，刚才庄睿要加大赌注，他说不合规矩，现在杰维斯加大赌注，他倒是点头同意了，这让伟哥等人非常不满。

"咳咳，赌场的规定就是如此，如果庄先生不愿意的话，也可以撤出刚才的赌注，就以杰维斯先生第一次梭哈时的赌注为准……"

荷官被质问得满脸通红，连连咳嗽了好几声，赌场的确是有这规矩，牌面小的人可以加注看底牌。

只是双方对赌，都是规定好的赌注，一般而言这个规矩是不合适的，否则真如伟哥所言，那比尔盖茨来了，直接用钱砸就好了。

但是最先破坏规矩的人是庄睿，荷官又似乎得到了某种暗示，所以对杰维斯加注的行为点头默认了。

杰维斯突然开口说道："庄，你的底牌不是同花顺吗？有什么好怕的呀，对了，怕了可以弃牌，我想你不会拿不出这三亿来吧？"

其实杰维斯并没有指望庄睿再跟他三亿筹码，因为如果那样的话，庄睿的底牌恐怕真的是同花顺了，当然，在说这番话的时候，杰维斯还是信心满满的。

"庄睿，这局咱们认输，不要再赌了……"

场内只有秦浩然知道庄睿现在身家多少，卖出去五亿的翡翠明料，庄睿又从自己这里得到七个亿，别说对方加注三亿，就是再加五亿庄睿也跟得起。

不过秦浩然从来没想过庄睿刚才是在骗自己，他真的认为庄睿此局是在"偷鸡"诈牌。

而从现在的牌面上来看，庄睿最后一张即使是同花或者顺子，只要不是同花顺，对方要是福尔豪斯的话那也输定了。

"爸，我什么时候输过？"

一直坐在椅子上默不作声的庄睿忽然笑了起来，回头冲着秦浩然说了一句话后，拿出早已开具好的银行本票说道："这里有七个亿，你们可以验证下，然后给我三亿的筹码！"

庄睿此刻真想放声大笑，原本想着多赢一个多亿就算了，没想到对方如此慷慨，居然又拿出三亿多，真他妈的是"好人"啊！

"什么？他还要赌？"

"是了，底牌一定是同花顺……"

"没错，底牌要不是同花顺，那年轻人一定不敢这样下注的……"

庄睿掏出支票后，全场沸腾，一个个西装革履的先生们此刻脸上全是兴奋的神色。

场内所有男人的领结和领带都被拉开了，刚才对赌时那凝重的气氛让这些养尊处优的人感觉有些喘不过气来。

"这……这怎么可能啊？真的是同花顺？"

问出这句话的是刘大亨，他也不敢相信，庄睿居然真的拿到了同花顺，但是事实摆在眼前，庄睿如果没疯的话，绝对不会再拿出三亿的筹码送给对方。

"呵呵，一切皆有可能，再说了，庄睿刚才不是说拿了同花顺吗？你们怎么都不相信啊？"

秦老二此刻的得意之情溢于言表，他根本就没怀疑庄睿是在诈牌，一直都坚信庄睿拿到了同花顺，此刻当然不忘打击一下刘大亨了。

"你……你……"

刘大亨和这没脑子的人实在是谈不到一块去，只能摇头叹息，双眼紧盯着正在验证支票的现场，期待着底牌揭晓的那一刻。

且不说观战众人的反应，现在就连刘明辉等人也紧张了起来，道理太简单了，庄睿如果不是同花顺，没有理由再拿出三亿送人啊。

刘明辉等人现在只能祈祷，庄睿兑换筹码是为了接着赌翻盘的，而不是跟杰维斯的三亿加注的。

不过事实让他们失望了，不……是让他们绝望了，因为在庄睿的筹码被送到赌台上之后，庄睿看都没看一眼，右臂横扫直接将筹码推倒在赌桌上。

"我跟你三亿！"

庄睿的话掷地有声，而对面的杰维斯则面色苍白，他意识到自己落入庄睿的圈套中了。

没等杰维斯做出任何反应，庄睿抓起桌面上吸引了无数目光的那张牌，将其重重地拍在赌桌上，大声说道："我的底牌是黑桃九，八、九、十、J、Q 同花顺，你拿什么来赢我?!!!"

看到那张刺眼的黑桃九后，杰维斯只感觉天地旋转了起来，脑子里嗡嗡作响，一时间似乎意识已经离体而去，浑然不知身在何方。

"啊?! 真的是同花顺？"

"太神奇了，想必赌王的牌是福尔豪斯，同花顺 VS 福尔豪斯，这只有赌片里才能看到啊……"

"是啊，这一趟来的不虚，太精彩了……"

虽然事先众人都有了心理准备，不过在庄睿揭晓答案的时候，所有人仍然激动不已，整个赌厅里像是放了炸弹一般，乱哄哄地吵成一团。

这些平时衣冠楚楚温文尔雅的商界精英们，全都被这种气氛感染了，他们完全可以体会庄睿刚才那种在天堂地狱之间徘徊的感觉。

"你作弊，你出千，这是不可能的，这是不可能的，你刚才明明说，你拿到的不是黑桃九，你是偷鸡诈牌的！"

庄睿底牌亮出，感觉到天崩地裂的人不仅是杰维斯，刘明辉受到的刺激更大，因为输的钱都是他的啊！

虽然这钱都是辉哥用技术赚来的，但是一眨眼从亿万富豪变得一文不名，这种打击是任何人都受不了的。

就算是股市大跌，那也要有个过程啊，长则几月短则几天，但是在赌桌上发生的这一切，前后不过短短几分钟，短得让许多人根本就没反应过来。

这种瞬间天堂，眨眼地狱的感受，让辉哥几乎崩溃了，从杰维斯的身后冲了出来，大声指责庄睿作弊。

"我作弊？我出千？我刚刚明明说自己拿到的是同花顺啊，好多人都听到了，你们不信，我也没办法的……"

庄睿闻言笑了起来，这世道真他娘的变了，东南亚最有名的大老千居然说自己出千！

"辉哥是吧？您有权利向何先生调集所有的录像，看看我是否出千？真是可笑，输不起就不要赌，还真以为自己是世界赌王？哥们专门克赌王的你不知道？"

庄睿的话让原本面色煞白的杰维斯脸色突然变得涨红，"噗"的一口鲜血吐出，染红了他面前的那张底牌。

"我靠，这心理承受力也太差了吧，这样也能当赌王？"

庄睿很无辜地摊了摊手，对荷官说道："先生，我想您现在应该判定赌局的胜负，然后送杰维斯先生去医院……"

荷官走到坐在椅子上，整个人都摇摇晃晃的杰维斯面前，把那张染血的底牌掀开后，大声说道："杰维斯先生的底牌是方片九，最终牌面是三条九一对J的福尔豪斯，而庄先生是黑桃八、九、十、J、Q的同花顺，这一局，庄先生赢！"

荷官的最终判定让杰维斯又喷出一口鲜血，这次实在支撑不这住了，眼前一黑，直接栽倒在赌桌上。

"庄……庄睿，你……你小子刚才是在骗我啊？"

且不说赌王备受打击晕倒当场，就连秦浩然此刻也是头脑发晕浑身发软，他完全没有赢牌的心理准备，这一幕的发生让他浑身的鲜血都涌上脑门，站在那里也是摇摇欲坠了。

"爸，千门中的门道多着呢，我这不是防着某些人嘛……"

庄睿说话的时候看了站在不远处的辉哥一眼，他那会儿也是临时起意，没有和秦浩然说实话，看来这刘明辉果然有点门道，似乎知道自己那时候说的是什么。

"小……小子，你……你阴我？！"

辉哥颤抖着双手指向庄睿，他没想到自己居然栽在最自信的口语上，一句话没说完，辉哥也是一口鲜血吐出，整个人瘫倒在地上。

"这年轻人不得了啊，一直都在扮猪吃虎？"

"可不是，先前进退有据，引杰维斯加注后，一举翻盘……"

"厉害，这真是长江后浪推前浪啊，咱们都老了……"

看着今儿赌王惨败，当场被气得吐血昏迷的场面，所有人都不敢再小瞧庄睿这个年轻人了，各种赞誉之词不绝于耳。

"老刘，我们这秦家的女婿怎么样啊？哈哈……"

在一旁的包间里，秦老二大声笑了起来，不过成王败寇，却没有人说他什么，当然心里是不是在鄙视这老纨绔就不好说了。

"庄先生真的很厉害，对人性的弱点把握得很好，杰维斯输就输在太小看庄先生了，庄先生有能力，有气魄！"

刘大亨摇了摇头，心中对庄睿有了新的认识，原本一直称呼庄睿为年轻人的他，现在也改口称其为庄先生了。

刘大亨这几年已经很少在股市上搅风搅雨了，不过今天看了这场赌局后，却是豪兴大发，准备回到香港后再杀进金融市场舞弄风云。

"哈哈，那是当然，刘生，咱们先前说的……"

秦老二到底是格局太小，这会儿就惦记起和刘大亨打赌的那套别墅来了，他这话一出，就连秦老三都开始鄙视自己这哥哥了。

"回香港我的律师会找你办，老秦，这点儿小事还放在心上啊？"

刘大亨摆了摆手，走出了包间，赌局此刻已经结束，倒是没人再拦阻他了。

其实庄睿并不知道刘明辉会解读口语，但是刚才被他死死盯着，心里有点怪异，所以和老丈人说话的时候留了一手。

只是他也没想到，此人真的能从自己说话时的嘴唇动作中，看出自个儿说的内容。

看着瘫倒在自己面前的刘明辉，庄睿面无表情地说道："刘先生，做人留一线，我本没想着赶尽杀绝，是您……太贪了……"

这种人根本就不值得同情，不仅对老四做局时赶尽杀绝，就是今天，他也想掏空自己口袋里最后一个大子儿，却没承想杀虎不成被反噬，自己落得个财去人空的下场。

"你……你……"

数十年煞费心机积聚的财富眨眼之间化为云烟，刘明辉这心里怎能用一个"痛"字来形容。一个"你"字出口之后，又是一口鲜血喷出。

此刻刘明辉那张和气的脸上满是狰狞的神色，眼中更是透出怨毒的目光，死死盯着庄睿，如果眼神能杀死人的话，恐怕庄睿早就死十几回了。

这世上有那么一些人，从来不去反思自己的过错，而将自己遭受的所有打击都归到别人身上。

刘明辉就是如此，如果他心不这么贪，最后不拿出那几千万欧元，或许他们还可以在国外逍遥快活，但是现在……辉哥真的是山穷水尽了。

"小子，你他妈的出千……"

庄睿看到刘明辉这副样子，有点意兴萧索，也懒得痛打落水狗了，正要转身和伟哥等人说话时，迎面传出一声爆喝，紧接着一个斗大的拳头不断在眼前放大。

"靠，输不起玩硬的？"

庄睿刚要躲闪，彭飞一个侧步迎了上去，击出一拳打在那人手背上，将庄睿护在身后。刚才出拳的人正是刘明辉一方的火将。

彭飞也有时间没和人动过手了，拳头早就痒痒了，当下身子一矮就窜到身高一米九多的火将面前，拳头向内屈起，一肘击向对方的下颌。

这哥们身为千门火将倒是有几分真功夫，两手下压挡住彭飞的肘击后，膝盖上提，狠狠撞向彭飞的腹部。

彭飞被挡住的右肘顺势下砸，击在火将的膝盖上，两人身形同时退后，却是打了个平手。

不过当彭飞再想上前时，对面那哥们已经两手向上，做出了投降的姿势，原因无它，赌场的保安已经围了上来，两把手枪死死地指在他脑门上。

"咳咳，愿赌服输，在我的赌场没有人可以闹事……"

不知什么时候，何老先生出现在庄睿旁边，虽然已经是风烛残年的老人，但是说出来的话依然掷地有声，让人不敢轻视。

"老五，住手，咱们……认栽了……"

还是躺在地上的刘明辉识大局，在澳门这地界，得罪特首最多是享受驱逐出境的待遇，要是得罪了眼前这位老人，恐怕出门就能被人塞进麻袋沉到海里去。

刘明辉知道自己这次是山穷水尽了，前次八叔出来说合，自己没给面子，恐怕以后在国内道上也混不下去了。

而这次露了脸，想在东南亚继续行骗也不大可能了，为今之计，只能远走他乡，到非洲去和那些土著打交道了。

赌王坐在轮椅上看着刘明辉，淡淡地说道："年轻人，得饶人处且饶人，赌和千术虽然均为下九流，但是也有自己的行事准则，万事不可做绝，以后再也不要做联合外人欺诈国人的事情了……"

刘明辉也是近五十岁的人了，不过在何先生面前，他还真是个年轻人，这几句话听得辉哥一身冷汗，原来自己在威尼斯赌场给毕云涛设局的事情，压根就没瞒过这位澳门赌王。

"何先生，我知道了……"赌王的警告，辉哥是一定要放在心上的。

不过念及此事，刘明辉又恨恨不已地看了庄睿一眼，他做局赢来的钱可是被老外赌场拿去不少，这次等于是自己贴老本帮老外还账了。

　　"老五，走，把杰维斯也带走……"

　　辉哥挣扎着站起身，看了一眼倒在赌桌上的杰维斯，眼中露出一丝厉芒。

　　虽然他是玩技术的，但是这位牛逼哄哄的世界赌王害得他输了近十个亿，辉哥也不在乎玩次暴力犯罪，从赌王身上弥补回来点儿损失。

　　辉哥还有些不甘心，临走时看向庄睿说道："庄先生，我刘明辉在东南亚闯荡几十年，没想到今天栽在你的手上，真是长江后浪推前浪啊……"

　　庄睿闻言眉头一挑，冷笑着说道："刘先生，我接您一句话，那就是前浪死在沙滩上，折寿的事情最好还是少做一些……"

　　"好，好，老五，咱们走……"

　　辉哥这次是彻底栽了，再说下去也是徒损自己的面子，当下在另外一个千门中人的搀扶下，几人离开了赌厅。

第二十五章 前浪死在沙滩上

"老幺，你太他妈的帅了，我靠，同花顺，看你怎么赢我？太帅了，比电影里演的还牛逼……"

直到此刻，伟哥才有时间凑上来，他已经激动得口不择言了，傻笑着一个劲儿地拍着庄睿的肩膀，似乎今儿是他赢了钱一般。

庄睿这会儿心里却有点空荡荡的，摇了摇头说道："得了，伟哥，输了钱就不帅了，没看到地上的那几摊血吗？"

庄睿话声刚落，一直在他身旁的赌王接着说道："嗯，小赌怡情，大赌伤身，不错，人要有畏惧之心啊，小伙子，咱们这是第二次见面了，不知道你晚上能不能陪我老头子一起吃顿饭啊？"

"请我吃饭？"

庄睿闻言愣了一下，自己和赌王没什么交情啊，借用赌厅的事难道不是看在自己老丈人面子上？

俗话说老而不死是为贼，和这些活了近百年的人精打交道，庄睿心里还真有些发憷，一个不小心就被他们给卖了。

庄睿想着心思，冷不防被秦浩然碰了一下，这才想到何先生还等着自己答话呢，连忙说道："没问题，来到澳门本来应该先拜访老先生的，只是今儿这事，真是失礼了……"

"没关系，你们年轻人聊，晚上再陪我这老头子……"

赌王摆了摆手，被人推着他出了赌厅，刚刚走过来的德叔则一脸哭笑不得，自己也是六十多岁的人了，放在赌王嘴里居然变成了年轻人。

"小睿，等会儿计算完筹码，要给分红的……"

德叔过来是提醒庄睿规矩的，在澳门如果赢了上千万，一般要拿出五十万以上发给荷官和工作人员。

当然，你也可以不给，但是出了赌场遇到事，赌场也不会出面帮你解决，这也是澳门赌场不上台面的规矩。

"庄先生，这里一共是十八亿筹码，另外刚才您的支票还剩四亿港币，请问您要哪种支付方式？是直接打到相关账户里还是开成支票？"

德叔刚交代完庄睿，那三位荷官也清理完了桌子上的筹码，这十八亿只是桌子上的筹码而已，庄睿刚才拿出的那张银行本票还剩四亿，也就是说，现在庄睿手头一共有二十二亿港币之巨。

就是那些在港澳台叱咤风云的商界精英听了荷官的话后，也是咋舌不已，或许他们的身家全加起来在这个数字以上，但那可是他们奋斗了一辈子的成果。

在场的人差不多都已年过五十了，七八十岁的也不是没有，这些人基本上都是创业的一代，用了数十年时间，赤手空拳打下属于自己的商业帝国。

而这年轻人仅仅用了一个上午的时间，就在财富上与他们平起平坐，这不能不让人心生感慨，差点颠覆了这些心志坚定的富豪们的理念。

老荷官见庄睿听了自己的话后一直沉默不语，上前一步说道："庄先生，无论您想用哪种方式支取这些钱，我们都可以为您做到……"

庄睿接过那价值四亿的银行本票后，思考了一下，对那位头发灰白的荷官说道："拿出五千万港币，给赌场的工作人员分红，您三位就多拿一些，底下怎么分，就劳烦几位决定了……

另外把十五亿五千万存到这个号码里，剩下的两亿给我开一张即时可以转账的瑞士银行本票……"

庄睿写了一个瑞士银行的账号交给那位荷官，早在一年多以前，云曼就用离岸公司的名义给庄睿在瑞士开了账户，这样出境动用资金就会方便很多。

至于庄睿要的那两亿资金自然是给老四还账用的，仔细算了一下，庄睿心里也说不清是什么滋味。

原本这一趟是来给老四出口气，并且拿回被骗资金的，但是却没想到不仅拿回了老四被骗的和自己贴进去的一亿八千万，居然还净赚了近六个亿。

"谢谢，谢谢庄先生……"

听了庄睿的话后，那位脸上一直没什么表情的老荷官也露出了惊容，他在澳门赌场待了数十年，还是第一次见到出手如此大方的客人。

要知道，虽然按照一千万抽水五十万的比例分红，庄睿拿出五千万不算多，但账不是这么算的，一般能拿出三五百万打赏的人就算是豪客了。

葡京赌场一共有三千多个工作人员，就算这三个荷官平分两千万，剩下的钱也够所有工作人员一人一万的了，这对于大多是澳门本地人的员工来说，也算是一笔意外之财了。

得到打赏，赌场员工办起事来自然效率飞快，庄睿仅等了十多分钟，那位荷官就陪着一个财务人员把十五亿五千万的转账证明还有一张两亿元的支票交给了庄睿。

庄睿走到老四身边，把那张支票递给老四，说道："四哥，这钱抓紧转到家族账户里去吧，再拿去赌，兄弟我可不管你死活了……"

"老……老幺，谢谢，谢谢你……"

毕云涛实在是不知道说什么好了，心头只感觉一股热流行遍全身，眼中不由自主地流出了泪水，从山穷水尽走投无路到现在柳暗花明绝处逢生，毕云涛知道，这一切都是庄睿给予他的。

在庄睿对赌的时候，他心中更多的是紧张，但是当惊心动魄的赌局过后，尘埃落定之时，毕云涛才知道庄睿为他冒了多大的风险。

虽然"谢谢"二字太轻，但是老四实在找不出别的语言了，要不是此刻这里名流荟萃，他真想抱着庄睿大哭一场。

"行了，四哥，兄弟齐心其利断金，咱们处的是一辈子的交情，抓紧去转账吧……"

庄睿拍了拍老四的肩膀，此次来澳门，就是为了给老四出口气，至于多赚的那些钱，庄睿虽然也很高兴，但还不至于多兴奋，对于他和这个赌厅里的很多人而言，钱代表的不过是银行数字而已。

处理完赌场的事情后，围在一边的港澳台大佬们纷纷围了上来，这些人的眼光何其毒辣。以点见面，从庄睿在对赌时的表现就能看出很多东西，这些人自然不肯放弃和庄睿交好的机会。

说老实话，庄睿宁可再和杰维斯赌一局，也不愿意在这种场合与人套近乎，要不是有老丈人在身边打点，庄睿早就受不了了。

好容易和众人一一聊了几句之后，推掉了很多港澳富豪的邀请，庄睿一行人匆匆离开赌场，到一家澳门私家菜饭馆吃饭去了。

在庄睿和一众富豪交流的时候，一艘游艇缓缓驶离了澳门码头，向东南亚的一个小岛驶去，船上有八个人，除了七位千门中人之外就是赌王杰维斯了。

虽然现在的天气是出海的好时节，但是这七八个人都像死了爹娘一般，满脸死灰之色，一个个瞪着眼睛看着躺在地上的人。

和在赌场那会儿相比，辉哥此时的面色好了很多，不过还是有些苍白，那两口血可是急怒攻心之下硬生生被气出来的，估计要调养几个月才能恢复如初。

"小子，别装死，再装下去，我让你想死都难……"

和在赌场内端茶送水递毛巾不同，现在杰维斯的地位是急转直下，不知道是不是怕他跳船，一副铮亮的手铐将他的右手与甲板上的栏杆铐在一起。

"你……你们想干什么？"

被身高一米九多的火将踢了一脚后，杰维斯艰难地睁开了眼睛，其实他晕倒后几分钟就醒了，只是输给了庄睿，他实在没脸见人，干脆一直装了下去。

"想干什么？赌之前你信心满满地说稳赢不输，现在连我们兄弟几十年的老本都输了进去，你说我们想干什么？"

辉哥那张白净的面孔此时变得异常狰狞，今儿是输钱又输人，并且得罪了八叔和何先生，以后东南亚虽大却没有他们兄弟的立足之地了。

庄睿在国内背景深厚，他们奈何不得，所以只能拿杰维斯出气了，更何况刘明辉现在身上一文不名，也需要赌王先生放点血出来。

"刘，我也不想输啊，那小子太鬼了，他不是人……"

杰维斯出道至今，从来没有如此惨败过，从第一局自己认定对方喜欢偷鸡时，就落入了庄睿的圈套之内。

后来自己的判断就更可笑了，原本以为庄睿种种心虚的小动作，却是在引诱自己入瓮，而作为赌王的自己，却非常配合地额外又送出了几个亿。

想到这里，杰维斯胸口顿时发闷，难过地坐了起来，差点又吐出一口鲜血。

辉哥蹲下身子，好心地帮杰维斯舒缓着胸口，说道："杰维斯先生，不要说这些，原本的五亿被你输出去了，我不怪你，但是后来那四千万欧元，你应该承担一部分吧？"

"哦，不，刘先生，咱们事先是有协议的，你不能这样……"

要是顺风顺水地赢了钱，让杰维斯先生掏点股本，他绝对是乐意的，但是这次输的体无完肤，日后都不知道自己是否有信心出现在赌坛里，再想让赌王先生出钱，绝对是一件非常困难的事情。

　　"哦，是不能这样，看来我太温柔了……"

　　刘明辉脸上笑着，却一脚狠狠地踹在杰维斯的胸口，赌王先生憋得很辛苦的一口鲜血，"噗"的一声吐了出来，染红了洁白的甲板。

　　"杰维斯先生，我这个人很喜欢钓鱼，尤其喜欢钓鲨鱼，只是鱼饵太小，鲨鱼很难上钩，我想，你肯定不愿意做那个鱼饵吧?"

　　辉哥从船头拿起一个很粗的海竿，用鱼竿的一端挑起杰维斯的下巴，接着说道:"我会把这钩子从你大腿上穿过去，直到你的血吸引到鲨鱼为止……"

　　"哦，天啊，上帝，不能，你千万不能这么做，我给钱，我愿意弥补你们的损失……"

　　听了刘明辉的话后，杰维斯感觉到毛骨悚然，浑身的汗毛都炸开了，不住地滴淌着冷汗，他也是个聪明人，马上改口愿意出钱了。

　　"好吧，我相信你的诚意，老三，带他去转账……"

　　刘明辉站起身，用汉语说道:"榨干他身上的每一分钱，他已经不需要回拉斯维加斯的机票钱了……"

　　"大哥，放心吧……"

　　那个长得干瘦的老三解开杰维斯的手铐后，和火将一前一后地将杰维斯押进了船舱。

　　没过多久，一声声惨厉的叫声从船舱里传出，不过在这茫茫大海上，显然没有见义勇为的人出来管闲事，足足过了半个小时，叫声才停歇下来。

　　"大哥，这小子一共才三千多万美元的身家，还不够弥补咱们的老底的……"

　　干瘦汉子从船舱里钻出来，他身后的火将手里提着杰维斯，不过曾经意气风发的赌王先生，此刻却呼吸急促双眼翻白，眼看着一口气就快喘不上来了。

　　"是他全部的钱吗?"辉哥看了一眼杰维斯。

　　"大哥，我保证他除了车子房子之外，再没有一分钱的存款了……"干瘦汉子很自信地说道。

　　"老五……"刘明辉向火将使了个眼色。

　　"大哥，明白……"

火将脸上露出一丝狞笑，用健壮的右臂夹住了杰维斯的脖子，"啪咔"一声脆响过后，杰维斯的头颅软软地垂了下来。

一般的游艇上都有升降机，而钓鲨鱼自然不可能用手去拉鱼竿，火将忙活了半天之后，几个大号鱼钩绑在粗粗的缆绳上，串着几块血淋淋的肉块丢到了海里。

杰维斯先生则心不甘情不愿的被进行了海葬，曾经叱咤赌坛的一届赌王却落得如此凄惨的下场，正应了那句人在江湖漂，哪能不挨刀的老话。

"大哥，咱们真的要去非洲吗？"

在此次事件之前，刘明辉的确在非洲买了个海岛，那个海岛风景秀丽，可是花了辉哥很大一笔钱。

只是要想过上天堂般的岛主生活，他从杰维斯那儿敲来的几千万美元是远远不够的，就是把岛屿开发出来了，这哥几个也只能过非洲土著人的生活了。

"去非洲？"

刘明辉瞪了火将一眼，虽然这次是他判断失误导致整个组织资金告罄，但是一二十年留下来的积威，让火将等人仍然不敢责怪刘明辉。

"去非洲看黑娘们的奶子吗？妈的，不让咱们走正道，那咱们就去当海盗……"

刘明辉也不知道是不是被庄睿刺激的，从澳门出来之后，那张白净的脸上一直都是杀气盎然。

不过要说刘明辉祖上还真是海盗出身。也不知道是他的第几代爷爷，就是跟着张保仔纵横四海的，杀人放火金腰带，过着大碗喝酒大块吃肉的日子。

后来张保仔被招安当了官兵后，刘明辉的祖上却不愿意受到管束，虽然也洗手上岸了，但不知怎么着就进了千门。

辉哥的老子和爷爷当年可没少在他面前吹嘘祖上当海盗时的威风，只是辉哥玩的是技术，向来看不起直来直去的劫掠行为，不过这次估计是受了刺激，居然兴起了当海盗的念头。

这些年刘明辉都是在东南亚活动，对这里的海域十分熟悉，并且他们为了隐藏踪迹，在好几处无人岛上都有老巢，现下既然不想去非洲，刘明辉顿时想到了海盗这条路子。

"大哥，咱们去哪儿干海盗啊？加勒比？"

火将最爱看《加勒比海盗》那部电影，听了老大的话后兴奋得差点没跳起来。

"加勒比？你电影看多了吧？"

辉哥一脚踹了过去，火将不敢躲闪，硬生生地受了下来，好在刘明辉身体虚弱，这一脚没把火将怎么样。

"去马六甲，老三，你联系下熟悉的船厂，想办法买一艘旧货船，然后重新改装一下，马力一定要足，老五，你对军火黑市熟悉，买些武器，妈的，以后爷们就做海盗了……"

刘明辉正说话，面前粗粗的鱼竿忽然动了起来，辉哥连忙探头向海里看去，一条鲨鱼的鱼鳍如同刀子一般划过海面。

"快，快点把缆绳收回来，妈的，老子要宰了你，油炸清烹换着花样吃……"

辉哥此时眼睛通红，心底那股子嗜血的冲动完全被激发出来，或许他心里已经把倒霉的杰维斯和鲨鱼当成了害得自己走投无路的庄睿。

"阿嚏！谁想我了啊？"

无独有偶，庄睿现在也在海上。

不过庄睿身处的这条船却比辉哥的豪华游艇大了千百倍，光是船舷距离海面就足有七八层楼房那么高，要是从船上直接跳进海里，估计能被海水给震死。

中午和伟哥他们简单吃了一顿饭，庄睿就回到订好的房间休息了，这一觉睡了三四个小时，天色渐渐暗下来时，何先生才派人将庄睿接到码头上。

"明叔，何先生找我有什么事啊？"

庄睿刚通过升降机上船，看到接他的人赫然是上午和杰维斯对赌时的那位老荷官，听别人都喊他明叔，庄睿也这么叫了。

看身边的人对明叔都是敬畏有加，庄睿心里也明白，这老荷官的身份估计不单是荷官那么简单，最起码也是何先生的心腹。

"庄先生，叫我声老何就行了，不敢当您的称呼……"

明叔此刻换了身衣服，看上去有如管家一般，但是不管是在车上还是上船之后，所有人见到他都恭恭敬敬的。

"明叔，您年龄大，自然当得起，对了，何先生……"

"庄先生，何先生找您什么事我也不知道，回头见了您就明白了……"

明叔笑眯眯地打断了庄睿的话，其实他心里也有些奇怪，自己最少有四五年没上赌桌了，不知道何先生为什么这么看重这个年轻人，让自己亲自主持这次赌局。

在明叔身上碰了个软钉子，庄睿也没继续问下去，而是边走边观赏起海上的风景，他们是从船尾上船的，正沿着甲板往船头方向去，这艘船身长度足有一两百米，走路也要走上一会儿。

"彭飞，你说咱们要是有这么艘船，那出海多过瘾啊……"

站在远远高出海面的船上，庄睿可以清晰地看到远处夕阳西下的美景，红彤似火的太阳落山之际，一点都不刺眼，却把周围的海面和云彩渲染得如火烧云一般，异常美丽。

也就是这样的大船才能看到如此美景，要是换成辉哥的游艇，最多也就能看到几缕沉进海面的夕阳。

"庄哥，您不是才赢了钱吗？拿出来造一艘这样的船好了，没事咱们还能去海盗岛上看看，有这么一艘船，海上风浪再大也不怕……"

彭飞驾驶那艘豪华游艇在海上寻找庄睿的日子可是吃够了海上风浪的苦头。

别看那游艇具备远洋功能，但是一个浪头打下来，待在里面就像坐过山车似的，心脏差的人都受不了那刺激。

而彭飞则整整享受了一个多月，到了岸上都差点不会走路了，所以看到这艘大船后，彭飞才鼓动庄睿也买上一艘。

"买一艘倒也不是不行……"

听了彭飞的话后，庄睿停住了脚步，认真思考起来，他倒不是想开着这样的船重返海盗岛，而是想有这么一艘大船去进行海洋考古，那绝对是一件非常惬意的事。

庄睿也吃过海浪的苦头，知道大海喜怒无常，要是用那些普通的打捞船去打捞自己记下坐标的海洋沉船，指不定在海上又会遇到什么风险呢。

而这样的大船却不一样，只要不学泰坦尼克号往礁石冰山上撞，几乎可以横行五大洋，即使海上风浪再大，住在船上估计也感觉不到多摇晃。

老荷官见庄睿停步沉思，也不催促，笑着说道："庄先生，您知道这艘船的造价是多少吗？"

"多少？应该不低于十亿港币吧？"

庄睿眉头一扬，看这老荷官的意思，好像自己还打造不起。庄睿心里有点不服气。

明叔笑了笑，说道："这艘船整整花了三十二亿港币，历时两年半才下水，而且这船上一共有员工六百多人，每个月要开销的费用就高达千万港币……"

"什么?!"

庄睿这次是真的吃了一惊，他知道自己上次去过的那艘海王星号赌船单是修建就花费了六十亿港币，但是那艘船的体积要比这艘大许多，庄睿没想到自己脚下的这艘船居然也要耗资三十多亿才建得起来。

而且一个月要消耗一千万港币的费用也不是庄睿能承担得起的，一个月一千万，一年可就是一亿多啊？除非庄睿屁事不干，整天在船上四处打捞沉船，或许能填补上这些开支。

"看来哥们还是穷人啊……"

对于何先生用几十亿的船做私人游艇的豪气，庄睿是自愧不如，随即也打消了整艘这样的船当打捞船的念头，这根本不是他能玩得起的。

庄睿并不知道，这艘船的建造最初是赌王为了对抗叶汉在香港搞的公主号赌船，只是在陆地上赌圣不是赌王的对手，但是在海上，何先生却的的确确败给了叶汉。

在耗资巨大而又无法收回成本的情况下，赌王最终结束了海上赌船的生意，将几艘船都卖了出去，不过最大的这一艘却被他留了下来，以他上千亿的身家养这么一条船还是绰绰有余的。

第二十六章 天上掉游艇

在这艘大船的船头，何先生穿了一身清凉的衣服坐在太阳伞下面，身旁圆桌上放满了各种水果，身边还有两个女人一左一右伺候着。

距离赌王二十米左右的地方，四个穿着黑西装的人隐隐将船头围了起来，庄睿等人过来的时候也被他们检查后才放行。

庄睿对何先生还真是佩服有加，九十多岁的年纪了，居然还能左拥右抱，恐怕就是毕加索再世也要自愧不如吧？

明叔距离何先生还有五六米就站住了脚，恭恭敬敬地小声说道："何先生，庄先生到了……"

在人前威风十足的明叔在赌王面前，却是两手下垂，眼睛看着赌王脚前，不敢和这位风烛残年的老人对视。

就连说话的声音，老荷官也控制得很好，声音不大又刚好能让老赌王听见。

"嗯，你去吧，小伙子，过来坐……"

老赌王今天的精神不错，对老荷官摆了摆手后，示意庄睿坐到他身边。

庄睿见何先生把那两个女人也支走了，知道对方有事要跟自己说，转过头看向彭飞，说道："彭飞，去那边转转吧……"

"来……来，吃水果……"

何老颤巍巍地把一盘洗得干干净净的葡萄推到庄睿面前，接着说道："我小时候最喜欢吃这个，当时也吃得起，不过后来就不行了，有好几年都买不起葡萄吃，现在对我来说，能吃得起葡萄就是一件很幸福的事情了……"

对着面前这位可以称得上活着的传奇的老人，庄睿对他的生平并不陌生。

虽然赌王出身香港名门望族，然而他的成就和名望并非靠祖上的荫庇，少年时父亲破产，家道中落，饱尝世态炎凉，青年时为了躲避战火逃到澳门，赤手空拳，九死一生，赢得百万身家。

在港澳地区，只要提起赌王二字，所有人都知道是谁，何先生控制的资产高达五千亿港元之巨，个人财富更是达到了七百亿港元。

在澳门有三分之一人直接或间接受益于他的公司，澳门人把赌王称作"无冕澳督"和"米饭班主"，是澳门博彩史上权势最大、获利最多、名气最响、在位最长的赌王。

这样一位一生都充满了传奇色彩的人，是值得庄睿敬重的，并且老人本身也极爱国，据庄睿所知，就在今年，赌王还从国外花费近七千万港币，购得一件圆明园马首铜像，并将其捐赠给了国家。

看到老人沉浸到对往事的回忆中，庄睿没有说话，只是静静地聆听着，像这样走过近一个世纪的老人，每一句话都是对生活的感悟。

"嗨，人老了，就喜欢说些没边的事，小家伙，听着烦了吧？"

老人说着话，忽然自嘲地笑了笑，他一生好强，即使现在年逾九十，依然掌控着庞大的金融帝国，虽然他儿女满堂，但是也极少有机会能这么放松地和人说说心里话。

"呵呵，老先生，不烦，我外公比您还大几岁，也喜欢和我说话……"

对老人庄睿向来都极为尊重，尤其是这些曾经见证过一个世纪真实历史的老人，在他们脑海中有太多不为世人所知的真相了。

庄睿和外公聊天的时候，就经常能听到一些和外界传闻截然不同的历史，虽然不是学历史的，但是考古和历史息息相关，庄睿每次都听得津津有味。

所以赌王刚才的回忆，庄睿也听得很有滋味，尤其是在战争年代，他从香港跑到澳门后的那段艰苦岁月，让庄睿听得颇有感触。

这个世界上每个成功人士的背后都经历过很多不为人知的困难，别人只看到成功人士人前的光鲜，却很少有人知道他们曾经经受过什么样的磨难！

"你外公是我很敬佩的人，老将军一生戎马，为国为民付出了很多，小伙子，回去代我向他问好，有不少年头没见过老将军了……"

赌王和庄睿的外公是同一个时代的人，而他们那个年代依然活在世上的人已经屈指可数了，谈到庄睿的外公，老人也是唏嘘不已。

"何老您也为国家做了很多事情啊，国家是不会忘了的……"

庄睿笑着说道，这些或者位高权重，或者是商界领袖的老人，看起来很威严，其实很好相处，比那些官不大却整天装象的小官僚好多了。

"不求为人所记，但求问心无愧！"

老人笑着摇了摇头，拿起一颗葡萄，也没剥皮就丢到嘴里，咀嚼了几下后，目光和庄睿对视着，说道："小伙子，知道我让你来，是为了什么事情吗？"

说老实话，赌王一生阅人无数，所谓的天才也见过很多，但是对面前这个见过几面的年轻人却始终无法看透。

说庄睿年轻稚嫩吧？他偏偏以二十多岁的年纪就赤手空拳打下数十亿的身家，而且还没依仗家族的任何势力，这是许多人一生都难以企及的高度。

说庄睿成熟稳重吧？偏偏有时候表现得像个热血青年似的，上次和船王对赌，居然只为了赢得那几幅来自中国的古画，这次斥资数亿的豪赌也只是为了给兄弟出口气。

这世上有一种人，行事天马行空，结果却往往令人大跌眼镜，赌王本身就是这样的人，此刻，他也把庄睿归类于和自己一样的人。

让庄睿猜测这百年人瑞的心思，还不如让他去挖秦始皇陵来的痛快呢，所以庄睿干脆开门见山地说道："老爷子，您有什么事直接跟晚辈说吧，只要在晚辈能力范围之内，一定尽心去办……"

庄睿也看出点儿端倪，老赌王似乎有事找自己，看在老人这么大年纪还为此次赌局操心的份上，庄睿不介意帮老人一次。

当然，能力范围之内是大前提，老人要是想把葡京赌场开到四九城去，庄睿可没那本事。

"呵呵，你小子很聪明……"

老人闻言深深地看了庄睿一眼，似乎是在自言自语："阿明从十二岁就跟着我了，他是个孤儿，所以跟着我姓何，十八岁的时候，阿明就是当时澳门赌场里最好的荷官，这么多年下来，几乎澳门所有的荷官都能算是他的徒子徒孙……"

老人一口气说得有些多，微微有点儿气喘，停顿一下之后，接着说道："只是很少有人知道，阿明的赌术也是极高明的，一副扑克牌在他手里想洗出什么样的牌面都能洗出来，小家伙，这可不是拍电影，我说的每一句都是真实的……"

"老爷子，您和我说这个干吗啊？"

庄睿有些不解，好端端的怎么说到了那老荷官，别说他精通赌术，就是世界赌王，和自己也没一毛钱关系啊。

老人被庄睿打断了话并没有生气，只是微笑着看着庄睿，嘴角画出一道弧线，显得有些顽皮。

"明叔会不会赌术，和我……"

庄睿还待继续说下去时，忽然脑子里一亮，想起了今天这场赌局，顿时眼睛瞪得溜圆，不可思议地看着老赌王。

"老……老爷子，莫……莫非，这……这最后一把牌，是明叔洗出来的？"

庄睿虽然看过不少赌片，但是他也知道，在真实的赌场里，什么同花顺福尔豪斯之类的大牌是很少出现的，有些老赌棍赌了半辈子或许都没抓到过这样的牌。

庄睿赌完之后，也以为自己运气好，并没有多想其中的关节，毕竟他能知晓底牌，就算不出现同花顺对福尔豪斯这样的大牌，庄睿也有百分之百的把握赢杰维斯，不过是花费的时间长一点罢了。

但是老赌王的话却让庄睿明白过来，敢情不是自己运气好，而是明叔牌洗得好。

不过这也让庄睿变得愈加迷糊起来，自己和老赌王非亲非故，而且还间接得罪过他，庄睿实在想不通老人为何会如此帮自己。

"阿明牌洗得好，不过你赌得更好，我有种感觉，就算阿明不帮你，最后赢的人一定还是你……"

老赌王那略带蓝色的眼睛紧紧地盯着庄睿，似乎想从庄睿眼中看出一些端倪。

庄睿苦笑了一下，说道："老爷子，您太抬举我了，不过说句自大的话，我来就是为了赢的！"

"哦？为何有如此把握？"

老赌王的眼睛亮了起来，他认识的赌术最高的人就是老冤家叶汉了，但就是当年的赌圣叶汉，也不敢在赌之前就说自己必赢，要不然他也不会在拉斯维加斯先输了几百万，赌了三天三夜连本带利地赢回来了。

"我也不知道是为什么？但就是有把握赢，或许是第六感吧？我这人对危险的感觉一向非常敏锐，算是古人说的能趋吉避凶吧……"

庄睿知道，在老人面前谈自己赌术如何高明纯粹就是扯淡，但是眼睛的秘密是庄睿心底最大的隐私，连母亲妻儿都没透露过一丝，自然是不能告诉老赌王的。

"呵呵，第六感？"

老人不置可否地笑了起来，低头沉吟了一会儿，突然抬起头来，说道："小家伙，你看我这艘船怎么样？"

庄睿有些跟不上老人的思维，顺口答道："船？很好啊，除了那艘海王星号之外，这是我见过最大的船了……"

"那好，既然你喜欢，这艘船我就送给你了……"老人微笑着说道。

"什么？！"

庄睿听了老赌王的话后，屁股立马从那舒适的沙滩椅上蹦了起来。

虽然庄睿发家靠的是眼中异能，但是他从来没想过，这天上真的会掉馅饼，而且居然还能砸到了自己。

"何……老爷子，您……您不会是开玩笑吧？"

自从庄睿刚才知道这艘船的造价高达三十多亿以后，他就打消了整这么一艘打捞船的念头，这成本也太高了。

话说谁要是有个三四十亿的身家再跑到海上去捞物件，那不是吃饱了撑的吗？也就是庄睿能看到海底宝藏，这才打起了搞艘打捞船到海上搜刮的主意。

"哦，你看我老头子像是在和你开玩笑吗？"

老赌王看了庄睿一眼，伸出手拿起一颗葡萄放在嘴里咀嚼起来，过了半响，接着说道："这船闲置不少年头了，我留着也没用，送给你玩玩又有何妨啊？"

庄睿闻言不禁撇了撇嘴，您这船造好最少十年了，也没见送给别人玩玩，这年头无事献殷勤，非奸即盗，庄睿心中提高了警惕，却没接老爷子的话。

"怎么？不想要？"

赌王看庄睿坐在那里默不作声，奇怪地问道。

"想要，养不起……"

庄睿说的是大实话，这一个月就要上千万的保养和员工工资费用，他还真玩不起，恐怕除了赌王这样千亿身家的人，能养得起这么一艘豪华渡轮的人还真不多。

庄睿现在甚至有点怀疑，这老头是不是感觉这艘船留在身边像鸡肋似的，这才打发给自己啊？

毕竟每个月啥用都没有还要支出上千万费用，就是再有钱，心里总归不会很舒服吧？

庄睿养了个私人飞机，每个月开销仅几十万都让他有点肉痛，要是再整这么一艘吸金船，恐怕庄睿晚上觉都睡不安稳了。

"倒也是，这船上的闲人是多了点……"

老赌王对庄睿的话深以为然，自从当年这船从公海撤回，结束了赌船的生意之后，只停留在港口偶尔招待客人用，不过老赌王比较重情，当年高薪请来的船员都养了下来。

每年上亿的费用老赌王身有体会，庄睿这么一说，他眉头也皱了起来。

"其实这船留一百人足够了，小伙子，你要是愿意要，我把船长和船员留给你，其他人我另做安排，你看怎么样？"

别看这船挺大的，但是自动化程度很高，驾驶这艘船只要几十个人就行了，老赌王所说的一百人还包括了一些厨师和清洁工，这是必不可少的，否则一两个月下来，船上都能长毛了。

"老爷子，您……您对晚辈到底有啥要求，就直接说吧，这船……我实在是消受不起啊……"

庄睿被这老头搞得七荤八素，他也见过不少脾气古怪的人，但是从来没见过拿着几十个亿硬往自个儿怀里塞的人，他就不怕自己转手将这船卖掉？

一百个人每个月的开销应该不超过三百万，这庄睿倒是养得起，但是这么大一个人情他可不敢要啊，鬼知道自己收下这船老赌王会开出什么条件。

要说这世上有免费的午餐吃，庄睿相信，因为在赌场内就能吃到免费的自助餐，您只要兑换几枚筹码，即使不赌也能免费饱餐一顿。

但是要说天上掉馅饼，庄睿是不信的，即使能掉下来，那么高也能将人砸个非死即伤。

老赌王看似有点为难地摸了摸他那很有特色的鼻子，说道："我说小家伙，我送你礼物你不要，我这条件也说不出来啊……"

"老爷子，有吩咐您尽管提，能做到的我一定全力以赴……"

庄睿心中也有点好奇，这老头富甲天下，权倾港澳，他能有什么事要自己帮忙啊？不过庄睿话也没说死，能做到的会帮，做不到那就对不住您喽。

老赌王听了庄睿的话后，眼睑微垂，似乎睡着了一般，就在庄睿有点不耐烦的时候，忽然睁开眼睛盯着庄睿说道："我想让你以澳博的名义，帮我赌上一局！"

"什……什么?!"

庄睿此刻怀疑自己耳朵出了毛病，坐镇澳门近半个世纪的堂堂赌王，居然让自己帮他去赌？难不成他手下养着的全是废物？

虽然曾经的世界赌王斯蒂文森被自己玩残了，现任赌王杰维斯也灰头土脸地离开了澳门，但是庄睿不相信，赌王手下就没有自己培养的赌术高手？

"老爷子，您开玩笑吧？我又不懂什么赌术，能赢两次全凭运气好，这事，我帮不了您……"

庄睿想都没想就一口拒绝了，能让这位年逾九十的老人出言相求，想必这赌局异常重要，庄睿虽然有把握赢，但却不想出这个风头。

在国人的意识里，赌必涉黑，像赌王这样的人物，涉及的恐怕就是国际上的黑社会了，自己要是真帮他赢了钱，恐怕都没小命享受这艘豪华渡轮了。

"小伙子，你知道你这次来澳门的起源在哪了吗？"老人听了庄睿的话后，并没有生气，而是悠悠问道。

"我朋友被人骗了，我来拿回他的东西……"庄睿答道。

"没错，这种出千行为如果在 2002 年以前，绝对不会发生在澳门赌场，我不敢说澳门无老千，但是绝对没人敢如此明目张胆！"

老爷子话说得有点急，讲完之后连连咳嗽起来，庄睿连忙倒了一杯桌上的温水递了过去。

"为什么 2002 年以后，那些老千会如此嚣张呢？"

庄睿还真是有些奇怪，对于赌场而言，细水长流是最重要的，那家联合刘明辉给老四"下套"的赌场，显然是在杀鸡取卵，这是极不明智的行为。

"赌牌，都是因为赌牌……"

老赌王原本有些浑浊的眼睛在提到"赌牌"两个字后，瞬间变得锐利起来，眼中闪烁着莫名的光芒。

"赌牌？是不是在澳门有了赌牌，才能开赌？"

庄睿不大懂这些，不过顾名思义，应该和公司营业执照是一个类型的东西吧？

老赌王点了点头，说道："对，你理解得没错，赌牌就是赌权经营执照，有了这个，才能在澳门开办赌场……"

"那这东西应该是澳门有关部门颁发的吧？和赌局有什么关系？"

庄睿还是有些不解，澳门大大小小几十家赌场，单是面前这位就拥有十一家，以他在澳门的地位，想多搞几块赌牌还不是轻而易举的事吗？

"当然有关系，我累了，这些事让阿明给你说……"

老赌王今天说了不少话，精神有些疲惫，对站在远处的老荷官招了招手，等他走过来之后，说道："给小庄说说澳门赌牌发展的历史……"

"是……"

老荷官恭敬地弯了下腰，面向庄睿说道："庄先生，澳门第一张赌牌的颁发是在 1961 年的十月，当时何先生与港岛的霍先生等人联合……"

一段关于澳门赌博发展的历史，从老荷官嘴里娓娓道出。

原来，在上世纪六十年代，老赌王联合了一批香港大亨，以多出竞争方一万七千元的价格，险胜对方，一举夺得澳门赌场专营权，并于 1963 年开设第一家赌场。

从此，几十年息心经营，澳门博彩业在何先生手中如日中天，使澳门博彩业成为举世闻名的东方赌城，与美国的拉斯维加斯、摩洛哥的蒙地卡罗，并称世界三大赌城。

从九十年代末期到现在，老赌王每年上缴的博彩业的税收就高达六十亿之多，可以说他一个人就支撑起了整个澳门赌业。

但是到了 2002 年，风云突变，澳门政府决定改革博彩业，并在该年发放三张赌权经营执照，这也打破了老赌王垄断澳门赌业近半个世纪的历史。

当时的竞争异常激烈，一共有二十一家公司表示对赌牌势在必得，除了澳门本地以赌王为代表的势力之外，还有来自美国、香港、英国、马来西亚、菲律宾等地的多家公司。

包括世界知名的美国美高梅、拉斯维加斯、太阳城以及马来西亚云顶等世界级赌场酒店财团，都对此次发放赌牌异常重视。

二十一家财团允诺对澳赌业投资额度平均在二十亿美元左右，投资最少的也超过十亿美金，最多的达到四百亿港币。

但是大势所趋，最终澳门赌业由赌王开创的一统江湖变成现在的三分天下，赌牌由赌王的澳博和永利、银河三家公司分别获得。

和赌王的澳博不同，其余两家公司背后都有国外赌业财团的影子。

像银河娱乐场股份有限公司，虽然表面是由港商吕志和家族及威尼斯人集团所组成的博彩公司，但背后却是美国赌业名人、内华达州威尼斯人集团的肖登·艾德森，并且持有银河至少三成的股份。

第二十七章 赶鸭子上架

肖登·艾德森被认为是世界上经营会议展览中心和旅游娱乐业最拿手的专家之一，而另外一个大股东吕志和也是港岛鼎鼎有名的人物。

吕志和祖籍广东五邑，1929 年出生在江门，四岁时随父母迁居香港，五十年代开始创业，旗下包括嘉华建材、嘉华国际两家上市公司，而附属公司多达二百多家，投资遍布大陆、泰国、马来西亚、美国等地区和国家。

可以说，虽然这二人都没有赌业经验，但是实力之雄厚完全不在老赌王之下，银河公司的入驻，让澳门掀起一场赌场竞争的热潮。

要说银河公司是由外行人把持的，那么另外一个获得赌牌的永利度假村（澳门）股份有限公司的老板，在赌业内名头则不在赌王之下。

永利公司的董事长史提芬·韦恩，在美国拉斯维加斯赌城的名望甚至比何先生在澳门的名望还高，也是一位充满传奇色彩的人物。

八十年代末期，拉斯维加斯赌场开始全面实施现代化企业管理制度。

史提芬·韦恩作为倡导者和推行人，成功地将拉斯维加斯赌城转型为适合一家大小游玩的度假胜地，将主题酒店经营潮流推上一个新高峰，被冠以"拉斯维加斯之父"称号，也堪称是赌坛大佬级人物。

永利进驻澳门后，的确大张旗鼓地进行了投资，花费近六十亿澳门元，兴建了度假村式酒店、商场、购物中心，以及大型娱乐设施等。

自此，原本属于赌王一人的时代成为历史，澳门变成三足鼎立的局面。

当然，三家公司近二百亿澳门元，差不多一百六十亿人民币的投资，让澳门进入了一个飞速发展的快车道，但是同样也带来了许多弊端。

原本老赌王对赌业的一些理念遭到了颠覆性的推翻，更有些赌场内承包了赌台的人，和一些高利贷或者千门中人勾结，大肆坑害前来澳门旅游休闲的游客。

近些年在国内经常有报道，一些官员在澳门泥足深陷，追其缘由，就是有些赌场认为这些官员输了钱不敢大肆宣扬，故意下套使其入瓮。

被曝光的人是运气不好，不知道还有多少没见光的官员在澳门赌场一掷千金，这些客人也是最受赌场欢迎的人。

像老四的事就是发生在银河公司内，这完全是银河公司监管不严，睁只眼闭只眼甚至和千门中人相互勾结的结果，像这样的事并非只有这一件，只是运气不好撞到庄睿头上而已。

所以从 2002 年开始，澳门赌业税收逐年下降，并且暴力事件屡见不鲜，娱乐环境大不如前，这让在澳门拼搏了一辈子的老赌王看在眼里痛在心上。

庄睿听完赌牌之争后，心里有些不解，出言问道："明叔，一共才三张赌牌，怎么澳门有那么多家赌场啊？"

"咳咳……"

在一边吃葡萄的赌王听了庄睿的话后，顿时被呛得连连咳嗽起来，远处的两个女人连忙走过来，一番抚胸敲背后才让老爷子舒畅了不少。

老爷子喘过气来后，没好气地瞪了庄睿一眼，说道："赌牌是发给公司的，公司只要有赌牌就能开办赌场，这还用解释吗？"

"嘿嘿，我这不是外行吗？您老人家别生气……"

听完老赌王在澳门的光辉史后，庄睿对其人更加敬重了，虽然庄睿并不提倡赌，但是将这个产业正规化，也是一件利大于弊的事。

"对了，老爷子，这赌牌才发了几年，不至于再去竞一次标吧？"

庄睿突然想到赌王说找自己代赌这件事的缘由，就是因为赌牌而起的，心里顿时纳闷起来。

为了竞标一块赌牌，几家公司的投资都在数十亿以上，这经营权不可能只有三五年，最少也应该在二十年左右，那么老爷子说让自己代赌是何意？

更何况赌牌发放是由澳门有关部门主持的，澳门虽然是赌城，但是庄睿绝对不相信澳门有关部门会因为谁的赌术高而决定赌牌的发放。

老赌王没答话，而是摆了摆手，示意身边的女人离开，那两个女人脸上有点不情愿，但还是退了出去，站到了远处。

"庄先生，是这样的，有关部门决定再颁发三块赌牌，让澳门一共有六块赌牌，虽然这能形成一种竞争，但是同样也会造成澳门赌业的混乱……"

明叔在一旁给庄睿解释了一下。2006 年，澳门有关部门就在酝酿增加澳门赌牌的数量，这个消息一放出去，引起了世界赌坛的震荡。

随着中国的日益强大和经济水平的不断提高，很多外国人都意识到中国人强大的消费能力，即使在拉斯维加斯等外国赌城里，中国豪客也是屡见不鲜。

国外尚且如此，近在咫尺的澳门就更不用说了，虽然近些年盈利下降，但是后面进来的永利和银河公司也是赚得盆钵皆满，仅五年多时间，就已经收回了投资。

如此一来，澳门赌牌就成了众多赌业巨子们眼中的聚宝盆，从消息流出到现在，最少有三十家以上的大财团有意进军澳门赌业。

不过赌牌发放对何老爷子不利，同样对另外两个已经在澳门站住了脚的永利公司和银河公司不利，更多公司的进入，代表着利润将被分去一大块，这是显而易见的事。

虽然这几年三家公司竞争厉害，但是现在却非常默契地联合了起来。

要知道，这三家公司的老板都是世界赌坛风向标一般的人物，此次却联合表明态度，不欢迎任何一家公司进入澳门。

这个消息一出，顿时引起了轩然大波，那些有意进入澳门的赌博公司虽然实力比不上这三家，但是架不住人多啊，最后居然也联合了起来，共同抵制澳门三巨头。

从消息传出到现在快一年了，多家赌场发生踢馆事件，整个世界赌坛都混乱不堪，损失巨大。

最终由二十多位当今赌业巨头，坐下协商出一个办法，那就是赌坛上的事情还是用赌来解决！

举办一次德州扑克大赛，所有有意进入澳门赌业的公司，每个公司出一位赌术高手，共同来抢夺那多出来的三块赌牌，只有在赌桌上获得胜利的人，才能去竞标那三块赌牌。

"老爷子，你们公司不是已经有赌牌了吗？有关部门还会发赌牌给你们？"

听到这里，庄睿算是明白老赌王的话了，只是他心里还是有疑问，澳门这三家公司等于是在对抗澳门有关部门的决定，即使他们在赌桌上赢了，也未必能拿到赌牌。

"你小子，真不知道你怎么做的生意……"

赌王听了庄睿这句话后，差点又被呛到，顿了一会儿才没好气地接着说道："我现在的公司叫澳博，再注册一家公司不就行了？只要合规矩，谁敢不发给我赌牌？"

老爷子这番话说得威风凛凛杀气腾腾，他对澳门有关部门的很多作为都不满，要不是老爷子年龄太大，这场赌他是一定会去争夺一番。

"这倒也是，别的公司都退出了，那赌牌只能发给你们了……"

庄睿想通了这个环节后，不禁摇了摇头，估计老爷子也是被逼得没办法，才答应了这个条件，毕竟赌有输赢，谁也不敢拍着胸脯说自个儿天下无敌。

"怎么样？我这艘船，你现在敢收了吧？"

老赌王满眼希冀地看着庄睿，他手下虽然培养了不少赌术高手，像明叔等人，但是细数手下这些人，赌王居然心里一丝把握都没有。

这次庄睿来澳门让赌王想起了几年前那场古怪的赌局，对庄睿生起了好奇心，这才大方开启了数钱房给庄睿当赌厅。

而庄睿的表现也没让赌王失望，虽然最后一局有做牌的事实，但是庄睿在赌桌上表现出来的气质，让赌王非常看好他。

"老爷子，这船我还是不能收，我压根就不会玩德州扑克啊……"

这梭哈还是庄睿前两年临时抱佛脚学的，至于德州扑克的玩法他虽然也知道，但是从未实战过，加上心里实在是不想掺和这件事，干脆用不会玩做托词。

老赌王对庄睿的话嗤之以鼻，摆了摆手说道："不会玩不要紧，阿明可以教你，小伙子，赌到最后，赌的已经不是牌，而是人心了，心志坚定，必将是最后的赢家……"

"是，庄先生，今天即使是我拿到那副同花顺的牌，最多只能赢得对方两亿，而无法像您那样梭哈到对方所有的筹码……"

明叔也算是澳门数得上的赌术高手了，但是对庄睿这个年轻人真的是心服口服。

这世上有很多事情是很难说清楚的，有些人天生就不嗜赌，但只要进了赌场就逢赌必赢，想输都难。

明叔就曾见过一个人，是被人拉着来澳门玩的，那人就想把手里五百元的筹码输光，在赌色子的地方第一把就全押了大，没承想赢了，那人把赢来的钱又全押在了大上。

谁知道这人连押连赢，最后竟然连开了十一把大，而那人则连押十一把，用五百元的筹码赢了五十多万，邪就邪在这人刚一收手不赌了，第十二把开的就是个小。

以明叔的眼力，自然能看出那人丝毫不懂赌术，完全是凭运气，这和庄睿的表现非常像，在赌场上，往往是那些不在乎输赢的人才是最终的赢家。

而明叔虽然赌术高明，但是他心却放不下，看着千万甚至亿万筹码从指缝流走，他不能保持平和的心态，这也是他无法代替澳博出战的主要原因。

"明叔，您这夸奖我可当不起……"

庄睿听了明叔的话后连连摆手，这人被架得越高摔下来就会越痛，庄睿可不想让这两个加起来足有一百五十岁的老头给捧杀。

老赌王用雪白的毛巾擦了下嘴，看向庄睿，一脸戏谑地说道："事实胜于雄辩嘛，年轻人要有朝气，要敢于挑战未知，怎么着，小家伙，我这船你真不想要？"

老赌王把庄睿这几年的经历打听得一清二楚，思来想去还是觉得这次赌业行内排定赌牌的赌局，就是庄睿最合适。

正如赌王自己刚才所言，赌博赌的其实就是人心，当你不把钱看在眼里时，心胸自然会变得宽阔，在取舍判断的时候，远非那些斤斤计较于一局得失的人能比的。

打个比方说，一个亿万富翁和一个只有十万资产的人对赌，那么当亿万富翁押注十万时，他绝对不会有任何心理负担与波动，这对亿万富翁而言不过是一个很小的游戏罢了。

相反，那位只有十万身家的人则肯定会顾前瞻后、犹豫不决，赢了身价倍增，但是输了可能就要流落街头了，心智再坚定的人在这种时候都会出现心理波动导致错误判断。

庄睿的情况就是如此，赌王曾经找人评估过庄睿的固定资产，居然已经高达五十亿人民币，五亿的赌注对庄睿而言，不过是一场数字游戏而已。

就像赌王要送给庄睿这艘豪华渡轮一样，虽然三十多亿的数额让这个世界上绝大部分人都无法将其量化，但是在身家上千亿的赌王眼里却算不得什么。

"老爷子，您也知道，我经营的产业是和古玩艺术品相关的，与赌业根本就风马牛不相及，您这要求恕我不能答应……"

庄睿长这么大，即使做梦却从来没想过，有朝一日居然有人把一艘价值数十亿的豪华渡轮硬塞给自己，看这架势，似乎不要还不行似的。

人有多大胆，地有多大产，庄睿自问自个儿胆子不大，也不想沾染这麻烦，老婆孩子热炕头的日子，庄睿还没过两年呢。

"先别忙着拒绝，这事儿要到年底，我老头子一辈人万事不求人，没想到临到快入土了，却要求你这小家伙……"

老赌王唏嘘着摇了摇头，那副英雄暮年的样子让庄睿也心生感慨，差点儿没出言答应下来。

老赌王顿了一下，接着说道："这样吧，你回去再考虑一下，如果愿意帮我这老头子一把，找人给个信，要是不愿意的话那就算了……"

"老爷子，这事真是对不住您了，谁让晚辈不会赌啊……"

庄睿这话说出来之后，差点让面前的两个老头跌破眼镜，赌了两次，赢了两个世界赌王，现在说自己不会赌，这不是犯矫情吗？

"算了，算了，这个问题不说了……"

老赌王摆了摆手，和庄睿说了这半天话，他也感觉很疲惫了，抬起那几乎快没知觉的脚，轻轻地踩了下甲板，说道："我这一生说出去的话，基本上都兑现了，今儿说要把这船送给你，也不能失言……

阿明，你看这小家伙什么时候有时间，和他去办理下手续，对了，别忘了把一些闲杂人从船上撤下来……"

"老爷子，这可不成，无功不受禄啊，您这船我可不敢要，我也养不起……"

庄睿一听这老头七拐八绕的，又把话题扯到了船上，连忙出言拒绝，开什么玩笑啊，吃人的嘴软，拿人的手短，要真接受了这艘豪华渡轮，恐怕想不去赌都不行了。

"你别担心，我老头子都快入土了，要这船干吗，就是送你玩的，和赌局的事没关系……

这船上留下的都是老船员，跟了我二十多年了，也算是给他们找口饭吃吧，你这次就赢了十个多亿，还养不起这么几个人吗？"

老赌王的神情略显伤心，倒有点儿交代后事的意思，说得庄睿一时无语，几十亿的东西送给别人，好像还欠了庄睿多大的人情似的，这让庄睿实在无法出言推辞了。

而且庄睿还真喜欢这船，如果用这渡轮当打捞船，庄睿有把握将很多风浪比较大的海域中的沉船都打捞上来。

要知道，船身的体积往往是打捞海底沉船最关键的因素，因为你不能指望一艘只有十多米大，几十吨重的打捞船去打捞海底那些长达数十米的沉船。

这艘豪华渡轮只要安装上一个钻架平台和大型浮吊设备，立马就能变成世界上最先进的打捞船之一。

当然，这世界上估计除了庄睿之外，恐怕谁也不会动用这么一艘豪华渡轮当打捞船的念头。

"庄先生，明天您让律师来办下手续就可以了，这艘船不是在澳门注册的，是在巴拿马注册的，享受很多优厚的待遇，过户也很方便……"

正在庄睿异想天开的时候，耳边突然响起了明叔的声音。

"明叔，我……我没说要接受这艘船啊……"

庄睿闻言愣了一下，虽然自己是动心了，但是还没答应啊，明叔怎么连过户都扯上了，这船是巴拿马的还是澳门的，和自个儿有一毛钱关系吗？

"老……老爷子呢？"

庄睿这才发现，原本坐在面前的赌王已经坐上了轮椅，被那女人推进了船舱，高大消瘦的身影在夕阳余晖的照射下显得那么萧索。

一旁的明叔眼里闪过一抹很浅的笑意，看着庄睿，说道："何先生说这船您已经收下了，明儿让我帮您办手续……"

"什么？这……这不是赶鸭子上架吗？"

庄睿闻言顿时傻眼了，他从头至尾也没答应收下这艘船，这老爷子简直就是……不可理喻。

这世上有强买强卖的，庄睿今儿又遇到一件稀罕事，那就是还有强送的，不要都不行。

"庄先生，何先生说了，这船和赌局没有任何关系，您放心收下好了，以我对何先生的了解，他是断然不会反悔的……"

明叔一本正经地重复着刚才老赌王的话，眼中的笑意却越来越浓。

"得，得了，您别说了，告诉何先生，船我收下了，有时间把赌局的资料给我吧……"

庄睿摆了摆手打断了明叔的话，这事根本就不像明叔说的那样，得了这么大的一个人情，自己还不代表老赌王去参加这次赌局，根本就是受之有愧。

虽然心中有些郁闷，不过这艘船即将变成自己的私产，却让庄睿更多的是兴奋，用脚跺了跺甲板，庄睿冲着站在船舷处的彭飞招了招手。

等到不明所以的彭飞走过来之后，庄睿第一句话就是："彭飞，这艘船是咱们的了……"

"什……什么?"

听了庄睿的话后，彭飞一双眼睛差点瞪出来，出言说道："哥，您刚才不会和那老家伙赌了一场，把这船给赢下来了吧?"

"这是何先生送给庄先生的……"

一旁的明叔听彭飞对何先生不敬，眉头顿时皱了起来，虽然何先生经营的是赌业，但是在澳门这地界，很多人都是把他当成万家生佛的。

"送的? 哥，他想让你干吗?"

彭飞也不傻，这世上没有无缘无故的爱，也没有无缘无故的恨，那老头绝对不可能无缘无故送出去几十个亿。

"半年后以澳博代表的身份，参加一场赌局……"庄睿苦笑着说道。

"赌局? 要是输了怎么办啊?"彭飞没想到老头提出的条件居然是这个。

"输了就输了，何先生是不会责怪庄先生的……"或许是彭飞刚才说话冒犯了何先生，明叔对彭飞很不感冒。

"那就好，有人送钱让你赌着玩还不好吗?"

彭飞拍了拍胸脯，说出来的话气得明叔差点七窍生烟。

第二十八章 豪华打捞船

"皇甫兄，我四哥最近还好吧？"

庄睿穿着一身花俏的沙滩装，坐在原先老船王坐过的位置上，随手剥着新鲜的荔枝丢在嘴里，皇甫云则坐在他身边，也穿着一身休闲的服饰。

"你同学能力很强，基金会交给他很放心……"

皇甫云戴着墨镜，眼睛不时向不远处的游泳池瞄去，那里不但有他的媳妇，还有秦萱冰和彭飞的老婆张倩，几位美女都是前凸后翘，让皇甫云这个本来就不是正人君子的家伙大饱眼福。

"靠，看什么呢？要看你老婆晚上慢慢看去……"

庄睿一颗荔枝砸到皇甫云的墨镜上，他知道这哥儿们墨镜下面的眼珠子，估计这会儿都快瞪出来了。

"咳咳……我是那样的人嘛……"

皇甫云拿下墨镜擦了擦，说道："最近两个月，基金会一共支出了三千二百万元人民币，在甘肃贵州等地兴建了二十所希望小学，资助了六十个家庭困难的失学儿童……

这些都是你同学负责的，处理得非常好，咱们方圆基金在国内也有了一定的名气了……"

皇甫云所说的方圆基金是庄睿用儿女的名义创建的，以前一直都是皇甫云监管，自从老四出了那件事之后，庄睿就把这块业务交给了毕云涛。

从家族离开的毕云涛也没辜负庄睿的信任，几个月时间就将基金会打理得井井有条，并且做了不少实际工作，基本已经上了轨道。

"爸……爸爸……抱抱……"

正和皇甫云聊天的庄睿看着走路摇摇晃晃的儿子前脚绊后脚，一屁股坐在甲板上，又好气又好笑，连忙走过去将方方抱了起来。

"乖儿子，你这跟谁学的啊？"

庄睿抱着儿子，使劲在那苹果般红嫩的脸上亲了一口，搞得小家伙"咯咯"直笑。

"金刚！"

一说起金刚，小方方说话立马利索了，脸上还做起了鬼脸，显然是在模仿那个大家伙。

"这臭小子，把我儿子都带坏了……"

庄睿对儿子的表现很不满意，只是他不舍得责怪儿子，把过错都推到金刚身上去了，远处正和圆圆嬉闹的金刚完全没有发觉，自己在庄睿眼里变成了坏分子。

年初，庄睿曾经请了国内一位著名的生物专家，给金刚做了一番身体检查，经过专家检测，金刚的年龄不超过六岁，实实在在是个小家伙。

距离庄睿收下这艘豪华渡轮已经过了两个多月，七月正是广东最热的季节，不过带着一家人住在船上倒是别有一番韵味。

庄睿答应了老赌王的赌局后就返回了北京，至于这艘船的转让交接事宜，庄睿全部交给了皇甫云夫妇，这两位一个是庄睿的财政大管家，一个是负责庄睿对外法律咨询的顾问，自然要交给他们处理了。

只是学校已经放假了，而孟教授等人还在豫省邙山忙活刘秀墓，回到北京后，庄睿倒显得无所事事了。

在那座东汉开国帝王的大墓中，不时有震惊考古界的发现问世，原本孟教授是想让庄睿继续参与大墓的发掘工作，不过庄睿考虑了一下还是决定不去了。

倒不是庄睿怕吃苦，主要是知道了那座大墓的主人是刘秀以后，已经对他失去了吸引力，在孟教授等人眼里神秘莫测的墓葬，在庄睿眼中早已一目了然，没有一丁点儿挑战性。

倒是新到手的豪华渡轮，庄睿寄予了很大期望，他到了北京之后，马上着手安排，请了国内富有打捞经验和船务专家对船体进行了改造。

由于很多沉船是在水深达数千米的深海海域内，普通的打捞设备根本无法将其从海底打捞上来，所以庄睿采纳了专家的意见，在豪华渡轮上安装了千吨浮吊以及七百吨的钻探平台。

仅是这两项改造，就花去了庄睿近两亿的资金，另外庄睿还斥资一亿多人民币，购买了一条三十多米长的电子勘测船。

勘测船上拥有世界上最先进的电子设备，可以对深海海域进行扫描，功能十分强大，有很多部件都是军用的，要不是找了欧阳磊的关系，庄睿是拿不到这艘船的。

在家里闲了两个多月之后，庄睿接到澳门方面的电话，说已经改装得差不多了，闷得发慌的庄睿马上带了一家老小来到澳门。

秦萱冰自小在港岛长大，对大海和轮船倒是没什么稀奇，不过一同前来度假的皇甫云和云曼夫妻对这艘豪华渡轮可是赞不绝口。

现在这社会可不是上世纪二三十年代了，想要出国必须坐轮渡，现在坐船进行环球旅行的人，绝对是有钱有闲的阶层。

皇甫云和云曼虽然都在国外待了很多年，但是从来没坐过这样的大船，来了几天之后还兴奋不已。

方方、圆圆也没见过大海，每天一早四五点钟就吵闹着要看日出，海洋宽广博大，庄睿倒是很希望两个儿女日后也能有像大海一样广博的胸怀。

"老公，你不是说男孩要穷养，女儿富养吗？干吗还这么宠儿子呀……"

披着宽大的浴巾，将一身美好身材裹在里面的秦萱冰走到庄睿身边，看着嬉闹的父子俩，脸上露出幸福的神色，儿女双全，老公又这么有本事，秦萱冰从心眼里感到满足。

之前庄睿说要来澳门，秦萱冰以为他是想带着自己和儿女度假，顺便让自己去看看爷爷，毕竟秦老爷子年龄大了，秦萱冰每年都要回香港住上几天。

但是秦萱冰却没想到，从澳门机场一下飞机，庄睿就带着她来到码头，给了她一个非常大的惊喜。

在这艘豪华渡轮的船身上，"萱睿号"三个大字隔着几里远就能看到，秦萱冰没想到一向不怎么懂得浪漫的庄睿，会用这种方式来诠释他对自己的情意。

"儿子懂事，当然要宠了……"

看着粉嘟嘟的儿子，庄睿忍不住又在那张小脸上亲了一口，早就把自己说过的男孩穷养女儿富养的话忘到九霄云外去了。

"爸爸，吃，吃……"

小方方从庄睿怀里挣脱出来，伸出白嫩的小手从旁边的果盘里拿出一颗荔枝，往庄睿嘴里放。

"哈哈，看……我儿子多懂事啊……"

庄睿乐得一把抱起儿子，剥开荔枝后去核塞到小家伙的嘴里，虽然自己没吃，心里却比吃了还甜蜜。

"嚯嚯！"

听到庄睿的笑声，金刚也跑了过来，肩膀上还坐着像瓷娃娃一样的小圆圆，来到庄睿面前将圆圆放下后，金刚不忘做个招牌式的秀肌肉动作。

在庄园里待了这么久，来到大海上，金刚甭提有多兴奋了，虽然船上有好几个游泳池，但是金刚还是好几次偷偷从升降梯爬下去，到大海里畅游了一番。

高达数十米的船体根本无法拦住这个臂长力大的家伙，幸好金刚下海时都是在夜里，否则真要把那些游客吓坏了。

"晚上不准再偷偷跑海里去了啊，过几天咱们就出海了，到时候下到游艇里去玩就行了……"

庄睿对金刚还真是头疼，这家伙随着年龄变大，变得越来越聪明，但是也越来越调皮了，整天变着花样玩。

如果不是庄睿看得紧，恐怕这家伙能把方方、圆圆都带到海里去，这可不是闹着玩的，庄睿已经有些后悔带它出海了。

"嗷嗷！"

金刚听懂了庄睿的话，兴奋地大力捶起胸来，引得远处正在干活的工人一阵恶寒，虽然几天相处下来，金刚很好打交道，但是面对这么一个大家伙，是人心里就会害怕。

"庄，你的孩子太可爱了……"

一位大胡子中年人从甲板施工的地方走了过来，远远就对庄睿招起了手，他不能不热情，这可是他的新老板。

大胡子叫克莱德·韦尔伯恩，或许是长年吹海风的原因，克莱德长相非常粗犷，他是苏格兰人，是这艘豪华渡轮的船长。

用克莱德的话说，从他爷爷的爷爷起就一直在大海上飘荡，他们家的祖训就是：不求生在船上，但是一定要死在甲板上的床上。

"哦，年轻的 BOSS，您能不能让这大家伙离我远一点啊？"

克莱德刚一走进金刚身边，就被金刚热情地给了拥抱，即使克莱德身高一米九多，还是被金刚抱得差点没喘过气来。

"呵呵，克莱德船长，金刚可是个好帮手，如果哪天船上的抛锚系统坏了，可是要金刚帮你将锚给拽上来啊……"

庄睿笑呵呵地和克莱德开起了玩笑，他很喜欢这个大胡子船长，有着海员独有的直爽。

"老板，您真要把这艘美丽豪华的客船改成打捞船？"

说老实话，庄睿接手这艘船后，克莱德的收入还增加了不少，但是对庄睿的决定他十分不理解。

对于庄睿给这艘船重新起了个名字，克莱德没有任何不满，毕竟这是老板的权利，而庄睿为这个名字也要额外向注册所在国缴纳一笔费用。

但是庄睿把这么一艘豪华渡轮改造成一艘打捞船，让克劳德十分不解并且很不满意，他要做的是豪华渡轮的船长，而不是一艘打捞船的船长。

像这样的豪华商船，庄睿只需要把它租借给远洋公司，剩下的事情就不用庄睿过问了，以现在环球旅游的热度，相信那些公司可以最大限度地开发这艘商船的效益。

但是克莱德船长怎么都不会想到，庄睿竟然在船上安装了钻探平台和该死的浮吊，那浮吊两条犹如手臂一般长长的架子完全破坏了整艘船的形象。

"难道这个中国人真的以为大海里满是宝藏，随便走到一个地方就能打捞上来吗？"

克莱德看着面前的年轻人，心里很是不以为然，他年轻的时候也做过诸如寻找海盗宝藏，打捞海底沉船的梦想。

但是随着年龄的增长，克劳德发现，梦想之所以被称之为梦想，是因为它每次出现的时候，都是在梦中，醒来才知道现实有多么的残酷。

庄睿看着大胡子船长，一脸微笑地说道："克莱德，难道你不想让萱睿号纵横在海上，一直都留在港口做花骨朵吗？

难道你已经忘记了水手应有的荣光吗？难道你已经从一个勇敢的水手，变成了一个懦弱的船长了吗？"

克莱德是个直脾气的人，他能从克莱德的脸上看出他的不满，对这种性格的人来说，好言相劝远不如恶语相激。

所以庄睿脸上带着笑容，说出来的话却让大胡子船长肺都快气炸了，从那不断起伏的胸口可以看出，克莱德船长非常……生气。

"老板，您这是对我的侮辱，我们家族一共出过六位船长，都是死在大海上的，他们之中没有一个人侮辱了水手的荣誉……"

克莱德听了庄睿的话后，顿时连腮边的胡子都乍了起来，对于一个水手来说，要做的就是和海浪搏击，与暴风雨相抗衡。

要不是一些特殊原因，克劳德早就辞去船长的职务了，庄睿这番话显然刺中了他内心一直回避的问题。

这会儿克莱德船长已经忘记自己找庄睿为什么事了，双手握拳恶狠狠地看着自己的新老板，他已经决定了，如果庄睿不给自己一个说法，那么他将离开这艘工作了近二十年的渡轮。

"哦？难道我说错了吗？你不是想带着那些娘娘腔们每天跑重复的航线吗？这样的生活，好像不是一个勇敢的水手应该过的……"

看到克莱德那副样子，庄睿心中偷笑起来，不过脸上表现得非常严肃，在克莱德饱受伤害的自尊心上又捅了一刀。

"哦，不，鬼才想过那样的生活……"

没等庄睿说完，克莱德就怪声尖叫了起来，说老实话，他对于那种贵族式的船长并不感兴趣。那时克莱德跟随的船长基本上每隔两天就要举办酒会，带着虚伪的笑容去招待那些所谓的贵宾，这种生活不是克莱德想要的。

"那好，既然这样，你为什么要对改造这艘船有这么大的意见呢？"

庄睿突然话锋一转，将话题拉到改造这艘船的问题上，一时间，原本激动的大胡子船长被庄睿问住了。

克莱德神情有些呆滞，嘴里喃喃自语道："是啊……我为什么会反对啊？"

庄睿见到克莱德迷茫的神情后，连忙趁热打铁地说道："克莱德，难道你不想和我一起，驾驶这艘船去探索未知的海洋……去挖掘无尽的宝藏吗？"

要知道，一个经验丰富的船长，还真不是那么好找的，尤其是克莱德在这艘船上工作了近二十年，相信没有人比他更熟悉这艘豪华渡轮了。

大海中虽然有庄睿所说的无尽的宝藏，但是也充满了未知的危险，别看这艘船挺大的，但是操作不当一样会沉入海底，泰坦尼克号就是最佳的案例。

一个好船长能将这种危险系数降到最低，事关身家性命，庄睿自然要把这艘船交给经验丰富的人来掌控了，所以才会这么不遗余力地开导克莱德。

"探索未知的海洋……挖掘无尽的宝藏……"

克莱德嘴里念叨着庄睿刚才说的话，双眼逐渐变得明亮起来，刚刚松开的拳头又握紧了，大声吼道："老板，您说得太棒了，那才是我想要的生活……"

"对，没错，想一想，在海底沉寂千年的宝藏被咱们捞出来，那将震惊世界，不比你当个旅游船的船长好多了吗？"

庄睿拍了拍克莱德的肩膀，可怜这大个子已经被庄睿忽悠得分不清东南西北了，嘴里还附和着庄睿的话："对，咱们要震惊世界，天哪，老板，那些宝藏能值多少钱？"

"呵呵，我曾经在一座岛上得到过克劳斯的宝藏，现在都陈列在我的博物馆里，大概价值二十多亿吧……"

庄睿风轻云淡地说道，听得克莱德两眼直冒金光，他出身海员世家，自然听过克劳斯的大名，幼时也梦想过能得到克劳斯的宝藏。

克劳斯宝藏问世的消息克莱德倒是听说过，只是他怎么都没想到，居然是被自己老板找到的。

"老板，我跟着您干了，就是去那该死的百慕大，我克莱德都不会皱一下眉头的，我会让您知道，我是一个真正的水手！"

庄睿的晓之以情诱之以利，终于让大胡子船长臣服了，那恭敬的样子，就差没给庄睿行个吻手礼了。

"克莱德，你不会后悔自己的选择的，我将带给你一种刺激的新生活……"

庄睿哈哈大笑，指了指甲板上正在施工的地方，问道："他们还要多久才能完成钻探平台的工作？"

浮吊装备已经安装好了，但是功率可以达到七百吨的钻探平台却比较麻烦，这两个多月主要就是在进行这项工作。

"老板，我保证，三天之内一定可以完成，您看，现在的工作已经进入收尾阶段了……"

克莱德此时心里比庄睿还着急，刚才听了庄睿所描绘的美好前景后，他现在恨不得轮船马上就能开动，去大洋上寻找那些沉船或者海盗的宝藏。

"嗯，钻探平台和浮吊上的工作人员统一归你管理，克莱德，我要的是一位懂得现代管理的船长，你明白吗？"

庄睿点了点头，枣子给完了还要打个巴掌，别搞得以后自己制衡不了对方。

"老板，如您所愿，我想事实可以证明，我完全可以胜任这份工作……"

克莱德在说这番话的时候，突然变得文质彬彬起来，还向庄睿行了一个绅士礼，他手中如果拿着一顶帽子的话，绝对是一位合格的绅士。

庄睿没再说话，而是走到施工现场，那巨大的钻探平台已经完全安装好了，现在正处于调试阶段，三十四个工作人员正忙碌地工作着。

"庄总，您好，带上安全帽吧……"一个中年人见庄睿过来，连忙迎了上来。

"张工，这次出海，你可要跟着啊，不然出了问题，我们可没办法解决……"

庄睿接过安全帽戴在头上，这中年人是此次设备方的总工，像这种金额达到几个亿的工程，他是要全程跟随的。

张工自信地笑了笑，说道："当然，庄总，您就放心吧，咱们国内的技术水平不比国外的差，我给您介绍一下这平台的工作原理吧……"

由于其特殊性，平台半边已经超出了船体，这需要很好的平衡性，功率达到七百多吨的钻探平台要能保证钻管在海上大风大浪的影响下，不偏不倚地垂直向下连接，这需要非常先进的稳定技术。

在平台下方，四个像树干一样粗的液压圆通，能产生八十万公斤以上的推力，使那巨大的打捞器深入海底。

按照张工的介绍，这个打捞器能抓起现今世界上最先进的打捞船抓起重量的八倍，也就是有这艘渡轮作为载体，才能让这个打捞器发挥这样的作用。

"嗯，不错，后天可以出海了吧？"

庄睿压根就看不懂这些玩意，只是看到原本的豪华渡轮，现在已经变得面目全非了。

张工点了点头，道："当然可以，我也希望能看到这个平台发挥作用……"

"庄哥，咱们这艘船估计能称得上是世界上最豪华的打捞船了吧？"

彭飞不知什么时候走到了这边，和庄睿开了个玩笑后，随之压低声音，小声在庄睿耳边说道："庄哥，那批东西已经运到船上了……"

第二十九章 胆大包天

"彭，你什么时候回来的啊？"

庄睿还未回话，克莱德船长就看见了彭飞，上前一个熊抱和彭飞打了个招呼。

庄睿初带彭飞来船上的时候，那些白人船员对庄睿和彭飞还不以为然，这些家伙都是老油条了，即使面对老板也不怎么恭敬。

后来庄睿单手提起了一个重达数百斤的船锚，而彭飞则借口和船员们切磋腕力，使得七八个大力士均手腕骨折，如此一来，再也没有船员敢轻视二人了。

克莱德的直爽脾气和彭飞很合得来，只是这几天彭飞不知道去哪儿了，搞得克莱德问了庄睿几次，现在看到彭飞，表现得异常亲热。

"靠，你这狗熊就不知道少抽点儿烟……"

彭飞一把推开了克莱德，他实在受不了对方身上那股子雪茄味。

"嗷嗷！"

跟在彭飞后面过来凑热闹的金刚，一见克莱德想要拥抱，马上挤了过去，抱小孩一般将克莱德搂在怀里，搞得克莱德连声大喊"救命"。

这一幕让旁边的工作人员纷纷笑了起来，金刚虽然块头大，但是脾气很好，有时候还会跑过来帮工人干点儿体力活，这帮人一点都不怕金刚。

庄睿见到身边人多，乱哄哄的不方便和彭飞说话，左右看了一番后停下脚步，说道："张工，我还有点儿事，你有什么问题就和克莱德船长协商，他会帮你安排的……"

"好的，庄总您放心，只要调试正常，后天一定可以出海的……"张工所在的重工集团对这次工程非常重视，他也不敢有一丝马虎。

"老板，您放心吧，为了咱们的理想，我一定会全力配合的……"

克莱德在澳门待了近二十年，别的没学会什么，但是粤语和普通话却说得非常流利，这样他与那些技术人员交流起来非常方便。

跟克莱德与张工打了招呼后，庄睿和彭飞向船舱走去，看到金刚跟在身后，眉头顿时皱了起来，说道："金刚，去，带方方圆圆玩去，注意点别让他们掉进游泳池里……"

金刚块头大，游泳池最深的地方也没不了这家伙，所以它非常喜欢把方方圆圆放在肩头到游泳池嬉水，庄睿说了几次，这家伙都不听。

"噢噢……"

听庄睿让它带小家伙们玩，金刚顿时兴奋起来，转身就跑了过去。

庄睿这艘豪华渡轮的前身，是赌王用于在公海和叶汉竞争赌客资源的赌船，船舱内的装饰无比奢华，虽然已经过去了十多年，那些镀金的家私依然金光闪闪、富丽堂皇。

船身一共分为六层，其中甲板下一层最大，原本是赌厅，现在被改造了一番，变成一个大通铺般的储物间，这是准备放置以后打捞上来的船身的地方。

第二层则是餐厅，近千平方米的餐厅足够数千人同时进餐，不过以后这里只为庄睿和船上工作人员服务了，原本近三十个厨师，现在只留下了五个，当然，他们的待遇比之前也好了很多。

第三四层全部都是客房，这些是用来招待那些住在赌船上的客人的，现在庄睿把第三层划分为船员宿舍，所有的工作人员都住在第三层，克莱德也不例外。

第四层和第五层则是庄睿的隐私空间，除了加密的直达电梯，原本的楼梯让庄睿安装了一个密码门，和下面几层完全隔开了。

第四层的客房，庄睿进行了大手术，把每间客房都进行了加固，这些地方是放置打捞上来的珍贵文物的，而这一层，除了庄睿等人和清洁工之外，船上的工作人员是不能上来的。

至于第五层，一共有三个豪华套间和七间相对普通一点的客房，这里面的三个豪华套间，是庄睿自己住和用来招待客人的地方了，像皇甫云夫妇还有彭飞两口子都住在第五层。

另外七间客房有五间是船上的安保人员住的，另外一间则被改造成了监控室，整艘船的监控安全和中低空的雷达扫描工作，都在这个房间内进行。

这一层的安保工作是彭飞从他老部队里挖来的一个战友负责的，本来庄睿想把负责博物馆安保工作的杨剑调来，可是一看这人的资料比杨剑还要适合。

彭飞这个战友叫李振，本来就是信息安全专家，他用了两个多月时间，已经把这艘船改造成一艘高科技的海上移动城堡了，当然，庄睿为此额外支付了四千多万人民币。

另外还有十八个人，都是从欧阳磊以前任师长的特种师退役的，他们不单要负责第五层的安保工作，另外整艘船的安全工作也都由他们掌控。

这十八个人的工作，分布在甲板和各个船上的楼层内，以便有什么突发事件可以第一时间赶到。

"修罗，不着急，还有几天才正式出海呢……"

庄睿和彭飞乘坐电梯来到五层后，迎面见到李振正指导着五层安保人员工作。

由于这是艘外籍注册的船，所以船上工作人员的身份还需要一些手续，这些安保人员也是刚刚上船不久，正在李振的安排下熟悉环境。

按彭飞的说法，他们在部队的时候都是喊对方的外号的，而看上去文质彬彬的李振，外号则是叫修罗。

彭飞暗地里和庄睿说过，修罗虽然丛林战不如自己，但是对科技信息方面却是国内数得上的专家之一，枪械甚至比彭飞玩得还好。

修罗还是爆破专家，在没有任何原材料的情况下，这哥们都能给你组装个炸弹出来。

一般在国外执行任务后撤退时的掩护都是由修罗负责的，从来没出过任何差错，和彭飞是真正的生死之交。

上船的第一天，修罗和彭飞开玩笑的时候，居然用工人留在甲板上的碎木屑又加了点儿什么东西做出个定时炸弹。

"庄哥，你们忙，我没事，在部队待久了，不活动下反而不舒服……"

从面相上看，修罗长得白白净净的，要不是彭飞说起，庄睿真看不出这家伙手上的人命比彭飞还多几个呢。

由于和彭飞是铁哥们，李振也跟着彭飞喊庄哥，他和彭飞一样，虽然出身于纪律部队，但是身上都带着股慵懒的味道，只有在危险来临的时候才能看到他们真正的一面。

"修罗，在这别客气，需要什么跟我说……"

庄睿笑着和李振打了个招呼，这段时间李振需要的东西可是不少，庄睿那钱掏得像流水似的，不过这艘船的功能也被他打造得强大无比，总算是物有所值了。

和修罗打了个招呼后，庄睿跟彭飞走到了五层最里面的一个房间门口，在门侧是一个指纹锁，彭飞将自己的指纹输入后，指纹锁面向上翻起，又出现一个按键锁盘。

输入了十二个数字后，庄睿面前那个看似平常的房门发出"咔"的一声，从里面打开了。

"庄哥，这也太麻烦了吧，每次都要搞这两套程序，不知道修罗这家伙怎么想的……"

这个房间是由五层最后一个客房改建的，不管是房门还是墙壁，全都是重新加固了合金的，并且按照内地军事机关的枪械库进行了改装。

如果没有密码，就算是用电气焊切割机，恐怕没几个小时工夫，都无法打开这道门，而这道门的指纹和密码只掌握在庄睿、彭飞还有修罗三个人手里。

这个房间是用于放置船上的武器的，不过在彭飞今天出现之前，这个房间还是空荡荡的。

经历了前番被阿沙力算计的事件之后，庄睿对自身的安全也加强了重视，听彭飞说现在海盗猖獗之后，拿出一大笔钱让彭飞去购买防备武器。

庄睿很想知道，彭飞这家伙从自己手上拿了一千万美元消失了几天，究竟买来了什么武器，对于枪械，只要是男人总归是有些向往的。

"是啊，这艘船注册的巴拿马国籍，一般没事的……"

对于彭飞的话，庄睿也深以为然，这个房间里放置的东西虽然有点见不得光，但这可是外籍游轮，是可以有武器装备的。

对于一艘外籍客轮来说，甲板就代表着国土，也就是说，不管这艘船到了哪一个国家，那个国家在没有提交外交照会之前，都没权利上船搜查。

"我……靠，你，你小子准备打仗啊？"

庄睿推开房门后顿时傻眼了，两百多平方米的房间内，此刻简直变成了一座军火库，密密麻麻地堆满了各种枪械和一个个木箱。

"妈的，这是炮啊？"

庄睿走进房间后，发现地上有个直径在三十公分左右的粗管子，仔细一看，却是一个被拆开了的炮管，旁边还放着炮架。

"靠，你小子买一个不够，还买了俩啊？"

庄睿定睛一看，敢情这大炮还是一对的，两个崭新的散发着幽光的炮管，让房间里的温度似乎都下降了不少。

庄睿虽然不是什么军事发烧友，但是他曾经看过一本二战时战舰火力配备的书，知道这炮管直径虽然没有自己目测的那么大，但是炮弹最少也是一百毫米的火炮，已然是很多中小型战舰的副炮了。

虽然随着世界军事的发展，这种原本被固定死了的火炮已经可以移动了，但是这两个大家伙的体积和重量，可是不小啊。

庄睿还真不知道，彭飞等人是如何把这大家伙搬到这个军械库来的，单是这炮管估计就有好几百斤重了。

"嘿嘿，庄哥，您给了一千多万，我总要花出去才成啊……"

彭飞早料到庄睿会吃惊，在一旁得意地笑了起来。

"你也买点有用的啊，这炮要是装在船上，那不是找难受吗？保准你一个港口都进不去……"

庄睿虽然也喜欢这大家伙，并且有放一炮试试的冲动，但是他知道，商用船可以配备轻武器，但是有火炮这种杀伤性比较大的武器在船上，恐怕任何一个国家都不会对"萱睿号"开放港口的。

"庄哥，没事，我早都想好了，下面船舱改造的时候，船体两边各留了一个房间，我让人把房间窗口改动了一下，平时是封闭的，用的时候就可以伸出炮管来了……"

从彭飞那个部队出来的人，几乎人人都是武器专家，对于各种地形环境所需要的武器配备，可以说是信手拈来，他之所以购买了两架一百毫米口径无后坐力炮，也有着自己的考虑。

在海上行驶的船只，远距离杀伤武器是一定要配备的，否则要是遇到什么紧急情况，这么大面积的一艘船，就只能停在那里挨打了。

有了这两门炮之后，对于一些中小级别的战舰，都具备一定的威慑作用，而那些所谓的海盗更是不堪一击了。

所以彭飞此次外出，主要精力就放在这两门炮和另外一些物件上面了。

至于手雷弹冲锋枪甚至班用机枪，在军火市场上都不是什么稀罕玩意，根本不用费什么劲就能买得到。

"彭飞，你小子猛，居然整两门大炮来……"

庄睿听了彭飞的解释后，想想也对，有这两门炮总归是有备无患，这年头都讲高科技，万一真遇到海大王，说不定自己也能去放一炮，杀他们个丢盔弃甲呢。

每个人都有英雄情怀，庄睿也不例外，在能保证自己安全的前提下过把战争瘾，这是每一个男人都梦寐以求的事情。

庄睿刚刚夸完彭飞，军火库的大门就被打开了，修罗从外面走了进来，笑着说道："庄哥，这小子猛的地方，您还没看到呢……"

"还有什么东西？"

庄睿说着话，目光却看向摆在房间角落的三个一米多长的箱子上，他知道那些小木箱里放的都是成规格的弹药，但是这三个箱子的体积要大出许多，在房间里显得有些突兀。

彭飞走到一个箱子边上，把外面的锁扣打开，将箱盖掀了起来，献宝似的冲庄睿招手说道："庄哥……你看！"

"这……这是导弹？"

庄睿一眼看过去，眼皮子顿时跳个不停，在那箱子里赫然放着一个大约二十公分粗细，一米长的炮弹。

这炮弹的前端有点像庄睿小时候玩过的冲天炮，但是后面却有四个铁皮分叉，看起来就像是卫星发射火箭的缩小版，当然，更像庄睿在电影中见到的导弹，只是体积小了不少。

"彭飞，你小子胆子也忒大了，这玩意能整到船上吗？万一爆炸了怎么办啊？"

说老实话，即使是站在这炮弹旁边，庄睿都有点心惊肉跳的，而且他的房间就在这军火库旁边，这要万一有点啥闪失，估计自己就要尝试一把坐火箭的滋味了。

而且这又是大炮又是导弹的，万一被某些有心人盯上了，自己也说不清楚啊，虽然这船是巴拿马的，但自个儿可是中国人呀。

"庄哥，这不是炮弹，这是反舰鱼雷，是最新款的 APR－2E 系列微型鱼雷，您放心，这鱼雷是用线导加主被动声自导控制的，只要不发射出去，您就是用锤子在上面砸，它都不会爆炸的……"

李振看庄睿真的生气了，连忙在一旁解释了一番，对于他和彭飞而言，玩个鱼雷真不是什么大事，如果有可能的话，他们甚至想整艘军用直升机在船上。

经过修罗的解释，庄睿才闹明白，敢情这就是二战时威力无穷的鱼雷，不过这几枚鱼雷要比那会儿的先进多了，是由发射台通过导线传输指令控制导向目标的。

发射后，鱼雷通过导线向发射台传回自身的状态、位置、目标的方位、距离等信息，发射台根据鱼雷返回的信息发出遥控指令，操纵鱼雷攻击目标，具有较好的抗干扰能力。

彭飞看庄睿的脸色有所缓和，连忙小声说道："庄哥，鱼雷发射架我放在底舱了，有人看着，不会被人发现的……"

其实彭飞也知道，像大炮和鱼雷这些东西，已经远远超出了普通商船所能配备武器的范畴，但是他在俄罗斯看货的时候，发现了这几样玩意，顿时就动心了。

当时彭飞和修罗联系过一次，得知以修罗的技术完全可以操作这几枚鱼雷时，心一热就买了下来，那位俄罗斯军火商也说了，这几枚鱼雷可是紧俏货，过了这村就没这店的。

"得，买都买了，别人也不带退货的吧……"

庄睿无力地摆了摆手，彭飞本就是个胆大包天的主，现在看来这个叫修罗的也不怎么安分，两人搅和在一起，还不知道会起什么化学反应呢。

看着这一屋子武器，庄睿不知道自己这次出海，到底是去打捞海底宝藏还是去剿匪和海盗们开战的。

总之看这情形，要是真遇到海盗绝对不可能善罢甘休了。

"对了，轻武器可以配备给船上的安保人员，但是这两门大炮和鱼雷发射架要严密控制起来，不能让任何非安保人员看到……"

庄睿想了一下之后，慎重地交代了两人几句，这船上的船员在澳门待的时间都比较长，很多人都已经娶妻生子了，社会关系比较复杂，庄睿可不想传出闲话去，别让某些部门给盯上。

"放心吧，庄哥，我来安排好了，到时候改建的几个区域都会有人把守的，绝对不会让船员进入……"

李振拍了拍胸脯，彭飞之所以买下这鱼雷，其中不无他挑唆的缘故，他在部队最多操控过鱼雷舰，在大型船只上安置鱼雷这还是头一次。

"行了，李振你去安排吧，抓紧把这大炮和鱼雷安放下去，放在这里我看着不自在……"

庄睿摇了摇头，见到这两个具有震慑性的武器后，再看那些最新款的枪支，庄睿总感觉像玩具似的。

"好的，庄哥，您放心吧，这东西不会白买的……"

李振笑了笑，转身出去招呼人忙活起来，五层的电梯是直通舱底的，所以不怕被那些船员看到。

庄睿看着这两个玩意就心惊肉跳的，干脆拉着彭飞坐电梯回到了甲板上。

回到甲板上之后，庄睿脑海里还是那些武器枪械，依稀记得还有几架火箭筒，不由向彭飞问道："对了，我就给了你一千多万美元，你怎么整到这么多大家伙的？"

"庄哥，一千多万美元可不是小数目了，要不是鱼雷和那两门炮，恐怕连两百万美元都用不了……"

彭飞闻言撇了撇嘴，以前用的武器都是由国家提供的，彭飞也不知道价码，这次出去可是大开眼界了，也了解到当今军火市场上的一些情况。

现在全球走私军火的交易额急剧膨胀，由 1992 年的一百八十万亿美元飙升到现在的一千亿美元左右，彭飞这一千多万美元的交易，对方真是不怎么看得上眼。

像那些轻武器，即使是最先进的冲锋枪也不过两百美元一把，如果是老式的AK47，价格还要低二十倍，十美元就能买得到。

按照此次交易方的话说，只要有钱，小到手榴弹、枪支及其零部件，大到飞机、坦克和导弹，他们都能卖。

第三十章 比行骗有前途

军火贩子的"买主"主要有两类：一是战乱地区的政府、反政府武装或游击队组织，一是国际恐怖分子。

对于前一类买主，军火贩子往往有求必应，既向政府军出售武器，也不"亏待"反政府武装，因为两者间的战争越持久，军火贩子的利润就越大。

对于后一类买主，军火贩子也毫无顾忌，他们也因此成了全球恐怖主义活动的"助推器"。

这些军火商可不管他们卖的东西会导致多少人失去生命，他们出售的武器类型从小型火器到重型火器，从陆地、海上兵器到空中兵器，从普通兵器到高技术兵器，从硬杀伤装备到软杀伤装备，应有尽有。

少数国家和地区为了获得令人生畏的核武器和生化武器，千方百计地从秘密军火商手中购买各种原料和武器部件。

在过去很长一段历史时期，主要的武器输出国恪守"只卖本国过时、淘汰武器"的原则，因而世界军火市场都是些二三流的武器装备，甚至到了六七十年代，早已淘汰的二战中的一些重火器仍然能找到买家。

现在不同了，发达国家军队列装的主战兵器，包括最先进的战机、战船、坦克、防空导弹等等，都可以在公开的军火交易中买到。

有的武器输出国为了赚取更多的硬通货以尽快重整自己的军备，甚至将自己军队尚未正式装备的一些主战武器卖给了心急火燎的买主。

"妈的，这些人什么都敢卖啊……"

庄睿被彭飞说得目瞪口呆，连部队的主战武器都卖，这要是发生在中国，根本就是一件不可想象的灾难。

"这有什么奇怪的，咱们国家世纪初从俄罗斯购卖的武器，少说也有上百亿美元了……"

彭飞撇了撇嘴，他之所以知道这些消息，是因为他们本身就执行过相关的交接任务，而彭飞能在短短一周之内搞到这些军火，也有赖于某些部门提供了便利。

彭飞也不是没脑子的人，当然不会如此大张旗鼓地购买这些重武器，他的行为得到了某些层面的默许，要不然纯粹是给庄睿找麻烦。

"靠，那些提着脑袋贩毒的人，和这些军火贩子比起来，简直就像是摆地摊的……"

庄睿摇了摇头，爆出了句粗口，导致世界军火交易最根本的原因还是利益。

军火走私是全球最暴利的行当，甚至比毒品走私的利润还要高数倍，某些军火走私贩身价动辄数十亿美元，有的年总收入甚至与一个中等国家的国民生产总值大致相当。

丰厚的利润，促使军火贩子们"前赴后继"，一批倒下去，新的一批又站起来。

一些国家和集团为了自身利益，或明或暗地纵容和支持一些军火贩子，很多军火贩子得到某些大国的纵容和庇护，最终得以长期逍遥法外。

另外，军火贩子在交易方式上，以"物物贸易"取代"钱货贸易"。

像非洲一些国家想要得到军火，就用钻石换军火，免去洗钱环节，直接将其转化为"合法收入"，如此一来，原本就难以侦查的军火走私变得愈加迷雾重重。

"庄哥，你看看这个……"

彭飞说得兴起，从兜里掏出一张对折的纸递给庄睿。

"这是什么？"

庄睿接过来一看，上面写满了英文，不过仔细一看内容，顿时将他震住了。

"我靠，M1 系列坦克，单价为三百万美元，还附送二十发炮弹？"

庄睿看到排头的一行字，眼睛立马瞪得溜圆。

彭飞嘿嘿笑道："庄哥，您接着往下看，好东西多着呢……"

庄睿接着向下看去，T—72 坦克，单价仅一百八十万美元，比别国的便宜了一半，庄睿算是明白了，敢情军火贩子的这张报价单上故意做了一番对比。

彭飞突然凑到庄睿身边，指着下面的一条报价说道："庄哥，您说咱们买个对空防卫导弹系统怎么样？好像也不贵，只要一千多万美元……"

"滚一边去，咱们出海是捞宝的，你当是去打仗啊……"

庄睿一看那个报价，顿时满脑袋黑线，这居然是C—300防空导弹系统的报价，而且居然才卖一千二百万美元一套。

说起C—300防空导弹系统，大家可能不太明白，但是它的性能要比大名鼎鼎的"爱国者"防空导弹系统命中率更高，而售价仅是"爱国者"的一半。

庄睿算是发现了，以自己的身家，要是想装备起来，估计能把这艘商船改装成一艘驱逐舰，只要有钱，在军火走私界就没有办不到的事。

"行了，去舱底盯着点，别让那些船员知道这些武器……"

庄睿无力地摆了摆手，自己白白得来一艘船，但是没想到单是这些武器支出就花了几个亿，真不知道那些海底宝藏的价值，是否能将自己的开支赚回来。

在马六甲海峡不远处有个荒岛，整个岛身狭长，纵深有四五百米，天然形成一个十分隐蔽的港湾，从外面的海洋中丝毫看不出，在这里面隐藏着一个吃水位很深的港口。

此时港口内停着一艘长二百多米的巨大油轮，油轮前船头站了七八个人，在他们脚下不远处的甲板上，有数摊鲜红的血迹，显然甲板上曾经发生过一些不愉快的事情。

"大哥，这一船油怎么着也能卖一亿美元吧？还有这艘油轮，怎么着也能值几个亿吧？对方只愿意给八千万，是不是太黑了点啊？"

要是庄睿在这，肯定能认出来，刚才说话的人正是他见过的那个千门火将。

这哥们和几个月前西装革履的样子完全不同了，上身穿着件紧身背心，浑身肌肉贲张，一条金黄色的子弹链，从肩头斜着背在身上，很有点终结者里阿诺德·施瓦辛格的风采。

"二十万吨的油轮，一共装了一百多万桶原油，要是按照市场价最少要在一亿五千万美元以上，不过老五，这次死了人，没法让货主来赎货，只能低价处理给别人了……"

说话的人正是刘明辉，辉哥的形象和几个月前也是大不相同，穿了一身美式海军迷彩服，脸上戴了一副大大的墨镜，原本白白胖胖的皮肤也被海上的阳光晒得黝黑，不过精神头十分好。

他们自从离开澳门之后，花了整整两千万美元，从军火黑市上买了一艘军方淘汰的护卫舰。

不过由于刘明辉手头紧张，这艘护卫舰上的导弹、深水炸弹和反潜鱼雷均被对方拆除了，除了留下几挺重机枪外，就是船头那个一百毫米的舰炮，也是摆摆样子的，一发炮弹都没有。

这也是护卫舰造价低廉的原因，要是换做驱逐舰或者鱼雷舰，恐怕两千万美元也就只够买一套舰上的电子设备。

但是在马六甲这地方，能拥有这么一艘护卫舰，足以让以刘明辉为首的新生海盗集团混得风生水起了。

这才短短两个月时间，刘明辉就已经打劫了三艘往来马六甲进行贸易的商船，面前这艘就是半个月前刚刚劫持的一艘隶属于尼泊尔航运企业"弗拉泰利·达马托公司"的油轮。

只是在劫持这艘油轮的时候出了一点小小的意外，在警告油轮停下登船的时候，辉哥不够淡定，开枪打死了两个船员，让此次的劫持事件发生了一点变化。

原本海盗劫持船只，尤其是这样价格昂贵但是出手困难的油轮，一般海盗的最终的目的是让船主拿出一笔钱赎回去。

但是死了人就很难办了，所以辉哥通过以前的路子联系了一个马来西亚的大买家，准备连船带油都卖给对方，只是价钱十分低，只卖到油钱的一半，船等于是白送的。

"八千万就八千万吧，老大，还是干这个有前途啊，算上这一炮活，这才两个多月，咱们就整了差不多十亿人民币了，真他妈的爽……"

火将对这种刀口舔血的日子十分适应，以前拼死拼活几十年，每天提心吊胆地过日子，才不过赚了四五个亿的身家，没想到在海上两个多月就已经超出以前半辈子赚的钱了。

"古人诚不欺我啊……"

辉哥突然没头没尾地说了一句文绉绉的话，他是想到了老祖宗纵横海上的事迹，敢情自己老爸和爷爷说的都是真的，这一行比千门行骗有前途多了。

一直拿着望远镜观察的老三，快步走到辉哥身边，小声说道："老大，有船来了……"

"让兄弟们准备，一个个眼睛都瞪大点，枪保险都给我打开，别他妈的被黑吃黑了……"

在海上飘荡了几个月，辉哥原本自诩是有几张国外大学文凭的斯文人，也变成了粗人一个，和这些刀口舔血的人说话，太文明了根本镇不住他们。

虽然这次交易方是辉哥的老熟人，马来西亚的一个著名的船务巨子，但是辉哥也不敢掉以轻心，要知道，海上的行事规则就是大鱼吃小鱼，小鱼吃虾米。

在这鸟不下蛋的地方，只要对方有足够的实力，即使把自己等人全部干掉，这个世界也不会起任何波澜，更不会有人想念他们。

更何况最近辉哥还听到个消息，就是拉斯维加斯的一个赌城老板，指名要找到并且干掉他们。

辉哥明白，原因就是他们聘请的杰维斯没回到拉斯维加斯，这让那位准备参加年底赌牌大赛的赌城老板极为不满，动用了很多手下打探辉哥等人的消息。

这也是辉哥决定做海盗的主要原因，海上行踪飘忽不定，很难被堵住，要是在哪里定居，说不定哪天就会被赌城老板请的杀手干掉了。

"老五，去，把那几个猴子都料理了，搞得干净点，沉到海底去……"

接过老三递过来的望远镜，辉哥目测了一下远方海面上驶过来的船只，应该还有个把小时才能赶到这里，时间上足以把船舱内的那些人处理掉了。

如果不是当时还需要这些船员驾驶这艘船，辉哥前两天就把这些人干掉了，要知道，就因为劫持这艘船，辉哥还掉进海里一次，差点没被大浪给冲走。

这艘船进入马六甲海峡的时候还是半夜，就被辉哥的人给盯上了，跟了几个小时之后，天刚刚亮，辉哥就亲自带人动手了。

当时叫停这艘船时，船长曾经试图加速摆脱，并且对乘坐小艇企图靠近油轮的辉哥喷射水柱，也合着辉哥倒霉，被高压水柱冲到海里后差点没淹死。

后来还是火将对着油轮发射了一枚火箭弹，虽然没伤到人，但是却震慑住了油轮上的人，这才顺利接管了这艘船。

被水柱射得七荤八素的辉哥上船之后一时没控制住脾气，拔枪射杀了两名船员，这也使得原本的劫持事件升级，只能另外想办法将船卖掉了。

"砰……砰砰！"

火将离开没多久，船舱后的甲板上就响起了一阵枪声，听得辉哥直皱眉头，这他娘的子弹也是花钱买的啊，身上绑块石头沉到海里不就完事了？

这艘船一共不过三十几个船员，一阵枪响过后，从后甲板上吹拂过来的海风里，就掺杂了一股浓郁的血腥味。

"去，把甲板上的血都冲洗干净了……"

辉哥扭头交代了身边人一句，虽然是正儿八经"下海"了，手里也沾了不少人命，辉哥还是感觉自己的行为有点儿"有辱斯文"。

等了近四十分钟，远处开过来的那艘船上放下一条快艇，向这艘万吨油轮驶了过来。

"达图，我的老朋友，十分欢迎你的到来……"

油轮上放下旋梯，辉哥恭敬地迎在旋梯边上，眼前上来的人可是他的贵人。

就是干上海盗这行，也多亏了这个马来西亚大亨的帮助，否则他那艘护卫舰根本就买不到，但是财帛动人心加上人心隔肚皮，辉哥还是回头让手下人做好了火拼的准备。

达图用手下递来的白毛巾擦了一把脸上的汗后，和刘明辉握了握手，说道："阿辉，没想到你这么短的时间就把摊子给铺开了，看来你还真是天生就是干这行的……"

达图也是五十出头的年纪，身材非常胖，两腮的肥肉几乎快耷拉下来了，不用低头就能看到脖子上面那好几层下巴。

达图虽然是马来西亚土著，但是年轻的时候跑过不少国家，汉语也说得非常流利，此刻就是用汉语和刘明辉交谈着。

在海上跑生意，早年没有几个正当人，正如资本论所说的，最初的原始资金的积累都是充满着血腥的，达图早年表面上是生意人，暗地里也是杀人放火金腰带，纵横海上的枭雄。

虽然捞够上岸了，并且还在国内搞了个什么都督的称号，但是达图暗地里和马六甲甚至索马里的海盗还有着紧密的联系。

像辉哥劫持的油轮所在的公司，就是达图的竞争对手，而辉哥所有的线报也都是达图提供的。

这么一来，既打击了对手，又能廉价得到这么大一笔财富，虽然达图身家百亿，还是对这种行为乐此不疲。

不过这也正是辉哥提防达图的主要原因，过河拆桥卸磨杀驴的事情，辉哥当年行走江湖的时候可是没少干。

"去，看看原油的数量……"

和刘明辉简单地说了几句后，达图就让人去查验船上的原油货物了，其实他的资料来自对方公司内部，对于这批原油的情况比船长还要清楚。

　　"达图老友，这次多亏了您的帮助，这艘船到这里之后就没再动过，我阿辉做事您尽管放心……"

　　辉哥知道对面这胖子看上去像头肥猪似的，不过在东南亚的势力非常大，光是手下资助的海盗组织就有好几支，自己这半路出家的根本就没法和别人讨价还价，所以对达图态度非常恭敬。

　　"当然，咱们几十年的交情，我达图有什么不放心的？"

　　达图笑得一身的肥肉都在颤抖，他知道刘明辉的底细，当年他曾经请刘明辉设过一个局，将当时马来西亚最大的船务公司拖入财务危机中，这才使得他现在的公司有如此的规模。

　　不过达图还真没想到，当年的一帮子骗子玩起暴力来，居然还真有那么点儿天分，甚至比一些老海盗干活还干净利索。

　　要知道，让这么一艘十万吨以上的油轮失踪可是震惊世界的大事，也就他达图能吃得下这批货，因为他可以将油轮拖到自己的船坞里重新粉刷改造。

　　过了半个多小时候，清点货物的人走到达图身边，用当地土语小声说道："老板，货物都在，没有少……"

　　"哈哈，老弟，咱们转账吧……"

　　达图听了手下人的话后，脸上堆满了笑容，看向辉哥说道："这次虽然让你吃点亏，不过你也知道，我家大业大，养的人也多，而且消化这批货价格肯定不能高。不过细水长流，咱们以后的合作还多着呢……"

　　"那是，那是……"

　　辉哥点头附和着，虽然他对这肥猪开的价很是不满，脸上却不敢表露出一丝这样的意思来，察言观色也是老千必备的素质。

　　辉哥在瑞士银行有账号，为了劫持海上人质转账方便，还特意办理了卫星接收转账机，看到达图将八千万美元汇到自己账上后，辉哥脸上也露出了喜色。

　　干海盗不过两个多月，已经有近十亿的身家了，虽然附和着达图细水长流的话，但是心里早已打定了主意，再干上一两票马上从马六甲消失。

　　"老弟，等等……"

　　交易完之后，这艘油轮就不属于他们的了，辉哥一行人也准备离船了，不过却被达图喊住了。

"达图先生，还有什么事？"

辉哥愣了一下，神经顿时绷紧了，他这一行干得时间比较短，最怕就是被人黑吃黑了。

达图摆了摆他那胖得像萝卜一样的手指，示意刘明辉不要紧张，笑着说道："呵呵，老弟，我附送你个消息，听说澳门赌王最大的那艘豪华商船，卖给了一个你们国内的年轻人，最近正在改造准备出海，你可以多关注一下这方面的信息……"

"澳门，赌王把船卖给了一个年轻人？他叫什么名字？"

辉哥听了达图的话后，瞳孔顿时收缩起来，他感觉那个年轻人一定是让他钱财一空的庄睿。

"叫什么我记不清了，不过好像姓庄，老弟，我对那艘船比较感兴趣，要是你能吃下来的话，我给你这个价……"

达图伸出一根手指，他前几年曾经向赌王报过价，想用相当于二十五亿人民币的价格购买那条船，但是被赌王拒绝了，现在可以用更低廉的价格得到那艘船，达图怎么可能放过这次机会呢？

看了达图的手势后，辉哥眼睛眯缝了起来，问道："一亿美元？"

"对，就是一亿美元……"

达图点了点头，那艘豪华渡轮虽然已经建造好多年了，但是价值绝对在四亿美元以上，并且拿过来就能做赌船用，达图一直想参与到赌业中。

不过要是这哥们知道庄睿已经将那艘船改造得面目全非了，不知道他是不是还愿意出这个价码。

第三十一章 马六甲海盗

"那个人姓庄，单名一个睿智的睿?"

刘明辉眯缝起来的眼中闪烁着寒芒，他无法忘记今天的一切是谁造成的，虽然现在混得也算不错，但是有家不能归的痛苦一般人是无法理解的。

道上已经有消息传到辉哥耳中，拉斯维加斯的一个赌业大亨出了巨资要买他的人头，所以辉哥虽然在国内和东南亚几个国家都有房产和女人，但压根就不敢回去，甚至连自己身处何地都不敢透露。

而这一切都是拜庄睿所赐，如果庄睿没有赢了杰维斯，那么他现在肯定在加勒比的小岛上享受阳光，而不是拿着冲锋枪凶神恶煞一般整天在海上和人火拼。

"对，好像就是叫这个名字，老弟，你知道的，我虽然会说汉语，但是并不是很精通，应该就是这个人……"

达图有点奇怪，为什么刘明辉说到这个名字的时候咬牙切齿的，他怎么都没想到，刘明辉之所以当初落魄地找到自己，就是因为庄睿的缘故。

"好吧，达图先生，如您所愿，我会将那艘豪华游轮交到您的手上……"

刘明辉闻言笑了起来，笑得很开心，他原本以为这辈子都没有办法报这一箭之仇了，却没想到机会居然来得如此之快。

而且做了这一票后，再拿到一亿美元，足够他和手下十几个弟兄逍遥快活一辈子了。

到时候把自己买的那个海岛装上武器和监视防卫系统，就算是那位赌业大亨派杀手来，自个儿也不怕了。

想到这里，辉哥脸上笑得愈发阳光灿烂，似乎自己已经在加勒比的小岛上享受幸福生活了。

"老弟，我知道你不会让我失望的，放心吧，我会把那艘船的实时动向告诉你的，祝您马到功成!"

达图见了刘明辉答应下来，笑得很畅快，在他看来，刘明辉一行人心狠手辣，对付这么一艘没有什么武器装备的游轮，那还不是手到擒来的事。

要知道，海盗之所以能在海上纵横，凭借的不是人数多，而是精良的武器震慑。

就像刘明辉购买的那艘护卫舰，仅是船头上一百毫米口径的火炮，就足以让很多商船乖乖投降了。

而且一般的商船极少配备重武器，充其量就是带几把手枪，用这样的武器和武装到牙齿的海盗对峙，无疑是以卵击石不自量力。

这次刘明辉劫持油轮之所以会开枪杀人，一来是被人用高压水柱冲到了海里，二来是上船后见到有人想掏枪。

有些朋友会感觉奇怪，既然油轮上有枪，为什么要用高压水柱退敌，而不是用手枪呢?

原因很简单，因为双方的火力根本就不对等，几把手枪只会招惹得海盗大开杀戒，所以一般海上商船遇到海盗，如果没携带冲锋枪之类的武器，是不会将手枪拿出来的。

只是这艘油轮上的船员们没想到，即使他们后来乖乖投降了，也没逃脱死亡的命运，如果早知道这个结果，或许他们开始就会拼死一搏，也能给刘明辉的海盗团伙造成一些损伤。

告别达图回到自己的护卫舰上之后，辉哥长长地舒了一口气，每次交接贼赃的时候，总是提心吊胆的，生怕出什么意外。

"老三，安排人去香港，看看能不能接触到那艘船上的船员，弄清楚他们有什么防卫武器，不要怕花钱，如果能发展一个船员做内应，那就更好了……"

等护卫舰远远离开那个海岛，刘明辉向老三交代了一番，先前就是小看了庄睿，才入了他的道，赔得鸟蛋精光，这次辉哥慎重了许多，不敢贸然出手了。

"大哥，您放心吧，套几句话的事，还不是咱们老本行吗?"

老三在以前的千门组织里一直都充当白纸扇的角色，打打杀杀他不行，但是出个坏点子结交个什么人是他的强项。

"不要掉以轻心，那小子也是江湖道上的人，说不定就有什么后手，记住，宁可拿出几十万砸下去，也要把事情搞清楚……"

辉哥的脸色有些阴沉，每次想起"庄睿"这个名字，总让辉哥心情不好。

"轰……轰轰……"

一阵直升机螺旋桨的声音在"萱睿号"上响起，螺旋桨旋转所带起的劲风，吹得不远处的庄睿连忙抱住了想凑前看热闹的儿子，小家伙刚才一个没站稳，一屁股坐在了甲板上。

"庄哥，这玩意开着不带劲，不如军用机开起来爽……"

过了三四分钟后，直升机的舱门打开了，彭飞骚包地从上面跳了下来，引诱着庄睿怀里的小家伙，说道："方方，让叔叔抱抱，叔叔带你坐飞机……"

小家伙明显抵挡不住这种诱惑，歪扭着身体向彭飞张开了小手，气得庄睿一巴掌轻轻地拍在他屁股上，笑骂道："你小子，要是放在以前就是当叛徒的料……"

庄睿在船上装备直升机，也有着自己的考虑，大海多变危机四伏，即使是这艘排水量在万吨以上的商船也难保不出事。

有了直升机之后，只要不是远离海岸，一般情况下都可以自救，而且这架直升机也不是庄睿自个儿掏钱买的，不要白不要。

"庄睿，这架飞机多少钱啊？你小子现在是飞机轮船什么都配齐了啊？"

直升机落在甲板上的动静惊动了皇甫云等人，原本待在房间里的几个人纷纷来到甲板上，站在旁边评头论足起来。

"一千两百多万人民币，皇甫兄，你又不是买不起。"

庄睿看老婆抱着女儿过来，连忙接到怀里，说道："还是女儿亲，走，老爸带你兜风去……"

这两年皇甫云跟着庄睿身家也是暴涨，单是这两年从博物馆里拿的分红，差不多都有一千万了，所以庄睿才会如此调侃他。

"得了吧，我可没那么骚包，彭飞，走，咱们上天转悠一圈去……"

皇甫云摇了摇头，拉着云曼直接坐了进去，彭飞笑着把兴奋的小方方塞到云曼怀里，自己坐在驾驶位上。

"靠，吃我老婆豆腐，和你老爹一个样……"

皇甫云见小家伙的一双手，正好抓在自个儿媳妇的双峰上，粉嫩的脸蛋还在上面磨蹭着，顿时怪叫起来。

"滚一边去，我可是本分得很……"

庄睿见媳妇就在旁边，连忙撇清自己，却引得众人哈哈大笑起来。

等皇甫云两口子坐了一圈之后，庄睿也带着秦萱冰坐了上去，在天上飞了一圈，感觉很是不错，稳定性和声音比起军用直升机来，简直不可同日而语。

这架直升机的内舱是全封闭式的，而且还是防弹防噪音的玻璃，坐在里面很舒适。

本来这是一位香港富豪订购的，不过秦浩然知道女婿想买一架直升机在船上，厚着脸皮找到那位富豪，将这架直升机要了过来，算是秦家送给庄睿的。

虽然上次庄睿帮秦氏珠宝去南非选购钻石的事情，庄睿没再提过，但是秦浩然心里却很不落实，借着这次机会算是给庄睿一些补偿。

渡轮上的钻探平台和浮吊设备早在五天前就已经调试完毕，就因为等这架直升机，庄睿原本起航的时间晚了将近一个星期。

不过澳门毗邻香港，他带着儿女和秦萱冰在老丈人家住了几天，这让秦老爷子高兴不已，原本还生着病的身体也奇迹般地好转起来。

当然，庄睿是不会说出自己没事帮老爷子调理身体的事情，他每天都是等老爷子熟睡后，才隔着几个房间给老爷子梳理身体，倒是不虞被发现。

作为一艘新命名的渡轮首航，本来是要进行一番庆祝的，只是庄睿厌烦港澳那种敬天拜地敬献猪头的仪式，干脆都省去了。

不过第二天一早，还是有不少得到消息的港澳名流，都赶到了萱睿号上，因为不管从身家还是身份上而言，庄睿比起他们都毫不逊色，这样的年轻人自然要好好结交一番了。

不过这些人到了船上之后，纷纷侧目不已，在心里暗骂庄睿土包子，原本一艘豪华渡轮，现在硬是被庄睿整得变成了四不像，甲板上的平台和那两根手臂般的浮吊，尤其不协调。

上午九点十分，船上响起十八声礼炮，随之嘹亮的汽笛声响起，轮船缓缓开动起来。

由于有不少港澳名流在船上，所以第一天的首航只在香港近海海域转了个圈，晚上又停在澳门码头，庄睿亲自一一将诸人送下船。

与此同时，远在马来西亚群岛的一个荒岛上，辉哥也得到了萱睿号首航的消息。

"还是这船坐着舒服，就是在甲板上摆副麻将，估计一点都不带摇晃的……"

庄睿站在萱睿号的船头，带着一副太阳镜，宽松的衣服被海风吹得紧贴在身上。

看着身下几十米的船头破开一条白色的巨浪，再回头看看穿着一身比基尼泳衣，外面罩着浴巾的妻子，不禁小声说道："萱冰，咱们要不要来个泰坦尼克号的造型？"

虽然生过小孩，但是秦萱冰的身材却恢复得很好，并且比以前圆润了许多，举止之间流露出一股少妇风情，即使是庄睿也经常看花了眼。

昨天首航之后，今天一大早七点整，萱睿号就驶离了澳门码头，向南中国海和马六甲海峡接壤的地方驶去，那里是庄睿打捞沉船的第一站。

现在不过早上十点多，皇甫云两口子昨天去澳门赌场玩了，睡得比较晚，甲板上除了庄睿夫妻之外，就是带着方方圆圆玩的金刚了。

"去你的吧，你不怕丢人我还怕呢……"

秦萱冰闻言脸上红了一下，将身体依偎在庄睿身上，那柔软的肌肤顿时让庄睿想入非非起来，下面不由自主地支起了个小帐篷。

"你这人，真是……"

秦萱冰感觉到小腹处硬邦邦的东西，顿时没好气地白了庄睿一眼，不过那风情万种的样子看在庄睿眼里，却是老婆向自己发信号呢，那双手顿时不老实起来。

"别，你不会是真的想吧？"

秦萱冰感觉到胸口双峰处的一双大手，顿时被吓了一跳，不过身体也有些发软，连忙说道："别，不知道有多少人在看着呢……"

庄睿一听，顿时想起了李振那小子在船上安装的摄像头，心中欲火退了一半，敢情自己要是再过分一点，监控室里就有人在看西洋景了。

"哎呀，小方方又跑泳池边去了，我要去看着……"

要说这父母生了儿女后，几乎有一大半时间都是为了儿女活着，秦萱冰也不例外，见到方方偷偷摸摸地跑到游泳池边，连忙放开庄睿向儿子走去。

"哎……哎，我说，你……"

庄睿底下还支着帐篷呢，媳妇这一走，顿时显露了出来，看到远处彭飞从船舱走出来，连忙转了个身，做出一副观赏风景的样子。

"庄哥，这船坐着真带劲，比咱们上次在海上坐的那游艇强一百倍……"

彭飞倒是没注意庄睿的样子，站在庄睿身边惬意地呼吸着海风，上次他寻找庄睿的那一个多月时间简直掉了半条命。

"你小子，现在也学会享受了啊……"庄睿闻言笑骂道。

"切，我说哥哥，能享受谁愿意吃苦啊？咱当初那也是没办法的事情啊。"

彭飞摆了摆手，满不在乎地说道，像他原先的部队，保密级别极高，但是有一点好，就是没一般部队那么多约束，搞得这个部队里出来的人个个都显得有些懒散，并且最不爱循规蹈矩。

且不说彭飞，就说以前的周瑞，刚进入西藏就搞了几把冲锋枪，完全不把国家不准私人藏枪的法规看在眼里，现在的李振更强悍，差一点没把这艘商船改造成军舰。

"行了，别扯淡了，舱底都改装好了吗？"

庄睿最关心的还是这件事，在他想来，两门大炮加上一架鱼雷发射器，要是走漏了风声，相关部门绝对不会视而不见的。

"庄哥，放宽心吧，三号舱和十六号舱，已经被封闭起来了，并且下去的楼梯也被改造了，船员根本无法进入这两个地方……"

彭飞还是一副吊儿郎当的样子，他知道的事情比庄睿多一点儿，就像这次军火交易根本就逃不出国家的监控，如果不是有人打了招呼，他压根就买不到这些东西。

"嗯，这些船员都不是自己人，以后在内地招收一些，慢慢都换掉……"

说老实话，对这艘船上的船员，除了大胡子船上很对庄睿的脾性外，其他的像是一些葡萄牙籍的船员，庄睿都不怎么看得上眼。

这些懒散惯了的家伙们，在没有出航任务的时候，几乎都泡在澳门岛上。

要是正儿八经地在澳门安家，庄睿也不会说什么，但是这些家伙不是在赌场里厮混，就是找女人到酒店过夜，打架斗殴什么都干，第二天回到船上的时候都顶着个熊猫眼。

这艘船虽然是白得的，不过庄睿对它寄予了很大期望，捞出五大洋的海底宝藏全指望它了，要不是一时半会儿庄睿招不到人手，早就把这些家伙打发了。

"嗨，这个还不好办吗？咱们海军退役的士兵多了去了，到时候把他们找来，那些家伙还不乐得屁颠屁颠的？"

彭飞是部队出身的，一听这事，马上就提出了解决办法，海军服役是五年，这个时间足以让很多普通战士掌握水手的基本技能了，并且纪律性还高，拉过来就能用得上。

现在部队不管士兵退伍分配了，很多农村士兵都想转成士官，但是每年部队提拔士官的名额有限，庄睿这边要一些退役士兵，正好帮部队领导解决难题了。

庄睿一听还真是这么个理，当下高兴地说道："好，这个办法好，我回头就给大哥打电话，让他要一批人……"

"多大点事啊，庄哥，回头这事我给办了，您就别麻烦那位了……"

彭飞一听庄睿的话，顿时乐了，屁大点事就找副总长，欧阳磊这官当得真是有些憋屈。

"呃，那交给你办了……"

庄睿摸了摸鼻子，也感觉自己有点小题大做了，此时渡轮已经驶入南中国海，原本广阔的海面上，不时可以看到一些小的岛屿礁石。

这些年来围绕着南中国海的开发，摩擦不断，中国一再的退让，却引起某些小国变本加厉争先恐后地涉足南海。

虽然这艘船走的是公海，但是进入南海海域之后，不时能见到一些挂着国外旗帜的军舰在海面上游逛，看得庄睿和彭飞都很不舒服。

"妈的，要是来挑衅，非和他们打一仗不可……"

彭飞骨子里就是天不怕地不怕的性子，加上这艘船被他改造得并不逊色于一般的小型军舰，所以这哥们说话的口气也很大。

"得了吧，不要参与政治，咱们就是打捞沉船而已，而且是在公海海域，打捞上来的东西全归自个儿，谁都甭想碰……"

庄睿虽然也心中不忿，但是他可不想参与国家层面的交锋中去，而且他也没有这个资格。

庄睿现在最想做的就是，在九月开学之前，在定光博物馆内开一个海洋沉船博物馆。

要说赌王送的这艘船还真是雪中送炭，因为庄睿如果按照国内沉船沉物打捞管理规定，他根本连打捞资质都拿不到，但是有了这艘船，庄睿就不考虑在属于中国的海域打捞沉船，直接就跑公海上来打捞了。

按照国际海事组织 1995 年的一条规定，在公海打捞到的沉船，所有物品都归个人所有，就是那些沉船国，庄睿也可以完全不鸟他们。

"庄哥，咱们这次真的能打捞到沉船？"

彭飞不知道庄睿哪里来的信心，直接将船驶到南海靠近马六甲的海域，这要是底下没沉船，不是瞎折腾吗？

"嘿嘿，有没有你到时候就知道了……"

庄睿闻言笑了起来，却没有解释原因，他解释不清楚啊，总不能说感觉到海底有古玩散发出来的灵气吧？

从海盗岛返航的时候，他们走的就是这条海上航线，庄睿沿途记下了几十个坐标，都是蕴含了浓郁灵气的沉船。

至于这一次的目的地，就是在南海和马六甲接壤处的公海海域内。

第三十二章 海捞瓷

"当年的郑和舰队，如果能学学欧洲等国的做法，咱们国家也不至于在明中后期如此衰弱了……"

随着渡轮慢慢靠近目的地，站在船头的庄睿十分感慨，他现在走的这条海路，就是当年郑和下西洋时走的航线。

当年郑和首次下西洋就是从刘家港出发，穿越马六甲海峡进入印度洋，一共走访了三十多个国家。

郑和下西洋的船队是由二百四十多艘海船、二万七千四百名船员组成的超级船队，完全是按照海上航行和军事组织编成的，在当时世界堪称一支实力雄厚的海上机动编队。

著名的国际学者，英国的李约瑟博士作出了这样的结论："明代海军在历史上可能比任何亚洲国家都出色，甚至同时代的任何欧洲国家，以致所有欧洲国家联合起来，可以说都无法与明代海军匹敌。"

不过可惜的是，中国一直崇尚所谓的礼仪之邦，空有如此强大的武力，却刻意与各国交好，如果效法英葡等国，或许中国也会在世界上拥有诸多殖民地了。

"老板，距离你给的坐标地点还有两个小时的航程，是否在坐标点抛锚，请指示……"

正在庄睿感怀先人的时候，手里的对讲机响了起来，是大胡子船长在向庄睿请示。

作为一个只签了一年合同被临时雇用的船长，克莱德将自己的位置摆得很正，除了和航行有关的问题他自己可以做主之外，其他事情都是睁只眼闭只眼。

这些天庄睿手下的人一直在底舱进行某种改造工作，但是克莱德从来没去问过，并且还曾经严厉处罚过自己手下的一个大副，原因就是这个大副当时喝醉了酒，执意要去看舱底究竟在干什么？

"克莱德，您可是船长，要知道，在这艘船上，您就是老大，有必要事事向那个年轻人汇报吗？"

在船头的驾驶舱内，一个肩膀上有三条横杠的大副，一脸不忿之色，正在用语言鼓动着克莱德。

"杰克，那是咱们的老板，他随时可以炒掉你我的鱿鱼，到时候你别说进赌场了，恐怕连澳门都待不下去……"

克莱德不满地看了手下一眼，要不是和杰克相处了十多年，并且一直都担任自己的副手，克莱德一定会把这个酒鬼兼赌徒赶出这艘船。

"哦，好吧，船长，我想你是对的，只是他们在船底究竟在干什么啊？不会是贩毒吧？天哪，要是这样的话，那咱们……"

杰克眼珠子一转，又把话题扯到船舱底部改造的事上，他前几天装着喝多了下去过一次，却被两个孔武有力的保安给拎了上来，什么都没看到。

"贩毒，笑话，你知道咱们老板的身家是多少吗？最少几十个亿，知道克劳斯黄金锚宝藏吗？那就是被咱们老板得到的……"

克莱德对杰克的话嗤之以鼻，身家数十亿的老板去贩毒？除非庄睿就是靠着贩毒发的家，或者是脑子坏掉了，现在才会去干这种事。

"哦，上帝，黄金锚?!"

杰克还真不知道这件事，听说后脸上的惊愕不是装出来的，看着轮船不断向电子仪器上的坐标点靠近，杰克忽然一手捂住了肚子，说道："见鬼，船长，我要去下洗手间……"

"去吧，以前也没见你有这么多事情，身体要是不舒服就回房间休息会儿，这里有我在就行了……"

克莱德不疑有他，摆了摆手，他对老伙计一向都很宽容，今儿要是换个新手，克莱德一定不会这么好说话。

"妈的，那小子居然这么有钱，五十万美元太少了，最少也要敲他一千万，到时候我就能离开这个鬼地方了……"

离开驾驶舱后，杰克一双眼睛滴溜溜转着，嘴里用自己能听见的声音嘟囔着："澳门真是个好地方，当然，拉斯维加斯也不错，金发女郎比东方女人还有味道，不过那个年轻人的女人真他妈漂亮……"

脑子里闪着龌龊的念头，杰克一路走回自己的房间，进入房间后，马上将房门牢牢关死，从床头的保险柜里拿出一部卫星电话。

和很多船员在澳门安家生子不同，杰克这十多年一直都是单身，没有出航任务的时候，不是赌博喝酒就是和妓女鬼混，身上发的工资向来都是月初就没了。

好在渡轮上船员的住宿和吃饭都是免费的，所以杰克每个月都能充当一次大款，然后就回到船上蹭吃蹭喝，日子过得倒也不算落魄，但是绝对说不上好。

不过一个星期以前，杰克这种年复一年日复一日的生活被打乱了，起因是一场赌局。

在那场赌局里，杰克莫名其妙地输了三万多美金，而且也不知道自己为何又向高利贷借了五万，并且全都输光了，这让杰克清醒过来之后差点没崩溃。

在澳门待了十多年，杰克深知这些高利贷的可怕，仅凭自己的工资，半年才能还上那五万美金，不过半年之后，五万恐怕就变成十五万了，如果还不掉的话，自己身上一定会缺少个部件。

正当杰克浑身发寒的时候，一个刚才和他对赌的东方人突然出现在杰克面前。

杰克发誓，最初他敢肯定这人是魔鬼，不过在那个东方人拿出整整十万美金后，他在杰克眼中立马升级为上帝。

十万美元的订金，完成那人交代的事情后，还会有四十万美元可以拿，杰克早就将自己身为大副的事抛到脑后去了，将渡轮上发生的变化原原本本地告诉了那个东方人。

就是上次故意借着醉酒进入底舱，也是那个东方人交代的，只是杰克没下去，为了不被责备，杰克干脆说船上一切正常，除了新建的钻探平台和浮吊外，并没有别的变化。

"喂，我是杰克，哦，慷慨的老板，我要向您汇报一个好消息……"

接通电话后，杰克迫不及待地将自己的最新发现告诉了对方，他在海上也靳混了一二十年了，对于对方的身份已经猜得八九不离十了。

是海盗又怎么样？杰克可不管那么多，只要给他钱，就是让他去做海盗也无所谓，他相信，像自己这么有前途有技术的大副，对方是不会干卸磨杀驴的事情的。

"老板，克劳斯的黄金锚啊，那一个东西就价值上亿美金了，更何况你们还能……"

杰克说到这里停住了嘴，他相信，对方一定能听明白自己的话。

"好了，杰克，你会得到一笔意想不到的财富，现在你需要做的就是监视好船上的一举一动，另外你要打听清楚，这艘船会在那个坐标点停留几天？"

电话里的声音有些低沉，可能是海上风浪的原因，通话的时候一度有些沙沙的声音，不过杰克和对方都没在意，这是很正常的事情。

"谢谢老板，我会让您满意的……"

杰克挂断电话后，心中突然一阵恶寒，自己这话说得怎么那么像澳门赌场门口的婊子在床上说的话啊？

轮船经过大半天的海上航行后，终于来到庄睿说的坐标点，这里位于南中国海和马六甲海峡的入口，正好处于公海海域，再往前一点就要进入新加坡的海域了。

马六甲海峡位于东南亚马来半岛与苏门答腊岛之间，连接南海与安达曼海，是沟通太平洋与印度洋的重要水道，西北至东南走向，长约九百公里。

马六甲海峡现由新加坡、马来西亚和印度尼西亚三国共管，海峡处于赤道无风带，全年风平浪静的日子很多，海峡底质平坦，多为泥沙质，水流平缓。

但是进入马六甲海峡这段的入口处，却礁石众多、水深浪大，最深处可达三千多米，从进入大航海时代以来，不知道有多少船只在这里折戟沉沙。

按照相关记载，南海海域大约有两千多艘古沉船，这个入口处就占了一多半。

虽然这里位于公海，打捞上来的物品都归自己所有，但是这里浪大水深，又难以探测沉船的具体方位，所以一直很少有冒险家前来作业，海底沉船保存得相对完好。

"庄总，就是这个位置吗？"

张工走到庄睿身边，虽然他每年都有很长一段时间在海上调试装备，但是乘坐这么豪华的游轮出海，他也是第一次。

而且这次安装的打捞设备极为先进，是他们公司最新研制出来的，如果此次打捞成功，于他们公司也是一个非常有利的宣传。

"对，等抛锚完成后，要先进行定位，到时候就看张工您的了……"

庄睿点了点头，看着一个个巨大的铁锚从船身抛出，发出沉闷的响声后沉入海底，那粗如儿臂的锁链发出哗哗的声音，不断被铁锚拉向海底。

位置是不会错的，前次乘坐游艇归国的途中，庄睿沿途记下了所有公海沉船的坐标，刚才他也用灵气探查过海底的情况。

显然，这片海域肯定不止一艘沉船，方圆四五海里内，在海底平缓的河床上，庄睿最少感觉到有十多处散发着浓郁的灵气。

眼中灵气感应着海底那一团团浓而不散的气息，庄睿心中十分兴奋。

海中沉船内的物品，除了金银器之外就数海捞瓷器最值钱了，所谓海捞瓷，指的是中国历史上外销瓷的一个分类。

中国明朝末年，瓷器大量出口。庄睿现在身处的马六甲海峡，作为亚、非、欧等地往来的海上枢纽，成为中国商船必经之地，一些商船因故在此沉没，所载瓷器打捞出水后统称为海捞瓷。

业内人士认为，海捞瓷虽不能与明清官窑瓷器相提并论，但由于来自沉船，具有较明显的历史背景，所反映出的文化和历史价值不可低估。

前些年，海捞古董的价位一直都不怎么高，但是这几年价格猛涨，前不久曾经有人打捞出三百多件明代海捞瓷，居然拍出四千多万美元。

以庄睿的感应，这片海域下沉船内的物品绝对值这次船票，而且里面有几艘保存相对完好的古船，也可以作为自己博物馆的重要展品。

"庄哥，您要是有时间的话，到监控室里来一下，咱们船上发生了一件非常有意思的事……"

就在庄睿和张工说话时，他手中的对讲机忽然响了起来，说话的人是修罗李振，这哥们整天闷在房里不出来，庄睿也不知道他在干什么。

和张工简单聊了几句，庄睿返回船舱进入电梯，来到五层后，对上指纹锁才得以进入李振工作的房间。

庄睿进到房间后，发现彭飞也在里面，不由愣了一下，这小子刚才不是和他媳妇去后甲板钓鱼了吗？

"嘿嘿，庄哥，这几天咱们肯定不会寂寞啦……"见到庄睿进来，彭飞脸上露出一丝坏笑，神色之间还有些兴奋。

庄睿以为彭飞说的是打捞沉船的事，没好气地说道："废话，当然不会寂寞了，你要是闲得蛋疼，去潜水玩也行，不过别让鲨鱼给吃了啊……"

"庄哥，不是这事，来，您听听这段录音……"

彭飞摆了摆手，把李振拉到一边，让庄睿坐下，放了一段对话出来。

"这……是咱们的船员？"庄睿听完录音，脸上满是惊愕的神色。

"没错，庄哥，有好戏看喽……"

李振得意地笑了起来，职业使然，对于船内向外发出的信号他都会监听，却没想到居然抓到个内鬼。

出于平时的习惯，李振对于船上有几部卫星电话和可对外通讯的装置非常清楚，但是今天突然发现了一个陌生的新号，这才让他监听起来。

一听不打紧，居然发现船上有个内鬼，虽然不知道对方打听这艘船的消息出于什么目的，但是肯定没抱什么好心，所以李振第一时间将庄睿喊了上来。

"知道是谁吗？"

庄睿眉头皱了起来，他不能不担心，老婆孩子全在船上，万一出点儿什么情况，绝对会让他后悔莫及的。

不过现在离海岸线已经很远了，即使是直升机也无法飞回去，庄睿想了一下之后，说道："要不然先返航吧，进入南中国海就不怕出事了……"

在南中国海的海域，由于各国都想争抢海上资源，所以来回穿梭巡视的军舰非常多，一般的海盗组织是不敢进入的。

"是船上的杰克大副，庄哥，没必要返航的，难得咱们船上这几个亿的资金都是白花的吗？"

李振听了庄睿的话后，顿时笑了起来，这艘船光是监控扫描系统就花了一千多万美元，附近几百海里内出现的船只，都别想逃过船上扫描系统的监控。

再加上彭飞购买的那些武器，虽然不至于说武装到了牙齿上，但是对上一般的小型战舰，绝对不落下风。

有这样的武器和信息监控设施，如果对上一些不开眼的海盗都要逃走，那以后李振都没脸说自个儿是从哪里出来的了。

"不要冒险，船上女人孩子多，万一出了事就不好了……"

庄睿摇了摇头，他宁愿先撤回去，把事情调查清楚后再重新进行这次打捞工作，也不愿意让家人涉险。

彭飞听了庄睿的话后，摇了摇头，说道："哥，没事的，回头让嫂子和小家伙们都回房间里待着，凭着咱们的鱼雷还有火炮，这海上就没怕的人……"

在大海上作战和陆地不同，远程武器发挥着至关重要的作用，像这艘游轮装备的武器，都是各国正规军舰装备的，只要不是碰上大中型巡洋舰，就算是一些小型军舰，都能和他们拼杀一番。

更何况听录音里面的话，对方应该是些海上蟊贼，彭飞对这些人很了解，就是些开艘破船打劫商船的海盗，充其量有几挺重机枪，和游轮上的火力压根就不是一个级别的。

"庄哥，真的没事，这五层的房间也是经过改建的，都加了钢板，就算是一般的机枪都打不穿，嫂子们在里面保证万无一失……"

李振也在旁边敲着边鼓，从部队出来后，这日子过得是越来越平淡，现在遇到如此好玩的事情，他怎么可能放过呢。

别说是海盗找上门来，就算一路风平浪静，李振还想故意跑到哪个国家的海域，和一些不开眼的人交流一下呢。

"真的没事？"

庄睿看到房间内的监视器上，张工已经指挥着那些技术人员忙碌起来，钻探平台也已经移出了甲板，横在海面上，两个高大的抓臂也已高高举起，一切准备工作已经就绪了。

这会儿要是说返航，的确有点不合适，所以庄睿也犹豫起来。

彭飞在一旁拍起了胸脯，信誓旦旦地说道："庄哥，我媳妇儿也在船上呢，有事我能放心吗？"

"好吧，等会儿咱们下去，让她们都待在房间里，另外李振你要注意，在咱们周围如果出现船只，马上做好防御的准备，不仅是咱们不能受到伤害，这艘船上所有的人都要保护好他们的安全……"

船上除了船员、庄睿和彭飞等人的家人之外，还有几十个工作人员，如果他们遇到什么伤害，对于庄睿来说，也是一件非常麻烦的事情。

"对了，彭飞你去把那个大副抓起来，问清楚到底是谁在打咱们的主意，他是葡萄牙人，也不用交给地方法院了，直接让他消失吧……"

庄睿眼中露出一丝狠色，对于想要伤害自己家人的人，他是不会心慈手软的，在这个世界上，只有从肉体上消失了的人才不能伤害到自己。

"别介，庄哥，我还指望他再和对方通一次话呢，刚才时间有点短，没追踪到对方的具体方位，只要再有一次，我就能破解他们的信号，到时候就能直接监听对方电话的通话了……"

庄睿的想法被李振否决了，这艘船上一千多万美元的信息监控设施可不是白装的，整个就是一艘军事化的信息船，要是把杰克抓起来，后面就无法掌控对方的行踪了。

彭飞也在一旁说道："庄哥，您放心吧，那小子蹦跶不起来的，我亲自看着他……"

"好吧，专业上的事情我不懂，你们看着办吧，我去把她们叫上来……"

庄睿担心甲板上的老婆孩子，交代了两人一句就匆匆出了房间。

庄睿出了房间后，修罗看向彭飞，笑着问道："彭飞，庄哥也是个心狠手辣的主啊，手上沾过血没？"

"龙有逆鳞，只要不招惹庄哥，他很少发火的……"

彭飞嘴里说着话，却想到了可怜的阿沙力，那哥们在非洲作威作福的时候，恐怕怎么都想不到自己竟然被烧烤致死吧？

彭飞当然不知道，那不过是金刚当时想吃烤肉而已，直到现在，他心里还以为是庄睿干的呢。

"刘助理，放入水下机器人，进行海底扫描……"

在钻探平台上的房间内，张工正在有条不紊地进行着指挥，庄睿则坐在一旁看着对面的显示屏。

所谓的水下机器人，其实就是无人遥控潜水器，一种工作于水下的极限作业机器人，由于水下环境恶劣危险，人的潜水深度有限，所以水下机器人已成为开发海洋的重要工具。

这艘船上配备的无人遥控潜水器，是由某国国家海洋开发中心研制的"逆戟鲸"号无人无缆潜水器，最大潜深为六千米，可持续工作二百五十个小时。

虽然这是 1980 年的产品，不过功能很强大，一般都是用于海洋石油考察的，庄睿将它用在打捞沉船上，只能说是财大气粗。

重达数吨的无人遥控潜水器被塔吊放入水中后，马上向下沉去，在庄睿面前的屏幕上，也显示出海水中的图案。

这款潜水器在不同角度都安有摄像头，可以实时将水下情况传入船上，并且前后、上下、左右三个方向，都配置了两套动力装置和小型抓臂，完全能满足深海采集样品的需要。

潜水器自沉了数十米之后，屏幕上的光线已经很灰暗了，张工在遥控台上进行了一番操作后，海水立即变得明亮起来，那是潜水器上的两盏强光灯被打开了。

一群群色彩瑰丽的海洋游鱼不时在屏幕上闪现，它们似乎对这个冒着光亮的铁家伙很感兴趣，追逐游弋在潜水器的周围。

偶尔还有鲨鱼被灯光吸引过来，引得鱼群慌乱不堪，潜水器的传感和传声功能非常好，可以清晰地听到鱼儿撞击在潜水器上的声音。

当潜水器上的全向推力器开动之后，下降的速度快了起来，这片海域的深度足有三千多米，以推力器只能达到十节马力的速度来算，到达海底最少需要两个多小时。

不过这个过程并不枯燥，因为海底深处美丽的景色和各种奇形怪状的鱼儿，足以让庄睿等人目不暇接了，要不是怕安全问题，庄睿都想将老婆孩子喊下来观看了。

"庄哥，庄哥，听到请回话……"

正当庄睿观赏海底美景时，耳中的无线耳机里响起了李振的声音。

"收到，你说……"庄睿站起身，走到平台外面。

"庄哥，刚才杰克又打电话出去了，我已经监控到对方的地点，在马来西亚群岛处，距离这里大概有四百海里，您放心，一切尽在掌控之中……"李振的声音从耳机里传出。

"对方身份查明了没有？"

庄睿不知道究竟是谁盯上了自己，按说这艘船已经被改得面目全非了，而且杰克透露出去的消息也说明这已经变成了一艘打捞船，那些海盗不会还想劫持自己这船去打捞海底宝藏吧？

"没有，对方除了和杰克通话，并没有使用那部电话，我无法进行窃听……"

虽然李振技术高明，船上的设备先进，但是对方不使用那部电话，他也无法得知对方的身份，只能通过卫星定位监视其坐标动向。

"好了，要是对方向咱们的方向赶来，你马上通知我……"

听了李振的话后，庄睿的心倒是放了下来，有这个内鬼在，最起码不会被他们打个措手不及。

而且庄睿宽心的主要原因是，对方现在距离自己还有四百多海里，即使开足了马力，想赶到自己所在的海域，最少也需要十五个小时以上。

第三十三章 宋代沉船

在马来西亚群岛处的一个无人小岛的海边，停着一艘挂满了渔网的"渔船"，几个身材彪悍的大汉守在船上，拿着望远镜观察着远处经过的船只。

这里是刘明辉的一个落脚点，俗话说狡兔三窟，自从得罪了拉斯维加斯赌业大亨后，他在南海海域一共布置了五六个暂栖隐身的地方。

这个岛上没有淡水，一般是不会有人来的，刘明辉也没多做布置，只在海上视力所不能及的地方盖了几间木屋，留作落脚之用。

地方虽然很简陋，但是整天在船上睡觉，那滋味可不怎么好受，尤其是小船，颠簸起来不是一般人能受得了的，刘明辉年龄也不小了，所以他宁可担些风险也要住在岛上。

从这儿可以快速赶往马六甲海峡，遇到险情也能马上缩回来，这里是马来西亚内海，如果别国的船只进入，会遭到马方海军的驱逐。

有了达图的关照，平时将舰炮和武器都隐蔽起来的护卫舰，还是可以自由进出这个海域的，当然，辉哥也没少花钱，至少在那满肚肥肠的胖子将军身上就砸下去几十万美金了。

"大哥，怎么还不去？咱们现在赶过去，正好打他们个措手不及啊……"

火将不停地在辉哥面前转着圈，从上次交易到现在已经过去一个多星期了，一直窝在这小岛上，刘明辉下了严令，谁都不能擅自离岛。

虽然吃喝不愁，但是没有一点现代娱乐设施，更主要的是没女人，让火将这些精力充沛的家伙感到日子很是难熬。

"妈的，早知道上次打劫了那商船，将那女人带回来了……"

火将舔了舔嘴唇，上次打劫了一群出海游玩的富商子弟，那上面有俩妞可真是风骚，主动献身不说，花样还不少，让十几个弟兄都爽了一把。

　　"没女人你也死不了，老五，要沉住气，这次不出手则已，出手就要他们的命，干完这一票，咱们马上远走高飞，到时候什么样的女人没有？"

　　辉哥脸色阴沉地瞪了火将一眼，不知道为什么，他心里有种不妙的感觉，但是又说不出为什么。

　　按照常规而言，对方即使人数比自己多，不过没有武器的船员和一群待宰的羔羊差不了多少。

　　辉哥想了一下，扭头对组织里的白纸扇，也就是和杰克接触的那人说道："老三，再联系下杰克，问问船上究竟有没有武器？还有，他们要在那个海域待多少时间，全都要问清楚……"

　　"是，大哥……"

　　老三拿着电话拨打起来，过了一会儿放下电话，满脸喜色地说道："大哥，好消息，他们船上虽然有十多个保安，不过手里都拿着电警棍，连手枪都没一支，根本就不用怕他们……

　　至于他们在海上待的时间，听那些工作人员说，他们是在打捞沉船，最少要一个星期……"

　　"哦？确定吗？"辉哥紧绷的脸终于放了下来。

　　"确定，这大热天的，那些保安也就穿了件单衣，有武器一眼就能看出来，杰克在海上这么多年了，眼力还是有的……"

　　老三看了辉哥一眼，小心翼翼地接着说道："不过大哥，那小子说等咱们敲到姓庄的钱，要分给他一千万……"

　　"放他娘的屁，老子拼死拼活的，他在那边打打电话就想分钱？"

　　辉哥还没说话，火将就跳了起来，要是杰克现在在这里，火将肯定会一把捏断他的脖子。

　　"敲诈姓庄的？嘿嘿，恐怕咱们没那命去享受……"

　　辉哥闻言冷笑起来，说道："答应他，给他一个亿都行，只要他有命拿……"

　　辉哥这话一出，整个屋内的人都哈哈大笑起来。

　　见过贪婪的，但是没见过这种又贪又蠢的人，想从这些刀口舔血的人手里拿钱，辉哥倒是没意见，不过就怕手里的枪会不小心走火。

辉哥打听过庄睿的来头，知道他在内地有很深的背景，如果不是那笔钱过于诱人，辉哥是不想招惹这样的人的。

不过现在仇怨已经结下了，辉哥夺船之后，断然不会给庄睿活路的，反正干完这趟活自己就远走高飞了，即使庄睿背景再厉害，总不能到非洲追杀自己吧？

"行了，都别笑了，该干嘛干嘛去……"辉哥面色一板，房间里的笑声戛然而止。

"哎，大哥，怎么还不走啊？这要是被别人抢了先，咱们不就白忙活了吗？"

火将一听刘明辉的话，顿时急了，在这鸟不下蛋的地方，他早就憋够了。

而且这马六甲可不止他们一家海盗，往少了说，最少还有三家和他们规模差不多的，要是被别人盯上，再下手就难了。

"好好休息，明天下午出发……"

刘明辉摆了摆手，坐在躺椅上闭上了眼睛，众人看到老大的样子，知道辉哥是不会改变主意了，均快快而去。

刘明辉决定明天再出发，也有他的考虑，那么大一艘商船，他就不信船上没有一把自动武器？硬攻是绝对不可取的。

所以辉哥才决定明天下午起航，到达庄睿所在海域时，正好是早上，也是船员们最松懈的时候，到时放下小艇，偷偷爬上船去，打庄睿等人一个措手不及。

至于火将说的被别人抢先的话，辉哥并不怎么在意，因为这么大一艘船，事先没经过严密的跟踪调查，一般的海盗组织是不敢贸然下手的。

以前就有过这样的事情，一个国家的勘探队在公海考察，被一伙海盗围攻，谁知道那勘探队跟了一个排的军队护卫，当时就把那伙不长眼的家伙打得丢盔弃甲，差点全军覆没。

从那以后，马六甲的海盗们都学乖了，一般不会贸然去劫持或攻击不清楚底细的船只，就算出手，也是知根知底并且尾随好几天的商船。

"好美啊……"

坐在大屏幕前面，庄睿口中忍不住发出一声惊叹。

随着潜水器下沉，现在已经到达一千八百多米的深海中了，原本庄睿以为深海游鱼肯定会少很多，谁知道事实恰恰和他想的相反。

虽然已经达到一千八百米的深度，但是游鱼成群结队地在海中穿来穿去，有的身上布满彩色的条纹，有的头上长着一簇红缨，有的眼睛圆溜溜的，身上长满刺儿，鼓起气来像皮球一样圆。

更有一些大型的电鳗从潜水器旁游过，从屏幕上看，就像巨蟒一般，身长足有十多米。

海中不时从潜水器旁游过的珍稀鱼类，都会引起房间里的人一阵惊呼。

这些工作人员虽然以前也进行过深海作业，不过都是几百米深的海域，像这种在两千多米深的海水里打捞沉船，还是第一次。

"这……这是到海底了吗?"

突然，从屏幕上传来的景色一变，原本清澈的海水中，出现了一片平坦的河床，灯光所及之处，犹如沙漠一般，触眼可及的全都是细白的沙粒。

张工很有经验，看了一眼河床后，说道："应该到海底了，庄总，现在往哪个方向走?"

和浅海中美丽的海底不同，深海由于压力过大，又见不到阳光，所以河床上并没有珊瑚礁一类的生物，几乎是寸草不生。

一些生活在深海里的鱼儿在旁边游弋，不过通过屏幕可以看到，这些鱼儿似乎十分畏惧灯光，并不像浅海里的鱼会汇集在灯光旁边。

庄睿感应了一下沉船的位置，说道："把大灯全部打开，往右边走……"

在潜水器的右边两百多米处就有一艘沉船，庄睿虽然无法直观地看到，但是从那浓郁的灵气中可以感觉到，船上肯定有许多价值不菲的物件。

在潜水机器人的前端，一共有六盏大灯，先前是为了节约电量，只打开了两盏，现在全部打开口，海底顿时变得明亮起来。

转向时，潜水器后端的推进器搅起海底的沙子，使得屏幕上一片浑浊，庄睿开口说道："不行，这样看不清，升高一点，不要贴着海底行进……"

张工操作了一番，潜水器升高了几米，往前推进了一段距离后，海水重新变得清澈起来，不过这灯光最多只能看到前方一二十米的距离，是否有沉船，众人心里都没底。

　　"看，前面似乎有个影子……"

　　过了十多分钟后，一个紧盯着屏幕的工作人员突然大声喊了起来，果然，在潜水器的正前方，朦朦胧胧有一片黑影。

　　"船，是沉船！"

　　随着潜水器不断靠近，众人清楚地看到，一艘长约二十米的木头船出现在潜水机器人身上监控器的视野当中。

　　"是咱们国家的沉船，是宋代沉船……"

　　作为房间里唯一一个专业人士，庄睿的考古学也不是白学的，一眼就从这艘船的造型上做出了断代。

　　中国的航海历史久远，从秦始皇时期就有记载，当年徐福忽悠秦始皇出海寻仙，所谓乘坐的船只可容纳三千童男童女，这有点扯淡了，那时要是能造出这样的巨轮，秦始皇早就横扫世界了。

　　但不可否认的是，在秦朝，中国就有了远洋的造船工艺，到了三国东吴时期，更有记载：大船长二十余丈，高出水三丈，最大的楼船可载三千人，最小的可载马八十匹。

　　虽然形容得有些夸张，但是从中也可以看出当时造船技术的先进，即使缩水十倍，能容纳三百人八匹马的楼船也不算小了。

　　到了唐代开辟了丝绸之路后，海上贸易也多了起来，曾有文形容唐朝大型海船因船体大，吃水深无法开进巴士拉港，只能在印度换成小船前往，这种记载的可信度是非常高的。

　　当然，或许当时的巴士拉港修建得过于简陋也说不定，不过唐朝的航海技术，在当时世界上绝对可以列入前三甲。

　　庄睿之所以说这是宋朝沉船，主要是根据两点。

　　第一点是因为宋朝的商业比唐朝有过之而无不及，航海技术也得到了进一步提高，而且当时陆上的丝绸之路被切断，丰厚的贸易回报不断刺激着宋朝的商人发展贸易。

中国人自古就不乏探险精神，宋朝，在相对宽松的国家政策下，不断有人试图开辟新的航路航线。而开辟新的航路异常艰辛和凶险，获得利润的同时也随时可能葬身大海。

新航路的开辟必然要付出惨痛的代价，那就是沉船，在新航路的开辟中，会有很多冒险的商人和货船沉没在大海中，商业贸易越发达沉船就越多，宋朝就符合这个特点。

到了明朝，因为明太祖是中国历史上唯一出身赤贫的皇帝，他想恢复一种"鸡犬声相闻，老死不相往来"的简朴的农业社会。

明朝初年，为巩固刚建立起来的朱氏皇朝，防止海外侵扰，实行严厉的海禁政策，规定"片板不许下海"，所以到目前为止，考古发现的沉船宋代比较多，明代的非常稀少。

再加上一些相关文献资料中，对宋朝船只的造型特点做出了极为详细的描述，所以庄睿判断，这艘海底沉船应该是宋代的商船。

随着深海机器人不断靠近，整艘船变得愈加清晰，船头和船尾呈尖角形状，长三十米左右，宽度应该在十米上下，不过船身的高度无法测度，因为整艘船有一半被埋入了海床的沙子下面。

"长三十米？这……这不比前段时间国家公布的南海一号沉船还要大？"

张工的工作性质就是在海上作业，对海洋沉船的消息并不陌生，他说的是南海一号，是国家 1987 年在阳江海域发现的一艘宋代沉船。

2002 年，从南海一号上曾打捞出金银铜铁瓷类文物四千余件，全是稀世珍宝，当时轰动了世界考古学界。

虽然那艘船现在依然沉在海底，但是根据考察数据表明，那艘船的长度也不过三十米左右，还没有面前屏幕中的这艘大。

"完全有可能，那艘船是沉在内海，而这艘明显是远洋船只，大一点也有可能……"

庄睿知道南海一号的事情，不过那是由政府拨款打捞的，据说耗资一亿六千万都没捞上来，庄睿可不想去凑那热闹，捞上来也没他什么好处。

随着潜水器靠近，船体变得愈加清晰起来，那庞大的船身，在灯光下呈现出一种微微泛红的色彩，甚至连断裂的桅杆都看得清清楚楚。

桅杆断裂，想必曾经遭受了暴风雨，没来得及下帆导致的，从这艘船的完好程度看，极有可能是整船被掀翻了，因为除了桅杆断裂外，船身似乎并没有遭到什么破坏。

"有东西，船上面有东西，旁边泥沙里也有……"

一个工作人员指着屏幕大声喊了起来，不用他说，旁人也看到了，在原本应该有顶棚的船舱处，密密麻麻摆放着无数泛着幽幽光泽的瓷器。

而且在船体周围平坦的海床上，依稀能看到一些插在海沙中的器皿，不光是瓷器，从一些物件在灯光下散发出的光泽来看，极有可能是金银器。

张工操纵着潜水器，极其小心地围着这艘宋代沉船绕了一圈，从不同角度拍摄了许多照片。

从屏幕中可以清楚地看到，在船舱的中心位置，最少有数万件陶瓷金银器，看得房间里众人均是如痴如醉，虽然他们不是玩收藏的，但是也能感觉到，这是一笔巨大的财富。

"庄总，您这次收获大了啊……"

张工脸上全是羡慕的神色，他清楚国际海事组织公布的打捞法内的相关规则，从这个海域打捞上来的沉船，将全部归属庄睿所有，虽然这是中国宋代的沉船，但是国家也无法将其收回。

也就是说，这一船几乎难以估量价值的宝贝，只要能打捞上来，都是庄睿个人的私人财产了，要说张工心里没有羡慕妒忌，也是不可能的。

"这些是属于中国的，这是中国遗留下来的瑰宝……"

庄睿的情绪也有些激动，这艘船上藏品之丰富，远远超出了他之前的期望，单是目测到的这些金银器和海捞瓷的数量而言，恐怕就不下于南海一号中打捞上来的藏品。

根据考古学家们的评估，南海一号的价值堪比陕西兵马俑，那么庄睿发现的这艘宋代沉船的价值就可想而知了。

如果单纯地从沉船宝藏上而论，这艘船未必是世界沉船中最值钱的。

因为在西班牙的美洲殖民史上，共有二百五十艘满载财宝的舰船沉没在美洲海岸，其中包括分别沉没于 1622 年、1715 年、1733 年的三支大型船队。

几乎所有这些沉没在返回西班牙途中的船只，都满载着从拉丁美洲各殖民地搜掠来的金银和钻石，总价值达数百亿英镑。

这些沉船都是庄睿下一步打捞的目标，"当年八国联军从咱们北京掠夺财物，今日庄大爷去公海抢宝贝，让你干着急没办法。"

近期被打捞上来最值钱的沉船，是上世纪九十年代从南卡罗莱纳州沿海打捞出来的中美洲号，船上的财宝价值多达八亿英镑，如果放在今天，恐怕最少要价值二百亿人民币以上。

不过这艘宋代沉船，对于中国以及世界考古学界的意义非凡，因为距今一千多年前的航海史，无论哪个国家的记载都非常少，对研究当时的社会形态以及航海技术，有着举足轻重的作用。

当然，庄睿并没有将这艘沉船献给国家的意思，因为这艘宋代沉船的问世，将对中国和世界水下考古产生巨大的冲击和深远的影响。

庄睿相信，自己只要把沉船打捞上来摆在博物馆里，绝对是定光博物馆一个新的看点，有了这艘沉船以及船上的物品，庄睿有把握将他的博物馆打造成世界上最好的私人博物馆。

"能让普通民众了解沉船的历史，又能充实自己的钱袋，这才是哥们追求的，话说哥们也是穷人啊……"

兜里还揣着此次赌局剩余的一亿多欧元银行本票的庄睿，很无良地想道。

"妈的，不能让那些海盗破坏自己的打捞计划……"

庄睿想了一下，交代张工继续拍些照片，自己起身走了出去。

"李振，对方有什么动作没？"庄睿通过对讲机呼叫起了修罗。

"没有，庄哥，您放心，有动静我马上通知您……"

李振也有点纳闷，按照他窃听到的通话内容，那帮海盗应该可以确认自己船上没有武器，不知道为何还待在原地不动，并没有向自己所在的海域赶来。

"好，继续监视，这次打捞的沉船很重要，不能出一点闪失……"

见到那艘海底沉船后，即使跟庄睿说有危险，这哥们也不愿意离开了，面对这样的财富和如此重大的发现，没有人会不动心。

但是工人和自己的安全也很重要，庄睿决定只要有什么风吹草动，马上将所有人都撤回船舱里。

挂断电话后，庄睿走进平台房间，看向张工说道："张工，排查下船体陷进去的高度，看看钻探平台的动力是否能将其拖出来？检测完后先收回潜水器，咱们开个会研究一下具体的打捞方案……"

这艘沉船上的物件太多，如果用传统的打捞办法，怕在打捞过程中让那些瓷器受到损坏，所以庄睿准备来次大手笔，将整艘船一次性从海底托上来。

但是这样一来，打捞的技术难度也将增大，对庄睿和现有的设备而言都是一次巨大的考验。

第三十四章 黎明前的枪声

"张工，这样不行，即使浮吊和平台的动力能把沉船拉上来，也不能硬来，虽然沉船表体上的木质还很坚硬，但是绝对无法承受那种拉扯力……"

在平台上的监控室里，正进行着一场激烈的讨论，关于沉船的整体打捞方案，出现了分歧。

从昨天将潜水机器人收回之后，庄睿和这些海上作业的专家们就沉船的具体打捞方案进行了探讨，不过，一天多的时间过去了，仍然没达成共识。

按照张工的意思，游轮上安装的钻探平台和浮吊，有足够的动力可以将沉船打捞上来，只要用水下机器人在沉船四周加固，直接就能拉上来。

不过这个方案被庄睿否定了，他需要的是一艘完整的宋代沉船，而不是打捞上来后支离破碎的一堆木头，而且那样也会使船上的物品遭到破坏。

"庄总，沉船陷入海床并不深，以浮吊的拉扯力，可以将破坏降到最低程度……"

张工还是坚持自己的意见，他又不是考古学家，从他的角度而言，这也是一次检验自己公司设备的好机会。

"不行，浮吊只能作为辅助设备，这样吧，咱们此次没有半潜驳船，不过随船带了不少浮筒，可以使用浮筒先将船体松动……

如果能使沉船脱离海床的话，再使用潜水机器人从沉船底部拉网，那时才能使用浮吊，将其拉上海面……"

庄睿想了良久，说出一个办法，比起张工等人霸王硬上弓的方案，明显他的方法要高出一筹。

庄睿说的半潜驳船，是专门针对海洋打捞和拖船建造的。

半潜驳船和潜水艇的功能有些像，可以潜入水中，绑缚好打捞物品后升上水面，用浮力带动海底的沉船，不过半潜驳船在技术上比较复杂，造价也很昂贵，庄睿这次出来没有考虑。

至于浮筒的原理就更简单了，就是把浮筒内的空气抽干，然后绑缚在沉船上，将其扔入海里，再利用自动充气机给其充气，也是利用浮力原理将海底沉船拉出水面。

用浮力稍稍将沉船拉起之后，在沉船下面铺上一张大网，这样对沉船的保护作用是不言而喻的，也能最大限度减少船上物品流失。

这两种方面都比较平和，不像浮吊那样使用蛮力拉扯，并且可以根据浮力的大小掌控打捞的进程，所以庄睿这话一说出来，大部分人都点起头来。

"庄总说的这个办法很好，虽然可能打捞的时间会长一点，但是却能保持船只的完整，下面咱们具体讨论一下这个方案具体操作的问题吧……"

庄睿是老板，他要采用费时费力的打捞方案，张工自然不会拒绝，他在海上作业，不但拿着公司那份工资，庄睿这里也会给一笔丰厚的劳务费。

而且深海打捞沉船，是一件技术性非常强的工程，要进行多次论证，反复研究才能确定方案。

所以整整一个白天，庄睿都待在办公室和众人排除难点，确定打捞方案。

"庄哥，庄哥，有情况，速回话……"

正当庄睿因为浮吊逐次充气的问题和张工差点又吵起来时，耳机里响起了李振的声音，庄睿能听出来，这小子的话语中充满了兴奋。

"张工，你们先讨论，我有点别的事……"

庄睿心中有了直觉，估计是那帮海上悍匪忍不住有动静了，出了办公室后，庄睿用手遮挡了一下西落的斜阳，说道："李振，说吧，什么事?"

"嘿嘿，庄哥，生意来了，对方已经从马来西亚岛方向出发，现在距离这里三百五十八海里，根据他们的时速，明天凌晨五点应该能到达咱们这艘船的位置……"

李振在耳机里幸灾乐祸地笑了起来，他以前执行过不少任务，但是在海上和海盗较量，这还是头一遭。

从部队里出来还能遇到这么刺激的事情，李振这会儿恨不得海盗马上出现在自己眼前。

"我知道了，你告诉彭飞看管好杰克，别让他知道咱们已经有了防备，我这边也需要安排一下……"

事到临头，庄睿反而镇定下来，他不是没想过打草惊蛇，把杰克抓起来惊走海盗。

但是庄睿反过来一想，这年头不怕贼偷，最怕贼惦记啊，如果不揪出这帮人，以后自己出海打捞沉船，不就得时刻提防着吗？那还不如一次解决呢！

"张工，这两天大家都辛苦了，方案明天再讨论吧，我这两天也没陪老婆孩子，从今儿到明天休息一天，不过这几位师傅还要辛苦一下，把钻探平台和浮吊都收回来……"

庄睿回到房间，里面正热火朝天地讨论着，他这话一出，众人都愣住了。

要知道，庄睿每天支付给他们的薪水，可是论美元的，这么几十个人，一天最少十万美金，带薪给大家放假，这样的老板可不多见啊。

"庄总，没事，您去玩，我们继续讨论……"

张工比较实在，他一天的海上补助近五千块，不干点儿活心里不落实啊。

"没事，今天晚上开个酒会，大家不醉不归，都放松一下吧……"

庄睿怕这些人被海盗惊扰后，出现什么伤亡，干脆晚上办个酒会，让这些人喝多了回去睡觉，等他们明儿醒来后，相信问题差不多已经解决了。

"好，那谢谢庄总了……"

"谢谢庄总，大老板就是不一样……"

"那可是，这船一天的油钱都要多少，咱们这点薪水算什么啊？"

带薪放假还有酒喝，这些技术员都兴奋了起来，在海上作业，女人绝对是珍稀动物，非常少见，有时一年半载都难见到个女人。

海上工作又很无聊，天黑后就不能继续了，所以一般人都喜欢喝酒，这些技术员和专家也不例外，庄睿也算是投其所好了。

晚上在游轮的豪华餐厅内，一箱箱的茅台酒摆了上来，不管是中方的工作人员还是船员，平时都很少有机会喝茅台。

几个小时过后，餐厅内满是酒瓶和歪倒一地的工作人员，就连几个保安似乎都喝多了，大着舌头讲着双方都听不懂的英语，拉着船长克莱德和大副杰克敬酒。

"老板，您放心，所有人都睡下了，今天船上办了一个酒会，那些保安都喝得差不多了，晚上的防备绝对不会很严的……"

在游轮三层的大副房间内，杰克正用被子捂住头，小声和刘明辉手下的老三通着电话。

要说杰克大副很是尽忠职守，为了明儿迎接海盗，今天愣是没多喝，要是换在平时，不花钱的酒他怎么着都要把自己整醉掉。

"你再出去查看一下，要确保万无一失，我们凌晨四点半至五点钟左右会赶到你那艘船的位置，你到时候偷偷把旋梯放下来……"

老三一听杰克的话，顿时大喜，难道老天爷都在帮自己吗？他可是知道这些船员的秉性的，见了酒比见女人还亲，想不喝醉都难。

"放心吧老板，我到时候会出去巡查一下，您到了之后，保证能看到旋梯已经放了下去……"

杰克对这艘船非常熟悉，放旋梯这样的事情对他来说，那是小得不能再小的事情了。

挂断电话后，杰克大副看着天花板，已经做起了当船长的美梦，因为刚才那个慷慨的老板已经答应他了，会将他吸纳进组织里，成为他们的船长先生。

"李振，防卫武器是否调试好了？"

就在杰克挂断电话的同时，庄睿面色阴沉地问向李振，这件事让他很是恼火，要不是李振的信息防卫系统，恐怕自己半夜被人割了脖子都不知道。

"庄哥，您就安一百个心吧，回去陪嫂子，这些事情我们会安排好的，明儿您来查验俘房就成了……"

李振脸上带着满不在乎的笑容，经历过许多大风大浪，眼前这点儿事，只是在平静的生活里增添一点调味剂而已。

按照李振的计划，就让杰克把旋梯放下去，自己守在船上来一个抓一个，这样比动起军火来省心多了。

"开到最大航速，一定要在天亮前赶到对方的船只所在位置……"

今天注定是个不眠夜，不仅是回到房间的庄睿彻夜不眠，就连辉哥也强忍着睡意，一直待在护卫舰的驾驶舱内。

这艘淘汰下来的护卫舰马力还不错，经过了十四个小时的航行后，借着月光，已经可以看到远处几百米外那艘巨大的游轮了。

和庄睿的游轮相比，辉哥的这艘护卫舰就显得不起眼了，借着夜色的掩护，护卫舰在距离游轮一百米远停了下来。

两艘快艇从护卫舰上放入海中，十多个脸上戴着面罩、身着迷彩服、肩背冲锋枪的武装人员，一一下到快艇上。

寂静的大海上，只能听到海浪冲击在游轮上的"哗哗"声，星空中那颗启明星尤其明亮，也昭示着太阳即将升起。

黎明前的海上，布满了淡淡的雾气，即使和那艘商船只隔了一百多米远，但也只能依稀看清商船的轮廓，犹如庞大的怪兽一般，矗立在大海之上。

"老五，小心点，上到船上后马上说一声……"

虽然不是第一次干这勾当了，不过辉哥心里还是有点发慌，毕竟以前是玩技术的，现在用暴力，心里一时很难扭转过来。

辉哥自知身手不行，这杀人夺船的事就由火将来负责了，他坐镇在护卫舰上，万一有什么闪失，也能用护卫舰上的机关炮支援火将。

"大哥，您放心吧，听杰克那小子说船上有不少靓妞，到时候最漂亮的那个我一定留给您……"

火将咧开大嘴笑了笑，海上生活很对他的口味，唯一不好的就是没女人，想着一会儿就能到船上大肆杀戮，而且还有女人泄火，火将不由自主地舔了舔嘴唇。

"嗯?"

突然，正在说话的火将和刘明辉看向游轮，因为正对着他们这面的船身处，亮起一盏灯，左右各画了三圈。

这是刘明辉和杰克约好的暗号，灯光出现代表一切顺利，如果没什么意外的话，旋梯想必已经从甲板上放下来了。

"老五，去吧，不要开马达，那声音太大，反正也没多远，划过去……"

刘明辉看着远处不住闪烁的灯光，眼中露出一丝阴狠的神色，如果不是年龄大了加上身手不佳，辉哥绝对会第一个上船将庄睿从睡梦中抓起来。

数十年的辛苦被庄睿一朝破坏，直接把他从天堂送进地狱，辉哥对庄睿绝对是恨之入骨，想着一会儿就能在那小子面前肆意玩弄他的女人，辉哥忍不住嘿嘿低声笑了起来。

两艘快艇上一共坐了十二个人，这也是刘明辉能拿出的最大武装力量了，除了手下的几个老人之外，其余六七个人都是辉哥招揽来的亡命之徒，个个手上都沾满了血腥。

别看游轮上人多，但是只要火将等人上了船，那些船员和工作人员都不过是待宰的羔羊，没什么威胁的。

随着船桨划水的声音，两艘快艇在夜幕的掩盖下，悄无声息地向游轮驶来，短短十多分钟后就来到船体边上。

高达数十米的旋梯已经放了下来，上面的灯光依然亮着，火将口中咬着一把短刀，背负着冲锋枪，一马当先地往上爬去。

"怎么还他妈不上来啊？"

杰克在旋梯入口等了大概半个小时，心里颇有些不耐烦，再过一会儿天就要亮了，到时候那些保安巡逻到这里，恐怕想这么容易上船就难比登天了。

"兄弟，借个火……"

突然一个声音在杰克背后响起，船员之间借火是很正常的事情，杰克随手掏出身上的 Zippo 火机，正想转身时双眼突然瞪得溜圆。

没等杰克那正准备张开的大嘴释放男高音，一只粗壮有力的手臂就勒住了他的脖子，同时一团还带着酒味的毛巾塞入杰克的嘴中。

随着手臂加大力量，杰克感觉头一晕，整个人失去了知觉，而右手拿着的火机正往甲板上掉去。

"嘿，不错，1942 年的限量版……"

没等火机落地，一只手抓住了火机，彭飞略带邪气的笑容出现在挂在栏杆上的灯光下，随手一甩，一团火光亮起点燃了彭飞嘴上的香烟。

"等会儿干得利索点，上来一个放倒一个，争取别开枪……"

彭飞伸头往下看了一眼，爬在最上面的火将距离甲板还有二十多米的距离，连忙对旁边几个人打了个手势。

"杰克？杰克？"

火将爬到旋梯最上面之后，并没有贸然上去，而是把嘴里叼着的刀子拿在手里，伸头看了一眼，小声呼唤了两声杰克。

"我在这里……"一个带着葡萄牙口音的英文回答了火将的召唤。

由于灯光向外，照明灯正对着火将的眼睛，一时间他只看到整个甲板上除了面前站的一个人之外，全都是空荡荡的，火将顿时放下心来，回头朝下面打了个安全的手势。

双手用力在船舷上一撑，火将那庞大的身躯显得异常灵巧，如同灵猫一般无声无息地落在甲板上，右手紧握着那把伞兵刀，警惕地看着面前的杰克。

"咦？你不是杰克？"

上到甲板上后，火将的眼睛逐渐适应了黑暗，发现站在自己面前的这个人穿的并不是船员服装，而是和他一样，身着迷彩服，正一脸微笑地看着自己。

"妈的，上当了……"

火将就是辉哥前千门组织里的打手，这些年杀人放火的事情也见了不少，脸上狞笑了一下，右手紧握的刀子顺势就往那人身上捅去。

因为甲板上就一个保安，火将并没有怀疑他们整个计划都败露了，他以为是这个保安巡逻到这里，发生的突发事件，只要拿下这人，等下面的兄弟登上船，计划照样实施。

由于时间紧迫，火将连通知辉哥的时间都没有就开始动手了，不过让他奇怪的是，那个人像是木偶一般，对着自己捅过去的刀子视而不见，脸上露出一种诡异的笑容。

"遭了，后面有人！"

当火将感觉不对时，耳后突然传来一阵风声，由于先前他的注意力全都放在眼前这人身上，所以根本来不及躲闪。

只听得"砰"的一声闷响，火将头上的鲜血如同泉水般向外涌出，那庞大的身体摇晃了几下，不甘心地软倒在地。

"妈的，这玩意还真好使……"

彭飞手中拿着一把手臂般大小的扳手，脸上露出一丝贼笑，身形一缩，火将那庞大的躯体和彭飞同时消失在甲板上。

出于安全需要，甲板上的船舷下还有一排挡板，并且向内敛进去半米左右，刚好能容下一个人蹲着藏在里面，彭飞和七八个安保人员就藏在里面，从旋梯上往外看，根本就无法发现他们。

刚才彭飞就是在火将注意力没放在身后，打了他一个措手不及，从后面看火将，绝对是个庞然大物，想必有几分功夫，所以彭飞也没讲什么江湖规矩，直接把他给放倒了。

"是这小子？奶奶地，吃了一次亏还不够啊？"

直到把火将脸上的面罩拉开，彭飞才算知晓了这帮人的身份，脸上不由露出一丝狞笑，握紧了手中的扳手，嘿嘿笑道："这就叫天堂有路你不走，地狱无门闯进来！"

虽然从火将上得甲板后发生了这么多事，但时间不过是短短的几秒钟而已，彭飞刚把火将的身体拉到挡板下面，紧接着又爬上来一个悍匪。

这哥们更倒霉，刚刚将头露出船舷，就感觉双肩一紧，整个人腾云驾雾般就来到了甲板上，没等他四处张望，脑袋后面就挨了一记，马上也人事不省了。

"这哥们动作真麻利，不知道辉哥从哪儿找来的狠人？"

跟在那家伙后面的，是刘明辉原来千门中的一个老人，这会儿看到前面那哥们麻利的身手，正心生感叹的时候，不想眼前一花，自己也享受了一把这待遇。

一连六个人，都被彭飞等人手脚利索地放翻了，而下面第二艘快艇上的悍匪们也开始登船了，此时已经攀到旋梯的中段。

"不对，出问题了……"

虽然海上迷雾很大，即使拿着望远镜也看不清对方船头发生了什么事，但是辉哥和火将约好的暗号没有传过来，刘明辉心中顿时一紧。

按照约定，火将顺利上到甲板后，应该在对讲机上轻轻弹三下，但是现在时间已经过去半个多小时了，火将那边始终没有任何声响传出。

辉哥着急了，也顾不得对讲机里发出的声音会惊动船上的人，抓起船上的对讲机大声喊道："老五，老五，听到回话，听到回话……"

火将现在当然回不了话了，虽然他身体够强悍，但是那一记扳手也够他昏迷两个小时的了，听到甲板上对讲机里不断传出刘明辉的声音。

"退回来，全部退回来，快点，全部返回……"

刘明辉也是个杀伐果断的人，知道对方能悄无声息地干掉火将，一定是早有防备，此刻也顾不得跟随自己一二十年老兄弟的生死，马上对身边的人命令道："开船，马上开船……"

辉哥身边的老三有些不忍，张嘴说道："大哥，老五他……"

老三话声未落，只听得百米外传出"砰"的一声枪响，随之十多盏强光灯穿破层层迷雾，照在护卫舰上。

"辉哥，来了就不急着走啊……"一个略带邪气的声音从辉哥手里的对讲机中传出。

第三十五章 鱼雷发威

"啊……"

随着枪声响起,一声惨厉而充满了绝望的呼声同时打破了海面上的寂静,一个黑影从二十多米高的船身上重重坠向海面。

远在百米外的辉哥浑身汗毛直竖,他知道自己这次估计是踢到铁板上了,拿起对讲机,辉哥也不怕对方船上的人听到,大声地喊道:"还击,还击!"

要说刘明辉手下的这帮海匪还真有两下子,身形往船下突溜的时候,肩背上的冲锋枪已经拿在了手里,冒着火舌发出"突突"声。

阵阵火光射向船头,一时倒是压制得彭飞等人不能起身,震耳的枪声响彻海面,要不是昨天大多数人都喝得酩酊大醉,现在指不定会造成什么样的恐慌呢。

庄睿一夜基本上就没睡觉,本来是想留在监控室内的,不过怕老婆孩子受到惊吓,所以一直待在自己的房间里。

海面上响起的枪声显得尤其清脆,在第一声枪响时,庄睿马上从床上坐了起来。

秦萱冰也被那声枪响惊醒了,不过她没分辨出是什么声音,慵懒地揉着眼睛,看向庄睿,问道:"老公,怎么了?这么早就干活了吗?"

由于海上夜间作业很危险,而中午又太热,所以工作时间一般都是凌晨和傍晚,庄睿这几天起得都很早,秦萱冰也习惯了。

"不是干活,萱冰,你在屋里就行了,看好孩子,不管有什么事都别出去……"

庄睿话声未落,阵阵冲锋枪点射的声音紧接着传来,这下即使秦萱冰再不经事也能听出是枪响了，顿时花容失色，跳起来就往旁边的屋里冲去。

虽然秦萱冰不知道发生了什么事，心里也很害怕，但是想到儿女，立马把危险丢到了一边，飞一般冲进儿女睡觉的小房间。

"妈妈……妈妈……"

睡梦中的方方圆圆也被枪声吵醒了，咧着小嘴眼瞅着就要哭出来了。

"该死，怎么忘了给他们戴个耳罩了……"

庄睿拍了拍脑袋将儿子抱了起来，走到客厅，随手打开卫星电视，找了个枪战的大片放了起来。

这立体声环绕的音响果然不是盖的，里面传出的枪炮声立马将外面的声音比了下去，两下相比倒是电视里的声音显得更加真实。

两个小家伙虽然不知道老爹干吗一大早就让自己看电视，不过很快就被电视机里热闹的打斗吸引了注意力，他们根本分不清枪声究竟是哪里响起的。

"老公，你……你别出去……"

秦萱冰见庄睿穿上外套就要出房间，不禁紧张起来。

庄睿搂过秦萱冰，在她额头上亲了一下，笑着说道："呵呵，没事，我去监控室，你放心吧，都已经安排好了，不会有事的……"

"爸爸，要，要……"看到庄睿的动作后，两个小家伙都向庄睿伸出手，也要庄睿亲他们一下。

"好，一人亲一下，都乖乖看电视啊……"

庄睿在儿女脸上各亲了一下之后，给秦萱冰一个放心的眼神，转身拉开了客厅的大门。

"嗷，嚯嚯……"

庄睿刚要出去，金刚这小子也从另外一个房间钻了出来，这哥们喝酒实诚，昨儿自己就喝了八九瓶茅台，当时用了六七个人才把这家伙抬回房间。

不过大猩猩的体质和人不一样，睡了几个小时后，金刚也被外面的枪声给吵醒了，脚下还有点发虚，一步三晃悠地向庄睿走去。

"金刚，你今儿哪都不能去，乖乖待在房间里，听到了没?"

庄睿见金刚也想出去凑热闹，连忙把脸绷了起来，这家伙不知道枪的厉害，万一挨上一枪，那可是要命的事。

"呜……呜呜……"

见到庄睿面色严厉，金刚大嘴一歪装起了可怜，这是跟方方圆圆学的，它发现两个小家伙只要一哭，一般的需求都能得到满足，所以金刚很快掌握了这个技能。

"不准出去，不然以后没有肉吃，没有酒喝，再不听话我送你回荒岛上去……"

庄睿脸色异常严厉，他知道金刚听得懂自己的话，这家伙鬼精着呢，给个笑脸它就能顺杆子爬上来。

果然，见自己装可怜失效后，金刚不满地哼哼了几声，走到沙发边和方方圆圆玩了起来。

"老公，你小心点……"

庄睿拉开门出去时，身后传来秦萱冰的声音。

"庄睿，到底是怎么回事？"

刚刚来到走廊上，旁边的房门也打开了，皇甫云穿着短裤就窜了出来，脸上满是紧张的神色，这哥们虽然当律师的时候办过不少案子，但是外面炒豆子般的枪声，还是让他惊慌失措。

皇甫云身后站着云曼，那一身薄纱睡衣只到大腿根部，一双修长的玉腿暴露无疑，曼妙的胴体若隐若现，看得庄睿差点出鼻血。

"没事，要是害怕的话，带着云曼去我房间看电视吧……"

庄睿笑着拍了拍皇甫云的肩膀，眼睛却不敢再看向云曼，哥们虽然不欺朋友妻，但是也不要来这种考验吧？

"啊！"云曼似乎也意识到身上穿得有点少，惊呼一声转身回房间穿衣服去了。

"别担心，回去陪老婆吧，关好房门别出来就行了，船上会有通知的……"

庄睿突然想起自己媳妇身上穿得也不多，不能便宜了皇甫云这家伙，也不再提让他去自己房里看电视的事情了，将他推回房间里。

庄睿进入监控室时，李振嘴上叼了根烟，正对着屏幕大呼小叫着，听到开房门声响起，右手变魔术似的出现一把硕大的沙漠之鹰，枪口正对着庄睿的眉心。

庄睿被李振的动作吓了一跳，连忙喝道："我靠，那么紧张干吗，快把枪收起来……"

"庄哥，您怎么起来了？"

李振见是庄睿，不好意思地笑了笑，嘴里嘟囔着："退步了，退步了，您在门口开门我都没发觉……"

"行了，别扯淡了，赶紧把情况说下……"

庄睿看着屏幕上闪烁着的火光，神情变得严肃起来，这黑不隆冬的，子弹又不长眼，要是伤到自己一方的人员就麻烦了。

"庄哥，一切都在掌控中，您就放心吧……"

李振也正经起来，切换了一下视角，指着已经快下到船底的几个带着面罩的人说道："他们十分钟前准备登船，不过被彭飞制服了六个，剩下六个人有一个已经被击毙，现在还剩下五个人……"

"咱们的火力不比他们差吧？而且还是居高临下，怎么被压着打啊？"

庄睿虽然不懂军事，但是也能从屏幕上看出一点端倪，彭飞等人似乎被压得抬不起头来，眼看对方就要下到船底登上快艇了。

"彭飞，你他妈的昨天没吃饭吗？怎么成了软脚虾了？靠，你要不行就上来，看哥们怎么干掉他们的……"

庄睿话声刚落，李振就拿起对讲机一通狂骂，他早就看不下去了，也不知道彭飞在想什么，居然点了根烟蹲在那儿抽了起来。

"这不是黑灯瞎火的我怕中流弹吗？行了，你把那艘护卫舰留下，这几个人交给我了……"

彭飞听了李振的话后，脸上有点发热，"噗"的一声吐掉烟头，顺手操起火将身上背着的那支冲锋枪，拉了下枪膛，半蹲起身体将后背靠在船舷上。

突然，彭飞猛地站起身体，将冲锋枪顶在肩窝上，看上去根本就没有瞄准，"砰"的一声，一个单发就射了出去。

下面叫得正欢的一个火力点马上就哑火了，暴露了自己的藏匿点后，彭飞根本就没有躲避的意思。

"砰砰砰砰！"接连四声枪响，旋梯上的四个人有三个眉心中弹，剩下一个被击中了肩部，惨嚎着掉进了水里。

“怎么样，哥们的枪法不是盖的吧，修罗你小子还差点……”

彭飞收起枪，冲着摄像头的方向比画了下拇指，一脸得意洋洋的样子。

“切，靠，快趴下……”

李振正想打击彭飞几句时，眼角的余光突然看到对面船舰冒出一阵火光，连忙大声提醒了彭飞一句。

彭飞的反应也很迅速，直接一个俯冲卧倒在甲板上，于此同时，一阵密集的枪声响起，只看到船舷上火光四溅，彭飞动作稍慢一点，估计就会被打成筛子了。

“妈的，修罗你他娘的在干什么啊？把那艘护卫舰干掉，这船上的活口已经够多了……”

这回轮到彭飞骂李振了，对方船舰上十毫米的班用机枪，几乎当得上小型火炮了，就连船舷上厚厚的甲板都给打变形了。

“庄哥，已经查明了，是刘明辉那伙人干的，您看怎么办？”

李振没搭理彭飞，而是看向庄睿，在这艘船上，只有庄睿有权利决定那伙海匪的命运。

“刘明辉?!”

庄睿闻言愣了一下，他没想到这都几个月过去了，当初的“辉哥”居然还是阴魂不散，看来这不是一次偶然的事件，想必对方已经盯了自己很久了。

“庄哥，怎么办？把他们那艘舰船干掉？”

庄睿在那儿沉思不语，甲板上的彭飞日子可是不太好过，对方的班用机枪将他们压得死死的，根本就抬不起头来。

而且船上的几盏强光灯也被机枪打碎了，早晨这会儿是雾气最大的时候，用望远境也无法看清对方船上的情况，胡乱打几枪的结果就是造成对方机枪的火力压制。

“修罗，你他妈的在干吗？把那艘船直接炸掉啊……”

彭飞趴在甲板上有点憋屈，虽然他转换了几个位置，想把对方的机枪手给干掉，但是一来天黑雾大，二来机枪前面本来就有挡板，即使打到那里，也无法对枪后面的人造成伤害。

修罗此刻也有些着急，指着监控器上的一个亮点对庄睿说道：“庄哥，对方想跑，他们的船已经开始移动了，到底怎么办，您给个话啊……"

以自己船上的火力，要是被这么一艘护卫舰逃掉，李振也感觉脸上无光，虽然那鱼雷造价不菲，但是有这么一艘准军舰陪葬，也算是物有所值了。

庄睿听了李振的话后，脸色一变，说道："打掉，不能被他跑了……"

斩草不除根，终将成为大患，上次赢了钱没在意，庄睿也没想到刘明辉居然在这里等着自己呢？如果这次再放虎归山的话，下次说不定还会打自己黑枪。

即使庄睿有人卫护，但是他的家人没有啊，庄母平时在四合院住的时候，出去买菜干嘛的都和一般老太太一样，要是被这帮人给劫持了，庄睿到时候都找不到地方哭去。

从非洲回来后，庄睿就明白了一个道理，在这个世界上，要想活得滋润就不能心慈手软，从肉体上消灭敌人才是最好的办法。

"好嘞，庄哥，您瞧好吧，马上放烟火了……"

听到庄睿的命令后，李振顿时兴奋不已，双手快速地操作起来，在键盘上不停地输入密码。

一旁的庄睿看到，屏幕上出现了舱底的画面，那一米多长的鱼雷弹此刻正平躺在一架发射器上，随着李振的动作，那架发射器缓缓移动起来。

与此同时，房间内的一面墙壁也向上升起，露出一个两米见方的洞口，从屏幕上可以清晰地看到，在洞口外面，就是波涛起伏的海面。

"目标，前方二百米处护卫舰，已锁定，航速三十节，发射！"

李振口里念叨着庄睿听不懂的专业术语，在屏幕前面的键盘上又输入了一大串数字后，右手重重地敲在了回车键上。

屏幕上的发射架似乎动了一下，一股青烟冒出，那个一米多长的鱼雷被弹了出去，只是在空中飞行的距离并不长，只有短短五六米，就一头栽进了海里。

"这……这玩意不会掉头给咱们来一下吧？"

庄睿看到鱼雷弹入水的距离和自己的游轮非常近，心里不禁有点儿担心，这东西发射出去的时候慢吞吞的，哪里像装了火箭推进器的？

"妈的，彭飞这小子不会买到赝品了吧？"

庄睿第一时间联想到自己的专业，这老外出售军火，说不定也会以次充好，在鱼雷里少加点料也说不准。

"庄哥，您真当这玩意是火箭啊？嗖的一下就飞了？"

李振在旁边听到庄睿的话后，顿时有点哭笑不得，鱼雷又不是炮弹，可以直接在空中命中目标，要是想那样的话，还不如搬出那两门火炮呢，不过那样动静就忒大了点。

说话这工夫，已经十多秒过去了，庄睿看到屏幕上显示的鱼雷亮点距离对方船舰还有一百多米远，不由说道："那也不会这么慢吧？"

"得，庄哥，您瞧好吧，要是没命中，我自个儿抱个炸药包游过去把那船给炸掉……"

李振彻底被庄睿这外行给打败了，干脆不说话了，双眼紧盯着鱼雷行进的轨迹。

在命令船上的机枪手火力压制时，辉哥所在的护卫舰已经启动了，缓缓向和游轮相反的方向驶去。

这艘护卫舰的最大航速是每小时三十节，不过刚刚启动，速度还没提起来，看上去并没有和面前那小山一样的游轮拉开距离。

老三见辉哥下令撤退，不由上前一把抓住刘明辉，眼泪一把鼻涕一把地哀求道："大哥，您不能把老五丢下啊，他可是跟了您快二十年的老弟兄……"

老三以前做白纸扇的时候，有一次在印尼行骗被对方给识破了，当时就将他扣留了，对方有位亲戚是印尼当权的将军，当时就说要把老三拉去打靶。

老三那会儿都已经认命了，没想到一天夜里，火将单枪匹马杀进那个商人的橡胶园，将老三救了出来。

所以此刻火将生死不明，老三倒是挺仗义的，苦苦哀求刘明辉要把老三救出来。

"救，怎么救？"

辉哥脸上露出一丝无奈，说道："就凭咱们这四五个人去救？"

去掉前往偷袭游轮的十二个人，船上就剩下四五个人，除了开船的之外，只有那个机枪手算是战斗人员了，至于刘明辉和老三，虽不是手无缚鸡之力，但也好不到哪儿去。

整整十二个人，转眼之间就被对方解决了，辉哥也心疼啊，这里面可是有他五六个老兄弟，更不要提一直都是组织头号打手的火将了。

"加速，离开这里……"

辉哥一脚把挡在身前的老三踹倒在甲板上，大声对驾驶舱内吼道，脸上满是狰狞的神色，双手握拳，指甲深陷在手心里，殷红的鲜血从指缝中流出。

中国有句古话，叫做留得青山在不愁没柴烧，只要自己不死，凭着手上的钱，过不了多少时间，照样能拉起一帮亡命之徒。

辉哥这会儿已经在盘算了，是不是将马六甲海域的几伙海盗都联合起来，一起对付庄睿，钱不钱的辉哥现在已经不在乎了，他最想要的是庄睿的小命。

突然，驾驶舱内那个海军的退役士兵结结巴巴地说道："大……大哥，对……对方船上发射鱼雷了……"

这艘船虽然重武器和舰炮都被拆除了，不过一套预警信息装备保留了下来，游轮上的鱼雷刚一发射，护卫舰上的警报就疯狂地响了起来。

"什……什么？鱼……鱼雷？"

辉哥听到那人的话，一时间也傻眼了，他做梦也想不到，庄睿居然在商船上装备鱼雷？

这样的事情就和民航飞机上挂了导弹一样，太不可思议了。

"加速，加速！"

辉哥知道，就自己这几十米长的小护卫舰要是被鱼雷命中，肯定是起火爆炸加沉海的命运，不由慌了起来，一边大声让驾驶员加速，一边往船后跑去。

"大哥，等等，等等我……"

老三知道在船后还有一艘快艇，估计是他们逃命的唯一希望，紧跟在辉哥身后，摇摇摆摆地跑了过去。

至于火将的生死，此刻早被老三忘到九霄云外去了，俗话说死道友不死贫道嘛。

船就这么大，警报声人人都能听到，不光是辉哥和老三想着那艘快艇，就是机枪手也停了下来，拼了命地往后面跑。

"快，快发动马达啊……"

在几人的合力下，快艇被放入海中，辉哥不停地催促着，还好狗血的马达发动不起来的情况没有出现，随着发动机的轰鸣声，快艇如同离弦之箭一般冲了出去。

就在快艇刚刚驶离护卫舰一分多钟，一声沉闷的响声从快艇后面传出，接着一团火光亮起，海面上方圆几百米的迷雾瞬间被爆炸引起的冲击波冲散开来。

不管是快艇上的辉哥，还是游轮上的彭飞等人，此刻都能清晰地看到，那艘三十米左右的护卫舰在接连不断的爆炸声中，前后船体解体了。

由于李振的出色操纵，鱼雷从侧面撞击在护卫舰上，虽然只是一米多长的微型鱼雷，但是干掉这么一艘老式护卫舰还是绰绰有余的。

那冲天的火光，四处飞溅的船体，让快艇上的众人均是不寒而栗，老三这次真的是被对方吓破胆了，结结巴巴地说道："大……大哥，这……这次咱们要是能逃掉，还……还是去非洲吧？"

"放屁，我刘明辉大难不死必有后福，姓庄的小子，老子和你不死不休！"

辉哥一巴掌把老三放倒在快艇上，双手掐腰冲着游轮方向放声大骂，想借此来消除心中的恐惧。

第三十六章 离奇的死法

辉哥此时的心情很舒畅，他知道距离这里不远的地方有一个小岛，而且他曾经在那个无人岛上做过一番布置，只要能逃过去，此次就算死里逃生了。

中国人讲大难不死必有后福，辉哥深信，只要自个儿这次不死，一定能将今天的场子找回来，即使对方有鱼雷，也禁不住几伙海盗的围攻。

"李振，这鱼雷也太那啥了吧？速度慢不说，居然还能让刘明辉给跑了？"

庄睿看着面前的大屏幕，很是无语，这就是自己花了一千多万美元买来的武器？虽然鱼雷击中护卫舰产生的烟花很好看，但是却让此次的罪魁祸首跑掉了。

这会儿天色已经开始慢慢放明，海上的雾气也消散了不少，那艘护卫舰还时不时发生着爆炸，冲天的火光将周围海面照耀得通红一片，庄睿自然能看到辉哥等人已经坐上了快艇。

虽然听不到刘明辉在说什么，但是他那张嘴狂笑的表情却被拉大显示在屏幕上，看得庄睿心里很是不爽。

"庄哥，对方的船也不是停在那里给咱们打啊，您放心，我亲自开直升机去追，跑不了这几个王八蛋……"

李振被庄睿说得很没面子，连带着将辉哥等人记恨上了，加上今儿他一直待在监控室遥控指挥，手也有点发痒了。

那快艇跑得再快，也不如直升机的速度，所以李振发现辉哥等人逃脱的时候，压根都不着急，在他看来抓刘明辉是手到擒来的事。

"哈哈，姓庄的小子，我刘明辉这次不死，定然不会让你好过……"

辉哥还站在快艇上抒发着自己的感情，这也可以理解，大难不死嘛，总归是有点感触的，不过辉哥也没忘了交代驾驶快艇的人再加快速度。

虽然辉哥相信对方不会再用一颗鱼雷对付他这艘快艇，但是要是被庄睿的人追上来，自己今儿一定得交待在这海上了。

"轰！"

又是一声巨响，好像是护卫舰的动力系统被引爆了，整艘舰船像纸屑一般解体开来，重达数吨的舰炮就像纸糊的一样，被爆炸产生的冲击波高高抛起。

无数木头碎屑和铁皮甲板四处飞溅，机油泄漏在海上燃烧起来，方圆百十米处，形成了一片真正的火海，这种景色难得一见蔚为壮观。

"妈的，老子的船啊……"

这景色看在庄睿等人眼里像是烟花一般瑰丽，不过在辉哥眼中却不是多么美好了。

回头看着自己花费了一千多万美金买来的护卫舰，辉哥的心头在滴血，虽然是别人淘汰的二手舰船，但是这段时间也为他立下了汗马功劳。

更重要的是，没有了这艘船，辉哥的海盗大计将很难延续下去，站在船上被海风吹得清醒了的辉哥，现在很认真地考虑起老三的话来。

算上前次抢劫游轮所得的几千万美元，辉哥手头也有一亿多美元了，带上这几个兄弟去自己加勒比的小岛，一辈子吃喝不愁了。

当辉哥低下头沉思的时候，护卫舰又传出一声巨响，整个船舱都飞上了天，船体从中间断为两截，缓缓地向海中沉去。

不过所有人都没发现，在爆炸的火光中，一段七八米长、儿臂粗细的特制桅杆划破夜空，箭一般射向快艇的方向。

"大……大哥！"

正低头沉思的辉哥突然听到身边老三的声音，茫然抬起头来却发现一个黑影快如闪电般从天而降。

没等辉哥反应过来，就感觉胸口一麻，一根粗粗的桅杆从刘明辉胸口穿过，紧紧地将他钉在快艇上。

"靠，怎么有股烤肉味？"

看着胸口处被烧得滚烫的桅杆将自己的皮肤炙烤得冒出阵阵青烟，辉哥的脑中想起这么一个很无聊的问题后，就永远地失去了知觉。

"大哥……"

老三在旁边哀嚎了一声，他没想到英明神武屹立船头如此拉风的辉哥，居然就这么莫名其妙地失去了性命。

虽然脸上一片伤心，并且整个人都扑向了刘明辉，不过老三却顺手将辉哥脖子上的一根项链摸了下去。

"还在，没有损坏……"

老三的手接触到了一个大拇指大小的硬物，脸上露出一丝喜色，右手狠狠一拽，从辉哥那屹立不倒的身上拽下一个小小的U盘放入自己的口袋里。

"死吧，你死了这些钱就全是我的了，妈的，快艇开这么快，就你牛逼，站得那么直，你不死谁死啊？"

老三隔着衣服摸着口袋里的U盘，心中狂喜，组织里所有财富的资料，包括银行账号密码，全都保存在这个U盘里，辉哥一向贴身收藏着。

以前干老本行的时候，辉哥就是笔笔收入进账，并且将账本藏在一个很隐蔽的所在，连老三都不知道。

进入新世纪之后，辉哥也与时俱进，玩起了电脑，所有账目都被他记在了随身的U盘里，这个习惯一直保持到改行干海匪。

刚才老三拿到手的，就是组织里所有的账目明细以及银行账号密码。

"三……三哥，不……不好了……"

正沉浸在身为亿万富翁幸福中的老三，突然被旁边的声音给打醒了，辉哥死了，老三自然顺位继承了大头领的位置。

"有什么不好的？快点开船离开这里，只要咱们能逃出去，我保证兄弟几个这辈子都吃香的喝辣的……"

老三很是不满，老子这辈子终于把头上的这座大山搬去了，竟然说不好，妈的，以后分赃少给这小子一份。

"三……三哥……"

"叫大哥，你们放心吧，辉哥不在，咱们兄弟过得只会更好……"

老三此刻觉得这个"三"字尤其刺耳，不得不出言纠正了一下手下的称呼。

"妈的，大你哥个头啊，咱们都要完蛋了，马达坏了……"

那个小喽啰再也忍受不了老三这种腔调了，上前一把揪住老三的衣领，将他拉到船头，老三一看之下顿时傻眼了。

敢情这根七八米长的桅杆，不仅穿透了辉哥的身体，更是一箭两鸟，把船头掌舵的那人也穿了个透心凉，此刻已经死得不能再死了。

更让三哥骨髓里都感觉到凉意的是，快艇的马达也正往外冒着烟，那悦耳的"突突"声已经听不到了。

饶是老三平时很镇定，鬼点子也多，见到这种情形也是束手无策，推着拉他那个人，连连喊道："修……快，快修啊……"

"修个屁啊，都这样了还能修好吗？"

那个小喽啰一脚踹开老三，伸手拿起一把船桨，死命地划了起来，这小子也知道被对方抓到是死路一条，现在只能指望对方没发现他们，才能趁乱逃出去。

"大哥，您在天之灵保佑小弟逃出去啊……"

老三一看，如同见了救命稻草，也顾不得和辉哥几十年的交情了，嘴里念叨了几句之后，手上一用劲，将辉哥和另外一具尸体都推到了海里。

此刻快艇上还剩下三个人，每人一支船桨都在拼命地划着水，远处那艘笼罩在晨光下的巨轮，就像催命恶魔一般，几人只想快点离开这里。

"奶奶的，这……这样也行？"

此时留在监控室的庄睿看着屏幕上被放大的那一幕，整个人都呆住了，他怎么都没想到，刘明辉居然会这么死去？

两人之间的仇怨结自老四，这次刘明辉明显是为了报复自己而来，庄睿心里也没想过要放辉哥一马，即使抓住了辉哥，庄睿也会默认让其从这个地球上蒸发掉，但是辉哥的这种死法，却是庄睿无论如何都想不到的。

站在屏幕旁愣了一会儿神，庄睿从另外一个显示器里看到李振已经驾驶着直升机准备升空了，连忙抓起对讲机喊道："李振，李振，刘明辉已死，快艇上还剩下三个人，把那三个人都抓回来……"

"什么？妈的，算那小子运气好，不然爷非让他死上一星期……"

李振刚才已经出了监控室，没看到那精彩的一幕，而在轮船上用肉眼是看不真切的，除了庄睿之外，就是彭飞等人也不知道刚才发生的事情。

听了庄睿的话后，李振恨恨地骂了一句，操纵直升机飞了起来，他驾机彭飞则拿着把狙击枪，用枪上的望远镜寻找起那艘快艇来。

"哒哒，哒哒哒……"

看到有直升机追来，快艇上的三个人脸上都露出了绝望的神色，一个人更是拿起冲锋枪对着直升机扫射起来。

"妈的，不知死活……"

彭飞枪口向下，"砰"的一声枪响后，下面那人眉心出现了一个血洞。

"投降，我们投降！"

俗话说好汉不吃眼前亏，刚刚当上了老大，手下还有一个小喽啰的老三，看到自己面前的那个人脑门飙血之后，整个人都差点崩溃，生怕下一个就轮到自己。

老三倒是见过火将整治人，很麻利地把右手的船桨扔掉，两手抱头蹲在随着海浪轻轻起伏的快艇上。

另外一个海匪见到同伙的样子和老三的举动，也乖乖地蹲了下去，直升机上长长的枪管和黑洞洞的枪口可是正对着自己的眉心呢。

驾驶着直升机的李振见到剩下的两人如此怂包，略微有些不爽，嘴里骂骂咧咧道："靠，这就完事了？"

"要不，我给点个名，把他们送走算了……"

彭飞紧了紧架在肩窝的狙击步枪，船上还有六个没死的俘虏呢，似乎多这两个不多，少这两个也不少。

"别，听听庄哥的意见吧……"

李振和庄睿的关系还比较单薄，加上今儿这活干得不是很利索，他可不想让庄睿认为自己一点纪律性都没有，是个喜欢擅作主张的人。

"庄哥，这俩人怎么处理？"

彭飞歪了下脑袋，对着耳机话筒说道，他知道庄睿在监控室内能看到这里发生的事情，而且直升机本身也装有监控器，能将画面传过去。

"带回来吧，问问究竟是怎么回事……"

庄睿答复得很快，他还有句话没说出来呢："哥们这一发鱼雷弹可就是上百万美元，总得有人给报销吧？"

"明白，明白……"

彭飞答应了一声，然后从直升机上扔下一条软索绳梯，拿了个扩音器对着下面喊道："你们两个人，扔掉武器，爬到绳梯上来……"

三四分钟后，停留在海面十余米处的直升机拉高，下面吊着两个心惊胆战的人，向游轮飞去。

"一组负责看守俘虏，二组进行戒严，不允许任何人进入甲板……"

这件海盗袭击事件总算是解决了一大半，彭飞有条不紊地布置起来，甲板上的血迹和弹孔可不能让那些老实巴交的平台工作人员看到。

"庄睿，没事了吧，到底发生了什么事啊？"

庄睿刚刚走出监控室，经过皇甫云的房门时，那哥们一把拉开门拽住了庄睿。

刚才那一连串的爆炸声，将船上很多人都惊醒了，当然，有那么几个醉得像死猪似的家伙还在呼呼大睡。

在五层客房的阳台上，刚好能看到海面上发生的事情，刚才皇甫云躲在窗帘后面，可是看了一场现实版的枪战大片，这会儿正兴奋不已呢。

"哎，我说，你先放开我好不好啊，已经没事了，一群海盗想劫持咱们这艘船，被彭飞他们给打回去了，具体的我也不知道，等会儿下去问问……"

庄睿这会儿正忙着回房间看老婆孩子呢，而且下面的事情也要他去处理，哪有闲工夫和皇甫云在这磨叽？

"我也去，好像甲板上还有几个俘虏吧？"

听到事情结束了，皇甫云的胆子也大了起来，这些年经常听说索马里以及马六甲海盗的消息，现在能近距离见到这些被传得神乎其神的家伙，皇甫云心中也很好奇。

"得了吧，有些场面你还是不见得好，留在家里陪云曼吧……"

庄睿摇了摇头，这几个俘虏的海盗他没想留活口，打蛇不死会被反咬一口，现在的庄睿有儿有女，可不想给自己留下什么隐患。

"庄睿，你……"

皇甫云是何等精明的人，听了庄睿的话，再看他脸上露出的那丝阴狠，顿时明白了庄睿的心思，不由倒吸了一口凉气。

不管是中国还是美国，社会都是依照法律规范的，皇甫云又是上层社会的人，虽然阴暗面见过不少，但是对死人的事情却见得不多。

"行了，皇甫兄，你让云曼去我房间和萱冰聊天吧，不要下五层，我解决完这件事会通知你的……"

庄睿拍了拍皇甫云的肩膀，自己经历过生死之后，对别人的生死看得相对就淡了许多，如果庄睿没有荒岛上那两个月的经历，恐怕也不会起杀心的。

"那你……注意点……"皇甫云没多说，返身回房间去叫云曼了。

皇甫云是学法律的，自然知道在公海上杀人只能由船舶所属国家才有宣判权利，这艘船隶属于巴拿马，而那些海盗又没有苦主，死了也不会有人去巴拿马告庄睿。

所以从法律层面上而言，即使庄睿亲手杀掉那几个海盗，也不需要承担任何法律责任。

"老公，没事啦？"

见到庄睿带着皇甫云夫妇进来，秦萱冰也顾不上有外人，一下扑到庄睿面前，上上下下打量起来，生怕庄睿受到什么伤害。

"早都说没事的，你们在这里看电视，我在监控室也在看枪战片呢……"庄睿笑了笑，随手拿起遥控器将电视机的声音关小了一点。

"爸爸坏，看……看电视……"

庄睿没想到，自己的举动却惹恼了正看得津津有味的两个儿女，小家伙很不满地对庄睿皱起了眉头。

"得，您二位接着看……"

庄睿笑着把遥控器交给秦萱冰，说道："你等下把张倩也叫来，待在房间不用出去，回头我给你电话……"

彭飞早就跟张倩说了不要外出，不过庄睿怕张倩一个人待在房中害怕，特意又跟秦萱冰交代了一声。

"你……怎么还要出去？"

秦萱冰见庄睿开门要走，脸上不禁又紧张起来。

"嗨，都说了没事了，海盗已经全被抓起来了，我这船主当然要去解决问题啊……"

庄睿笑着把媳妇推回房间，抬眼一看，金刚这家伙正鬼头鬼脑地站在门边呢。

"走吧，别装可怜，一会儿要听话啊……"

庄睿没好气地看了金刚一眼，不过脑中转过一个念头，这次倒是让金刚跟着了。

"老板，庄，BOSS，亲爱的，到底发生了什么事情啊？我这个船长被软禁了，你的保安不让我出去啊……"

庄睿刚下到一层，就接到了克莱德的电话，看来这哥们是被逼急了，连亲爱的都喊出来了，听得庄睿毛骨悚然，身上的汗毛根根竖起。

克莱德昨天虽然喝了不少，但是作为一个酒精考验的船长，早上还是被那阵枪声和爆炸声惊醒了，当然，他醒来时事情已经发展到了尾声。

在大海上厮混了几十年，克莱德也曾遇到过海盗尾随时件，所以第一时间就想到应该是遇到了海盗，一般情况下，海盗是不会伤人的，他们只是求财而不是求命。

克莱德也算是一个有担当的人，当下就想出去以船长的身份去和海盗谈判，不过没想到整个三层都被庄睿的手下封闭了，这才急匆匆地拨打了庄睿的手机。

"克莱德，发生了一点不愉快的事情，我们遭到了海盗的袭击，不过经过安保人员的奋力抗击，事情已经得到了解决……

现在正在船上搜查有没有漏网之鱼，所以你和所有的船员都必须待在房间里不能出来……"

庄睿完全是一副命令的口气，没有丝毫商量的余地，因为他不能让克莱德见到还留有活口，否则日后也是一件非常麻烦的事情。

克莱德听到庄睿的话后，愣了一下，不过随即大声喊道："哦，庄，你不能这样，我是船长，有资格了解整件事情，我必须下来……"

庄睿想了一下，说道："好吧，克莱德先生，我告诉你一件事，你的大副杰克先生已经被证实和海盗有来往，并且这次海盗袭击事件就是你的大副引来的……

现在我怀疑船上还有海盗的同伙，包括克莱德你在内，所有人都有嫌疑，所以除了安保人员外，任何人都不能离开自己的房间，现在……你懂了吗？"

这次事件的报告还要克莱德去写，所以庄睿用杰克的理由让克莱德待在房间里，要不然以克莱德船长的身份的确有资格参与到事件当中。

"杰克？"

克莱德闻言愣住了，紧接着说道："老板，您是不是搞错了？杰克虽然喜欢酗酒赌博，但是他还是一个称职的水手啊……"

"克莱德，你说的或许没错，他也许是个称职的水手，但同样是一个贪婪的家伙，你放心，等搜查完这艘船，你会见到杰克的……"

庄睿说完之后没再听克莱德为杰克进行的辩解，挂断了电话，匆匆向一层的一个房间走去。

船上的安保人员有点少，虽然封闭了几个住人的楼层，但是时间长了难免会引起这些人的怀疑，所以庄睿必须在最短的时间内得知这次事件的真相，并且处理掉那帮家伙。

当然，那枚鱼雷弹的损失还是要索赔的，并且甲板船舷那些弹孔的修复都得要钱不是？

第三十七章 善后处理

　　清晨的大海上还飘着淡淡的迷雾，不过夜空已经呈现出一片浅蓝色，似乎就在一瞬间，天水相接的地方出现了一道红霞，红霞的范围慢慢扩大，越来越亮。

　　一个弹丸般火红的亮点出现在海天交际的地方，太阳好像负着重荷似的一步一步，慢慢地努力上升，最后终于冲破了云霞，完全跳出了海面，颜色红得可爱。

　　一刹那间，这个深红的圆东西忽然发出夺目的亮光，射得人眼睛发痛，它旁边的云朵也突然有了光彩。

　　这样的景象庄睿已经不是第一次得见了，但是每次看到海上日出，仍然会让他全身心陶醉进去，太阳那种顽强的生命力和势不可挡的伟力，会让每个人的内心都感觉到无与伦比的冲击力。

　　"金刚，走了，没想到你这家伙也懂得欣赏日出……"

　　庄睿笑着拍了拍金刚的肩膀，返身向后舱走去，为了看日出已经耽搁了七八分钟时间，现在要处理那帮俘虏了。

　　庄睿不知道，在距离他们五六海里远的地方，几艘快艇从不同方向向远处驶去，而夜幕中发生的这一切都被快艇上的人看在眼中。

　　当然，他们只见到护卫舰起火爆炸，至于发射鱼雷弹等细节自然是没看到。

　　这些人都是海上各个海盗组织的侦查人员，刘明辉急着干掉庄睿劫持这艘船的事早已落入这些海盗组织的眼里，他们也有让刘明辉打头阵的意思。

　　不过即使这些海盗想象力如何丰富，都没猜到最后是这个结果，居然是刘明辉等人全军覆没、船毁人亡。

要知道，刘明辉的海盗组织虽然在马六甲只能算是后起之秀，但是火力之猛战舰之利，也是排在前三的，这样的结局让那些没有贸然出手的海盗组织均是心呼侥幸。

虽然不知道这艘商船用的是什么手段，但是这些海盗组织都将其列为不可得罪的势力，这一战所带来的影响力，倒是庄睿事先没想到的。

见到庄睿进来，李振连忙迎了过去，说道："庄哥，人都在这里，一个没跑，不过刘明辉……"

庄睿摆了摆手打断了李振的话，刘明辉怎么死的他比谁都清楚，张口问道："我知道了，咱们兄弟有没有受伤的？"

见庄睿一进来就问自己等人的安危，那几个持枪站在门口的安保人员，腰杆不禁又拔直了几分，看向庄睿的眼神也多了几分尊敬。

先不提庄睿给他们的优厚待遇，最起码在这件事上，给予了他们最重要的尊重和关心，这让四散在房间周围的几个人心里都暖烘烘的。

彭飞凑过来说道："有个兄弟被流弹擦伤了胳膊，没什么大碍，休息两天就好了……"

清晨那会儿海面上都是大雾，对方护卫舰上的重机枪对着有灯光的地方胡乱扫射，这种没准头的射击最让人头疼，很难做出有效的规避。

那受伤的哥们也挺倒霉的，本来躲藏的位置很好，是射击的死角，但运气却不怎么样，被一颗击中船舷的跳弹给打伤了。

"等回到澳门港，船上的每位弟兄，奖金十万，受伤的那位二十万，彭飞，你到时候记得把钱发下去……"

庄睿点了点头，随后说出来的话却让几个安保人员眼睛一亮，再看向庄睿的目光不仅带着尊重，更有一丝感激在内了。

庄睿从欧阳磊以前任师长的特种师要来的这些退役人员，大多都是农村出身，家庭情况不是很好，跟了这么一个大方的老板，即使是卖命他们也认了。

"庄哥，谢谢你，我代表兄弟们谢谢你……"

出乎庄睿意料的是，李振在庄睿说出这番话后，一反常态地收起了嬉皮笑脸，表情严肃地对庄睿敬了一个礼。

这世上原本就有很多不公的事，有些人在某些不被人知的领域出生入死，却往往换不到家庭的平安。

李振的情况就是如此，他父亲前几年去世了，母亲重病在床，他身在部队拿的那点工资还不够给母亲看病的，这才选择转业来到庄睿这里。

李振看着有点吊儿郎当的，但做事却规规矩矩，庄睿之前给他的一千多万美金，全都用在了游轮改造上，自己没从中拿一分钱。

而且他家里困难的事情也从来没跟庄睿说过，所以这次庄睿每人奖励十万块钱也算是解了李振的燃眉之急。

"行了，别搞那些虚头巴脑的了，那些俘虏你审过了没有？"

庄睿摆了摆手，他有点不习惯被人用这种尊敬的目光盯着，他的想法很简单，这些人也都是娘生父母养的，也算是跟着他出生入死，总归不能亏待了他们。

只是庄睿没料到，自己仅仅付出了一些金钱，就收获了一帮忠心耿耿的手下，就是李振，也开始重新正视庄睿了。

其实这些士兵相对来说还是比较单纯的，给予他们足够的尊重再加上少许的利益，就能让庄睿掌握一支颇具战斗力的武装力量了。

"问彭飞，这事他在行，这小子能让人回忆起三岁尿床的事来……"

听了庄睿的话后，李振又恢复了原来的样子，有些人心里感激是不会放在嘴上的。

"庄哥，先前俘虏的几个人都审过了，不过后面抓到的两个还没来得及审，我先给您说说情况吧……

他们的确是刘明辉组织起来的，在海上已经作案三次了，咱们这是第四次，先前劫持了一艘游艇和两艘油轮，并且将最后一艘油轮上的人全部杀害……"

这几个海匪的嘴并不是多硬，彭飞根本没废多大工夫就撬开了，不过火将那家伙却是死猪不怕开水烫，自始至终都没吐出一个字来。

"妈的，那个达图怎么没一起来……"

听到是那位马来西亚的大亨在打自己这艘船的主意，庄睿冷哼了一声，至于刘明辉，则是人死账消，并且死得还那么凄惨，庄睿对他已经没有仇恨了。

"庄哥，这些人怎么处理？"

在敲闷棍的时候，彭飞下手很有分寸，六个人一个都没死，全都被绑了堵了嘴，扔在旁边的房间里。

这些人处置起来很麻烦，因为是在公海行凶，没办法交给哪个具体的国家审判，并且单是这八个人就有六个国籍。

另外还有一个主要的原因，就是如果交给国际刑警的话，对方一定会追查自己的防卫武器来源，那对庄睿而言也是一件非常麻烦的事情。

庄睿低着头在房间里来回走了几圈之后，有些艰难地说道："把最后那两个人留下，其他的，你去处理吧……"

倒不是庄睿矫情，实在是一句话就让这么多条生命消失，他心里有种说不出来的滋味，无法用语言形容。

既有种畅快淋漓，又有点彷徨堵心，更多的是一种将一切掌控于心的感觉，这或许就是某些人喜欢权力的原因吧？

"庄哥，他们每个人手上都有好几条人命，本来就该死……"

彭飞很了解庄睿，听了他的命令后，出言开导了庄睿一句，这让庄睿的脸色好看了不少。

"去吧，不要动枪，善后工作做得干净一些，别被人盯上了……"

庄睿长长地吁了一口气，打蛇不死反被咬，他不想给自己留下任何后患，这些人正如彭飞所说，一个个都是亡命之徒，他们可不会感激自己放他们一条生路的。

彭飞看了一眼门口的两个人，招了招手说道："刘武，赵军，你们两个也过来，没问题吧？"

彭飞手下这帮人虽然平时训练有素，唯一美中不足就是缺少真刀实枪的实战经验。

而且在和平年代当兵，虽然是出自特种部队，但很多人手上并没有沾过血，彭飞这也是想让他们真正体验一把血与火的生活。

门口的两个安保人员听了彭飞的话后，马上双脚立正，大声喊道："报告队长，没问题……"

两人跟着彭飞进入旁边的一个房间后，李振转过头看向庄睿，说道："庄哥，那两个人怎么处置?"

"咱们这船受了这么大的损伤，总归要人补偿一下吧?"

庄睿闻言笑了起来，接着说道:"那个长得瘦瘦的家伙是刘明辉组织里的老三，相信他会知道很多东西的，修罗，这事儿就看你的手段啦……"

庄睿在澳门赌场见过老三，知道他是刘明辉组织里的智囊，像这样的人知道的也是最多的。

"庄哥，您放心，我的手段比彭飞也差不到哪去……"

李振听了庄睿的话后，站起身就想去单独关押那两人的房间。

"等一下，回头我和你一起去……"

庄睿忽然听到旁边房间内传出几声闷哼，知道里面发生了什么事，心口不禁有些堵得慌。

过了大概七八分钟后，彭飞面无表情地从旁边房间走出来，而跟在他后面的两个人则是面色苍白，脸上很不好看。

"刘武，看你小子平时训练手挺狠的，这会儿怎么怂了?"彭飞似乎对其中一人不大满意，出来后就训了起来。

刘武听了彭飞的话后，脸色变得更难看了，看了一眼屋里的庄睿，小声说道:"队……队长，他……他们也是人，不是杀鸡啊……"

刘武在部队的时候是训练标兵，自以为在这里同样可以做得很好，但是刚才看了彭飞的表现才让他懂得，什么叫做冷血无情。

"你……你他……"

彭飞眼睛一瞪就要骂出来，在他们部队可没有什么说服教育，谁的拳头大谁就有理。

"彭飞……"

庄睿上前一步，制止了彭飞之后，开口问道:"刘武，这些人一共杀了多少人?"

"差不多四十多个吧，他们前几天劫持油轮的时候就杀死了三十多个船员……"

彭飞审讯这些人的时候，刘武就在旁边，所以对具体数字非常清楚，只是他不明白庄睿问这个干吗?

"女人呢?"庄睿接着问道。

"十……十一个女人，都是先奸后杀……"

刘武说着话，刚才一直低着的头慢慢抬了起来，胸口也挺了起来，似乎明白了庄睿的意思。

庄睿看刘武的脸色变得正常之后，拍了拍他的肩膀，说道："知道就好了，这些人不配做人，死亡对他们来说是最好的归宿，如果他们不死，这世上还不知道要死多少人呢……"

"是，庄总，我明白了！"刘武被庄睿一通开导，心结终于解开了。

"呵呵，以后叫我庄哥吧……"

庄睿笑了起来，让这么年轻的小伙子去见识死亡，即使他们的心脏够强大，一时半会儿也解不开这个疙瘩的。

当初庄睿对阿沙力可谓是恨之入骨，但是见到被金刚玩弄得奄奄一息的阿沙力，也曾经有过于心不忍，但是他更明白，对敌人的宽容就是对自己的残忍。

"行了，李振，把那两个人带出来吧……"

庄睿抬手看了下手表，已经是早上六点多了，恐怕再过一会儿醒来的人会越来越多，船上的安保人员也镇不住场面了，那些来自内地公司的工作人员可没有什么纪律观念。

李振听了庄睿的话后，扭头钻进一个房间，几秒钟后两手拖着两个人走进庄睿所在的房间。

"呵……"

即使是旁边屋里刚刚发生了那件事，庄睿见到这两人也禁不住笑出了声。

不知道是李振干的还是彭飞绑的，这两个人的姿势颇为古怪，两手大拇指被倒着绑在身后，双脚也向后折，玩杂技一般和两根大拇指绑在一起，整个人呈反弓形。

"呸，呸……"

李振将两人丢在地上后，将两人嘴里塞着的臭袜子拿了出来，两个家伙忙不迭地向外吐着口水。

"大哥，大哥，我不是吐您啊，这味道太难闻了一点……"

老三眼力活，见李振把脸绷了起来，立马连声解释着，生怕一个不对付，自己这条小命就玩完了。

"行了，三哥，咱们又见面了……"

庄睿走到老三面前蹲了下来，他知道这人是刘明辉的智囊，只是不知道他该死不该死，做了多少坏事。

"庄……庄总，这……这事不怪我啊，我劝过大哥不要和您作对，可他鬼迷心窍，就是不听啊……"

老三见到庄睿后，眼睛滴溜溜地转了一圈，努力从眼里挤出几滴眼泪，大声诉起苦来，那模样就像是被辉哥强奸了的小媳妇一样。

老三说话的时候，旁边那个人叽里咕噜地嚷嚷了起来，不过他说的不是英语也不是汉语，听得庄睿一头雾水。

"庄哥，他说他有事情要坦白……"

李振倒是听明白了，这人说的是马来西亚的一种地方方言，一般人还真是听不懂。

庄睿看了一眼老三，点了点头，说道："带他去旁边的房间……"

见到那个马来人被带走，老三心里有种不妙的感觉，连忙说道："庄……庄总，您……您可是斯文人啊，只要您愿意放了我，我把刘明辉的老底全都告诉您……"

庄睿脸上带着笑意，摇了摇头说道："我是斯文人，可你们的行为不大斯文啊……"

"这……都是刘明辉的主意啊，我人微言轻，说了也没用啊……"

老三刚才被关押的房间隔音效果不错，并不知道刚才在他旁边的房间里究竟发生了什么事，所以这才想着蒙混过关，逃得一命。

正在老三说话时，彭飞带着刘武和赵军两个人，用船上的行李车把那一屋子死人都运了出来，刚好从打开的门口经过。

按照彭飞的说法，这个海域鲨鱼不少，他刚刚往海里倒了一盆鸡血，用不了多大会儿就会引来鲨鱼群，把这些人丢下去，过不了多久连尸骨都找不到了。

而歪倒在地上的老三正好和瞪着一双眼睛死不瞑目的火将打了个照面，原本还在叽里呱啦为自己辩白的老三当下面色煞白，一张嘴紧紧地闭了起来。

打死老三也想不到，看上去文质彬彬的庄睿，居然下手如此之狠，他们招惹的不是一只羊，而是一只凶猛的狼。

李振干活比彭飞还麻利，几分钟的工夫就出来了，走到庄睿耳边说道："庄哥，问清楚了，这次计划是他和刘明辉一起制订的，而且还说了，上船之后所有男人全部杀光，女人……"

李振说到这里没再说下去，因为庄睿早已听得两眼冒火了，上去一脚踹在老三的脸上，妻儿是庄睿的逆鳞，任何人都不容亵渎。

"嗷嗷！"

庄睿发火时，一直都蹲在门口装得挺老实，差点被庄睿遗忘了的金刚突然也窜了过去，直接将半弓在地上的老三拎了起来。

"妈哇，鬼哇！"

老三刚才被庄睿踢掉两颗门牙，说话有些漏风，而且他进了房间后，一直没看见金刚，现在乍然一见金刚，顿时吓得魂飞魄散。

"嗷唔！"

似乎听懂了李振刚才说的话，金刚一改平时温顺的样子，右手一巴掌就拍在老三的脸上。

"金刚，住手，别杀了他啊……"

庄睿一看大急，虽然没打算留下老三的性命，不过刘明辉藏匿的金钱可是落在老三手上了，要是被金刚打死，那不白瞎了吗？

只是庄睿制止得有点儿晚，挨了金刚一耳巴子后，老三那脑袋就软哒哒地耷拉了下来，口角不断向外溢出鲜血。

李振上去把手放在老三的脖子上，过了十几秒，看向庄睿说道："庄哥，死了……"

一巴掌将人打得颈椎折断，这要多大的力气啊，金刚这一发威让李振看向它的眼光也变得有些不同了，原本以为这大家伙无害呢，没想到居然如此火爆？

"嗷……喔喔！"

金刚指了指地上的老三，然后又比画了起来，庄睿看得明白，金刚是说老三是坏人，要欺负方方圆圆，所以它才把他干掉。

"得，别激动了，不过以后没有我的话，不准伤人！"

庄睿也不忍责备金刚，它只有六七岁孩童的智力，平时都是凭着自己的喜好来判断事情好坏的。

不过让庄睿可惜的是，金刚这一巴掌不知道打飞了多少钱，现在海盗有钱可都是存银行的，这下不知道便宜了哪家国外的银行。

没等庄睿懊悔完，李振给了他个惊喜，手里拿着一个 U 盘站起身来，说道："庄哥，他身上有个 U 盘，您看看有用没有？"

"金刚，把他丢给彭飞去……"

庄睿一看 U 盘，眼睛顿时亮了起来，对着一旁正在做无辜状的金刚招呼了一声之后，拿着 U 盘匆忙走出房间。

"靠，做海盗真他妈的有前途啊……"

在监控室内，庄睿和李振面面相觑，看着电脑屏幕上那一笔笔数字，不禁目瞪口呆。

辉哥这笔钱是用无记名的方式分别存在瑞士三家银行内的，只要有账号密码就能通过电话转账支取，一共一亿四千万美元，全便宜庄睿了。

一亿多美金，倒不至于让庄睿失态，他只是觉得辉哥真的很厉害，上次输了上亿美金，这么短的时间居然就能找补回来。

庄睿想了一下，说道："修罗，这里面你拿一千万美元去，另外此次船上的安保人员每人发五十万……"

自己得了一亿多美元，要还是只拿出每人十万的奖励，庄睿感觉有点儿说不过去，干脆一人发五十万，自己吃肉也要让下面人有汤喝啊。

至于李振，庄睿给他一千万倒不是为了堵他的嘴，而是觉得他应该拿这么多。

如果不是李振发现了杰克勾结海盗的事情，估计自己这次真的是凶多吉少，有心算无心之下，即使彭飞和李振再厉害，恐怕船上都会伤亡惨重。

更何况最后这 U 盘也是李振发现的，如若不然，刘明辉的这笔财富就要永远葬身大海了，或许过个几十年被人在鱼腹中发现也说不定。

听庄睿要给他一千万美元，李振吓得差点跳起来，连忙说道："庄哥，我不要那么多，五十万就够了……"

"嗯，钱多也不是好事，你先拿五十万吧，以后有什么事，你跟我说也好，跟彭飞说也行，要多少钱直接张嘴……"

庄睿点了点头，他不是小气的人，但是直接给李振一千万的确有失考虑，李振今年不过二十六岁，拿了这一千万美金未必就是好事。

"谢谢，谢谢庄哥……"

李振的眼睛有些模糊，他是个好强的人，母亲生病的事情连彭飞都没告诉。

本想着这次任务结束后，自己有了十万块钱，再问彭飞借点，可以将母亲送到大医院去就诊，没想到突然又多出五十万来，足够他母亲看病的了。

"你小子，怎么矫情起来了啊？"

庄睿没好气地看了李振一眼，将 U 盘收了起来，说道："去下面帮忙吧，船舷上的弹孔暂时没办法消除，但是把别的痕迹都清理干净，省得那些平台工作人员大惊小怪的……"

经此一事，庄睿发现自己不知道是变得冷血了，还是眼界放宽了，总之这次七八条人命在自己面前消失，感觉并不是那么强烈。

第三十八章 船长克莱德

"庄睿，你回来了，没事了吧？"

见庄睿推门走进房间，一屋子人的目光都迎了过来，秦萱冰更是跑了过来，上下打量了庄睿一番。

"没事了，咱们这艘船早上遇到海盗袭击，不过被击退了，大家不用担心了，下去吃饭吧……"

庄睿一说到吃饭，不由想起刚才下面的事情，顿时有点反胃，摇了摇头从口袋里掏出 U 盘，看向云曼说道："云曼，这里有几笔账务，你在电脑上操作一下，转到我国外的账户上吧……"

"好的，我马上办……"

云曼有点不明所以，不过还是接了过来，和秦萱冰打了个招呼后，回自己房间去了。

皇甫云看了一眼媳妇的背影，说道："庄睿，要不……咱们先返航吧，这海盗要是再来呢？"

凌晨的枪声可是把皇甫云吓得不轻，虽然他心有侠义，但是手无缚鸡之力啊。

"哎，儿子怎么随地就尿了啊？"

庄睿一句话把秦萱冰的注意力转移了之后，看向皇甫云，小声说道："再也不会有海盗来了，皇甫兄，放心吧……"

"你……你们？"皇甫云见到庄睿这副神态，顿时听懂了他的话，吃惊地瞪大了眼睛。

庄睿拍了拍皇甫云的肩膀，说道："没事了，放宽心玩吧，等这艘沉船打捞出来，咱们一起回北京……"

一早上过得虽然很快，但是这善后的事情却让庄睿感到精疲力竭。

虽然昨儿那场酒醉了不少人，但是清醒着的也有很多，在安保人员解除了禁令之后，很多人都走出房间来到甲板上。

甲板上的血迹早已清洗干净，但是船舷和船身上的弹孔却无法消除，再加上这些人原本就听到了枪声和爆炸声，再看到遗留下来的痕迹，这些人顿时知道发生了什么事情。

"快看，那是子弹打出来的……"

"真的是啊，我听到有枪声，还以为自己在做梦呢？"

"嘿，你睡得太死了吧，爆炸声那么响，你没听到？"

十多个船员和庄睿请来的工作人员，围在遇袭那面的船舷处，看着船体被打得坑坑洼洼的铁皮，出言议论起来。

相对而言，平台工作人员比较兴奋，船员们则脸色苍白很不好看，因为他们知道，在海上被海盗盯上将会有什么后果。

不管是劫持人质勒索赎金，还是杀害人质劫持游轮，对于这些船员来说，都将是一场灾难，看着那十毫米机关炮打出来的弹痕，很多人甚至转身跑去找克莱德了。

"庄，不用再放了，我相信，杰克就是内鬼……"

克莱德此刻被庄睿请到底舱内的一个房间里，在房里中间的桌子上放着一个录音机，里面正放着杰克最后和海盗们的对话。

庄睿并没有让杰克和海盗们一起消失，海盗出现的事情总归是隐瞒不住的，而且船上失踪了一个大副，也无法对克莱德交代。

所以庄睿甄选了杰克和老三的最后一段对话，拿来放给船长先生听，坐实了杰克勾结海盗图谋不轨的事实。

即使和杰克认识了二十多年，此刻克莱德也没办法保杰克了，而且他的大副出了问题，就是克莱德本人也难辞其咎。

"老板，请您相信我的职业操守，我会带着这艘船安全返航之后，再辞去船长的职务的……"

克莱德说话的时候面色有些黯淡，他舍不得自己工作了二十多年的这艘游轮，而且经此一事，他再也无法驾驶轮船在大海上驰骋了。

手下大副和海盗勾结这样的事情足以让他名誉扫地，恐怕再也没有哪个船主，会放心地将自己的轮船交给克莱德了。

"你说什么啊？"

庄睿闻言笑了起来，走到克莱德身边拍了拍他的肩膀，道："这和你关系不大，这艘船还指望你为我保驾护航呢……"

找一个有丰富航海经验的船长可不是一件容易的事情，而且庄睿对这大胡子船长印象很好，丝毫没有炒掉他的意思。

"什么？我还能当这个船长？"克莱德听到庄睿的话后，顿时激动地站起身来。

克莱德现在不过五十岁，正是经验丰富体力充沛的时候，如果让他现在就去养老，克莱德会疯掉的，庄睿的话给了他一丝希望。

"当然，不过克莱德船长，有一件事我想提醒你一下，这艘船上有许多船员懒散成性、吃喝嫖赌，我个人认为，他们不太适合在这艘船上工作了……"

庄睿之前刚接手这条船，不太好对船上一些工作了十多年的水手开刀，但是他们的行径真的让庄睿看不惯，趁着这个机会，庄睿提了出来。

"我知道，老板，是我太纵容他们了，等这次返航后，我会将一些人清理出去，另外再招一些新的船员上来……"

克莱德此刻根本没有讨价还价的余地，而且他心里十分明白自己的那些船员究竟是什么货色，澳门的繁华早已迷失了他们的眼睛和心灵。

庄睿摆了摆手，说道："新的船员就不用招了，我会送一批人过来，他们都经受过专业的训练，到时候直接就能上手……"

"好的，如您所愿，老板……"

克莱德此时对庄睿服服帖帖，再也没有因为庄睿年轻对他有任何轻视，能成功打退海盗袭击而不伤亡一人，至少克莱德自己就办不到。

"行了，我去外面看看，你安抚下船员，不要有什么情绪……"

庄睿站起身来，搞定了克莱德还要去给那些平台工作人员吃颗定心丸，否则他们听说受到海盗袭击，这心情指定不稳定。

克莱德见庄睿站起来，连忙也从椅子上起身，说道："老板，我现在就下令返航……"

"返航？哦……不，不，咱们最少还要在这里再待上一星期，那艘海底沉船已经探测完毕，就等着最后的打捞工作了……"

听到克莱德要拔腿走人，庄睿连连摇头，接着说道："克莱德，难道你被这几个海盗吓住了吗？难道你忘记咱们出海的初衷了吗？"

"哦，当然不，老板，我是一个勇敢的水手……"

克莱德挺了挺胸脯，不过随之脸色又垮了下来，接着说道："老板，咱们的防卫力量不行啊，船上只有我有一把手枪，这海盗要……要是再来，那……那可怎么办？"

克莱德的话让庄睿情不自禁地笑了起来，这老小子真是有意思，难道他以为早上听到的枪声，是自己的安保人员在放鞭炮吗？

庄睿皱着眉头在屋里来回走了几圈，突然停下脚步看向克莱德，说道："克莱德船长，我能相信您吗？"

作为一个船长，如果不知道自己船上的防卫情况，在很多时候他将会做出错误的判断和决定，所以庄睿考虑是否向这大胡子船长交底？

庄睿并没有打算自己长期在这条船上工作，就连彭飞和李振他都没打算留下来，所以和克莱德坦诚相见是十分有必要的。

"老板，您不辞退我，我克莱德这条命就卖给您了，您完全可以相信我……"

克莱德站得笔直，砰砰有声地拍着自己的胸脯，庄睿都有点羡慕这老家伙了，年龄这么大了，身材居然如此之好，一身船长服穿在他身上尤其威武。

庄睿闻言沉思了起来，他对克莱德也算了解，这人曾经结过一次婚，不过由于对大海的狂热和妻子离了婚，一个孩子归前妻带，现在在爱尔兰生活，几乎和他没有任何交往。

而克莱德本身比较律己，虽然偶尔也会去下烟花之地，但这是人之常情，最关键的是，他不赌，在澳门这种地方能抵挡得住赌博诱惑的人，那心志不是一般的坚定。

想到这里，庄睿脸上露出微笑，向克莱德伸出右手，说道："克莱德船长，我想……您应该重新认识一下属于您的这艘游轮……"

"重新认识？"

克莱德有点不明所以，他在这艘船上工作的时间超过二十年，对每一颗螺丝钉都异常熟悉，他不知道庄睿说的认识是什么意思。

克莱德条件反射般和庄睿握了下手后，傻乎乎地问道："认识什么？"

"跟我来就好了……"庄睿笑了笑，在前面带路往底舱走去。

"庄哥！"

在通过一个独立的电梯下到底舱第二层时，庄睿刚一出来，站在电梯外警戒的刘武马上立正敬了一个礼。

在刘武旁边还有一个安保人员，也是目带尊敬之色地冲着庄睿敬了个礼，庄睿此次奖励所有安保人员五十万人民币的事情早已传到他们的耳中。

不能不说，金钱真的是收买人心最有效和直接的方法，最起码现在这艘船上的十多个安保人员，随时愿意去为庄睿拼命！

"怎么不休息下？早上都挺辛苦的……"

庄睿笑着和刘武打了个招呼，回过头指了下克莱德，说道："刘武，通知下去，以后克莱德船长所说的话，你们必须完全遵守……"

俗话说用人不疑疑人不用，庄睿既然准备和克莱德交底了，就必须让船长掌握这支武装力量，这样才能使他在遇到突发事件时，第一时间做出最有利的判断。

"是！"刘武并没有问原委，直接大声答道，他的态度让克莱德颇为汗颜。

原本船上有几个保安，却懒散成性，当初被庄睿赶走的时候，克莱德还颇有微词，现在看来，那几个保安和面前的刘武就没有一丝可比性。

庄睿指着那个安置鱼雷发射架的房间，对刘武说道："好了，把那个门打开吧……"

"老板，您究竟要带我看……看……天，天啊，这……这是鱼雷发射器？"

克莱德本来对庄睿带他来舱底做什么一头雾水，但是当刘武打开那扇门时，大胡子船长顿时惊呆了，他做梦都没想到，自己这艘商船居然装备了这么牛逼的攻击性武器。

"哦，没想到我们的船长还是个军事专家啊？让您吃惊的东西还在后面呢……"

庄睿看到克劳德激动的样子，在旁边笑了起来，这下他不会再要求返航了吧？

"老板，嘿嘿，您……我爱死您了……"

庄睿带着克莱德看完了三个分别装备有鱼雷发射架和火炮的房间后，克莱德那张大嘴咧得简直合不起来了，恨不得抱着庄睿亲上一口。

"克莱德，商船是不允许携带重武器的，难道你就不怕被检查出来？"

庄睿对克莱德的表现有些不解，在他想来，克莱德应该忧心忡忡地向自己阐述这些武器的危害性，却没承想这老家伙会是这种反应。

按照国际海事组织公约，商船是不准配备重型武器的，因为商船如果可以携带武器，那拿什么区分商船与军舰？这对各国的主权都是威胁。

"亲爱的老板，不用怕的，哦，老天，我到现在还不敢相信，这些武器都是咱们的……"

克莱德显然兴奋得有点过头，在看到庄睿面色不善后，这才严肃起来，说道："每艘商船只有在进港的时候才会例行检查，一般去陌生的港口检查会严一点，但是这艘船在澳门停了二十年，没有哪个家伙对它再有兴趣了……"

听完克莱德的解释，庄睿才闹明白，自己稀里糊涂地就把武器给装备上了，完全没想到还有进港检查一说。

庄睿摇了摇头，自个儿还真是无知者无畏啊，这万一要是被查出来，恐怕全世界没有一个港口会接纳自己的游轮了。

商船也不是说完全不能携带武器进行自卫，根据国际法的规定，商船即便携带武器，也不能随便开火，必须是在遭到对手首先袭击的情况下才有权利反击，他们携带武器也是被动的应付手段而已。

而且，携带武器的商船也会被劫持，克莱德给庄睿讲了一个实例，就在前不久，一艘货船在印度洋海域被劫持，当时船上人员就有武器，但是依旧被老练的海盗们缴了械。

不过这艘游轮在澳门太有名了，所以克莱德才不在乎船上是否安装了重型武器，在他看来，这些武器将会让游轮的安全进一步得到保障。

克莱德情绪稳定下来之后，突然想起一个问题，看向庄睿问道："对了，老板，早上的爆炸声是不是鱼雷弹造成的？"

"哦，这个我也不清楚，或许是他们运气不大好，自己船上的弹药爆炸了也说不定……"

庄睿笑着摊了摊手，一脸无辜的表情，不过他的样子已经说明了问题，而克莱德也终于闹明白了，敢情海盗船不是逃逸了，而是沉入了眼前的这片大海中。

克莱德听了庄睿的话后，忍不住握紧了拳头，恶狠狠地说道："太棒了，老板，等回航的时候咱们走慢点，我要把马六甲的海盗都干掉！"

庄睿没好气地说道："得了吧，这些武器非到迫不得已千万不要动用，一发鱼雷弹好几十万美元呢……"

看着克莱德义愤填膺的样子，庄睿很是怀疑，这老头不会以前被海盗抓住虐待过吧？怎么一听"海盗"俩字就像打了鸡血似的激动？

想到这里，庄睿不禁打了个寒战，看向克莱德时的目光，也变得有那么一点不同了。

"嘿嘿，老板，那些海盗可都是有钱人，海盗打劫商船，咱们打劫海盗，那可是天经地义的啊……"

克莱德的话让庄睿打消了疑虑，只是克莱德这主意打得未免过于一厢情愿了。

庄睿哭笑不得地说道："得了，克莱德，你是这艘打捞船的船长，咱们的任务是探险，是追寻古代的沉船宝藏，而不是去做那些军人做的事情……"

不说别的，就是这游轮的速度就远不能和那些小型舰艇相比，总不能每次见面二话不说就上鱼雷吧？庄睿可没有那么多鱼雷供消耗。

庄睿见克莱德还想说话，连忙摆了摆手，道："行了，你去找李振，告诉他就说是我说的，把那套监控设施连接到船长室，以后你也可以实时控制……"

"谢谢您，老板……"

庄睿的举动无疑是将整艘船的控制权都交到了自己手上，克莱德虽然不懂得什么叫做士为知己者死，但是此刻他却是下定决心给庄睿卖命了。

"别说那些没用的，现在还指望船上的船员工作，你去发个通告，告诉他们海盗不会再来了，让他们安心工作，不过……船上的武器系统还是要保密的……"

克莱德之前都如此惊慌失措，更不用说下面的船员了，庄睿怕自己说不同意返航，那些船员再卸下小艇自个儿划船回去。

听了庄睿的话后，克莱德也意识到这件事情的严重性，当下去船长室发通告去了。

要说克莱德在这艘船上的权威还真不是一般高，他的声音传出后，那些心里骚动不安的船员们全都镇定了下来。

至于那些平台工作人员则反应不大，海盗袭击带给他们的只是一次新奇的体验和日后吹牛的资本，甚至有很多人为了没能见到海盗而耿耿于怀呢。

所有人休息了一天之后，打捞沉船的工作继续展开，制订打捞计划是一件相当繁琐的事情，让庄睿和好几个专家都感到疲惫不堪。

由于沉船在海底两千多米的地方，又有大量的珍贵文物，所以想要整体打捞，其难度绝对不低于打捞泰坦尼克号，虽然两者的体积相差了无数倍。

三天之后，在庄睿的坚持下，方案终于制订了出来，此艘沉船被命名为"海上丝绸之路一号"，而此次打捞行动则叫做"海上丝绸之路一号打捞计划"！

第三十九章 浮出海面

"快，再放三十个浮筒下去，对，抽干空气的，要保证在同一时间，所有浮筒同时充满气体……"

时间又过去了两天，所有的准备工作已经就绪，从早上四点半开始，船上的工作人员就忙碌起来，机器的轰鸣声远远地传了出去。

庄睿这艘打捞船上一片繁忙，偌大的平台已经移动到海面上，一百六十个浮筒已经沉入海里，每四十个浮筒为一个单位，所有的绳索都是连接在一起的。

两个水下机器人也在忙碌着，通过平台操纵，两个机器人需要将四股特制的绳索栓到海底的古沉船上，单是这个工作就进行了两天。

要知道，虽然这古沉船看上去很坚固，但是绑缚的位置要承受浮筒的拉扯力，万一承受不住的话，不仅船体会损毁，船上的那些东西也将遭受灾难性的破坏。

"一组，一组，汇报准备工作……"

"报告总指挥，所有准备工作完毕，随时可以进行上浮……"

"报告总指挥，二组准备完毕……"

"报告总指挥，三组、四组准备完毕……"

一共有四个小组控制浮筒，而完成了绑缚工作的深水机器人，则拿了一张特制的长宽幅度在四十米以上的渔网。

这渔网本来是捕鱼拉船用的拉网，是用钢丝和绳索制作的，异常坚韧，这也是庄睿特意联系了澳门方面，让人专门送来的。

"庄总，您看怎么样？可以开始了吗？"

在平台上的监控室内，张工虽然是总指挥，但还是要听从庄睿的指示，毕竟他才是真正的老板。

经过这两天的争论，张工对庄睿也是异常佩服，一个从来没进行过深海打捞的年轻人，居然对各个细节都了如指掌。

更让张工敬佩的是，庄睿仅通过水底机器人传感回来的画面，就精确地找到了四个加固点，经过两天的测试，表明这四个加固点可以承受浮筒所带来的拉力。

"开始！"

庄睿心中也有些激动，中国的沉船打捞技术在国际上一直都很落后，对于深海打捞这一领域，更是差了发达国家许多，自己的这次尝试也将开启中国深海打捞技术成熟的新篇章。

当然，虽然这艘船是在巴拿马注册的，并且这里也是公海海域，但是庄睿仍然将此次行为作为国家行为。

庄睿已经和导师孟教授联系过了，估计最迟明天，孟教授就会带一帮水底打捞专家赶来。

"一二三四组准备，在浮筒内注入三分之一的空气，开始！"

随着张工一声令下，游轮上那个巨大的充气泵发出了震天的轰鸣声，一根根特殊连接的软管迅速膨胀起来，空气通过软管传入一百多个浮筒内。

由于浮筒本身的浮力，它们沉在大海两百多米的深度，在空气进入浮筒内之后，一百多个浮筒马上缓缓往上浮去。

浮筒和沉船相连接的绳索也从松软的状态慢慢开始绷直了。

浮筒充气和上浮的过程十分缓慢，用肉眼看水底摄像机传回的画面，几乎看不出浮筒的动静，庄睿一行人都瞪大了眼睛看着屏幕。

当然，他们看的不是浮筒而是海底的沉船，随着绳索慢慢绷直，所有人都紧张起来，能否将沉船从海底泥沙中拖出来，就在此一举了。

原本如同水草一般松散飘在水里的绳索，经过七八分钟之后，终于快绷紧了，这一刻，庄睿的心几乎提到了嗓子眼，两眼紧盯着面前的显示器。

"不好，右边第三根绳子速度过慢，三组，三组，马上往你们组的浮筒内再充进去三分之一的空气……"

庄睿发现沉船上的四根绳索并不同步，有三根马上就要拉紧，而另一根则还显示为松散的状态，这样一来，等绳索绷紧后必然会失去平衡。

庄睿顾不得张工是总指挥了，一把拿起对讲机命令起来，随之将对讲机一扔，眼睛又看向屏幕。

随着甲板上充气泵的轰鸣声，庄睿发现那根松散的绳索终于赶上了前面的速度，心里这才松了一口气。

不过也就是喘口气的工夫，庄睿的心又吊了起来，因为浮筒已经开始使力，从屏幕上能看出，在海中沉寂千年的古船慢慢地摇晃起来。

这艘船长达三十米，按照张工等人的测量，船体加上里面的货物总吨数差不多可以达到七百吨，几乎和钻探平台的动力相当了。

千年来海底应该也会有些变化，整艘船身几乎有一半陷入海底泥沙中，虽然船身摇晃起来，但是并没像庄睿等人期待中一样脱离海底。

不过唯一值得欣慰的是，庄睿选择的四处加固点十分牢固，没有出现船体破裂的情况，深海打捞最重要的难点之一现在得到了解决。

张工观察了一会儿之后，看向庄睿，说道："庄总，我看需要加大浮力了……"

庄睿看浮筒和沉船之间形成了僵直，点了点头，道："好，不过要一点点地注入空气，如果实在拉不出来的话，再用浮吊加一把力，不过操作上要小心……"

庄睿之所以选择用浮筒上升的浮力拉扯沉船，就是因为这种方式比较"温柔"，不容易对船身造成伤害，而浮吊和推臂动力过大，一个不小心就会将沉船毁坏。

这会儿沉船已经开始松动，到时候只要操作小心一点，也能达到庄睿的目的，他只需要沉船脱离海面一点点而已，只要能将渔网铺在底下就大功告成了。

"开始往浮筒内注入空气，随时准备停止……"

张工的命令传达下去之后，屏幕上的沉船摇晃得更加厉害了，在几千米之上，根本就无法完美地掌握平衡，船舱里的一些器皿歪斜着滑落了下去。

"庄总，这些散落的器物，回头可以用机器人寻回，您别担心……"

张工看庄睿脸色有点难看，连忙安慰了他一句，并且在心中暗自庆幸，如果按照他的办法直接用浮吊悬臂拉上来，恐怕庄睿只能得到一堆破烂了。

庄睿摇了摇头，说道："没事，这也是意料之中的，如果能掌握平衡，也就不用费这劲了……"

随着浮筒拉扯力的加大，海底泥沙翻滚，清澈的海水变得浑浊起来，即使在十二盏强光灯的照射下，依然很难视物。

庄睿突然拿起对讲机大声地吼道："停！停止空气注入！"

庄睿的举动让所有人都愣住了，现在情况未明，庄睿为什么要叫停呢？

"快点看屏幕……"庄睿来不及解释，眼睛死死地盯着水底机器人传来的画面上。

张工盯着屏幕看了半天，还是一片浑浊，不由问道："怎么了？庄总？"

"沉船已经脱离了海底泥沙，不要再使用浮筒了，这东西即使注满了空气，拉扯力也不足以将其拉出海面……"

庄睿眼睛一眨不眨地看着屏幕，一屋子人都感到很纳闷，他们就不明白了，看的都是同样一个屏幕，为啥庄睿就敢如此确定呢？

庄睿当然敢确定，虽然他的灵气无法直视沉船，但是通过对船上物体灵气的感应，庄睿发现，他一直关注的一个物件掉落的位置和船舱正中呈直线，这也就说明船底已经脱离了海底。

在浮筒停止注入空气后，沉船摇晃的频率顿时减小了，过了大概二十多分钟后，沉船卷起的泥沙才沉淀下去，海水重新恢复清澈。

"真……真的出来了……"

"天哪，拉出来了，拉出来了！"

"我们成功了，拉出来了！"

重新看到海底的情象后，平台监控室沸腾起来，因为从沉船底部已经可以看到亮光了，也就是说，这艘古船已经从泥沙中脱离出来了。

如何完整完好地将沉船拉出海底，这是此次打捞行动的最大难点，也是制订方案时争论最多的地方。

现在庄睿用他的办法证明他是对的，在这一刻，不管是操作机器人还是调试摄像机的工作人员，纷纷用敬佩的眼光看向庄睿，自发地鼓起掌来。

张工对庄睿也是敬佩有加，一边鼓掌一边说道："庄总，好样的，您要是涉足这个行业，我们可就没饭吃了啊……"

"得，张工您别捧我了，打捞和设备领域您是专家，咱们还是继续进行下一步工作吧，早点让沉船浮出海面，那样你我的工作才算是完成了啊……"

庄睿这几年风头出得多了，身上名衔一大把，对于张工的奉承他并没有放在心上，而是在想下一步的工作。

不过庄睿的话却让张工对他更高看了一眼，这么年轻就能如此不骄不躁，难怪别人能赤手空拳打下这么大一份产业。

接来下的工作相对就比较简单了，在操作员的操纵下，两个水底机器人缓慢地将大网铺在沉船下面，由于浮力的原因，张开的渔网马上将沉船包裹起来。

看到这一幕，众人都欢呼了起来，如果没有什么意外的话，中国人打捞的第一艘深海沉船，就将出自他们之手。

"工作还有很多，大家一定要小心再小心，千万不能让这艘古船有任何的损伤……"

庄睿见到有些人已经开始庆祝了，连忙给他们泼了盆冷水，沉船不出海面，变数还多着呢，万一海上起了风浪，那将是一件非常麻烦和难以解决的事情。

"嗯，等这次的工作完成，我会给大家一些奖励，每人五万元人民币……"

庄睿在挥起大棒的同时，也给了众人一颗甜枣，他的话顿时让众人的眼睛亮了起来，五万元可是场内很多人半年的工资了，这份奖励可是沉甸甸的。

等连接好渔网和浮吊之间的绳索后，已经过去了整整十多个小时。

这时已经是凌晨三点多钟了，不过监控室的人都全神贯注地工作着，没有一丝懈怠，不能不说庄睿的奖励起了很大的作用。

"庄总，终于能松口气了，只要明天风平浪静，沉船估计中午就能浮出海面……"

在浮吊上手指粗细的钢索开始卷动以后，张工揉了揉充满了血丝的眼睛，长长地出了一口气。

现在沉船正匀速往海面上升，考虑到海底压力对沉船的损坏，这种速度非常慢，三千多米的深度估计要好几个小时之后才能浮出海面。

"谢谢张工，谢谢大家！"

庄睿这会儿紧绷的一颗心也放松下来，站起身冲着众人鞠了一躬，不过心里却在盘算，是不是出笔钱将这些人挖过来？

术业有专攻，庄睿只能动动嘴皮子，但是实际操作是一窍不通，他知道要是靠自己，估计别说三千米的沉船了，就是三十米都没那能耐将其打捞上来。

"庄总，千万别这么说，这是我们的工作，而且您不是还额外给奖励了吗？"

"是啊，庄总，给您干活就是痛快，总公司那些家伙从来不管我们的死活……"

这几天这些人和庄睿混得很熟了，见到庄睿的举动后，纷纷大声嚷嚷了起来，庄睿越听越高兴，不怕你们有情绪，没情绪哥们还没法挖人呢。

时间过得飞快，一眨眼外面的天色已经放亮了，整个监控室的人都瞪着一双双充满血丝的眼睛，紧张地看着监控器。

随着沉船距离海面越来越近，监控室内的气氛愈加紧张，在古沉船浮出海面的那一刻，他们将改写中国无法进行深水打捞的历史，这将会是一个激动人心的时刻。

就在监控室内气氛紧张的时候，彭飞突然走了进来，在庄睿耳边说道："庄哥，有两艘船在向我们靠近，李振刚才联系了一下，是国内来的科考船……"

"靠，他们可真会赶时间啊？"

庄睿嘴里嘀咕了一声，站起身来，虽然是自己主动求援的，但是这来的时机也太好了吧？

"张工，您辛苦下，盯着点，我出去接下人……"

虽然心中腹诽，但是老师来了，庄睿还是要去迎接的，而且现在这艘船上只有他一个人是考古专业，相关技术人员严重不足。

等沉船浮出海面之后，上面数以万计的古代文物需要分类整理，就是累死庄睿他自个儿也干不完，所以向国内求援是必需的。

当然，这批沉船文物的所有权还是归属于庄睿的，这些人来了最多加上一个参与中国首次成功进行深海打捞的名头而已，庄睿对这种荣誉不怎么放在心上。

"庄哥，他们还带了艘拖船来啊？"

彭飞这会儿也从监控室来到甲板上，和庄睿一起站在旋梯旁的船舷边上，迎接那些国内到来的专家们。

"那是他们的事，反正咱们用不到的……"

庄睿闻言撇了撇嘴，国内一些相关部门做事就是不够大气，看着都稀罕，拿拖船拖沉船？他们舍得自己还舍不得呢，亏那些人能想得出来？

等了大概有二十分钟，孟教授一行人换乘小艇终于登上了甲板，庄睿连忙迎了上去，说道："老师，麻烦您亲自过来，学生心里不安啊……"

孟教授原本正在主持发掘豫省刘秀墓，而且工作有了很大的进展，连续发掘出十多项可以填补国内考古空白的发现，受到了国内外相当多的关注。

但是孟教授听说了庄睿正在打捞南海沉船的消息，并接到庄睿的求救电话后，立马放下了手头上的工作，召集了一批国内水底打捞专家和考古学者连夜赶赴这里，别的不说，这份情谊就沉甸甸的。

"别跟老师用你那生意人的口吻说话……"

孟教授一脸佯怒地看着庄睿，接着说道："不过小庄，这些物件打捞上来之后，要先给我们好好研究一下啊，不急着放到博物馆里去……"

孟教授并不是真的生气，做老师的能见到学生出息，心里绝对像是吃了蜜一般甜，而且庄睿这次的项目也将填补国家水下考古的空白，孟教授此时心里只有高兴的份。

"您怎么说我就怎么做，老师，就按您说的办……"

孟教授的话让庄睿苦笑起来："得，刚才还说自己是生意人，现在就开始讨价还价了……"。

不过对于老师的要求，庄睿没理由拒绝，这等于是有人免费帮他给这批沉船文物断代了。

"嗯，这几位你都认识了，不用我介绍了，给我们介绍下这次打捞的情况吧……"

跟随孟教授一起前来，不光是考古学界的人，还有好几位古玩陶瓷器鉴定专家，庄睿在这行当也混了好几年了，和这些人倒是都不陌生。

在几个专家后面，还跟着七八个看上去不过二十出头的年轻人，庄睿知道，这应该是学校里的学生，跟着来实习的，对于他们而言，这样的机会可是不多见的。

"小庄，你这是不出手则已，一出手动静可是不小啊……"

说话这人是庄睿的老相识了，博物院的田教授，自从上次的"磁州官窑事件"之后，庄睿和田教授也成了忘年交，关系处得很不错。

"嘿嘿，田老师，您这一说，我可就要骄傲了啊……"

庄睿笑嘻嘻地将一行人让进了平台内的监控室，当然，那些学生都被留在了外面，一个个好奇地看着浮吊工作，对于海上的一切，他们都很新奇。

"老田说得不错，小庄，你这两年带给我们的惊喜可不少啊……"孟教授和庄睿并排走着，心中却是颇多感慨。

最初庄睿淘得定光宝剑，证实了传说中的古代帝王剑确实存在，其后在海外寻得海盗宝藏，让中国考古学界在世界上大大地出了一次风头。

就是近期豫省汉代帝王大墓的出土和庄睿也脱不了关系，如果不是他顺藤摸瓜，让大牛兄弟俩带路，或者这座帝王墓就要毁于盗墓贼的手里了。

现在庄睿更是不得了，深水考古一直都是中国考古界的一个盲区，国家耗时耗力十多年，都没能将早已勘测出的南海一号打捞出来。

而庄睿首次出手，打捞的就是三千米深处的沉船，其技术难度可想而知，这在世界深水打捞历史中也是不多见的。

"张工，这是我的导师孟教授，老师，这是负责此次打捞工作的总指挥，张工……"

大家说着话进入平台上的监控室内，庄睿把屋里的几个工作人员给孟教授等人介绍了一番，要说打捞沉船，靠的还是这些人。

"孟教授，久闻大名了，您既然来了，这总指挥我可就移交了啊……"

庄睿给张工介绍了孟教授之后，张工马上就准备卸担子了，这几天没日没夜地注意着水下的情况，张工比来的时候憔悴了许多。

"别，术业有专攻，你让我介绍历史可以，但这些东西老头子可是不懂，张工你继续指挥，船打捞上来之后的事情才是我的工作……"

孟教授摆了摆手，笑着说道，不过却是紧走了几步，眼睛盯向了那艘正慢慢向上浮着的古代沉船。

此时古沉船距离海面还有一两百米的深度，即使不靠强光灯，依稀也能看出沉船的轮廓了。

"没错，是宋代沉船，你看这船头高翘，线条流畅，的确是宋朝船只的特点，小庄，你这一次又填补了国家深水考古的一个空白啊……"

孟教授一脸痴迷地看着屏幕上那艘被渔网包裹着的古船，先不提这艘沉船内物件的价值，单单是这艘沉船，对中国古代航海史的研究就有相当大的价值。

"打捞局那帮人都可以回家种红薯去了，丢人啊……"

田教授冷不丁在旁边说了一句，听得庄睿十分愕然，开口问道："田老师，这关打捞局什么事啊？"

"怎么不关他们的事？这沉船打捞工作必须在他们的同意并且指导下才能进行，可是南海一号发现十多年了，也从上面打捞出来不少东西，但是整船到现在都没有出水。"

田教授有些愤慨，他本身就是做古代陶瓷研究的，当然想多一些宋代瓷器方面的实物，不过这么多年来，国家打捞上来的东西还没有民间渔民捞到的多呢。

庄睿听了田教授的解释才知道，在国内打捞沉船，要由打捞局审批，并且进行打捞时还要由他们派出专家指挥。

至于那些有资质的打捞公司，十有八九都是部里的下属企业，专业技术不怎么样，但是吃闲饭的人可是不少。

听到这种说法后，庄睿心中顿时庆幸不已，"哥们幸亏没打国内的主意，不然恐怕要被生生刮下几层皮来。"

在监控室里坐了一会儿，张工站起身说道："庄总，孟教授，最多还有半个小时，沉船就要浮出海面了，咱们去外面等吧……"

"好，大家都出去，要注意安全，不要靠在船舷上……"

庄睿点了点头，交代了几位专家几句，船身高达数十米，如果从船上掉下去，即使下面是海水，不被震死也要落个重伤。

听说沉船即将出水，众人都兴奋起来，一起走出监控室，来到平台和浮吊之间的甲板上。

游轮的浮吊和平台形成了一个三角形，中间位置就是沉船出水的地方，此刻甲板上已经站满了人。

不光是平台的工作人员，就是船员们也是第一次见到这种情形，纷纷凑过来看热闹，大胡子船长都跑来了，拿个望远镜煞有介事地观察着海面。

不过最惹眼的当然是金刚组合了，金刚一个肩膀上坐着一个小家伙，正兴奋地在人群里钻来钻去，这家伙是个人来疯，人越多越高兴。

庄睿此刻也没工夫去教训金刚，双眼紧盯着那片海面，用灵气感应着不断上升的沉船。

"五十米……"

"四十米……"

"二十米……"

"十米……"

一声声实时数据不断从对讲机里传来，到了五米时，平静的海水翻滚起来，海面上出现了一个高高的木杆，庄睿知道，这是断裂的桅杆。

"出来了!"

"快看，大船出来了……"

"全是木头的，船上还有不少东西呢……"

在紧张忙碌了一个多星期后，这艘宋代古沉船终于浮出了海面，揭开了它神秘的面纱。

一时间，游轮上所有工作人员都欢呼起来，很多人摘下头上的帽子，高高地往天空抛去。

沉船的出水，不仅代表着他们这段工作的完成，更刷新了中国深水打捞的历史，这一刻，每个人心里都充满了喜悦。

隔着渔网中间的缝隙，可以清楚地看到，这艘古船的木质微微泛红，船身并无腐朽之处，除了桅杆断裂之外，基本保持完好。

第四十章 找关系摘桃子

在辽阔的海面上，游轮发出的轰鸣声震耳欲聋，沉船出水后，平台和浮吊顿时压力倍增，此刻承受着数百吨的重力，几乎将动力开到了最大。

那些操纵机器的工人都十分小心地缓缓移动着浮吊的吊臂，沉船几乎是一寸寸地上升着，缓慢地向早已空出来的游轮甲板挪动着。

那些相关的部门领导看到这艘沉船后，脸上顿时现出尴尬的神色，他们带来的拖船还没这船大呢，而且见到别人如此小心谨慎，也知道庄睿断然不会将这份功劳分给他们的。

"往上一点，再高一点，好！"

"左边一点，再来一点，轻点，别把船上的东西打碎了……"

"慢点放，再慢点，老于，你他娘的不是号称可以用吊臂夹起一根烟的吗？"

这些工人都知道庄睿给他们加薪的事，所以干起活来非常小心，一个个指令从船上传达到操作人员那里，所有的工作都在有条不紊地进行着。

整整忙碌了三个多小时，这艘沉入海底一千多年的古沉船，终于被安全地放置到了甲板上。

微微泛着红色光泽的船身，在阳光的直射下，显示出一种历经千年风霜的沧桑感。

为了方便日后的运输，渔网没有解除，但是上面的绳索已经被清理掉了，庄睿走在最前排，和孟教授并肩站在古沉船的旁边。

"当……当当……"

庄睿用手敲击了一下船身，发出金属碰击般的声音，这艘宋代船只历经千年，非但没有任何腐朽，船身似乎比以前还要坚固。

"历史意义重大，考古意义重大，文物价值重大啊！"

孟教授用手轻轻抚摸着这艘沉船，脸上异常激动，接连说出三个重大的词汇，即使刘秀墓出土时，庄睿也没见老师如此失态。

庄睿见老师情绪激动，又是连夜乘船赶来的，怕老人身体出个什么好歹，连忙说道："老师，要不先休息一下，咱们再进行清理？"

由于阳光直射会让沉船的木质结构发生变化，这会正有工作人员在沉船上面搭建简易遮阳棚，庄睿的意思是等他们干完活再进行沉船清理工作。

要知道，庄睿刚才粗略地目测了一下，船上的文物高达数万件，单是那些密密麻麻摆在一起的瓷器就数不胜数，更不要说还有无数的金银器皿，四散在船身的各处。

文物清理工作可不是随便把东西拿出来就行了，还要给其进行编号分类，十分繁琐，单是这些清理工作，庄睿估计没个十天半月的都很难干完。

孟教授听了庄睿的话后，摆了摆手，说道："不用，咱们现在就开始，小庄，你还没有意识到这艘船的重要性，它的价值不亚于陕西的兵马俑啊……"

按照孟教授的说法，这艘宋代早期沉船的发现和打捞，其意义不仅在于找到了一船数以万计的稀世珍宝，它还蕴藏着超乎想象的信息和非同寻常的学术价值。

这艘沉船沉没的位置，不仅处在"海上丝绸之路"的航道上，而且它的"藏品"的数量和种类都异常丰富可贵，给这段历史的研究提供了最可信的模本。

并且对这艘沉船的勘探和发掘，还可以复原和填补与古代中国"海上丝路"密切相关的一段历史空白。

要知道，这可是远远早于郑和下西洋的航海贸易行为，同时也能论证当时中国强大的制造力，中国的大航海时代更是远超英葡等中世纪的海上强国。

孟教授和庄睿对沉船的认知角度不一样，当他阐述完这艘沉船的价值后，庄睿有点不好意思地吐了吐舌头，敢情自己这考古专业人员，还是钻进了钱眼里，只从文物价值上对其进行判断了。

"没错，小庄，放置这些物件的房间准备好了没有？记住，房间要干燥，不然这些瓷器的釉色会被氧化变淡的……"

田教授在一旁也是摩拳擦掌，这些宋代外销瓷器，对古代外销陶瓷和南海海上交通贸易等历史的研究都具有十分重要的意义。

世人皆以为我国封建王朝的顶峰是唐朝，其实不然，从商业角度上来说，宋朝才是中国历史上经济最繁荣、科技最发达、文化最昌盛的朝代之一，也是当时世界上发明创造最多的国家。

宋朝的瓷器也是除了几乎成为孤品的元代瓷器之外，在国际市场最受追捧的瓷器，价格一直都居高不下。

所以田教授此刻已经迫不及待地想去观摩一下宋代外销瓷器和国内官瓷民瓷的区别了。

"好吧，房间都已经准备好了，大家可以上船，不过要小心一点，船上有海藻，会比较滑……"

见两位老师都这么说，庄睿也没理由阻止了，等他点头之后，马上有人架起了梯子，分批上了这艘千年古船。

一件件珍贵的瓷器和金银器被人从船上传下来，这个工作十分繁琐，一直到深夜，甲板上拉起了照明灯，船上还有四五个学员在忙碌着。

孟教授等人虽然精神亢奋，但是身体实在是撑不住了，被庄睿劝回去休息了，不过庄睿一直都在现场盯着，这些玩意少一件他都舍不得。

"庄总，您有空吗？我想和您聊几句……"

就在庄睿擦干净一面铜镜，将它放入塑料袋里时，船下传来一个声音。

"您是？"

庄睿伸出头去看到一个长得白白胖胖、四十多岁的中年人，庄睿依稀有点儿印象，这人似乎是和孟教授一起登船的，不过当时老师没介绍，庄睿也没在意。

"庄总，我叫窦哲，是专门负责海事交通方面的，对于您的这次打捞行为，我们领导给予了高度评价，我想，咱们是不是找个地方谈一下……"

来人自我介绍了一番，庄睿听完愣了一下，这位官还不小，居然是个正厅级的干部，当下擦了擦手，从船体旁边的梯子上爬了下来。

"窦局长，去房间里坐吧……"

虽然不知道这位局长大人找自己谈什么，但是庄睿也不想平白得罪人，这会儿都半夜一点多了，对方来找自己也算是有诚意吧。

"窦局长，有什么事找我呢？"坐下之后，庄睿给窦局长冲了杯咖啡，这几天都是靠这个提神，而且在船上也没别的饮料。

窦局长似乎知道庄睿的背景，站起身用双手接过咖啡后，说道："庄总，我受领导的委托，对您这次深海打捞成功，表示祝贺……"

"呵呵，窦局长，谢谢领导的关心，您看这边工作比较繁忙，文物清理才进行了一小半，要是……"

庄睿的话没有说下去，不过想走人的意思已经很明显了，"哥们累了一天了，有工夫去陪陪老婆孩子不好吗？闲得蛋疼陪您在这扯淡？"

看到庄睿有点不耐烦的样子，窦局长连忙放下手中的咖啡，说道："是这样的，庄总，虽然您这次打捞全属您的个人行为，不过打捞出来的这艘船可还是国家的啊……"

"慢着，窦局长，您说这话就没意思了吧？这船是宋朝的不假，但说是国家的这扯得有点远了吧？这里是南海马六甲，可不是咱们国家的相关海域！"

庄睿一听窦局长这话顿时火了，敢情这窦局长是来摘桃子的啊？自己花费数亿打捞出来的船，一句国家的就想拿走？当哥们好欺负呀？

"不……不，不是这意思，庄总您误会了，您误会了……"

听了庄睿的话后，窦局长那张白脸顿时憋得通红，连忙站起身来，解释道："这艘沉船当然是属于庄总您的，我们领导的意思是，是不是能将这次打捞定性为庄总和国家共同进行的？"

说了半天，窦局长这句话才算是说到了点子上，中国首次深海沉船打捞，甚至有可能是世界上最深的深水打捞，这样的名头，对提高某些人的政绩有着异乎寻常的重要作用。

那位领导交代的，是让窦局长和庄睿协商，看看能不能在打捞方加上国家相关部门的字样。

窦局长虽然知道庄睿背景很深，但是见庄睿年轻，就自作主张地想打个官腔，看看能不能获取更多的利益。

让窦局长尴尬的是，庄睿根本不吃他这一套，直接把话堵了回去，这让习惯于打太极，凡事都留一手的窦局长很不习惯。

"国家行为？"

庄睿笑了笑，说道："这艘船的注册地点是巴拿马，打捞地点是靠近马六甲的公海海域，高达三亿美金的打捞费用是我个人出的，窦局长一句话就将其定性为国家行为，是不是不太合适啊？"

庄睿现在已经完全明白了，这人倒不是冲着这些出水文物来的，而是冲着此次打捞事件所引发的影响力。

"三……三亿美元?"

听到庄睿的话后,窦局长火烧屁股一般跳了起来,这……这不是讹诈吗?就这么一次打捞行为,怎么可能花费三亿美元呢?

要知道,国内对南海一号前后几次的打捞费用,总共才花了三千多万人民币。

最近这次对南海一号打捞的决心最大,而预算也没超过一亿五千万,好吧,就算庄睿花费的成本高,那三亿美元的数字也有点扯淡了。

"庄总,我知道您在此次打捞中花费颇多,贡献巨大,但是这次深海打捞成功的影响力很大,所以我还是希望您能考虑下,将这份荣誉和国家共享……"

窦局长苦笑了一下,自己也没理由说别人讹诈,是自个儿先提出要求,别人只是"信口开河"地说了一个数字而已。

不过窦局长这脸皮也够厚的,干脆当做没听见,把话题一扯,拉到了国家荣誉上面,而且再也不提这艘船的所有权了。

"这……有点不妥吧?窦局长,针对这件事的新闻稿我都已经准备好了,要不是昨儿比较忙,早就传出去了……

而且这事,你们实在是没出什么力气,我们要实事求是不是?"

庄睿在心里暗骂了一声老狐狸,却是死不松口,言语中更有威胁的意思。

他这次打捞哪里花费了三亿美金,连三亿人民币都没有,而且平台和浮吊悬臂又不是一次性消费品,在日后的打捞行动中还将持续发挥作用。

只是庄睿不想平白让对方占这个便宜,他也看出来了,这位窦局长绝对不是代表国家,最多就是代表某个部门某位领导来抢功劳的。

要是换作别人,或许还要给窦局长几分面子,毕竟还是要在国内混下去不是?

但是庄睿不同,他有足够的底气不鸟对方,难不成他们日后还有权利不让他的汽车上马路?

"新闻稿都准备好了?"

窦局长一听这话傻眼了,不管庄睿说的是真是假,他都承担不起这个新闻发出去之后领导的雷霆之怒,当下连忙说道:"庄总,庄先生,有什么要求可以提嘛,这事……咱们好商量……"

窦局长的头上已经冒出了冷汗，原本国内炒作得沸沸扬扬的"南海一号"沉船打捞事件，由于种种原因没能成功，已经让领导面目无光了，要是再出庄睿这么一档子事，那更无法向公众交代了。

窦局长此时恨不得给自己两个耳光，干吗一开始欺负庄睿年轻啊，现在自己想找个台阶下都没了，完全被人拿捏住了。

"要求？我没什么要求……"

庄睿眉头一挑，十分干脆地拒绝了窦局长，他又不缺钱，此次仅是从刘明辉那里就得到一亿多美元，抵消了这次打捞费用，还让自个儿大赚了一笔，他能有什么要求？

而且庄睿心里也有顾忌，如果发布出去此次是和国家共同进行的打捞行动，庄睿还怕这些人得寸进尺，想沾染这批文物呢。

要知道，仅是现在清理出来的陶瓷金银器，价值就有数亿人民币以上了，更不要说还有一艘完好的宋代古船，价值更是难以估量。

"庄总，您再考虑一下，只要您答应，什么都可以谈的……"

俗话说无欲则刚，庄睿这副态度让窦局长抓瞎了，别人一不缺钱二不缺权，加上又没干什么犯法的行径，更没有什么小辫子被人抓住。

所以别说窦局长背后的领导只是一个部门领导，就是官再大上两级，也拿庄睿没办法，大不了在国外买个小岛，日子还不是一样过？

"这事就不用谈了，窦局长既然来了，我可以让人把此次打捞的相关经验和您说一下，相信对快要进行的'南海一号'沉船的打捞有一定的帮助……"

庄睿摆了摆手，结束了这次谈话，他和这人实在没什么共同语言，此刻更没有心情和他周旋。

等庄睿离开后，窦局长一手拿起桌上的茶杯就要往地上砸去，可是手举到半空，苦笑一声又放了下来。

窦局长算是明白了，自己以前在一些部门领导或者成功商人面前的优越感，在庄睿面前根本就是个笑话。

论权势，别人的背景深不可测；论财富，单是那一个博物馆的价值就令人咋舌。自己这个小小的局长还想在人家面前耍心机，纯粹就是自不量力。

第四十一章 海上丝绸之路

庄睿倒是没把这些狗屁倒灶的事情放在心上，劳累一天了，也没回沉船继续清理文物，干脆回到房间洗了个澡直接睡觉了。

"谁啊？这么一大早就打电话来？"

正在睡梦中的庄睿被一阵电话铃声给吵醒了，睁眼一看，床上的秦萱冰已经不在了，电话声是从客厅传出来的。

"是四哥呀，庄睿昨天睡得有些晚，有事您告诉我，我回头转告他吧……"

庄睿这几天没日没夜地泡在监控室里，秦萱冰有些心疼，见是欧阳军的电话，直接将事揽了过去，主要是欧阳军找庄睿向来没什么正事。

"萱冰，我起来了，电话给我吧……"

庄睿从房间里走了出来，他也有日子没见欧阳军了，估计找他有什么事。

"你怎么不多睡一会儿啊……"

秦萱冰看了庄睿一眼，还是将电话递了过去。

"没事，你老公身体好，昨儿还没领教吗？"庄睿的话让秦萱冰顿了顿脚，脸带红晕地走开了。

接过电话，庄睿惬意地坐在沙发上，懒洋洋地说道："四哥，扰人清梦，不地道啊……"

"你小子，最近自个儿失踪不说，连媳妇都拐带上了啊？"

欧阳军对庄睿很不满，据说这哥儿们开着艘大游轮满世界转悠，竟然都不告诉自个儿一声，而且还把媳妇孩子带走了，搞得自己儿子都没玩伴了。

"怎么着，眼红啦？来呗……"

庄睿闻言笑了起来，母亲那边的亲人，他就和欧阳军最熟悉，另外几个都是体制内的，说话做事一板一眼，远没有和欧阳军聊天轻松。

"得，哥哥我忙得很，没工夫去，对了，跟你说件事，你不是打捞上来一艘宋代沉船吗？我……"

"等等，四哥，您听谁说的这事啊？"

欧阳军话没说完就被庄睿给打断了，这沉船昨儿中午才出的水，现在欧阳军就知道了，难不成欧阳四哥在船上还安了探子？

"嗨，你小子等我说完啊……"

欧阳军不满地说道，他和别人通电话，很少有人敢打断他，也就这弟弟肆无忌惮，不把自个儿这董事长当领导。

"得，您说……"庄睿笑了起来，他就是喜欢和欧阳军斗嘴。

"是这样的，你那船捞上来了，有些人想沾点儿光，听说被你拒绝了，这不，就找到我这儿来了嘛……"

"靠，四哥，这事您都管啊？我这花了几亿打捞上来的物件，难不成被人一句话就给要走？"

这次欧阳军还是没说完话，又被庄睿给打断了，这让欧阳四哥那叫一个郁闷啊，这弟弟怎么年龄越大，脾气越见涨呀？

"你小子听我把话说完……"

欧阳军真有点儿火了，他虽然不知道庄睿花了多少钱进行的这次打捞，但是就算庄睿一个大子没花，他也不能被别人占了便宜去呀？这简直就是以小人之心度君子之腹嘛。

"没人要拿走你的船，就是在打捞单位上加上个名字，这也是给国家长脸不是？再说了，这种事情给人方便，日后自然少不了你的好处的……"

怕又被庄睿打断，欧阳军这次一口气把话说完了，他今儿一大早就接到某位部长打来的电话，说的就是这件事。

打电话的人可是和他家老头子一个级别的，亲自打电话相求，给足了欧阳四少面子，所以欧阳军虽然平时挺嚣张的，还是将事情答应了下来，这年头，多个朋友总归比多个敌人好吧。

"四哥，这事儿我昨天拒绝了，您也甭提了，凭啥我一人打捞上来的沉船，后面还要写上几个名字啊？弟弟我啥都不缺，也没求人的地方……"

让欧阳军没想到的是，庄睿居然敢不给他面子，张嘴就把这事给堵死了，这让原本以为一句话就能解决问题的欧阳董事长着急了。

他可是满口答应了那人，庄睿这关要是过不去，欧阳军可要在外人跟前丢面子了，而且他和庄睿还是亲戚，这事办不下来，不知道会有多少人在背后笑话他。

"我说，你小子翅膀硬了是不是？四哥的面子也不给啦？这事儿你必须答应下来……"

欧阳军冲着电话吼了一声，紧接着放低了声音，温柔地说道："五儿，就当是四哥求你一次，话说你哪次让四哥办事哥哥没给你办好？"

也挺难为欧阳军的，黑脸白脸一人全给唱了。

"得，四哥，您这么说可真是让弟弟无地自容了……"

庄睿连忙打断了欧阳军的话，说起来自己还真是没少麻烦这位，现在求到自个儿了，这面子还真没法拒绝。

"四哥，您又不是不知道，那帮人太难伺候了呀，我要是同意他们参与打捞工作，万一回去翻脸不认账，连皮带骨头把我给吞了怎么办啊？"

庄睿之所以昨儿和今天都一口拒绝，的确是有这方面的顾虑，要是回去之后相关部门一改口，这些物件都归了国家，庄睿岂不是成了冤大头了？

"他们敢？老弟，你当哥哥是泥捏的啊？还没人敢欺负到咱们家头上，那位不过就是想在任期内出点成绩，这事完全不用担心，你也可以先和他们签订个协议，这不就行了……"

欧阳军听了庄睿的话后，不由有些哭笑不得，这弟弟还真是实诚，在国内欧阳家族的人不去欺负别人已经算本分了，借那人一个胆他也不敢做这样的事情。

"唉，先不谈这事了，四哥，最近有些事真是头疼啊，这么大一艘船打捞上来，可是没地方放……"

庄睿突然岔开了话题，让欧阳军听得莫名其妙，不由开口打断了庄睿的话："你小子又打什么主意啊？四哥难得求你点事，还真摆谱了不成？"

庄睿连忙满口否认："哪能啊，四哥，这事看您的面子上，我一准得答应啊，不过四哥，咱们开发的那小区，游泳池和健身区紧挨着博物馆，这安保工作不大好做啊……"

"臭小子，你是看中了那块地吧？"

欧阳军听到这儿，哪儿还不知道庄睿打的什么主意。当下没好气地说道：

"行了，你这家伙盯着那地方也不是一天两天了，现在不给你，以后还不知道你出什么幺蛾子呢？

不过咱哥俩丑话说前面，那块地给你可以，但是你要在小区后面重新给我建造一个健身馆和游泳池，要不然物业麻烦就大了……"

"一定，四哥，您放心，我一定给您办得妥妥当当的，保证您满意，行了，一会儿那位窦局长又要来找我了，先挂了啊……"

庄睿挂断手机后，脸上露出了笑容，用个虚名给自己换得实惠还是很划算的，而且那块地对庄睿博物馆的发展而言，是非常重要的。

由于庄睿这几年不断往博物馆内补充藏品，那两万多平米的展馆现在已经有点儿捉襟见肘了，这艘宋代沉船虽然打捞上来了，不过正如他所说，还真没地方放。

庄睿早就把主意打到博物馆旁边的那块地上了，只是那里被规划成了小区的全民健身区，跟欧阳军提了几回，欧阳军都没答应，这次为了面子便宜了庄睿。

"妈的，别人求我办事，我还要倒贴啊？"

挂断电话后欧阳军心里很不是滋味，看了屋外一眼大吼一声："媳妇，带上儿子去小姑家吃饭去，咱们就住那儿了……"

大明星看着老公一副要把庄睿家吃穷的样子，很是不解，她哪儿知道，欧阳四哥这是心里不痛快，想去找补回来一点儿呢。

到了中午，窦局长果然又找了过来，态度比昨天更恭敬了，庄睿也没过分，和对方签了一份协议之后，同意在打捞方添加上某部委的名字。

协议上表明，某部委为此次打捞行动的主要成员，在进行沉船探测和实施打捞的过程中给予了大力支持，不过由于庄睿是发现沉船的人，这艘船的归属还是庄睿个人的。

有了这份协议，庄睿也不怕对方玩什么猫腻，而且在和窦局长谈判时，对方也很上路，主动提出要帮庄睿办理国内水下打捞的公司资质，有了这份资质，就能在中国所属海域进行沉船打捞了。

如此一来皆大欢喜，窦局长得到了想要的荣誉，完成了领导的任务，而庄睿也没吃亏，只是加上一个名字几个字，就换来这么多实惠，算是双赢吧？

虽然庄睿对这种拿公家资源卖人情的行为心里还有点儿抵触，但是也没奈何。

　　紧张的沉船清理工作，让庄睿很快将这件事忘到了脑后，数万件沉船文物仅靠十多个人整理，工作量相当大。

　　即使庄睿每天要忙活十八个小时以上，还是整整进行了一周时间才将所有文物清理完毕，并且归纳到各个房间里。

　　经过来自国内的船舶专家，陶瓷专家和历史专家们的考察之后，一致认为，这艘宋代沉船，是迄今为止世界上发现的海上沉船中年代最早、船体最大、保存最完整的远洋贸易商船。

　　经过仔细的清理工作，船舱内出水的文物总数有八万二千三百八十八件，其中金银器占了五万一千多件，可以划分为三十套类别，金银器主要分为手镯、耳环、小粉盒等等。

　　另外还有一些铜器，如铜钱、铜镜、铜珠等物件，铜器多是铜钱，绝大部分是北宋的，有少量唐代的开元通宝，这些东西的价值不是很大，庄睿把他们留给专家研究了。

　　但是金银器里面有个让庄睿爱不释手的玩意儿，那是一件鎏金龙纹手镯，手镯是纯银打造的，在上面鎏金，整个手镯呈龙纹形状，异常精美。

　　这玩意儿庄睿一见到就私藏了起来，直接套在儿子的手腕上带回了家。

　　另外出水最多的文物当数陶瓷器，一共有三万多件，种类繁多，有白瓷、青瓷、青白瓷，还有褐釉和绿釉瓷器，几乎唐宋民间瓷器都能在里面找到。

　　这可把田教授给乐坏了，硬是缠着庄睿挑出二十多套完整的瓷器，准备拿回故宫博物院慢慢研究对比，这些外销瓷器和当时官窑的区别。

　　不仅是田教授，所有参与到沉船后期清理工作中的专家，都收获不菲，按照孟教授的说法，这艘沉船和出水的文物，证实了一千多年海上丝绸之路的存在。

　　与陆上丝绸之路一样，海上丝绸之路也是中外贸易通道，但后者自西汉初期形成一直沿用整个中国古代社会，在这两千多年的中外贸易历史中，中国的主要输出品有时是丝绸，有时是瓷器，或者是其他货物。

　　而外国的贸易商品更是五花八门，因此有的学者也称之为瓷器之路，或皮货之路，或丝香之路等等，既然丝绸之路已约定俗成，也就称为海上丝绸之路。

　　只是由于国内深水打捞技术不完善，一直没有很多实物来证明这个观点，此次这些出水文物，对研究海上丝绸之路提供了一个非常完整的实物史料，它本身蕴含的考古信息和历史信息非常丰富。

一个多星期后，庄睿的"萱睿号"已经回航，不过并没有返回澳门港口，而是直接停到了距离北京近在咫尺的天津港，这对沉船和文物的搬运工作带来诸多便利。

当然，能把船停到这里，而又没检查出船上藏的那些武器，某后知后觉但是占了不少便宜的部委居功至伟。

某部委和国内著名私人博物馆共同打捞千年古沉船的消息，此刻也充斥在国内各大报纸上，既然要出政绩自然要大力宣扬。

一件件珍贵的出土文物被拍成了照片，出现在各大报纸和电视报道中，在民间也形成了一股海洋考古热潮，连带着海捞瓷的价格在拍卖场上也提高了不少。

更是有像钱总那样的老朋友，直接打电话找到庄睿，想从他手中得到一些拍品，只是庄睿没打算卖这些东西，出言一一婉拒了。

虽然此次的系列报道都是用定光博物馆的名字，但是那些老朋友可是知道根底的，庄睿的名号再一次响彻了整个古玩行。

一时间，停留在天津港的这艘游轮挤满了来自国内国外的记者，搞得庄睿烦不胜烦，干脆留下皇甫云接待，自己带着整整十辆卡车的文物回到了北京。

至于那艘沉船，也已经从游轮上吊了下来，安置在港口的一个仓库里。

由于展馆的原因，这艘沉船只能等庄睿定光博物馆内的古代船舶馆建造完毕之后，再运回北京，要不然这三十多米长的大家伙还真是没地方安置。

庄睿刚回到北京，还没来得及喘上口气，就同时被古云和胡荣给堵住了，这哥俩都找他好几天了。

"哎，我说胡大哥、古哥，您二位怎么凑到一起喝茶了啊？"

庄睿听老妈说胡荣在四合院住了两天了，而古云这段时间也是天天来，就是看庄睿回来了没有，今儿一回家，就见到这哥俩正在自己四合院的大槐树下喝茶聊天呢。

庄睿也有一年多时间没见胡荣了，不过胡荣翡翠设计师的名声在国际上愈加响亮，而且前两年新开发的那个翡翠矿，在缅甸更是难得一见的富矿，称得上是缅甸首屈一指的矿业大亨。

并且胡荣的珠宝设计公司也在东南亚开了数十家，在国外名声之响亮，甚至在庄睿这个北地"翡翠王"之上，此刻胡荣坐在那里隐隐有股宗师风范，神态比两年多以前更加沉稳。

而古云有了庄睿的关照，承接了不少国有和私人博物馆的修缮工作，他的公司也一跃为国内古建筑修复的龙头企业，远不是当年那个干点零散活的小公司了。

按说这哥俩都不是闲人，一个掌管着缅甸胡氏华人城，一个是公司大老板，今儿凑在一起，由不得庄睿不奇怪。

古云一见到庄睿，老板模样也没了，站起身一把拉住了庄睿，一脸着急地说道："我说庄老弟，你这也太忙了吧，我都找了你一星期了，电话都没人接，再找不到你，我可是交不了差了啊……"

"古哥，您别急啊，怎么回事？老爷子身体不好？"

听了古云的话，庄睿吃了一惊，古老爷子自从退下来之后，身体和精气神儿都不如以前了，这老人过了七十之后，说不准哪会儿就撒手走了，即使庄睿灵气再好使，也没办法和阎罗王抢人啊。

想到这里，庄睿心中大急，反手一抓拉住了古云，大声问道："古哥，老……老爷子他……怎么了？"

在庄睿成长路上，最感激的有两个人：一个是上海的德叔，一个就是古老爷子了。这两位对他都有如子侄一般，教导他古玩鉴玉的知识从不藏私。

"哎，哎，你小子倒是轻点啊，痛死我了，我爸能有什么事，想你了呗。哎，我说你小子不是在咒老爷子吧？"

庄睿从小丧父，在他心里，这两位长辈就如同父亲一般，此刻他是真的急了，抓着古云的手有些用力，疼得这哥儿们大声叫了起来。

"靠，那你干吗不早说，吓了我一跳……"

庄睿听了古云的话，这才松开了手，古云连忙看向手腕，却是被庄睿抓出了几道指印，可见庄睿当时用力之大了。

"我也没说什么啊……"古云看着手腕上的无妄之灾，哭笑不得地提起前面的话题："你这段时间干吗了？电话都打不通？"

"这几天都在海上，在打捞一艘沉船，这不……刚刚忙活完就回来了嘛……"

由于这几天庄睿都在埋头清理沉船文物，基本上就没回船上的房间睡过觉，电话也是关机的，所以不管是谁，这段时间都找不到庄睿。

庄睿说完扭头看向胡荣，说道："胡大哥，您到这儿就当是到了家里吧，要是事不太急，咱们晚上聊成不成？"

古老爷子抓了儿子连着等自己两天，庄睿心里也有些不好意思，自从成家之后，去老爷子那里的时间比以往少多了，他准备现在就带着两个宝贝儿女去老爷子那里坐坐。

"我对老人家也是钦慕已久，庄睿，我和你一起去拜访下古先生吧……"

胡荣的事情倒是不急，不过听庄睿说要去古天风那里，顿时也起了前往拜访的念头。

胡荣是翡翠饰品设计方面的专家，对于翡翠雕琢也颇有心得，能见到国内被称之为"南邬北古"的玉石雕琢大师，当然不肯放过这次机会了。

"成，那咱们就一起去，您二位稍等我一下……"

庄睿点了点头，去母亲的房间招呼了一声，又把在后院正和白狮玩得高兴的方方、圆圆找来，最后想了一下，孤身下到他那物件不多的藏宝室里。

庄睿这是想到老爷子平时寂寞，想给他找块料子玩玩，这老人家一旦彻底清闲下来，身上哪儿哪儿的毛病都来了，倒不如有点儿事情做，反而对身体有好处。

"拿哪块料子啊？"

由于前段时间筹款，卖掉了不少庄睿珍藏的明料，所以现在地下室内除了那些金砖之外，所剩的翡翠料子已经不多了，一共只有四块，无一不是世间罕见的珍品。

两块拳头大小的帝王绿明料，一块有着玻璃种质材的极品蓝翡，还有就是那块如同鸡油一般泛着黄色光泽的黄翡明料了。

虽然还未经抛光打磨，但是这几块已经被庄睿切出来的明料，在灯光下显出不同的色彩，散发出荧荧光芒。

这几块料子要是出现在玉石行，绝对会掀起轩然大波，恐怕其效应还要在此次庄睿成功打捞宋代沉船在古玩界造成的轰动之上。

"得，就你了……"打量了半天，庄睿终于下了决定把那块极品黄翡抱在了手上。

帝王绿和蓝翡都好办，项链或者手镯都能打制，但是这块黄翡料子庄睿一直没想好要雕琢成什么物件，现在他也不用操这心了，直接让老爷子琢磨就行了。

"庄睿，抱的什么东西啊？"

见庄睿除了把媳妇儿女领来之外，手里还抱着块用布包裹起来的物件，古云和胡荣都有点奇怪。

"嘿嘿，回头你们就知道了，这是给老爷子治病用的……"

庄睿笑了起来，却不肯把东西亮出来，还小心地将其藏在自己驾驶位的下面，看得两人直摇头，胡荣倒是猜出一点端倪，庄睿拿得应该是块玉石料。

几个人开了两辆车，停在古老爷子住的四合院巷子处，前后涌进了老爷子的院子里。

"师伯，小的来看您啦，您老这身体越来越结实了啊？我看您还是回协会再干一任会长算了……"

庄睿一进院门就见到老爷子正在那修剪花草呢，虽然是八月份的大热天，不过这院子却比庄睿的四合院还要清凉。

"臭小子，有半年没来我这儿了吧？见面就和老头子贫嘴？"

古老爷子见到庄睿之后，脸色却不大好看，只是一见到后面两个走路摇摇晃晃的小家伙之后，马上露出了笑容，放下剪刀，一手一个将两个娃娃抱了起来。

两个小家伙虽然还不能说出完整的话来，但是小嘴特别甜，一口一个爷爷，喊得老头儿脸上全是笑意，眉间皱起了深深的纹线。

"偏心，偏心眼儿，就没见过他这么抱孙子……"

古云在一旁低声嘟囔起来，听得庄睿一脸鄙夷地看着他，道："你儿子都快上初中了，老爷子还抱得动吗？"

"行了，方方、圆圆和妈妈去玩，别累着爷爷……"

见老爷子比之前又多了分老相，庄睿心中暗暗责怪自己，要是经常帮老人梳理下身体，断然不会如此。

等老爷子放下方方、圆圆后，庄睿又给他介绍了胡荣，听到是缅甸来的同行，老爷子兴致很高，一摆手说道："小云，去，和你媳妇准备几个好菜，晚上我要和小胡好好喝一杯……"

庄睿听老爷子不提自己，知道老人对自个儿还有气，当下腆着脸笑道："嘿嘿，师伯，还有我呢……"

"臭小子，还记得你师伯啊，得了，都进堂屋说话吧……"

古老看了庄睿一眼，却不想在院子里怠慢了胡荣，当下放了庄睿一马，只有古云站在院子里比较憋屈，哥儿们咋就只有伺候人和跑腿的命啊？

"师伯，我这段时间一直在海外，这不一回来就来看您了吗……"

庄睿一进屋，就自觉地烧起了开水，把自己送老爷子的那套茶具摆开，这老人年龄大了，就是要哄着点儿，俗话说老小孩嘛。

"庄睿啊，师伯不是生你的气，不过你这两年又是博物馆，又是海外淘宝，虽然都是干正事，但是老头子我问问，你这玉石协会的理事究竟履行过多少职责啊？"

见到庄睿这副乖巧的样子，古老爷子也生不起气来了，顿了一下接着说道："我一生钟情于玉石雕琢和鉴赏，这雕琢手艺有人继承下来了，但是鉴赏却无人得我真传，也就你小子有些天赋，可是瞧瞧你这两年，沾过玉石的边没有？"

古天风说着说着情绪就有点儿激动，庄睿这才听明白，敢情老爷子这是怪自己不务正业啊？

想想老人说得也没错，庄睿是由玉石发家的，但是这几年以来，所做事情却离玉石行当越来越远了，也难怪老爷子生气。

"师伯，这事是我不对，以后我会多关注一些玉石协会的工作的……"

庄睿的确感觉有些愧疚，要知道，当时让庄睿进入玉石协会，可是古老爷子力排众议一手促成的。

第四十二章 极品黄翡

论起来庄睿还真是很惭愧，他加入玉石协会也有几年时间了，但是作为协会理事，庄睿对协会的了解也就仅限于大门往哪个方向开，这还是那次去拿鉴定书的时候去的，平时每年例行召开的会务他都没参加过一次。

不过庄睿从协会获得的好处可是不少，上次用玉石协会参加缅甸公盘的事情就不说了，单是"秦瑞麟"店里的玉石饰品的鉴定书，基本上都是免费从协会拿出来的。

虽说庄睿没有冒领乱填，但是作为协会理事，每年却省了不少心，也少花不少钱，这要是换个没有门路的人，即使花钱想得到这些证书也不是件容易的事。

庄睿每年享受着玉石协会的待遇，但是却没有尽到义务，虽然庄睿这两年在古玩行声望越来越高，不过在玉石协会内还是有些人开始说闲话了。

尤其是庄睿自从两年多以前在缅甸出过一次手之后，基本上所做的事情都和玉石无关，这也让许多人质疑起庄睿的水平，进而对他这个理事身份也产生了疑问。

"师伯，这事儿是我不对，以后我一定多参加协会的活动……"

庄睿知道古老爷子为他担了不少闲话，老人家最要面子，他介绍自己进入协会，因为自己的缘故引起别人的质疑，老爷子心情当然不会好了。

"不是要你参加协会的活动，而是多关注一点儿玉石行，几年前你因为赌石创下了偌大的名头，但是这两年呢？没听说你鉴定过一件玉石物件，也难怪别人说闲话啊……"

老爷子叹了口气，他对庄睿期望甚高，尤其是庄睿敏锐的观察力和对玉石的直觉，让老人一度将庄睿当成自己在鉴赏玉石方面的传人，不过庄睿这两年的行为却让老人有些失望。

"是啊，庄睿，前几年你在缅甸的名声可是很响的，不过连着两年没参加公盘，现在已经很少有人提及你了，我看你也是要多露露面，不然很快就会被人遗忘了……"

胡荣在旁边附和着古老爷子的话，这三百六十行其实都是一个道理，和娱乐圈差不多，要时不时地闹出点儿动静，多点儿曝光率，这才能保持住江湖地位。

别看玉石行讲专业论眼力，但是水平不高又想上位的人可不在少数，他们找不到庄睿比拼，嘴里就有点儿缺德了，有些人甚至将庄睿说得颇为不堪，而庄睿前几年的战绩在他们眼里只是运气好罢了。

胡荣这两年也听到了些风言风语，不过他知道庄睿生意做得大，没将心思放在玉石上面，所以也没说给庄睿听。

"露面？怎么露面？再去赌石？"

庄睿闻言苦笑起来，他现在又不缺钱，虽然说好东西不怕多，但是赌石在他看来就是彻头彻尾的作弊。

这淘宝捡漏打捞沉船是从老天爷手里捡物件，但是去赌石，那就是用灵气欺负人了，庄睿怕灵气用多了遭报应，心里实在是有点儿忌讳。

所以庄睿这两年刻意没去缅甸参加公盘，否则的话，凭他现在的财力，足以将公盘上所有有价值的翡翠原石一扫而空。

"也不用你去赌石，那东西运气大过实力，你没事的时候多参加些协会组织的鉴定活动就行了……"

老爷子也不是真生庄睿的气，他只是想让庄睿在玉石方面多关注一些，自己那些独门鉴定玉石的方法都传给了庄睿，他不想自己数十年的心血无法传承下去。

"师伯，我知道了，以后有这样的机会我一定参加，不会给您老人家丢脸的……"庄睿听了胡荣说的行内的一些传闻，不由脸上有些发烧。

虽然庄睿这几年在古玩行和考古界如日中天，但是在玉石圈子里名声却已日落西山，已经很少有人拿自己前几年的丰功战绩说事了。

"古老，赌石其实也能看出一个人对玉石的了解，从另一方面而言，其实也是一种玉石鉴定，庄睿你有时间倒是不妨再去参加一届公盘，想必会让很多人闭上嘴的……"

胡荣的话让庄睿和古天风同时愣了一下，继而想起这位就是缅甸的翡翠大亨，不由笑了起来。

老爷子对胡荣的话颇为赞同，笑着说道："没错，小睿做事我放心，他不会沉迷到那里，很好，有机会可以再去试把手……"

"嘿，师伯，当年可是您劝我不许沾赌石，现在怎么反过来啦？"庄睿见老爷子心情好转了，不由开起了玩笑。

"那得看时候，你前两年在缅甸公盘上声名鹊起，但是能急流勇退，两年没去公盘，这种毅力不是一般人有的，所以我相信你不会沉迷，话再说回来了，就凭你的身家，想赌个倾家荡产也是不容易的……"

古老爷子一边说一边哈哈大笑起来，他是庄睿特聘的定光博物馆的荣誉顾问，对庄睿有多少身家，这老爷子还是知道一二的。

"呵呵，那是老爷子您教导得好，要不是您的提醒，说不准这会儿内裤都输没了呢……"

庄睿不失时机地拍了一把老爷子的马屁，见老爷子心情大好之后，伸手把放在脚下的那个包裹拿了起来，说道："师伯，您这两年身体不错，不知道这手艺……有没有落下啊？"

刚才给古老爷子斟茶的时候，庄睿发现老爷子的手依然很稳健，想必平时很注重锻炼，给老爷子这块料子解解乏，应该能让他开心。

"臭小子，我给你雕琢的物件可是不少了啊？这手镯玉佩挂件摆件，哪一样没有？还想来麻烦我呀？"

其实庄睿一进门古天风就看出他拿的是块毛料，只是那会儿心里有气，也没顾得上问，现在心里舒畅了，他对庄睿拿的东西也有几分好奇。

要知道，庄睿找古天风出手的次数不少，但是次次拿来的玉料都是顶级料子，拿出去即使卖明料都价值连城。

作为国内首屈一指的琢玉大师，雕琢物件也是要看材质的。

像古老爷子这类人，如果拿个歪瓜裂枣般的料子，就是给他再多钱，他也不会动刻刀，反之拿的要是难得一见的珍稀玉料，就是白干老爷子也乐此不疲。

庄睿之前的那些玉料，不管是做挂件的帝王绿，还是做果盘的多色和田玉髓，都是数十年难得一见的珍品，所以老爷子对庄睿这次拿的料子十分期待。

庄睿听了老爷子的话后，故意做出一脸不忿的样子，说道："嘿，师伯，您老人家要是这么说，这东西我可不打开了啊，胡哥也是玩翡翠的，我把这物件给他雕琢算了……"

"我还稀罕不成啊？老头子我这几十年，什么好料子没见过，难不成比帝王绿还珍贵？"

老爷子撇了撇嘴，退下来之后经常和孙子辈的人接触，也有点老小孩的性格，对庄睿的话很是不以为然。

"得，您老既然这么说了，我给您看一眼就带走……"

庄睿说着话，坏笑着打开了那个用临时找的床单层层包住的包裹。

古老爷子没戴老花镜，包裹打开时，看得并不真切，可是一边坐着的胡荣年轻啊，四十来岁正是出手艺的时候，一眼看到那黄得像鸡油一般的翡翠料子，顿时从椅子上站了起来。

"这……这料子……"

胡荣此刻也顾不上什么失礼不失礼了，抢上一步将这块极品黄翡抱到了屋门口，对着屋外的阳光仔细地查看起来。

"庄睿，去……去里屋把我的眼镜拿出来……"

老爷子虽然没看清这是块什么料子，但是从胡荣的举动上感觉出来，这块明料肯定不同凡响，要不然本身就在翡翠产地呼风唤雨的胡荣，绝对不会如此失态。

胡荣趁着庄睿进屋拿老花镜的时间，出言向古天风说道："古老爷子，您刚才说的话还算吗？这块料子可是让给晚辈雕琢了？"

虽然还没细看，但是这样的极品黄翡，百年间都未必能见到一块，胡荣也不管啥尊老爱幼了，一心想忽悠古老爷子把话说死。

在前文就曾经说过，名家还需要好料，想要在玉石行闯出名头，那就要有几件能震惊世人的代表作，这才能让人承认你的江湖地位。

不过雕工和设计师不少，但是好料难求，如今胡荣见到这块极品黄翡，也顾不得他那翡翠设计大师的脸面，居然玩起了小花招。

"我刚才说什么话啦？小胡，你看我这年龄大了，刚说的话就忘啦，唉，老啦，真的老啦……"

只是让胡荣没想到的是，古老爷子就像只老狐狸似的，压根儿就不入他的套，干脆揣着明白装起糊涂来了。

"小样，我老头子吃的盐比你吃的米都多，跑这儿忽悠我来了？"

古老爷子那双看似老眼昏花的眼睛，在胡荣身上打量了一圈之后，笑眯眯地说道："小胡，坐下喝茶啊，你说小庄送来的东西，我老头子怎么可能不接下来啊……"

古天风这话听到胡荣耳朵里，气得差点没吐血，刚才是哪个老头儿说不稀罕的呀？居然这么快就改了口，简直就是一个老不修啊。

"老爷子，您见多识广，这料子肯定也经手过，不如就给晚辈练练手，也算是提携后辈了不是？"

胡荣还是有点不甘心，这种品种的黄翡，就算他是出自缅甸翡翠世家，也从来没见过，前几年在一次工艺品展上出现的翡翠烧鸡，其品种比这块料子还要差上许多。

要说胡荣手上有个翡翠矿，算是近水楼台先得月，手上的极品翡翠也不少，但对这种可遇而不可求的物件，还是希望能自己亲手设计雕琢。

"师伯，您的眼镜……"

老爷子的厢房没在这堂屋里，庄睿从院子里刚走进房间就感觉气氛有点不对，这古老爷子正瞪着眼睛看着胡荣，而胡荣却宝贝般将那个黄翡抱在怀里。

"我说庄睿，你小子可真不地道啊，咱们好歹还连着亲戚呢，你居然都不告诉我还藏着这么个宝贝……"

胡荣一见庄睿进来就嚷嚷开了，他也怪自个儿来的时候没留个心眼儿，当时要是看一眼庄睿拿的什么东西，也不至于现在和这老爷子抢料子了。

"胡哥，我这……不是前段时间需要钱才切开的嘛，要不然早就拿给老爷子雕成物件了，您别看我，这东西就一件，怎么着您和我师伯商量去……"

庄睿拿这块料子来，一来是想让这块黄翡现世，给自己的玉石展馆增加一个亮点，二来也是给老爷子赔罪，自然不会因为胡荣的话而改变主意。

"有什么好商量的呀？这料子留下吧，行了，你们都走人，过俩月来取东西……"

这会儿古天风已经戴上了老花镜，把那块黄翡仔细打量了一遍，脸上先是露出惊容，继而大喜，他没承想这都快入土了，老天爷居然又送给自己一块能雕成传世精品的料子来。

庄睿一听不乐意了，出言说道："哎，师伯，您这怎么往外赶人啊？我那俩孩子上门，您不送东西就算了，连口饭都不给吃啊？"

其实这是庄睿怕老爷子太过劳累，雕琢玉件对老人而言不是什么问题，但是前期的设计画图等工作却要消耗大量的脑细胞。

古老爷子得了这么一块玉料，心情大好，对庄睿的话也不以为意，点头笑着说道："对，对，吃饭，都留下来吃饭，回头咱们爷俩喝上一杯……"

"老爷子，您……您……"

庄睿和古天风开心了，胡荣可是憋屈了，张口差点没说出无耻俩字，硬生生地憋回去之后，心有不甘地说道："老爷子，您看这设计上，我能帮点什么忙吗？"

雕琢不成，胡荣就打算退而求其次，能在这块黄翡成品的设计师一栏写上自己的名字，那也是一件非常有成就的事情，而且还是和古老合作，传出去可是给自己脸上增光啊。

"设计？"

古天风闻言沉吟起来，他现在年龄大了，脑袋瓜转得确实没有年轻人快，设计对他而言还真是一个难点。

不过胡荣一向都是在东南亚跑动，古老爷子对他的名声还真不太熟悉，心里正盘算着是不是要把这物件交给他来设计。

"师伯、胡哥，我说句话，您二位看看成不？"

庄睿见胡荣开口相求，老爷子沉吟不语，遂开口说道："师伯，胡哥在东南亚地区是十分有名气的翡翠设计师，我博物馆那棵翡翠树从设计到雕琢都是出自胡哥之手，我相信这物件交给他设计，一定不会委屈了您老的手艺的……"

庄睿的话听得胡荣连连点头，这简直就是知己啊，千金易得知已难求，回头一定要好好谢谢庄睿。

庄睿的话还没说完，这会儿又看向胡荣，接着说道："胡哥，我说句可能您不爱听的话，您别生气……"

胡荣连连摆手，说道："不生气，不生气，有话直说，咱们哥俩还讲那些虚的干吗？"

"要说胡哥您的翡翠设计水平，那在国际上估计都能排进前三的，这不用我多说，但要说雕琢物件，您和老爷子相比，那差的可不是一星半点儿啊……"

胡荣听了庄睿这话，也只有点头的份儿，古老爷子在玉石行当几十年积累下来的名声，还真不是他能叫板的。

"所以我的看法是，这物件归您设计，由老爷子操刀，您二位强强联合，也不辱没了这东西。师伯、胡哥，你们觉得怎么样？"

　　庄睿也是刚想起这茬儿来，自己博物馆里摆着的那棵翡翠树，从设计上而言绝对是无可挑剔，足以证明胡荣的翡翠设计水平了，而且这样一来也能让老爷子少操点儿心，对他的身体也有好处。

　　"行，小胡，这块料子究竟雕成什么就由你来做主了……"

　　老爷子听了庄睿的话后点了头，他知道庄睿的眼光很毒，既然说这姓胡的设计水平不错，想必也是有依据的，并且他也见过那棵翡翠树，设计新颖立题独特，能看出设计师的功底不浅。

　　"哎哟，那可真谢谢古老了，这东西我量下尺寸，回头我就做方案去……"

　　胡荣没想到庄睿和老爷子都同意他来设计，顿时心中大喜，他的主攻方向不是玉石雕琢，而是玉石设计。

　　所以只要这块料子雕琢出来的物件，最后能在设计师一栏署上他的名字，那胡荣就心满意足了。

　　而且他经手设计的翡翠饰品，能得古天风亲手雕琢，这对他的名气也是一个很大的推动，要知道，古老爷子数十年来在玉石行闯下的名头，可是无人能撼动的。

　　庄睿的一个主意让两人皆大欢喜，房中的气氛马上变得和谐起来，老爷子和胡荣谈起翡翠摆件的设计，他几十年的经验也让胡荣受益匪浅。

　　晚上吃饭的时候，庄睿故意多灌了古老爷子几杯，这让不胜酒力的老爷子很快就离席休息去了，趁着这机会，庄睿好好地帮老人梳理了一番身体。

　　"庄睿，你这家伙藏得真深啊？那块料子究竟是什么时候得来的？是不是你第一次参加翡翠公盘那会儿？"

　　回到四合院后，庄睿和胡荣又坐在院子里喝起茶来，胡荣这会儿还对那块料子念念不忘，要不是量好了尺寸，恐怕他都能抱回来。

　　"是那会儿得来的，不过真是刚刚切出来的，距离那次公盘都两年了，我要是早解出来，还能留到现在才雕琢吗？"

　　庄睿点头承认下来，这没什么好隐瞒的，反正现在不管是在古玩行里混的人还是在玉石行里的人，都知道自个儿眼力毒辣，解出块好料子也很正常。

"这事不提了，您回头有时间，好好琢磨这料子雕什么就是了，和古老爷子合作对你的名声是大有好处的……"

庄睿话题一转，把这事给岔了过去，接着说道："胡哥，倒是您在这儿等了我几天，有什么重要的事情吗？"庄睿心里一直憋着这事，现下才有机会问出来。

"嗨，你不说我都把正事给忘了……"

胡荣听了庄睿的话后一拍脑袋，自从见到那块黄翡就满脑子是那玩意儿的影子了，还真让胡荣有点儿迷糊。

"是咱们那翡翠矿的事，我来征求下你的意见……"

晚上胡荣也喝了不少酒，当下端起茶碗润了润喉，接着说道："咱们那矿开了快两年了，所出的翡翠品质一直都是缅甸最好的，帝王绿也出现过……"

庄睿不知道胡荣想说什么，摆摆手道："胡哥，您说事吧，这些我都知道……"

"是这样的，今年年初，英国一家矿石能源公司开始对咱们那座玉矿很感兴趣，到现在考察了也差不多有三个多月了。

上个星期，他们的老板和我接触了一下，有意全资收购这座翡翠矿……"

胡荣谈到正事，脸上酒意全无，这件事对于他来说，是一件关系到缅甸胡氏日后走向的大事，他不敢轻易做主。

而且庄睿还有那座翡翠矿百分之四十的份额，即使他同意出售，也无法决定庄睿的意思，所以胡荣必须亲自赶来和庄睿当面协商。

庄睿没想到胡荣说的居然是这件事情，沉吟了一会儿在脑中消化了一下之后，开口问道："他们出价多少？"

只要是商品，就没有不能出售的，虽然翡翠矿给庄睿和胡荣带来了数十亿的金钱，但是那些英国人只要出价合理，庄睿也不介意将其卖掉。

第四十三章 重出江湖

这座翡翠矿已经开采差不多两年了，那个英国公司还要收购，看来他们下的工夫不少，而且能让胡荣急匆匆地赶来，想必出价也不低。

"十二亿！"胡荣说出一个数字。

"十二亿？"庄睿眉头挑了一下，没说话。

按庄睿之前的勘测，这座翡翠矿的价值在二十亿美元左右，而且庄睿那时眼中灵气没有升级，无法看到更远的地方，不知道里面是否蕴含着更多的玉脉？

两年时间，总共不过开发出价值七亿美金的翡翠，剩余最少还有十多亿美金的翡翠原石，那家英国公司如果只愿意出十二亿的话，庄睿是不会同意卖掉的。

"是十二亿英镑……"

见庄睿皱起了眉头，胡荣在旁边补充了一句。

"靠，你不早说啊？"

庄睿不满地看了胡荣一眼，这英镑和美元能比吗？十二亿英镑差不多就是一百五六十亿人民币了，而十二亿美元还没到一百亿，差多了。

"你也没问啊？"

胡荣呵呵笑了起来，他就是想看看庄睿听到英镑这词的反应的，不过让他失望了，听到是英镑，庄睿也没显得特别激动。

其实庄睿心里还是有些震惊的，他原本以为自己挺有钱了，没想到国外这些资源大鳄们一出手就是上百亿人民币，和他们一比，自个儿的那点资产都不好意思往外说了。

"咱们当时预测这座矿大概价值二十亿美金左右，如果对方真愿意出十二亿英镑的话，那倒是可以考虑……"

庄睿一边想一边说道："胡哥，接到他们的报价后，您应该也对这座矿重新做了评估吧？评估结果如何？"

但凡这样涉及庞大资金的跨国收购，双方都是比较慎重的，各自都会派出评估公司，对矿山的资源进行评估，所以庄睿才会这么问。

"我这边请的是德国一家著名的矿产评估顾问公司评估的，他们的评估结果和英国人的出价差不了太多，所以我这才来征求你的意见……"

胡荣现在心里有些纠结，从利益上而言，将翡翠矿卖出去可以减少很多中间环节和工人开支，无疑将利益最大化了。

但是卖出了这座翡翠矿，对胡氏在缅甸的发展却没有什么好处。

因为胡氏虽然在缅甸有七八家矿产，但是那几个矿产都已日薄西山，几乎快要挖光了，只有这座翡翠矿是胡氏目前盈利最多、规模最大的一个矿场，如果卖掉的话，也就意味着胡氏将退出缅甸矿产资源行业的竞争了。

所以胡荣一直都无法决定，他身后可不仅仅是胡家人，还有百年来依附胡家的整个华人城，住在里面的华人几乎都靠挖矿生活，如果卖掉矿场的话就会牵一发而动全身，由不得他不慎重。

胡荣和庄睿之间没有什么不能说的，当下将心中的想法都说了出来，庄睿虽然年轻，但是在国内根底深厚，胡荣想听听他的意见。

听到这件事事关缅甸华人城的前途，庄睿沉吟了一会儿，开口问道："如果卖掉那座翡翠矿，是不是就没有地方安置那些华人的工作了？"

胡荣摇了摇头，说道："那倒也不是，胡家在缅甸还有别的项目，不过这座矿一卖，胡家在资源矿产业的话语权就将大大降低，日后很难再争取到好的矿场……"

本身缅甸也是一个农业国家，华人城在周边地区也有许多耕地，只是年轻人大多都到矿上去工作，种地的事情一般都是妇女和老人们做的。

胡荣之所以瞻前顾后，是因为缅甸国内形势复杂，如果他卖出这个富矿，想必日后会被同行排挤，再想涉足翡翠矿业就难上加难了。

"胡哥，按照您的看法，缅甸现在有价值的翡翠矿山还多不多？"庄睿出言问道。

"哪里还有什么有价值的矿山啊？几十公里的区域开采了数百年，基本上都挖空了，倒是金矿发现了不少……"

胡荣说着说着眼睛忽然一亮，这翡翠矿没有了，自己可以寻找金矿啊，到时候一样会用得到矿工的。

"这样吧，胡哥，我找个时间和你再去一趟帕敢，实地看一下那座翡翠矿，咱们那时再决定，您看行不行？"

对于这件事，庄睿现在也给不出答案，他要先看看那座矿山里面，到底还蕴含多少翡翠。

如果还是之前看到的那一条矿脉，并没有向里延伸，那么庄睿的主张当然是卖掉了，要是矿山里面还蕴含别的矿脉，自然不能便宜了英国佬。

"你要去帕敢看看？"

胡荣没想到庄睿会提出这个要求，想了一下说道："你要是真想实地考察一下的话，咱们这两天就动身吧？"

"这么急？即使对方提出收购，也没那么快吧？"

庄睿闻言愣了一下，涉及这么大一笔资金收购，谈下来最少也要一年半载的，没必要这么急着去吧？

另外庄睿这边还有事情啊，那艘宋代沉船可是还待在天津港的仓库里，等着这边展馆建好就要往里搬的。

胡荣拿起面前的茶碗喝了一口茶，说道："那事倒是不急，为了表示我们对此次收购的诚意，翡翠矿现在已经处于半停工状态了，不过九月初可就是今年第三次翡翠公盘了啊，你不趁机去看看？"

"翡翠公盘？"

今儿引起庄睿回忆的事情的确不少，先是帕敢那个令人难忘的地方，然后又是翡翠公盘，一时间，庄睿还真生出了赶赴缅甸的冲动。

"是啊，九月的翡翠公盘是规模最大，也最热闹的一次，你不去看看？"

胡荣笑了起来，接着说道："我虽然在国外，但是经常听人说你这个北地'翡翠王'名不副实啊，你难道就不想去证明一下吗？而且据说这次云南那个

"翡翠王"也会前往，你们这可就是双王会啊！"

说老实话，对于庄睿赌石的本领，胡荣一直都琢磨不透，他也想看看这一老一少一南一北两个"翡翠王"，究竟谁更厉害一点？

"九月初？还有四五天的时间……"

庄睿想了一下，说道："好吧，我去。这两天我先安排一下别的事，你也别急着走，到时候坐我的私人飞机咱们一起去……"

于情于理，庄睿都要去一次，如果真把那座翡翠矿卖掉，庄睿的京城"秦瑞麟"，包括整个秦氏珠宝的翡翠原料都将面临一次巨大的危机。

所以庄睿这次去缅甸，不仅要把帕敢翡翠矿已经开采出来的极品翡翠运回国内，更要在公盘上拍下足够多的原石，最少要保证"秦瑞麟"十年以内的用料吧？

至于北京这边，博物馆扩建最快也要两个月时间，而那批沉船文物又在孟教授他们那儿研究，也没庄睿什么事。

倒是年底答应赌王的那场赌局让庄睿有些烦心，前儿赌王还打了电话，先是祝贺庄睿沉船出水，后面的话又扯到赌局上了，搞得庄睿是烦不胜烦。

并且庄睿感觉对妻儿有亏欠，原本说了不远行，这次又要出国，而且缅甸形势复杂，不能带上他们，这才是让庄睿头疼的事情。

回到房间后，庄睿和秦萱冰把事情说了一下，秦萱冰倒是很理解，并且这事还关系到香港秦氏，她连忙给父亲打了个电话。

秦浩然已经得知这件事了，他也准备参加此次缅甸公盘，囤积一批翡翠原料，当下在电话里和庄睿约好了缅甸见面。

第二天，庄睿驱车去了玉石协会，拿了一张缅甸方面的邀请函，没这东西他还真参加不了此次公盘，这又让庄睿享受了一把玉石协会理事的待遇。

庄睿不知道的是，他要参加九月缅甸翡翠公盘的事情，也被玉石协会的内部工作人员传了出去，这个消息顿时让国内玉石行当沸腾起来，众多目光聚焦在庄睿身上。

庄睿今天的地位可不是当年那个初出茅庐的年轻人了，他在古玩行声誉甚隆，几乎和金胖子等人并驾齐驱，在考古行当里更是孟教授的关门弟子，走到哪里都被人高看一眼。

虽然庄睿这两年在玉石行当里没怎么出手，给人一种昙花一现的感觉，但是年轻的北地"翡翠王"将要复出，还是惊动了许多人。

很多人都想知道，这个年轻人究竟是王者归来，横扫缅甸公盘，还是铩羽而归，证明他当年只不过是运气好而已。

这其中还有一个看点，那就是当年在玉石行和新疆"玉王爷"齐名的云南"翡翠王"也将参加此次公盘，这一老一少是否会对撞出火花，也让众人期待不已。

一时间，前往缅甸公盘的邀请函变得洛市纸贵起来，很多没打算参加此次公盘的人也改变了主意，纷纷打点行装准备赶赴缅甸。

"老弟，你这翡翠王重出江湖，可是引得八方震动啊？"

在缅甸仰光的一个庄园里，胡荣正在调侃着一脸愁容的庄睿，旁边还坐着欧阳军和彭飞李振等人。

一天前，庄睿就乘坐自己的私人飞机来到了仰光，这次的待遇要比上次好了很多，出了机场就被胡荣安排好的车辆接到了胡荣在仰光新置办的一处庄园里。

这处庄园距离翡翠公盘会场不是很远，明天秦浩然也会住进来，这倒是省了住在宾馆里，和那些相熟的翡翠商人打交道的麻烦了。

庄睿身价日益见涨，出行的安全问题就成了首要问题，虽然缅甸有胡荣这个地头蛇，彭飞和李振还是跟来了。

至于欧阳军，纯粹是跑来凑热闹的，由于家族的关系，他出国经常会受到各方关注，跑的地方并不多，这几年更是在国内憋坏了，硬要跟出来转悠一圈。

"行了，胡哥，我也没想到会这样啊，早知道我就不去协会拿邀请函了……"

庄睿郁闷地摇了摇头，他第一次参加缅甸公盘时得到一些特殊待遇，即使没有国内的邀请函也能直接参加公盘。

但是为了表示自己是玉石协会的一分子，庄睿还是选择以玉石协会会员的名义参加此次公盘，却没想到因此在国内传得沸沸扬扬。

这几天庄睿的手机都快被打爆了，只要和他认识的，哪怕就是点头之交，也打电话来核实一下，搞得庄睿是烦不胜烦。

"庄老弟，不讲究啊，自个儿偷跑去缅甸发财，居然不喊着胖哥我呀？"

庄睿正苦笑时，手机又响了起来，一听是马胖子，庄睿顿时没好气地说道："马哥，您跟着凑什么热闹啊？我这头都大了，不就是来参加次翡翠公盘嘛，谁知道是赚是赔？"

"你能赔？打死哥哥我都不相信，你小子随手捡块破石头，说不定里面都能出帝王绿呢？"

马胖子对庄睿的话嗤之以鼻，他和宋军参加翡翠公盘虽然都是玩票性质，但是那次公盘上的收获却让这哥俩笑得嘴都合不拢。

和庄睿一起参加的那次翡翠公盘，马胖子和宋军一共买回去一亿多毛料，囤积了两年之后，去年出手时居然净赚了五倍，现在这哥儿们在玉石行也算是有头有脸的人物了。

只是庄睿那次公盘之后，似乎在玉石行当里消失了一般，后面几次公盘都没去，马胖子和宋军知道自己有几分斤两，也没敢参加。

"得了，马哥，我这次主要是来看看在缅甸投资的矿业，不过是顺带着参加翡翠公盘，行了，您老在非洲继续看美女吧，我不和您扯淡了……"

庄睿知道马胖子这段时间都是坐镇非洲，听宋军说马胖子整天被蚊叮虫咬的，足足瘦了二十多斤了。

"靠，有屁的美女啊……"马胖子被庄睿说得暴跳如雷，却没想到庄睿已经把电话挂断了。

"喂喂？奶奶的，挂我电话？"

马胖子的牢骚还没说完，就听电话里传来了忙音，不满地挂断电话后，嘴里嘀咕道："臭小子，你也是这个项目的股东，下次非把你折腾到非洲来看美女……"

远在缅甸的庄睿打了个寒战，不用问，肯定是马胖子在编排自己，只是他没想到，日后他还真的再次踏上了那片让他深恶痛绝的土地。

由于公盘开幕的时间还有两天，庄睿带着欧阳军在仰光周围游玩了一圈。

重游大金塔时，庄睿有意找了一下当时卖给他那尊牙雕佛像的缅籍华人，却没有找到，这让庄睿有些怅然，大金塔如故旧人却已经不在了。

"妈的，这缅甸的天气可真热啊，早知道我就不来了……"

来到缅甸第三天，九月翡翠公盘终于开幕了，欧阳军自然是要去见识一番，不过此时的北京已经进入秋天，开始凉快起来，缅甸的天气让他叫苦不迭。

"四哥，您就是蜜罐子里长大的，这点儿苦都不能吃？您看看我那老丈人……"

庄睿也感觉有些吃不消，同上次来相比，天气要热上很多，即使穿着大短裤和 T 恤衫也浑身是汗，衣服几乎都是贴在身上的。

不过让庄睿佩服的是，秦浩然在这样的天气下居然还是西装革履的，虽然热得满头大汗，但也不肯穿成庄睿那样，早就听说香港人严谨，这回算是从老丈人身上见识到了。

欧阳军听了庄睿的话后，看了一眼走在前面的秦浩然，撇了撇嘴不说话了，当然心中怎么想的，别人就不知道了。

今天是此次公盘开幕的第一天，和上次一样，住在宾馆里的来自世界各地的翡翠商人们，都云集在缅甸国家玉石中心的门口。

由于翡翠产量逐年减少，近几年来，碧绿透彻的翡翠宝石也受到欧美人士的喜欢和追捧，所以庄睿看到，此次参加公盘的人数要远远多于前年。

"还不开门啊？都等了半个多小时了……"

"是啊，进去还能有个棚子，这外面要热死人呀……"

"每年都这样，谁让翡翠紧俏啊？老弟，心静自然凉……"

庄睿等人来到玉石中心前面的广场时，这里已经挤满了人，足有三四千人，比前年的一千多人要多出好几倍。

不过这些人此时都发着牢骚，由于天气太热，七八点钟太阳就升得老高了，等在这没有几棵树的广场上，像是火烤一般。

只是看到周围那些枪实荷弹的士兵，这些人嚷嚷的声音却也不敢太大，在军事管制的国家，招惹军人显然是一件很不明智的事情。

"庄老板，您来了啊？"

"庄老师，您这边站，有阴凉地……"

"哎哟，真是庄老弟啊，这边，老弟，到这边来，小倩，一点眼力见都没，给庄老师打着伞啊？"

庄睿等人一出现在缅甸国家玉石交易中心的门口，顿时引起了轰动，几乎站在外围认识庄睿的人都挤了过去。

　　其中最热情的自然是韩氏珠宝的韩皓维韩老板了，他和那些存心想看庄睿笑话的人不同，对于庄睿赌石的水平韩老板是心服口服。

　　别的不说，庄睿前段时间卖给他的那两块明料，都是近些年难得一见的极品翡翠，庄睿这两年并没有参加任何翡翠交易，那么这两块料子自然就是前几年赌到的了。

　　这让韩老板的心中升起无限的遐想，庄睿随随便便就能拿出十来块极品翡翠，谁知道他手里还藏着多少好东西啊？所以即使行内把庄睿传得再不堪，韩老板也从来没有多过一句嘴。

　　“老韩，这待遇我可享受不起啊，怎么能唐突佳人呢，得，我还是站在树荫下面吧……”

　　庄睿和韩老板是老交情了，不然上次出手翡翠也不会想到他，见韩皓维身后站着一个身材高挑、皮肤白皙的美女给他打伞，不由开起了玩笑。

　　“嘿嘿，庄老弟，你看我这一身胖肉，能禁得住太阳烤吗……”

　　韩皓维对庄睿的话也没在意，在他们圈子里，包养个小二小三都是极正常的事情，有些肾功能好的，甚至包养个四五六七八都有可能，要是没有，反而会被人笑话。

　　“老弟，咱们可是老朋友了啊。这次公盘要是有什么好料子，可要给老哥介绍一下哦……”

　　韩皓维和圈里质疑庄睿的那些人想法可不一样，他认定了庄睿对赌石有独到的见解和眼光，见到庄睿时就打定了主意，一定要紧跟在庄睿身后。

　　“算了吧，韩老板你的眼光那么毒，哪里用我介绍啊？”

　　庄睿笑着打起了哈哈，对于外界的质疑他根本就没放在心上，而且这次也没准备现场解石，俗话说人怕出名猪怕壮，自个儿闷声发财就好了。

　　“那位就是传说中的北地翡翠王？怎么这么年轻啊？”

　　“好像是他，看他的年龄还不到三十吧？估计就是运气好……”

　　“是骡子是马拉出来遛遛，这次云南翡翠王也会来，看看到底谁手下有真功夫？”

场内对庄睿怀有质疑的人也不少，不少站在旁边的人已经指指点点地议论起来了。

　　偶尔有些话飘到庄睿耳朵里，让他听得哭笑不得，"哥们招谁惹谁了啊？这想低调都不成了。"

　　这些年由于翡翠大热，很多传统生意人也加入到赌石大军，他们本身就是腰缠万贯的成功人士，见到庄睿如此年轻后心里颇为不屑。

　　此时他们还不知道，正是这年轻的庄睿，让他们见识了什么叫做真正的实力。

全国古玩市场地址

北京古玩城:北京市朝阳区东三环南路 21 号

北京潘家园旧货市场:北京市朝阳区华威里 18 号

永乐华拍(北京)文物有限公司:东三环中路财富中心 31 层 3106A 室

上海国际收藏品市场:上海市江西中路 457 号

天津古物市场:天津市南开区东马路水阁大街 30 号

天津古玩城:天津市南开区古文化街

重庆市综合类收藏品市场:重庆市渝中区较场口 82 号

重庆市民间收藏品市场:重庆市渝中区枇杷山正街 72 号

广东省深圳市古玩城:广东省深圳市乐园路 13 号

广东省深圳华之萃古玩世界:广东省深圳市红岭路荔景大厦

广东省珠海市收藏品市场:广东省珠海市迎宾南路

广东省广州带河路古玩市场:广东省广州市荔湾区带河路

江苏省南京夫子庙市场:江苏省南京市夫子庙东市

江苏省南京金陵收藏品市场:江苏省南京市清凉山公园

江苏省苏州市藏品交易市场:江苏省苏州市人民路市文化宫

江苏省常州市表场收藏品市场:江苏省常州市罗汉路

浙江省杭州市民间收藏品交易市场:浙江省杭州市湖墅南路

浙江省绍兴市古玩市场:浙江省绍兴市绍兴府河街 41 号

福建省白鹭洲古玩城:福建省厦门市湖滨中路

福建省泉州市涂门街古玩市场:福建省泉州市状元街、文化街及钟楼附近

河南省郑州市古玩城:河南省郑州市金海大道 49 号

河南省洛阳市西工古玩市场:河南省洛阳市洛阳中州路

河南省洛阳市潞泽文物古玩市场:河南省洛阳市九都东路 133 号

河南省洛阳市古玩城:河南省洛阳市民俗博物馆大门东

河南省平顶山市古玩市场：河南省平顶山市开源路

湖北省武昌市古玩城：湖北省武昌市东湖中南路

湖北武汉市收藏品市场：湖北省武汉市扬子街

四川省成都市文物古玩市场：四川省成都市青华路 36 号

辽宁省大连市古玩城：辽宁省大连市港湾街 1 号

辽宁省沈阳市古玩城：辽宁省沈阳市沈阳故宫附近

辽宁省锦州市古文物市场：辽宁省锦州市牡丹北街

黑龙江省哈尔滨市马家街古玩市场：黑龙江省哈尔滨市南岗区马家街西头

吉林省长春市吉发古玩城：吉林省长春市清明街 74 号

山东省青岛市古玩市场：山东省青岛市昌乐路

河北省石家庄市古玩城：河北省石家庄市西大街 1 号

河北省霸州市文物市场：河北省霸州市香港街

河北省保定市文物市场：河北省保定市 新北街 207 号

山西省平遥古物市场：山西省平遥县明清街

山西省太原南宫收藏品市场：山西省太原市迎泽路

陕西省西安市古玩城：陕西省西安市朱雀大街中段 2 号

安徽省合肥市城隍庙古玩城：安徽省合肥市城隍庙

安徽省蚌埠市古玩城：安徽省蚌埠市南山路

甘肃省兰州古玩城：甘肃省兰州市白塔山公园

云南省昆明市古玩城：云南省昆明市桃园街 119 号

江西省南昌市滕王阁古玩市场：江西省南昌市滕王阁

贵州省贵阳市花鸟古玩市场：贵州省贵阳市阳明路

湖南省长沙市博物馆古玩一条街：湖南省长沙市清水塘路

湖南省郴州市古玩一条街：湖南省郴州市兴隆步行街